LES THÉBAINES

Vents et Parfums ***

Née au Mans, Jocelyne Godard a été journaliste d'entreprise et photographe. Après avoir publié des poèmes, elle a créé et dirigé une revue de poésie et fait paraître deux essais : *Elles ont signé le temps* et *Léonor Fini ou les Métamorphoses d'une œuvre*, ainsi qu'un roman historique *Dhuoda ou le destin d'une femme écrivain en l'an 840*. Passionnée par les femmes célèbres du passé, elle est l'auteur de la saga des *Thébaines* qui comprend neuf volumes.

Paru dans Le Livre de Poche :

LES THÉBAINES

La Couronne insolente*
De roche et d'argile**

JOCELYNE GODARD

Les Thébaines

Vents et Parfums***

ROMAN

LE SÉMAPHORE

© Le Sémaphore, 1999.

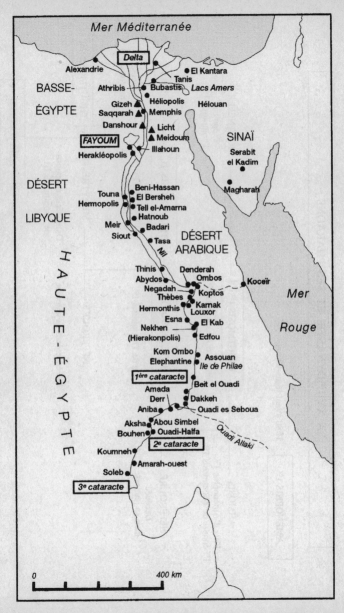

Carte de l'Egypte ancienne au temps de la pharaonne Hatchepsout (XVIIIe dynastie)

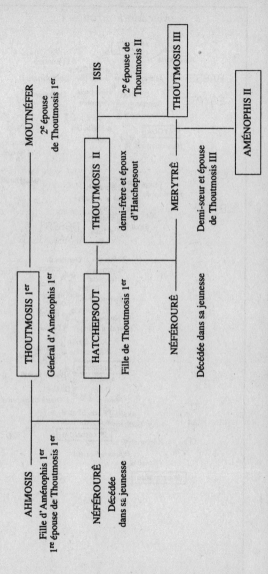

« Ma frontière du Sud va jusqu'aux rivages du Pount, ma frontière de l'Orient jusqu'aux confins de l'Asie. »

(Extrait de bas-relief du Temple de Deir-el-Bahari)

HISTORIQUE

Quand le père d'Hatchepsout — Thoutmosis Ier — meurt, ne laissant que sa fille héritière du trône, celle-ci décide de régner en co-régence avec son époux et demi-frère qui, de son règne assez bref, ne laisse que peu de traces dans les annales de l'Egypte Ancienne.

A cette époque de la XVIIIe dynastie, les envahisseurs sont tous refoulés des frontières, Hyksos au nord et Nubiens au sud. Seul, demeure le royaume du Mitanni qui, par la suite, devait devenir un redoutable adversaire.

Dans cette poussée plutôt favorable, reste à développer l'agriculture et l'artisanat qui, depuis longtemps, subissaient les aléas des guerres, accroître le commerce des matières premières : le calcaire, l'albâtre et les turquoises, enfin reprendre les échanges avec les pays voisins en favorisant davantage les transports et la navigation. Et, pour satisfaire ce vaste programme, il fallait un règne de paix qu'Hatchepsout s'apprête à suivre.

Ahmosis, Aménophis et Thoutmosis, les prédécesseurs d'Hatchepsout avaient, ainsi, ouvert une nouvelle dynastie qui, de prestige en prestige, devait durer des siècles.

Quand Hatchepsout se fait sacrer Pharaon des Deux Egyptes, endossant la double couronne, tenant le sceptre et le fouet symbolique, posant la barbe postiche sous son fin menton, elle prend conscience que son pays n'a plus besoin de guerre, mais d'harmonie intérieure.

Elle s'entoure de quelques vieux fidèles ayant servi son père et s'adjoint de loyaux collaborateurs tels que Hapouseneb le Grand Prêtre d'Amon, Pouyemrê le Grand Trésorier, Senenmout, l'Architecte et Néhésy le Chef de toutes les Polices.

Le règne de la pharaonne Hatchepsout se partage entre le temps des constructions et le temps des voyages.

C'est en abordant cette époque de paix où l'armée n'a plus sa place qu'Hatchepsout agrandira et fortifiera Karnak et son temple d'Amon, élèvera des obélisques à pointe d'électrum, rénovera les villes de Thèbes, Edfou, Abydos, Denderah et, descendant jusqu'à la deuxième cataracte, multipliera les temples aux frontières nubiennes. Puis, sur sa lancée de bâtisseuse, elle ordonnera la construction de sa demeure éternelle sur le site prodigieux de Deir-el-Bahari.

Une autre partie de son règne concernera les voyages. Une expédition dirigée par Néhésy partira d'Egypte vers le célèbre pays du Pount, pays étrange qu'il fallait trouver en accédant par l'une des embouchures du Nil ou directement par le port de Koser, sur la côte de la mer Rouge. L'expédition en rapportera les parfums indispensables au plaisir des dieux, ceux-là mêmes qui ont placé Hatchepsout sur le trône et qu'elle ne veut pas trahir.

Après un règne d'environ dix-huit ans, Hatchepsout disparaîtra dans des circonstances que nous ignorons — trop de textes inscrits sur les bas-reliefs ont été effacés après sa mort pour que l'on puisse en savoir plus — laissant la place au troisième des Thoutmosis, fils bâtard de son époux qui, bien entendu, n'attendait que ce jour pour effacer enfin la mémoire d'Hatchepsout.

Ces multiples inscriptions disparues, retrouvées parfois, ajoutées à toutes celles qui malgré tout sont restées, peuvent témoigner de la grandeur et de la longévité du règne d'Hatchepsout.

CHAPITRE I

Depuis presque dix ans qu'elle régnait, Hatchepsout ne s'était jamais sentie autant abattue. Même le jour où, posant elle-même la double couronne sur sa tête et s'accrochant la barbe postiche sous son fin menton lisse et blanc, ses veines n'avaient pas battu aussi fort.

Le trône de pharaon que lui avait laissé son père, faute d'héritier mâle, et qu'elle occupait avec éclat et sagesse depuis l'âge de vingt-cinq ans, avait pourtant durci son caractère et affermi ses opinions.

Ecartant les grands dignitaires, à l'exception de ceux qui lui étaient fidèles et dont elle s'entourait depuis le début de son règne, Hatchepsout gouvernait avec grandeur, diplomatie et efficacité.

Elle avait accompli la première partie de sa tâche essentielle qui consistait à rénover le temple d'Amon, restaurer Karnak, embellir et agrandir villes et monuments qui sillonnaient le Nil.

Thèbes, Edfou, Abydos, et même Bouhen vers la deuxième cataracte n'étaient-elles pas, à présent, de grandes et spacieuses artères qui rehaussaient le prestige de l'Egypte ?

Elle avait élevé, haut dans le ciel, deux obélisques à pointe d'électrum au bas desquels figuraient les hiéroglyphes qui racontaient son règne. Elle avait développé les échanges, favorisé le commerce de l'or et des pierres précieuses, protégé les scribes et les artisans.

11

Enfin, au prix de bien des efforts qu'avaient consentis d'innombrables hommes, paysans sans travail, soldats sans guerre, prisonniers sans autre espoir que celui de voir luire un soleil trop ardent, elle avait ordonné la construction de son temple funéraire sur le site prodigieux de Deir-el-Bahari.

Son père, le grand pharaon, premier des Thoutmosis, pouvait être fier de sa fille. Même s'il n'avait pas pu engendrer d'héritier mâle, sa fille Hatchepsout avait su combler la faille qui l'avait un moment torturé.

Hatchepsout attendait, assise sur son trône et, bien qu'elle essayât d'effacer le chagrin qu'elle enfermait en elle, depuis la mort de sa fille aînée, son visage était infiniment triste.

Mais, qui comprenait sa douleur de femme meurtrie, de mère inconsolable ? Un pharaon devait rester insensible devant ses sujets. Seule, l'intimité de ses appartements privés pouvait la voir fléchir, pleurer. Bientôt, chacun allait ruminer les titres ronflants qu'elle laisserait tomber un à un, comme de succulents os entre les crocs d'un chien.

Il devait découler de cette assemblée une réforme, non une entrevue protocolaire. Une refonte de tout son conseil d'où ressortirait la sanction, si dorée soit-elle, qu'elle devait infliger à ses deux adversaires les plus redoutables.

Mériptah, chargé du recrutement des esclaves lors des grands travaux royaux et Ouser des recensements de matières premières dans le delta, là où s'accumulaient les malfrats et les bandits, avaient trempé dans plusieurs affaires sombres dont la dernière avait failli coûté la vie de la reine.

Hatchepsout devait agir avec prudence, méthode, ruse et intelligence. Des qualités qui collaient à sa peau.

Méthode ! Car la chose s'avérait compliquée.

Ruse et intelligence ! Car Hatchepsout ne devait pas chuter, faute d'y laisser son trône. Prudence ! Car nombre de nobles et de hauts dignitaires savaient que Mériptah utilisait des bandes de malfaiteurs comme boucs émissaires pour parvenir à ses fins, se servant du motif de pillage pour camoufler la véritable raison : destituer la reine de son trône et y placer le jeune Thoutmosis, bâtard du pharaon précédent.

Ouser agissait avec d'autres méthodes. Si la tactique de Mériptah tournait plus volontiers au règlement de comptes où une femme au pouvoir était à évincer, celle d'Ouser consistait à endoctriner les dignitaires de province contre le gouvernement d'Hatchepsout.

Très vite, l'entretien prit un caractère de réunion d'information. En fait, Hatchepsout avait tout prévu et entendait que rien ne vînt contrecarrer ses projets.

Dans la grande salle d'audience où elle trônait en majesté, un silence intense, compact, régnait et nul ne vint en perturber l'ordre établi depuis des décennies.

Installée à la tête de son royaume qui s'étendait sur plus de deux mille kilomètres le long du Nil, rejoignant les cataractes du Soudan au delta de la Méditerranée, Hatchepsout se sentait parfaite dans son rôle de pharaon et n'admettait pas qu'on pût penser autrement.

Elle aurait volontiers esquissé, ce matin-là, le sourire ambigu qui effleurait si souvent ses lèvres pulpeuses, si elle n'avait eu à l'esprit la mort encore trop récente de sa fille.

Senenmout, son fidèle conseiller la regardait, prêt à lui insuffler l'infime parcelle d'énergie qui pouvait manquer à son jugement perturbé momentanément. Mais il était dit qu'Hatchepsout, pharaon des Deux Egypte, ne faiblirait pas, même si la vision de la petite Néférourê venait troubler son esprit.

Elle avait revêtu son fourreau blanc en signe de deuil. La barbe postiche et le lourd pectoral d'or, exceptionnellement absents, lui manquaient affreusement. Elle avait l'impression d'être nue, dépouillée, vidée, en proie à toutes les indiscrétions qui surgissaient du sol et du ciel. La tenue de pharaon lui donnait ce pouvoir auquel même une reine ne pouvait accéder.

Hatchepsout qui, habituellement, ne redevenait femme qu'en privé, loin des regards inquisiteurs et des lèvres trop bavardes, avait au cours de cette audience une allure si féminine que plus d'un regard empli de convoitise osa se poser sur elle. Elle en apprécia et en détesta à la fois l'impression qu'ils lui procurèrent et elle s'efforça d'en oublier la teneur.

En femme, Hatchepsout restait l'épouse du dieu, la reine toute-puissante, mais fragile aux yeux du peuple. En homme, elle rehaussait un prestige qu'elle s'était bâti au fil des jours. Elle gouvernait en majesté et si elle semait le trouble dans l'esprit de ceux qui parlaient d'illégitimité, elle se construisait un masque à l'effigie de son père derrière lequel elle puisait un pouvoir toujours plus fort et plus puissant.

Bien des nuits d'insomnie s'étaient déroulées avant qu'elle ne prît les ultimes décisions. L'œil aux aguets, les gestes prompts pour apaiser les colères et les paroles prêtes pour étouffer l'alerte naissante, Hatchepsout se tenait prête.

Il fallait mater en douceur, gouverner dans la paix, maîtriser un pays serein et fort. Elle devait faire de son règne une époque de renaissance culturelle plutôt qu'un temps de guerre et de discorde.

Gavés d'or, d'esclaves et de titres ronflants, ses conseillers attendaient, immobiles, dans l'incertitude, les mots qui sortiraient de sa bouche. Elle ne rechignait jamais devant une promotion à donner, faisant ainsi taire ses sujets les plus récalcitrants.

Bien que, avant son sacre, ces mêmes sujets — du moins les plus intimes — l'eussent courtisée, elle n'admettait plus, dorénavant, qu'une adulation purement symbolique. Bien entendu, échappaient à cette règle le favori Senenmout et, parfois, le beau nubien Néhésy qui s'amusait à dépasser les prescriptions autorisées par sa reine.

Lorsqu'elle régnait, Hatchepsout n'était plus

femme. Les dieux, eux-mêmes, l'avaient consacrée "Nature Divine". Qui pouvait se vanter, sur toutes les rives méditerranéennes, de commander des millions d'hommes réunis devant sa suprême volonté ?

D'un bout à l'autre de l'immense vallée, poussiéreuse de l'infini désert ou verdoyante de fraîches oasis, les temples vénéraient la magnificence de son peuple.

Elle avait élevé ses obélisques, reconstruit les temples en ruine, fortifié les enceintes de Karnak, restauré les colonnes et les pylônes en y apposant les sculptures les plus détaillées et les peintures les plus fines de son siècle.

Certes, Hatchepsout faisait de son règne un temps de bâtisseurs, un temps pétri de roche et d'argile et le grand succès dont elle s'enorgueillissait était le temple d'Amon et la structure qu'elle y avait donnée.

Elevé à son apogée, le clergé du dieu suprême restituait toutes les traditions et Hatchepsout s'en félicitait. Pas un seul des Grands Prêtres ne s'était abstenu dans les choix décisifs. Inlassablement, tous avaient répété les rites qui remontaient à la nuit des temps. Et, même si Hatchepsout connaissait ses sujets les plus vulnérables, voire les plus indociles, aucun n'avait contredit la décision finale.

Son temple était bien ce qu'elle avait de plus fidèle et, pour cette raison essentielle, la pharaonne désirait plus que tout lui rapporter des riches encens, des parfums introuvables, des offrandes que jamais encore les dieux n'avaient ni sentis ni vus.

Certes, Hatchepsout accomplissait son rôle de pharaon dans sa forme la plus parfaite et sa continuité la plus irréprochable. Les hommages aux dieux avaient tous été scrupuleusement respectés, les processions s'étaient déroulées dans l'allégresse la plus totale.

Le jour de son sacre, majestueuse et glorieuse, la barque d'Amon avait glissé sur les bords du fleuve avec la cadence et la régularité que les prêtres d'Amon lui avaient fait prendre.

C'était là un tracé si souvent répété au cours de ces derniers siècles qu'il apportait, aujourd'hui en cette dix-huitième dynastie déjà bien amorcée, l'inhabituelle conviction qu'on pouvait être femme et pharaon.

La barque d'Amon ouvrait une voie nouvelle, insolite et Hatchepsout se frayait le chemin divin de son pays. Certes, elle naviguait entre tous les écueils et restait consciente de la fragilité de son peuple. Révoltes sociales, guerres, famines, sécheresse, inondations, invasions de sauterelles qui dévastaient des cultures entières, pouvaient d'un instant à l'autre tomber sur ses épaules et l'écraser comme un élément qui doit disparaître.

A l'instant où les trompettes des hérauts venaient d'annoncer, dans une sonorité rassurante, l'arrivée du dernier dignitaire, Hatchepsout poussa un soupir et se cala soigneusement sur son trône, les coudes appuyés sur les larges accotoirs d'or.

Djéhouty qui, souvent, était le dernier des arrivants avança dans sa tenue sobre et sa noble prestance. Il se courba devant la reine, sans excès afin de garder sa dignité, mais suffisamment pour marquer son respect et sa déférence.

A présent, ils étaient tous réunis et regardaient le pharaon-femme, maître de la Haute et de la Basse Egypte, dieu du peuple. A son tour, Hatchepsout les observa. Chacun avait ce détail précis qui caractérisait sa nature intime.

Mériptah et Ouser plissaient l'œil, la détaillant d'un regard franchement hostile. Pouyemrê ouvrait sur elle ses prunelles comme si une astuce allait en sortir et Senenmout la scrutait avec cette quasi-assurance qui lui faisait redresser le buste sans que personne eût rien à redire.

Antef, de ses petits yeux retors, toujours à la recherche d'un regard aussi fourbe que lui, plaquait son hypocrisie dans l'œil allumé de Mériptah.

Séchat ne disait rien. Elle respirait à peine. De ses grands yeux allongés, toujours interrogateurs, elle semblait questionner la reine, lui rappelant dans un mutisme parfait la promesse qu'elle lui avait faite.

Séchat ! L'amie d'enfance d'Hatchepsout, élevée avec elle au palais parce que sa mère était la compagne fidèle de la reine Ahmosis.

Dans sa robe diaphane, Hatchepsout eut un frisson, non de plaisir mais d'angoisse, à paraître aussi féminine devant les membres de son assemblée.

Hapouseneb, le seul peut-être à oublier qu'Hatchepsout était femme, tendait vers elle un regard franc et direct, attendant avec sa tolérance habituelle les aléas qui pouvaient surgir.

Quant à Djéhouty, il scrutait de son regard flegmatique la silhouette d'Hatchepsout, s'efforçant de ne pas attirer l'attention sur l'intérêt qu'il portait à Séchat.

Une rangée de scribes, tous serrés les uns contre les autres, attendait les premiers mots pour les transcrire aussitôt en signes hiératiques, écriture plus rapide que les hiéroglyphes. Chacun devait atteindre le degré de compétence réclamé dans la rédaction d'un rapport complet et authentique.

Senenmout et quelques administrateurs de province étaient assis autour de la grande table de l'audience au bout de laquelle trônait le siège du pharaon. Il était à la droite d'Hatchepsout et scrutait, de son œil d'aigle toujours à l'affût, le détail qui pouvait aiguiser ses craintes, ses doutes et parfois ses certitudes.

Aussi, avait-il fort bien remarqué le geste mesuré de Djéhouty s'inclinant devant Hatchepsout sans excès, ni désinvolture. De même qu'il avait déjà jaugé la qualité du bijou de bronze où s'incrustaient des ivoires d'un mat vieilli, bijou qui entourait son cou et qui descendait jusque sur sa puissante poitrine.

Certes, d'autres avaient revêtu leurs poignets et leurs bras de lourds et coûteux bracelets, mais aucun n'avait la superbe patine du pectoral de Djéhouty.

Les yeux de Senenmout firent promptement le tour de l'assemblée, s'attardèrent sur Ouser, puis sur

Mériptah et, d'un glissement imperceptible de paupière, s'assurèrent de l'attitude de Séchat. Elle était droite, immobile, montrait un visage impénétrable. Comme il savait que, la veille, la reine lui avait généreusement accordé un long entretien, il craignit un instant qu'elle ne lui eût extorqué une promesse dont il n'avait pas connaissance.

Enfin, Hapouseneb, Grand Prêtre du Temple d'Amon à qui revenait le privilège d'ouvrir les débats des séances, fut le premier à se lever.

— Nous commençons la séance, Grand Pharaon, en soulignant notre peine devant le chagrin qui emplit votre cœur. Quand la princesse Néférourê aura rejoint le domaine d'Osiris, par la célébration de ses obsèques, nous reparlerons du destin qui échoit à la seconde de vos filles, la princesse Mérytrê.

Se levant à son tour, Mériptah fit des yeux le tour de l'assistance et jeta obséquieusement en direction d'Hapouseneb :

— Le destin du jeune Thoutmosis nous paraît peser davantage que celui de la princesse Mérytrê. Le prince Thoutmosis ne doit-il pas, dès sa dixième année, assister aux séances ?

Hatchepsout s'interposa aussitôt :

— Dois-je te rappeler, Mériptah, que le jeune Thoutmosis n'a que la moitié du sang divin et que cette énorme tare peut l'empêcher de remplir certaines fonctions jusqu'à l'âge de seize ans ? Nous attendrons donc ce temps-là.

— Qu'il accomplisse déjà les tâches qui lui reviennent puisqu'il vient d'avoir ses dix ans, jeta Ouser en glissant son regard oblique vers la reine.

— Le fils de feu mon époux n'est qu'un enfant ! jeta-t-elle en crispant l'une de ses mains sur l'accoudoir de son trône.

— Alors, puisque vous parliez à l'instant du destin de Mérytrê, qu'on les marie de suite. Ce ne sera plus un enfant.

Un murmure d'approbation parcourut la salle

d'audience, mais Néhésy se leva, cassant de son grand corps le conflit naissant.

— Marié ou non, dit-il d'un ton acerbe, à dix ans il ne sera toujours qu'un enfant.

— Ose dire, toi le chef de toutes les polices et de toutes les armées, cria Mériptah, que sa robuste constitution n'en fait pas déjà un jeune combattant plein de zèle et d'autorité !

Néhésy le toisa d'un regard arrogant.

— Je n'ai jamais dit le contraire.

— Alors, sois logique. A dix ans, le prince reste-t-il un enfant ou non ?

La réplique sous forme d'insulte balaya l'espace en un clin d'œil. Les yeux sombres, Néhésy s'apprêtait à rétorquer lorsque Hatchepsout coupa sèchement :

— Vous semblez oublier ma fille.

— Celle qui te reste ?

— Celle qui doit épouser le bâtard de mon époux. Peux-tu nous dire, Mériptah si, à trois ans, elle est une femme ?

Un ricanement dans l'assemblée se fit entendre, rehaussé aussitôt par une pléiade de sourires équivoques.

— Ce débat-là est inutile, jeta Hapouseneb froidement, puisque la princesse Mérytrê doit épouser le jeune Thoutmosis et que personne ne conteste ce point. Abordons donc un autre sujet.

Senenmout admira la délicate prouesse du Grand Prêtre pour dévier une affaire aussi épineuse. Mais Ouser revenait à l'attaque.

— Autre règne, autre cas.

— Que veux-tu dire ?

— Ceci ! Qu'à l'âge de seize ans, la reine Hatchepsout, ici présente en pharaon, dit-il en pointant son index vers la reine, n'a épousé Thoutmosis II que sur les instructions de son père.

Il plissa les yeux comme un vieux renard et les reporta sur l'assemblée afin de juger l'intérêt qu'il suscitait. Puis il reprit d'un ton où se mêlaient satisfaction et autorité :

— Faut-il vous rappeler que nous sommes devant un cas où il n'y a pas de père ? Nous devons prendre nous-mêmes la décision.

Séchat se leva à son tour. Il était dit qu'à chacune des assemblées où elle serait présente, elle prendrait la défense d'Hatchepsout. Courroucée, elle se tourna vers l'assemblée :

— Ne pouvez-vous donc attendre que les obsèques de la princesse Néférourê se terminent avant d'entrevoir la suite que prendra le destin de l'Egypte ? Il me semble que c'est la première des courtoisies envers votre pharaon.

— Le retour à tes fonctions, ma chère Séchat, jeta Ouser plein d'ironie, n'a guère amoindri tes facultés oratoires, il me semble.

— La poursuite des tiennes par contre, mon cher Ouser, a nettement affaibli ta mémoire, répliqua la jeune femme. Ne te rappelles-tu donc pas qu'un décret, voté sous le règne du Grand Aménophis, laisse à tout pharaon endeuillé le temps d'accomplir les processions rituelles pour annoncer ses projets ?

— Seulement si le défunt est un fils, jeta Mériptah dont les couleurs commençaient à s'empourprer quand il entendait les prouesses oratoires de sa plus farouche adversaire.

En effet, Séchat, Grande Scribe des Artisans, était la seule femme haut dignitaire de l'Assemblée. Jeune veuve du capitaine Menkh, mort en guerre contre le Mitanni, elle s'était fixé pour objectif de réussir pleinement sa mission administrative auprès d'Hatchepsout.

— Je regrette, dit-elle promptement à la face de Mériptah. En l'absence d'un prince, la fille royale est en jeu. Je te ferai porter une copie du document, Mériptah, afin que tes doutes s'étouffent dans ta méconnaissance profonde de nos lois et nos décrets.

D'une voix où l'agressivité prenait le pas sur l'ironie, Ouser lui lança :

— Nous ne contestons plus depuis longtemps ton savoir, Séchat. Néanmoins, nous attendons copie de ce décret que tu vas sans doute tirer d'une pile bien poussiéreuse de tes précieuses archives.

Mériptah rehaussa la tête et la jeta en arrière tel un faucon planant en plein zénith, toutes ailes déployées, grandes ouvertes. L'un de ses bras traîna dans l'espace en un geste circulaire. Il s'apprêta à rétorquer quelque réplique désobligeante à la face de la jeune femme, mais il se reprit et se tourna vers la reine en laissant retomber son bras.

— Majesté, il peut y avoir dérogation à ce décret, puisque c'est le sort du futur pharaon qui se joue. Or, le jeune Thoutmosis est un mâle, lui !

Les yeux d'Hatchepsout lancèrent des éclairs. Sa main qui tenait habituellement la barbe postiche s'agita et l'une de ses sandales d'or battit nerveusement le sol. L'assemblée vit que Mériptah avait poussé un peu trop loin sa réplique.

La reine se leva et pointa sa crosse d'or en direction de son rival.

— Voudrais-tu donc dire que l'Egypte réclame un homme ?

Une blancheur mortelle envahit ses pommettes. Ses joues parurent plus creuses encore. Elles étaient si haut plantées qu'elles rejoignaient presque la ligne de khôl qui cernait ses yeux noirs. Et, bien que la colère empoignât son visage, cela lui donnait un air d'extrême jeunesse. Cependant, elle tremblait d'impuissance.

Sans même lui laisser le répit d'une réflexion, Mériptah poursuivit :

— Un homme ! Certes. Que faites-vous de la guerre ?

Quelques fonctionnaires de province, satisfaits de la tournure que prenait le ton de l'assemblée se levèrent, prêts à prendre la parole pour le cas où l'un des hauts dignitaires les interrogerait. Mais, déçus que personne ne se tournât vers eux pour les prendre à partie, ils reprirent leur position assise en silence.

Les scribes écrivaient. Rapides, organisés, structurés, ils restaient muets, concentrés. Dans toute leur attitude figée, seuls, leurs doigts habiles s'agitaient sur le rouleau de papyrus qu'ils noircissaient de signes à vue d'œil.

— La guerre ? répéta Hatchepsout. Notre pays est dans une phase de paix. Qui veut donc la guerre, ici ? Qui l'appelle ?

Debout, courroucée, elle fit des yeux le tour de ses sujets. Au loin, plus d'un certes paraissait hostile. Brusquement, elle planta son regard dans les yeux de Senenmout. Puis, elle se leva, abandonnant prestement son trône et s'en fut d'un pas agile se planter devant Néhésy.

— La guerre ! Qui veut la guerre ? répéta-t-elle d'une voix forte.

Elle passait sa crosse d'or nerveusement d'une main à l'autre.

— La guerre, Majesté, coupa Néhésy prudemment, n'est certes pas la première de nos préoccupations. Mais, le Sud reste encore chargé d'espoir. Nous pouvons descendre plus bas. Quant au Nord, les Hittites deviennent gourmands et le Mitanni ne répond plus aux marchés que nous lui proposons. Il faudra bien, un jour, faire tomber leur imprenable capitale de Kadesh.

Un murmure s'amplifia, mais personne ne prit la parole.

— Cependant, reprit-il en esquissant une moue condescendante, rien ne presse. Disons que pour l'instant nous pouvons envisager des expéditions pacifiques.

Le ton conciliant de Néhésy calma aussitôt la révolte naissante, bien que dans les esprits des plus belliqueux le mot "guerre" n'eût pas été enterré.

— Certes, fit Hatchepsout en réintégrant son trône. Vu sous cet angle, je te donne raison. Nous verrons tout cela dès que mon temple de Deir-el-Bahari sera entièrement achevé. Nous attendrons même le retour de mon voyage au Pays du Pount.

D'un regard moins irrité, elle fit à nouveau le tour de ses sujets.

— Le pays est calme. Personne ne peut prétendre le contraire. Mon père et son armée ont maté toutes les contrées avoisinantes. Il est donc temps de préparer l'expédition qui doit enrichir notre pays des multiples parfums qui seront agréables à nos dieux.

A nouveau, elle lâcha ses accoudoirs d'or et se leva, mais ses pas étaient moins heurtés, moins nerveux. Elle se dirigea vers Séchat. La jeune femme la regarda s'approcher d'elle avec une apparente sérénité. La reine posa une main sur son épaule.

— L'ordre est rentré auprès des artisans. Tes missions, Séchat, ont toujours été fort bien exécutées. Je te laisse la charge de Grand Directeur des Orfèvres, ajoutée à celle de l'Intendance Artisanale que tu conserves.

Séchat ne broncha pas. Elle se leva et se contenta de s'incliner devant la reine. Sentant les regards fixés sur sa personne, elle réprima un sourire et, le temps d'une seconde, ferma les yeux à demi. "Dieu Toth ! Que ma gratitude aille au-devant de toi. Quelle promotion !"

Senenmout lança son œil de fauve en direction de la jeune femme. Ses lèvres minces et serrées s'entrouvrirent et tous crurent un instant qu'il allait émettre une objection. Mais un regard impérieux d'Hatchepsout les lui fit refermer.

Profitant de cette muette algarade, Séchat et Djéhouty prirent le temps de se jeter une œillade complice mais, voyant que Hatchepsout avait lâché le regard sombre de son conseiller, ils revinrent aussitôt à la concentration du débat. D'ailleurs, sans attendre, Hatchepsout poursuivait :

— Pouyemrê, si je t'enlève l'orfèvrerie, je te nomme Grand Vizir de tous les pays du Nord. De Thèbes à Memphis. C'est une charge exceptionnellement lourde que tu n'aurais pu concilier avec celle qui t'incombait déjà.

Elle se glissa vers lui et se pencha sur son épaule. Le parfum subtil dont l'avait ointe Yaskat vint effleurer les narines de l'orfèvre. Il frétilla du nez, mais ne broncha pas, attendant vraisemblablement qu'elle poursuivît l'exposé de son commandement.

— Tout le commerce interne et extérieur reposera sur tes épaules et tu devras combattre les incessantes agressions des peuples de la Mer.

Elle le quitta tranquillement et ce fut Djéhouty qu'elle vint torturer de son parfum entêtant. S'approchant de lui, elle susurra d'une voix rauque :

— Tu prendras les mêmes fonctions, mais au Sud. Te voici maître de Thèbes jusqu'à la profonde Nubie, comme l'était le grand Nekbet, l'aïeul de Séchat. Mais, je veux que tu descendes jusqu'à la cinquième cataracte, plus bas que le pays du Koush.

— Majesté ! Voulez-vous donc atteindre...

— Napata ! Oui, atteindre Napata, jeta triomphalement Hatchepsout. Dans cette ville, il y a fort à faire, construire des temples, des chapelles, des nécropoles, élever des obélisques. Nos dieux peuvent s'y ériger en maîtres tout-puissants.

— Souhaitons, renchérit Djéhouty, que le peuple ne se montre pas trop hostile. Il a ses propres croyances, Majesté.

— Mate-le. Comme l'a fait Nekbet à Bouhen.

— Majesté, coupa prudemment Séchat, mon illustre grand-père a offert bien des présents au peuple de Bouhen avant de le mater.

— La construction d'un temple n'est-elle donc pas suffisamment compensatoire, selon toi ?

— Non Majesté, reprit Séchat, en affrontant le regard de la reine.

Puis elle se tourna vers Djéhouty :

— Pour réussir pleinement cette opération, il faut faire l'inverse.

— C'est-à-dire ? coupa Hatchepsout.

— Assurer au peuple de Napata une vie sûre et confortable en lui aménageant des greniers à blé, en posant des chadoufs pour cultiver ses terres, en lui procurant des bœufs et des chèvres, en développant l'importance de ses marchés agricoles et des foires à bestiaux.

Satisfaite, la pharaonne hocha affirmativement la tête.

— Ce n'est qu'en échange de toutes ces prouesses que le peuple de Napata se convertira à nos dieux, poursuivit Séchat. Alors, Majesté, vous pourrez construire temples et obélisques sur toute la région et même descendre jusqu'à Méroé et Aloa.

— La Haute-Nubie ! siffla Néhésy admiratif devant cette idée. C'est tout à fait plausible.

Il fit un bond aussi souple que celui d'un chat et se retrouva devant Djéhouty.

— Si nous pouvons descendre aussi bas, pourquoi ne traverserions-nous pas le sud du désert libyque ? Nous n'en connaissons que le nord, peut-être y trouverions-nous d'autres tribus à mater.

Il tendit sa main à Djéhouty.

— Je suis ton homme si tel est ton souhait. Ma police sera prête à soumettre ces peuples à nos idées et à nos croyances. Peut-être même rapporterons-nous des esclaves.

Déjà, Néhésy supputait les joies d'un rôle qui s'apparentait fort aux prémices d'une expédition guerrière.

Il serra la main de Djéhouty avec chaleur, puis il la lâcha d'un geste onctueux et souple — il était étonnant de voir comment cet homme qui dirigeait toutes les armées d'Egypte pouvait paraître charmeur et caressant — et la ramena sur l'épaule de son compagnon, l'encerclant de ses longs doigts sombres.

— Alors faites équipe, intervint Hatchepsout et que l'apport de l'armée, Djéhouty, te serve à sillonner tout le désert libyque. Ouvre de nouvelles carrières, trouve de nouveaux métaux. Fais en sorte d'enrichir l'Egypte par ce biais-là.

Elle planta son regard dans celui de Djéhouty.

— Des objections ? fit-elle en haussant le sourcil.
— Aucune.
— Des questions ?
— Juste une.

A l'exception d'un claquement de pied nerveux du côté de Mériptah et d'un grognement insondable dans le fond de la salle, l'assemblée ne broncha pas et Senenmout garda ses lèvres soudées en une ligne qui s'apparentait fort à un rictus.

— Laquelle ?

L'éclatant contentement qui s'était allumé brusquement sur le fin visage d'Hatchepsout s'éteignit aussitôt, ramenant au galop doutes et angoisses.

— Laquelle ? répéta-t-elle d'un ton impatient.

— Justement, j'y viens, fit Djéhouty en dégageant son épaule de la main fraternelle de Néhésy.

Puis, le raccompagnant courtoisement à sa place, il arpenta de quelques pas flegmatiques la salle, prenant soin de passer discrètement derrière chacun. Cela incitait toujours au silence.

— J'y viens, Majesté. J'y viens par le biais de votre temple. Deir-el-Bahari est la construction la plus glorieuse de toutes les civilisations antérieures et sans doute de toutes celles à venir.

Néhésy hocha la tête en signe d'assentiment. Son grand collier d'argent serti de turquoises, qui lui tombait jusqu'à la taille, vint cogner le rebord de la table dans un bruit mat. Comme tous les autres, il portait une perruque coupée au carré, ceinte sur le front d'un bandeau de couleur. Le sien avait la teinte de sa tunique bleue.

Djéhouty s'arrêta. La reine pointa vers lui un index à l'ongle carminé.

— Parle.

— Le désert, commença Djéhouty, n'est pas un terrain comme un autre. Il faut former une police spéciale, habile à manier le char ou à monter le cheval, experte à lancer le javelot, à se battre, attaquer, se défendre. Les bédouins ne sont pas toujours pacifiques. En plein cœur du désert, ils sont les maîtres. Nous, Egyptiens, restons faibles et inexpérimentés dans ces sables mystérieux et inconnus. Pour se mesurer aux forces de ces étranges régions désertiques, souvent malveillantes, il faut recruter les meilleurs éléments, capables de se priver d'eau, de coucher sur le sable inhospitalier, d'affronter le khamsin, les cobras, les oryx et les scorpions. Capables aussi de défier le lion qui surgit brusquement de ces terres brûlantes et arides.

— C'est une police du désert que tu suggères là, Djéhouty, fit Néhésy en réfléchissant.

— En quelque sorte, oui. Y vois-tu quelque obstacle ?

— Non, si ce n'est celui de me laisser le temps pour la former.

— Alors ! fit Hatchepsout, que cette nouvelle armée soit plus hardie que celle qui n'a pu lever le petit doigt pour me défendre sur la route de Thèbes à Deir-el-Bahari, la saison dernière.

— Majesté, ce n'était pas une police qui vous accompagnait. C'était votre garde personnelle, une garde formée exclusivement pour vous protéger derrière les murs de votre palais, non sur une route désertique et périlleuse.

— C'est juste, admit la reine. Forme donc cette nouvelle police pour protéger l'Egypte de toutes les agressions du désert et qu'elle serve à Djéhouty qui en aura besoin pour sillonner les routes d'une région inconnue.

Néhésy s'inclina.

— Votre temple, Majesté, qui est hors des voies les plus empruntées, n'est malheureusement pas hors des regards indiscrets, des convoitises et de la rapacité des êtres sans vergogne. Ne craignez rien, votre nécropole sera gardée nuit et jour par cette police-là.

— Que l'œil de la déesse Hathor veille sur Deir-el-Bahari et qu'elle protège les morts qu'elle y ensevelira ! souffla Hatchepsout sans autres commentaires.

Une pause se fit et les hérauts vinrent sonner à nouveau de la trompette. C'était l'instant où on se congratulait, se remerciait, se promettait un échange de bons services.

Pourtant, quelques regards suspicieux sous des sourcils ombrageux, quelques gestes nerveux ou quelques ambigus sourires glissaient insidieusement en des directions bien ciblées.

On apporta des collations fraîches, on étira ses jambes, son cou, ses bras, on parlementa, on fit quelques pas éloignés de la terrasse ombragée et on revint s'asseoir.

Les hérauts s'avancèrent et dans un ensemble parfait, annoncèrent que la séance reprenait.

La pharaonne paraissait plus détendue. Elle avait tant craint le sujet abordant la succession de son neveu qu'elle se sentait soudain libérée à l'idée qu'il n'avait été qu'effleuré et qu'on le remettait à plus tard.

Elle savait à présent que le jeune Thoutmosis ne présiderait pas les séances des assemblées, conjointement avec elle, avant qu'il n'ait épousé sa fille. Or, grâce à l'intervention de Séchat, elle avait obtenu que le pays attende son retour du Pays du Pount. Certes, ce n'était qu'un sursis et il fallait, à présent, qu'elle hâte son départ.

Le Pount ! Enfin, elle pouvait y rêver. Hatchepsout se prit à sourire. Elle pensait revenir de ce pays magique couverte d'honneurs et déballant, devant les yeux émerveillés de son peuple, fourrures, bois précieux, essences diverses, parfums enivrants, tigres, léopards, lynx et chats sauvages.

D'un regard serein où l'ambre doré de ses yeux jetait des lueurs plus engageantes — elle prit même le temps de sourire à Senenmout — Hatchepsout leva la main et engagea la poursuite des débats.

L'atmosphère semblait détendue, les fonctionnaires calmés, les scribes attentionnés. A elle, maintenant, d'expédier au plus vite ses deux adversaires les plus farouches pour libérer la voie au-devant de Séchat et, bien sûr, au-devant d'elle-même.

— Senenmout, tu as mené admirablement bien l'organisation de cette construction qui est mienne. Deir-el-Bahari ! Je l'ai proclamé et le proclame encore : c'est une vraie merveille. Tu y veilleras donc, tout comme Néhésy, sans discontinuité, avec l'acuité de ton bon sens et la vigilance de ton esprit toujours en éveil.

Senenmout resta impassible. L'assemblée avait remarqué depuis longtemps déjà qu'il ne s'inclinait jamais outre mesure devant la reine. Une telle attitude prouvait bien qu'il se considérait au-dessus des autres. Il se contenta de fixer le regard d'Hatchepsout. Regard qu'elle soutint sans nul effort.

Ce fut l'instant où l'insidieux et désinvolte Ouser pensa qu'il était bon de jeter son plaidoyer.

— Le pays est bien gardé, bien approvisionné en bijoux et métaux. Il l'est aussi en céréales, en blé et en légumes. Il l'est encore plus en bois de construction. Et, par votre long voyage, Majesté, vous allez l'enrichir davantage des plus prestigieux parfums dont nos dieux ont besoin.

Il leva ses deux bras, haut dans l'espace. Les manches de sa tunique volèrent.

— Vous ne voulez pas la guerre, malgré le renforcement de vos polices. Soit, fit-il en haussant le ton. Alors, reste le problème de la magistrature.

Souriante, Hatchepsout secoua la tête. Que voulait dire ce léger balancement qu'elle lui faisait prendre entre le consentement et le refus ?

— La magistrature ! Nous y voilà, fit-elle en stoppant subitement l'oscillation de son visage. C'est une charge que tu convoites depuis toujours, Ouser. Je ne sais si tu ferais un excellent juge, car tes compétences semblent parfois dépasser le cadre de ton travail et tu risquerais de condamner ou de gracier non pas en fonction de la réalité, mais de tes propres intérêts.

Elle prit une longue aspiration et poursuivit :
— Tu ne seras pas juge, Ouser. Je vais te donner un territoire bien plus grand à défendre et des fonctions bien plus pesantes encore.

Le grand nez busqué d'Ouser frémit et ses prunelles bleues prirent soudain une lueur d'affolement.

Hatchepsout ressentit un fort plaisir à le voir ainsi déstabilisé, ne serait-ce qu'un bref instant.

Elle caressa de ses doigts son menton fuselé. L'instant de surprise qu'elle parut marquer à ne pas y trouver la barbe postiche ne put échapper à personne. Il y eut des sourires, des grattements de gorge et des piétinements. Mais Hatchepsout ne se troubla pas :

— Ton territoire sera vaste, Ouser. Très vaste.

Elle se tourna vers Mériptah :

— Le tien aussi, d'ailleurs. Vous vous partagerez les pays extérieurs à l'Egypte. De la Syrie à la Libye en passant par la Crète et tous les pays de la Mer, le Mitanni, la Babylonie, la Judée, la Canée.

Mériptah marqua un étonnement non moindre que celui de son compagnon. Mais Hatchepsout poursuivait encore :

— Les prochaines fêtes d'Opêt terminées, vous partirez pour Memphis. De là, vous pourrez préparer vos déplacements, délimiter vos territoires. Si les peuples de la Mer s'agitent un peu, c'est parce qu'ils ont besoin d'aide. Vous la leur donnerez.

Dans l'assemblée, un murmure d'étonnement se mit à courir. Voilà une décision qui en stupéfiait plus d'un parmi les hauts fonctionnaires de province. Certains s'attendaient à un faux pas inévitable de la reine. D'autres pensaient à une sanction mal venue envers Ouser et Mériptah que ceux-ci auraient aussitôt retournée contre Hatchepsout.

Ils étaient tous obligés d'admettre que la pharaonne avait joué, là, un vrai coup de maître. D'une position de coupables, voilà qu'Ouser et Mériptah se retrouvaient élevés aux plus hautes fonctions à l'extérieur du pays.

Les rumeurs s'amplifièrent et les deux nouveaux ambassadeurs des pays du Nord se regardaient avec un doute au fond des yeux. Cette soudaine promotion les laissait ébahis. Ils auraient pu en apprécier plus vite la teneur s'il n'y avait eu la contestation étouffée du plus haut dignitaire de Memphis.

— Majesté ! Ne faites-vous pas double emploi avec ces deux nominations ? objecta-t-il avec prudence.

"Tiens, tiens, pensa aussitôt la reine. Je croyais que celui-ci était un de leurs amis. Voilà qui va rafraîchir leurs ardeurs. Dévorez-vous, mes amis, ce n'est plus mon problème. Le mien est momentanément résolu."

Elle attendit quelques secondes avant de lâcher :

— Ces pays sont trop vastes et trop compliqués pour qu'il n'y ait qu'un responsable. Voilà pourquoi je viens d'en nommer deux. Cela donne l'importance considérable de la tâche. Toi, Nofrout, Grand Directeur de Memphis, qui refoules ou retiens les commerçants des peuples du Nord, tu devrais en savoir quelque chose.

Comme pour venir en aide à son voisin de Memphis, l'administrateur d'Hermopolis, un petit homme au visage chafouin et à la barbe taillée en pointe, crut bon de souligner :

— Majesté ! En ce qui concerne les peuples de la Mer, ne confondez-vous pas soutien et...

Hatchepsout coupa sèchement :

— Je ne confonds rien. Et je désire qu'il n'y soit accompli que des expéditions pacifiques. Néhésy l'a fort bien souligné tout à l'heure. Je me range à son avis.

— Méfiance ! Méfiance ! jeta le dignitaire, enhardi par l'assentiment du regard de Nofrout.

— Pire, suspicion ! lança Ouser.

— Certes, méfiance et suspicion, fit la reine, conciliante. N'oubliez pas pour autant qu'une vigilance à toute épreuve est nécessaire. Munissez-vous d'hommes qui vous rapporteront chaque fait et geste. Vos cibles doivent toucher juste. Pour l'instant, ces pays sont en veille. Les soutenir, certes, mais les ramener à une juste cause. La nôtre.

Ramenant son regard sur le petit administrateur qui avait osé la critiquer, elle attendit quelques instants ses objections. Comme elles ne venaient pas, elle fit un tour de tête et ramena son regard vers Ouser et Mériptah.

— Ne vous écartez pas de cet objectif. Regardez, étudiez, espionnez... Je crois que vous êtes l'un et l'autre fort habiles en ce domaine.

Ouser ignora l'allusion.

— Pour nous aussi, votre police sera nécessaire.

— Il ne faudrait pas trop mobiliser les hommes pour leurs seuls besoins, rétorqua Néhésy.

— Veux-tu donc tout monopoliser ? rugit Mériptah.

— Vous pouvez fort bien recruter sur place.

— Les villes de garnison du nord sont faibles, jeta Ouser, en lançant un regard insultant à Néhésy. S'il faut prévoir une expédition en Libye, Majesté, autant mettre tous les atouts de notre côté. J'affirme que ce pays s'enhardit et n'augure rien de bon.

— Il est facile de renforcer les villes de garnison, rétorqua Néhésy en reprenant le ton agressif d'Ouser. Il suffit de réquisitionner toute une main-d'œuvre agricole et ouvrière, comme l'ont fait tant de nos ancêtres. Cette solution empêcherait de toucher à l'armée.

— Je pense que Néhésy a raison, Majesté, jeta Séchat qui, jusqu'à présent, s'était tue. J'ai sillonné le delta dans ses repaires les plus reculés et j'y ai vu de nombreuses familles pauvres et affamées. L'agriculture s'y développe bien, mais se trouve mal répartie. Tout est luxuriant dans le fayoum, mais autour, il n'y a que des sols désertiques faits pour l'élevage de chèvres. Dans ces régions-là, beaucoup d'hommes ont une condition de vie misérable. Ils n'ont ni travail, ni même l'espoir d'en trouver et je crois qu'ils seraient heureux de s'enrôler pour la Libye, la Syrie ou quelque autre pays proche de la Mer.

— Et leurs familles ?

— Il ne s'agit pas de guerre. Ils seraient donc assurés de leur retour.

Hatchepsout réfléchissait. Les suggestions des uns et les objections des autres n'effaçaient pas pour autant les décisions qu'elle s'était promis de prendre. Au passage, elle ne put pourtant s'empêcher de penser que le jeu subtil et la maîtrise de Séchat en abattaient toujours plus d'un.

Comme pour abonder pleinement dans son sens, elle fit logiquement observer :

— Il sera fait ainsi. Engagez tous les agriculteurs du delta qui accepteront de vous suivre.

— Je pensais, Majesté, fit encore Mériptah qui gardait toujours une dernière pierre à jeter à la face de sa rivale, que vous désiriez avant tout renforcer le pouvoir des dieux pour écarter les fléaux que peut engendrer notre pays.

— Que veux-tu dire ?

— Que les greniers à blé peuvent se remplir davantage et que nos vignes peuvent s'accroître plus encore. Si vous enlevez tous les paysans du delta, cette région-là cessera de prospérer. Le temple d'Amon ne peut soutenir cette idée.

— D'autant plus que ses coffres sont vides, assura un petit homme à l'allure souffreteuse qui se plia aussi bas que possible devant la reine, courbant sa maigre échine et ses épaules creuses.

Mériptah le regarda, satisfait. Celui-là ne pouvait que prendre sa défense. Il l'avait bien dressé au temps où Moutnéfer, la Seconde Epouse de Thoutmosis Ier, régnait sur le harem et où lui-même avait, en ce temps-là, droit de regard sur les finances du palais.

Petit homme acariâtre, avare, aigri, Antef, l'intendant du harem qui travaillait dans l'ombre à rehausser le pouvoir futur du jeune Thoutmosis, ne dépensait vraiment que pour satisfaire les besoins du prince.

Aussi misogyne et retors que Mériptah, toujours à la recherche d'un piège à tendre ou d'une manœuvre illégale à peaufiner, le petit intendant du palais ne subissait vraiment que le charme du prince.

— De quoi te plains-tu ? jeta la reine excédée. Ton harem est riche.

— Je proteste, Majesté, aussi pauvre que ces régions dont vous parliez à l'instant.

— Les trésors s'y sont pourtant entassés depuis le pharaon Aménophis, dit calmement Hapouseneb, et il ne semble pas qu'actuellement, les anciennes épouses et favorites vident inconsidérément les caisses de ce trésor-là.

Antef eut un mauvais rictus.

— Dans peu de temps, le jeune Thoutmosis aura besoin d'une armée que nous devons former. Il va sans dire, Majesté, que je puiserai dans ce coffre.

— Ce temps n'est pas encore arrivé, Antef. Alors, en attendant, développe donc les exercices de ces jeunes écoliers.

— Est-ce vraiment votre désir, Majesté ? ricana Antef.

Il se retourna vers Mériptah qui l'encouragea vivement du regard.

— Tu me connais mal, mon cher Antef, ironisa Hatchepsout à son tour, comme d'ailleurs tu connais aussi mal les autres femmes. Mais, en ce qui me concerne, tu devrais te souvenir que les jeux de combats, le tir à l'arc et la conduite des chars ne m'ont jamais déplu. N'as-tu donc jamais entendu dire que je m'y étais moi-même exercée fort honorablement dans ma jeunesse ?

— Une armée se forme longtemps à l'avance, répliqua Antef.

— Il suffit. Je ne veux plus réfléchir sur ce sujet, fit la reine agacée. Dépense tout l'argent qu'il te plaira pour le bon plaisir du prince. Je n'y vois pas d'objection. Mais, de grâce, ne parle pas encore de sa future armée.

Elle sentit qu'elle évitait de justesse la remise en question du point qui la touchait si fortement. Le prince ! Aussi, se tourna-t-elle vivement vers Senenmout et ordonna :

— Abordons plutôt le problème de la justice.

Ce furent Djéhouty et Pouyemrê, avec le plein accord de Senenmout, qui suggérèrent à la pharaonne de placer le Grand Prêtre d'Amon à la tête de la magistrature égyptienne. Personne ne souleva d'objection et Hapouseneb se vit élever à la charge de Grand Vizir Suprême.

*
* *

Soixante-dix jours après la mort de la petite Néférourê, les praticiens avaient commencé le long travail de la momification dans le pavillon des embaumeurs du palais.

Dans la pièce où le corps de l'enfant était enfin prêt, des relents de natron et de térébenthine montaient jusqu'aux terrasses avoisinantes. Vaguement dissous par les effluves des lauriers-roses en fleur qui entouraient le bâtiment, ils rappelaient les esprits à la mémoire d'Osiris.

Le dieu observait les morts avec une acuité sans cesse en éveil. Isis l'aidait dans sa tâche en veillant sur les corps vidés de leur substance vitale et en s'efforçant de les rendre aussi naturels que possible.

Le maître momificateur qui travaillait avec une compétence due à des années d'expérience avait mis tout son art dans le délicat emmaillotement des bandelettes. L'odeur de l'huile de cèdre et les vapeurs douceâtres de l'oliban ne l'entêtaient plus depuis longtemps. Ptah admira son travail dont la perfection dépassait tout ce qu'il avait fait jusqu'à présent.

Lorsque enfin il avait vu le petit visage qui ne présentait plus aucune crispation de douleur, senti que les paupières et les joues de la fillette étaient redevenues soie et velours et que les traits avaient repris cette régularité et cette finesse de l'enfance endormie, un soupir de soulagement était sorti de sa poitrine. Dieu d'Osiris ! Il était bien le plus grand embaumeur de toute l'Egypte.

Enfermé dans son sanctuaire depuis soixante-dix jours, il était sans doute le seul à ne pas apprécier les lauriers-roses du palais qui dégageaient leur délicat arôme et dont chacun essayait de s'imprégner avant de humer la forte odeur du natron.

Ptah restait muet devant son travail. Chacune des momifications qu'il entreprenait lui apportait cette exaltation peu coutumière qu'il ne ressentait pour nulle autre chose.

Certes, son équipe composée d'une dizaine de praticiens avait largement contribué à la réalisation d'une telle merveille. Neb-Amon lui-même, le médecin de Thèbes qui ne s'intéressait pas particulièrement à ce travail d'embaumement, était obligé de reconnaître que c'était là un travail de génie.

Comment expliquer l'état bienheureux de Ptah lorsque après les processions d'usage et les prières traditionnelles, il avait frappé dans ses mains pour annoncer le grand moment où la pharaonne Hatchepsout et les hauts dignitaires devaient se prosterner devant la momie de Néférourê.

Il avait si bien énuméré, les unes après les autres, toutes les opérations effectuées que le langage qu'il utilisait devenait lui-même sacré. Personne d'autre que Ptah n'expliquait aussi parfaitement la façon dont le crâne avait été vidé de sa substance cérébrale avec les fins crochets d'or. Personne d'autre que lui ne pouvait décrire l'adresse et la souplesse avec lesquelles ils avaient pénétré les narines, les effleurant juste sans en abîmer l'intérieur.

— La cavité orbitale est intacte, avait-il précisé. Les poumons, l'estomac, le foie et les intestins ont été retirés sans erreur ni dégradations. Ils sont dans ces urnes-là.

Il avait fait lentement le tour de la momie et l'avait regardée avec une fierté si évidente qu'elle n'était guère passée inaperçue.

— Les entailles sur le corps sont minuscules et si bien refermées que la peau est intacte.

Hatchepsout avait senti ses yeux s'embuer. Par tous les dieux du temple dont les voix résonnaient à ses oreilles, pourquoi voyait-elle, en cet instant précis, les yeux enjoués de sa fille, ses gestes spontanés et ses rires enjôleurs ?

Ptah s'était courbé si bas devant la pharaonne, mains posées à plat sur le sol, que son buste frôlait la poussière.

— Majesté, avait-il murmuré en se levant sur les instructions d'Hatchepsout, tous les liquides corporels ont été écoulés dans les canopes. A présent, il faut les fermer définitivement.

Puis, il s'était relevé et, récitant quelques incantations, avait saisi pieusement les couvercles aux effigies des dieux et des déesses et les avait tendus à la reine qui avait longuement hésité avant de les prendre.

— En es-tu sûr ? avait-elle murmuré.

— Qu'à l'instant, Osiris sépare mon âme de mon corps si j'affirme une inexactitude ! avait-il protesté à voix basse. Chaque viscère a été nettoyé et passé à l'eau aromatisée, puis recouvert de natron pulvérisé mêlé au sel du fayoum, le meilleur qui soit, Majesté !

— Et le cœur ?

— Le cœur ! Il repose pour l'éternité dans ce quatrième canope. L'âme de votre fille, la princesse Néférourê, devenue l'oiseau du Bâ, viendra lui rendre visite.

Cette certitude qui ne pouvait que soulager la reine l'avait en fait déstabilisée. Le cœur de sa fille ! Enfermé dans ce petit canope de grès rose au couvercle qui représentait Bastet, la déesse au visage de chat, le cœur de Néférourê battait encore pour Hatchepsout.

Elle avait observé longuement la momie de sa fille. Après quarante jours de dissécation dont trente avaient été réservés aux onctions et à l'embaumement, puis vingt aux massages et rembourrages, Ptah et ses hommes avaient comblé de toile et de natron la cavité des yeux et bouché les narines avec de la cire d'abeille.

Puis, le long travail de l'emmaillotement avait commencé. D'épais rouleaux de bandelettes, tissées avec le lin le plus fin d'Egypte, s'étaient savamment entrecroisés sur le buste de la fillette. Virevoltant habilement entre les mains des momificateurs, les bandes de lin s'étaient emparées des bras et des jambes de l'enfant, avaient emprisonné chevilles et poignets, puis, un par un, chaque doigt de main et de pied avait été enfermé de la sorte.

Ptah s'était assuré que les bandelettes étaient suffisamment imprégnées de résine de genévrier et de natron. Entre chaque couche de linge, il avait réclamé un saupoudrage supplémentaire.

La tête de l'enfant avait été recouverte, tout d'abord, d'un triple bandage. Puis, chaque partie du corps ayant subi le même travail, l'ensemble s'était vu recouvert de bandes plus épaisses, plus rigides, reliées et collées entre elles par de la résine parfumée.

— Majesté, pas une seule parcelle de membre n'est tombée.

— Tu es si expert, Ptah, avait jeté la reine un peu lasse, qu'avec toi, il n'en tombe jamais.

Le praticien pouvait relever son buste. Il était fier.

Oui, il était fier ! Car il arrivait souvent avec d'autres momificateurs, qu'une oreille ou un doigt se détache du corps et qu'il faille les placer dans l'urne qui contenait un viscère.

Une dernière fois, le regard d'Hatchepsout s'était attardé sur sa fille. Remarquait-elle le parfait dessin des bandelettes qui s'entrecroisaient sur son corps ? En tout cas Ptah, lui, les admirait.

La pharaonne avait écouté les chants des pleureuses et ceux des prêtres aveugles au crâne rasé et à l'ample tunique jaune d'or. Puis, les hommes aux masques à tête d'ibis et de faucon étaient arrivés, psalmodiant des cantiques aux intonations rauques. Ils furent suivis des inévitables invocations dédiées à Osiris.

Enfin, dans les rues de Thèbes et de Karnak, dans les grandes allées du temple d'Amon et sur les berges du Nil que descendait la Barque Sacrée transportant le corps de la princesse, commencèrent les longues processions afin qu'elle rejoigne en paix le pays auquel on la destinait. Osiris prenait la relève des vivants.

Séchat suivait la procession en silence, rêvant à sa fille qui jouait dans les jardins du palais. Dans quelque temps, le port de Thèbes s'agiterait dans des turbulences et des remous divers : marins, dockers, scribes, surveillants, commerçants s'activeraient pour le départ au Pays du Pount et Séchat ferait partie des leurs.

Neb-Amon, le jeune médecin des quartiers pauvres de Thèbes qui peut-être aurait pu sauver la princesse, suivait lui aussi la procession en silence, ne sachant encore si l'aventure du voyage servirait favorablement son destin.

CHAPITRE II

La construction des cinq navires de la flotte royale s'achevait sous l'œil vigilant de Senenmout. Depuis six mois, esclaves, menuisiers, mariniers, dockers et surveillants s'activaient.

Comme il s'agissait non d'une expédition guerrière, mais d'un long voyage dont le but était de rapporter des arbres à pain, des étoffes, des bois précieux, des épices et surtout des encens et de la myrrhe, parfums sacrés entre tous et appréciés des dieux, la foule regorgeait de délire.

Sakmet s'agitait, lui aussi. Nouvellement engagé par Néhésy pour surveiller la police et l'armée navale, il s'était vu enrôlé comme second intendant de la Marine Royale.

Une promotion à laquelle, certes, il ne s'attendait pas et qui, en cet instant, le laissait encore pantois d'étonnement et de plaisir. Et, s'il n'avait été aussi ambitieux, toute cette agitation l'eût laissé quasi indifférent. Mais, trop impatient de commander un peuple dont il avait été l'esclave, Sakmet regardait avec supériorité les gens qui s'activaient et qui, dorénavant, se trouvaient sous ses ordres.

Le Nil abordait son sixième mois de turbulences. Jamais encore, il n'avait vu un tel déploiement de cris et d'énervement. Pourtant, malgré les coups qui tombaient sur les épaules des esclaves et des prisonniers enrôlés pour achever au plus vite la construction des navires, Senenmout s'efforçait de traiter l'ensemble du travail avec un calme qui, bien entendu, n'était qu'apparent.

Sur le quai, il surveillait les derniers préparatifs du départ aux côtés de Sakmet.

Il regarda avec satisfaction les cinq embarcations qui se suivaient les unes derrière les autres, le mât central élevé dans l'azur du ciel, la proue qui se recourbait comme la queue agressive d'un scorpion et les épais cordages qui s'enroulaient sur les ponts de bois, tels de volumineux reptiles prêts à se dérouler dès que la houle se ferait sentir.

A peine Hatchepsout avait-elle parlé du projet de cette expédition que Senenmout avait refusé d'utiliser les kebenits, ces bateaux parfaits pour la navigation du Nil, mais qui ne pouvaient pas tenir la haute mer. Même s'ils étaient construits hors d'Egypte, avec des bois plus résistants que le sycomore ou l'acacia, le kebenit ne représentait en rien l'embarcation qu'il fallait pour affronter le grand océan.

Thouty, le riche armateur, avait réussi à persuader Hatchepsout et Senenmout qu'il fallait construire des navires spéciaux. En cela, son avis rejoignait celui de l'intendant. Il fallait des bateaux solides, performants, faits pour naviguer sur une mer houleuse, démontée, un vaste océan qui, disait-on, faisait souvent chavirer les embarcations trop légères.

Les navires de Thouty avaient donc fait l'objet d'une étude détaillée, concise, parfaite en tous points. Ils comportaient de longues coques, munies à l'avant d'un éperon et à l'arrière d'une énorme ombelle qui se relevait comme la queue d'un scorpion. De gigantesques câbles soutenus par des pieux fourchus reliaient les extrémités de la coque. Les mâts étaient maintenus par de solides cordages et se dressaient au centre. Deux postes d'observation se trouvaient de part et d'autre de l'embarcation.

Ces grosses et puissantes constructions étaient plus volontiers connues des ambassadeurs qui les utilisaient fréquemment dans des voyages de haute mer qui les emportaient hors d'Egypte.

Mais, pour effectuer en toute sécurité l'expédition hasardeuse de la pharaonne, il fallait bâtir mieux encore et Hatchepsout savait que Thouty, travaillant pour les Crétois et les Syriens — ce qui d'ailleurs avait assis plus que confortablement sa fortune — pouvait se surpasser dans l'ingéniosité de ses constructions.

L'armateur égyptien était sans doute un des plus riches Thébains qui résidât dans la ville. Peut-être même était-il le plus fortuné. Seuls, quelques grands dignitaires pouvaient comparer leur fortune à la sienne.

Thouty était fin, rusé et diplomate. Il achetait en quelque sorte les faveurs d'Hatchepsout en effectuant d'innombrables offrandes au temple d'Amon. Et ceci d'autant plus fréquemment depuis que Hapouseneb, le Grand Prêtre, était son gendre.

Les dons de Thouty qui entraient dans les caisses du temple et dans celles de Karnak permettaient ainsi un confort de vie plus étendu au sein de la grande communauté des prêtres d'Amon.

Senenmout avait donc fait comprendre à l'armateur égyptien qu'il lui fallait construire une escadrille de cinq gros navires, sûre, puissante, efficace, qui ne craignît ni les dangers du delta, ni les flots remuants de la grande mer. Une flotte pouvant non seulement les déposer au Pays du Pount, mais les ramener emplis à ras bord des trésors les plus lourds et les plus fabuleux.

Sakmet admirait en silence le quatrième navire de la file. Celui qu'il devait diriger. Bien que l'unique voile ne fût pas encore levée, il l'imaginait sans peine, plus large que haute, avec un vent qui s'y engouffrait allégrement, la gonflait et, lentement, faisait avancer le bateau.

Les derniers jours avant l'expédition marquaient de leur impatience les esprits les plus nerveux. Parmi les marins et les dockers, Senenmout surveillait l'organisation du chantier tandis que Sakmet en dirigeait les travaux.

Dans une permanente poursuite à travers la région, qu'il effectuait avec un discernement sans faille, Néhésy achevait son recrutement pour former une police navale qui devait embarquer sur les navires.

Sakmet ramena ses yeux sur le chantier et se reprocha d'avoir distrait son temps de quelques secondes rêveuses. Sur la fin des travaux, les esclaves se relâchaient un peu. Il fallait les reprendre en main promptement, sous peine de ne pas être prêts pour l'imminent départ.

Enrôlés pour leurs sérieuses connaissances maritimes et le goût qu'ils avaient à monter sur un bateau, de nombreux Libyens commençaient à souffler, soulagés de voir qu'ils en avaient bientôt terminé et que, peut-être, quelques-uns d'entre eux seraient choisis pour l'expédition.

Hélas, ceux-là ignoraient encore que s'ils étaient embarqués, ce ne serait certes pas pour rêver, accotés nonchalamment au bastingage du navire, mais plutôt pour ramer comme des esclaves lorsque les voiles seraient abaissées.

Sakmet les regarda et s'agita :

— Foutu dieu de Seth ! jura-t-il. Cette poutre doit être posée ce soir. Celui que je prends à traînasser goûtera de mon fouet !

Il fit cingler sa lanière de cuir. Elle chuinta et fit quelques moulinets dans l'espace, puis vint se replacer le long de son corps bruni par le soleil.

Sakmet avait le buste dénudé. Le court pagne qu'il portait découvrait ses cuisses puissantes, râblées et lorsqu'il écartait les jambes, ses pieds prenaient fermement une assise solide sur le sol.

Il est vrai que le fouet qu'il tenait en main claquait souvent sur le dos des esclaves les moins acharnés au labeur. Cela remettait de l'ordre dans le bon déroulement du travail, disait-il à Senenmout qui, lui aussi, en tenait un, à double lanière de cuir d'hippopotame.

Mais, contrairement à Sakmet, l'intendant de la

reine ne s'en servait que rarement. On eût cru pourtant que cet homme intransigeant, aux yeux de fauve et à la bouche sinueuse et pincée pût se permettre plus de cruauté envers les esclaves.

Leurs méthodes de surveillance étaient très différentes. Sakmet s'acharnait sur un travail bien précis et en demandait une exécution rapide. Il agitait facilement son fouet sur les dos courbés mais, quand l'heure du repas sonnait, il accordait à tous la galette d'orge, l'oignon et la bière qu'ils avaient mérités.

Senenmout avait un esprit de synthèse plus développé. Il surveillait l'ensemble avec un sens critique sans cesse en éveil et s'il ne griffait pas de son fouet le dos de ses esclaves, s'il se contentait de le passer nerveusement d'une main à l'autre, tout en vociférant des ordres, il restait moins généreux sur le plan de la nourriture qu'il ne leur accordait qu'assez parcimonieusement.

Depuis quelques instants, Sakmet était tendu, agité.

— Faites glisser la poutre horizontalement ! cria-t-il en épongeant son front embué de sueur.

Il s'assura que la poulie glissait normalement pour venir se placer au centre de l'embarcation.

Jambes écartées, il observait le lent passage de la poutre sur la glissière de bois. Elle semblait en position stable et avançait progressivement au fur et à mesure que les hommes la tiraient.

— Sakmet ! entendit-il dans son dos.

Surpris, il se retourna. Lorsqu'il aperçut Séchat, il abaissa son fouet et cessa aussitôt de donner ses ordres. Elle avait un pagne blanc qui laissait ses jambes découvertes. Son visage mat et lisse n'était pas maquillé et elle n'avait pas de perruque.

— Séchat ! s'exclama-t-il en se dirigeant vers la jeune femme. Que fais-tu là ?

— Je te regarde travailler, répondit-elle en souriant.

— Par tous les dieux de Seth qui nous dévoreront tous...

— Tu jures, à présent ?

Il attacha son fouet à la boucle de sa ceinture, s'approcha de la jeune femme et la serra dans ses bras.

— Voici combien de temps ? Trois ou quatre saisons ! Peut-être plus. Pourquoi es-tu là ? Vas-tu faire partie du voyage ? Comment va ta fille ?

Elle se mit à rire.

— Par quelle question vais-je commencer ?

Elle se dégagea de ses bras musclés qu'il attardait autour de son corps.

— Si je me souviens bien, fit-elle, c'est près de Memphis que nous nous sommes vus la dernière fois et si je me souviens mieux encore, c'est grâce à toi si j'ai retrouvé ma fille.

Elle glissa un regard joyeux dans les prunelles sombres du jeune homme.

— J'embarque avec une équipe de scribes pour relater le voyage. La reine réclame un récit complet, détaillé, où chaque fait sera mentionné depuis le départ jusqu'au retour qui, par tous les dieux, interviendra on ne sait quand.

Comme il la regardait sans rien dire, elle reprit :

— Je crois que je vais faire du bon travail. Et toi ?

— Je commande le quatrième navire de la flotte.

— Et moi, j'embarque sur le cinquième. Connais-tu le commandant ?

— C'est un homme d'équipage de Thouty. Il est sérieux et connaît son travail. Je pense que tu n'auras aucun problème avec lui.

Il claqua sèchement deux de ses doigts l'un contre l'autre.

— Quelle sottise ! Si j'avais su que tu étais du voyage, nous aurions pu nous retrouver sur la même embarcation.

— Nous aurons de nombreuses escales. De Thèbes à Hermopolis, la reine veut s'arrêter dans chaque ville, voir son peuple, faire des offrandes aux temples, rencontrer les Grands Prêtres, organiser des processions et des fêtes.

Ils firent quelques pas en direction de la coque du

navire où les hommes achevaient de tirer la poulie. Elle était enfin placée au centre du pont, là où elle devait s'élever parallèle au mât central.

— Sais-tu, Sakmet, que j'ai peur de ce voyage ?
— Peur !
— Je crains les flots. Ils sont monstrueux, paraît-il, sur l'océan que nous allons parcourir. Ils n'ont plus rien à voir avec notre Nil pacifique et tranquille. Il paraît que, dans certains cas, lorsque le vent souffle trop fort, les bateaux se retournent.
— Sais-tu nager ?
— Ta question est décourageante, mais rassure-toi. Je sais nager, dit-elle en plaisantant. J'ai manié, bien souvent, les embarcations de mon grand-père sur le Nil.
— Alors, ne crains rien. Ces bateaux, dit-il en désignant les énormes navires, sont à l'envergure de la grande mer, comme les barques le sont à celle du Nil.

Il regardait Séchat et ne put s'empêcher de prendre sa main.

— Tu n'as pas changé depuis...
— Ne parlons plus de cela, Sakmet. J'ai retrouvé Satiah. C'est un souvenir que je ne veux plus aborder. Ma fille est en sécurité, élevée au harem du palais, comme je l'ai été moi-même.

Elle retira sa main. Son geste fut un peu nerveux, mais elle sourit aussitôt. Elle n'avait nulle envie de se remémorer le rapt de sa fille alors âgée de six mois, qu'elle n'avait retrouvée que deux ans plus tard après avoir sillonné l'Egypte entière[1].

— Je sais que nous aurons l'occasion, maintes fois, de nous rencontrer à terre et j'en suis très heureuse. Mais, dis-moi, Sakmet, je t'observais de loin. Tes méthodes de travail sont intransigeantes. On dit que tu nourris bien tes hommes et que tu leur laisses des haltes suffisantes de repos. Mais pourquoi abuses-tu si souvent de ton fouet ?

---

1. Lire *Les Thébaines/De roche et d'argile* Le Livre de Poche, n° 14909.

— Parce qu'ils ne feraient rien sans lui.
— En es-tu sûr ?

Il ne répliqua pas, l'observa en silence et, déviant la question, reprit :

— Ainsi, nous allons nous revoir durant tout ce voyage. C'est à peine si j'ose le croire.

Elle eut envie de lui dire qu'elle aussi se sentait joyeuse à l'idée de le sentir à ses côtés durant ce long périple étrange et hasardeux. Mais, elle se retint de tout commentaire.

Brusquement, un cri surgit du pont. Sakmet et Séchat se retournèrent.

La gigantesque poutre qui, tout, à l'heure, glissait lentement le long de la coque du navire et que soutenait une centaine d'esclaves s'affaissait à une extrémité, bloquant quelques hommes sous son énorme poids.

Ils n'avaient pu réussir à la soulever et la base de la poutre avait malencontreusement ripé sur le côté, entraînant les hommes avec elle. Sakmet se reprocha aussitôt les quelques minutes de déconcentration qu'il venait de s'accorder.

— Il faut du renfort ! s'écria Séchat. Dans un instant, ces hommes vont être broyés.

Talonné par la jeune femme, Sakmet courut à la poulie et jura.

— Nous n'avons pas assez d'hommes. Ils sont occupés ailleurs.

— Il suffit d'en récupérer une dizaine.

Déjà, Séchat se retournait pour se faire une idée de l'ensemble du chantier. Mais Sakmet saisit son bras et le pressa de façon à ce qu'elle sentît la fermeté qui n'admettait aucune réplique.

— Laisse, Séchat. Je dirige mon chantier comme il me plaît. Et, si l'on ne peut rien faire, ces hommes seront écrasés. Ainsi va leur destin.

Ses yeux se durcissaient sous l'éclat du soleil. La pression de sa main sur son bras se faisait encore plus insistante.

— Tu as raison, fit-elle sèchement. Ce n'est pas mon chantier. Je te souhaite une excellente journée.

Elle tourna les talons, mais il la saisit rapidement par le bras.

— Allons, Séchat, voilà qu'à peine embarqués sur ces navires, nous nous heurtons pour un accident qui chaque jour arrive.

Puis, comme elle ne répondait pas et s'apprêtait à repartir, il jeta un bref coup d'œil en direction de la poutre.

— Allons voir, proposa-t-il, afin d'atténuer la colère de sa compagne.

Se hissant à un cordage qui pendait à un mât, il escalada habilement la coque du navire, se balança quelque temps dans le vide au-dessus du port et, prestement, s'élança d'un bond acrobatique sur le pont.

La poutre avait glissé sur le sol, bloquant la jambe de deux hommes. L'un s'était évanoui, mais l'autre que la peur étouffait regardait, avec de grands yeux hagards, les quelques hommes qui tentaient de les dégager. La douleur crispait son visage et son torse ruisselait de sueur.

Et, c'est à ce moment que Séchat vit un homme d'une trentaine d'années, grand, souple, les cheveux et les yeux clairs, vêtu d'une tunique longue et blanche, sauter sur le pont et se pencher sur les deux blessés.

Il venait de poser une trousse en cuir sur le sol, l'ouvrait et en retirait un petit instrument qu'il glissa sur le torse du blessé évanoui. Lorsqu'il retira l'instrument, ses yeux croisèrent ceux de Séchat. Alors, elle vit qu'il avait un regard vert et doré comme les blés qui mûrissent à la saison du chemou.

On réussit à dégager les deux hommes, mais celui que le jeune médecin venait d'ausculter était mort.

Sakmet hésita. Il aurait aimé que Séchat restât les yeux fixés hors du chantier. Mais le regard qu'elle venait d'échanger avec le médecin semblait se prolonger et cette attitude le crispa davantage.

Il pensa lui reprendre le bras pour lui signifier de partir. Mais il n'en fit rien. Attrapant le cordage, il cria à ses hommes de reprendre la poulie.

Pendant que la lourde poutre s'élevait à nouveau, Séchat regardait l'autre blessé qui gémissait entre les bras du médecin.

*
* *

Néset contourna les bâtiments désaffectés qui, à la sortie de Thèbes conduisaient à l'extrémité du port, là où rôdaient les enfants désœuvrés issus des plus modestes familles.

Depuis quelques mois, ils observaient tous, d'un œil allumé d'envie et de curiosité, les cinq grands vaisseaux qui élevaient leur mât dans le ciel. De loin, même en cette partie de la ville retirée du centre, on les apercevait et les garçons les plus dégourdis, à moitié nus et tête rasée, s'aventuraient silencieusement jusqu'auprès des coques au risque de recevoir le coup de fouet qu'un maître de chantier destinait à l'un de ses esclaves.

Cette partie de la ville où vivaient les plus démunis des Thébains traversait tout le nord et venait mourir sur les berges d'un désert où les champs n'existaient pratiquement plus et où les cailloux remplaçaient les jardins. D'ailleurs, aucun chadouf ne venait en désaltérer la terre asséchée. Seules, quelques rigoles çà et là parcouraient les maigres parcelles de terrain que cultivaient quatre ou cinq paysans moins infortunés que les autres.

Les ruelles du quartier restaient sombres en quasi-permanence, n'offrant aux habitants que l'ombre des murs décrépis qui ne s'élevaient jamais plus haut que le rez-de-chaussée.

Ces rues souvent malodorantes, étroites et sinueuses, plongées du matin au soir dans une pénombre continuelle permettaient aux "sans logis" de dormir à l'abri d'un soleil bien souvent mortel.

C'était au moins un avantage dont disposaient les plus pauvres.

Les masures se faisaient face. Dans les plus grandes, considérées comme les moins misérables, cohabitaient souvent un âne, une oie, quelques chèvres et, sur le sol durci de la pièce principale, une jarre d'huile ou d'olives, un maigre tas de poireaux, de concombres, de fenouil ou de petits melons venaient en atténuer la rudesse, tandis qu'aux murs de terre séchée qui prenaient la couleur du temps pendaient les oignons.

Il y avait une telle concentration dans ces ruelles que chacun y laissait quelque infortune si ce n'était quelques coups. Un pauvre volait un autre pauvre, un adolescent prenait la rossée destinée à son frère, une fille trouvait à se vendre à plus disgracié qu'elle et, à l'intérieur des masures, attablés devant une mauvaise bière, les ivrognes tentaient d'imposer une loi que les femmes acceptaient pour ne pas que périssent de faim les enfants qui s'accrochaient à leur pagne.

Le quartier pauvre de Thèbes gardait pourtant cette agitation fébrile et intense qui le faisait vivre et le rattachait si bien à l'ensemble de la ville.

Il arrivait même, parfois, que la police vînt en surveiller les abords quand le tumulte se faisait trop violent. Car, bien que prudent et avisé, lequel parmi ces Egyptiens que les dieux semblaient avoir définitivement oubliés n'avait pas, un jour ou l'autre, abrité un malfaiteur notoire poursuivi par la police pour acquérir les quelques débens qui venaient enjoliver leur triste vie quotidienne.

Ce jour-là, Néset avait revêtu un court pagne de toile brune et ordinaire attaché solidement autour de ses reins et qui retombait sur ses cuisses que le soleil avait brunies depuis longtemps.

Un vêtement aussi rustique n'était guère pour lui plaire. Il grattait désagréablement sa peau fine et tombait avec une telle raideur qu'il lui semblait fait en grossières fibres de cordes. Cependant, elle le passait toujours lorsqu'elle se rendait chez sa mère. Comment pouvait-elle s'habiller de luxe et de confort quand elle venait dans ce misérable quartier qui l'avait vu naître ?

Jamais Néset n'avait paru devant sa mère autrement qu'avec ce pagne de toile brune dont le tissage commun était le même que celui que portaient toutes les femmes qu'elle croisait dans ce triste quartier. La seule différence que l'on pouvait remarquer était que le sien offrait une propreté irréprochable et ne portait aucun accroc. Certes, nuance considérable quand on voyait tous ces indigents vêtus de vêtements informes et sans couleur.

Avant d'atteindre la ruelle étroite où habitait sa mère, Néset devait traverser une partie du port, la plus étroite et la plus sombre.

L'exiguïté se faisant de plus en plus sentir, Néset fit un brusque écart dans un nuage de poussière causé par les roues d'un char. Des enfants couraient derrière en criant des mots qu'elle ne comprit pas. Ses yeux plissés s'étonnèrent. Ce conducteur était bien aventureux de se perdre en un endroit aussi risqué avec un attelage de nanti !

Elle observa quelque temps les deux chevaux qui prenaient de la distance sur les garçons irrités et furieux, vociférant après une prise manquée. Il est certain que si l'audacieux conducteur était tombé entre leurs mains, il n'aurait plus à cette heure ni bourse ni char et chevaux.

Le nuage de poussière n'étant déjà plus qu'un vague souvenir, Néset reprit tranquillement son chemin. Elle bifurqua sur sa gauche et tourna dans la ruelle qui menait à la masure de sa mère. Là, on apercevait encore le bout du port. A cette heure où le soleil était en plein zénith, hommes, femmes et enfants se terraient chez eux, attendant que les rayons solaires se fissent un peu moins ardents.

Néset hâta le pas. A la section de deux ruelles, elle heurta un homme grand, imposant, vêtu d'une tunique bariolée et la tête ceinte d'un turban assorti.

Ce personnage haut en stature et d'allure apparemment dégagée portant une barbe noire, fournie et bien taillée, devait être un marchand et, bien qu'il parût de taille à pouvoir se défendre seul, Néset fut surprise qu'il choisisse un tel secteur pour faire du commerce.

Elle le toisa avec un brin d'insolence :

— Qui viens-tu voir dans ce quartier qui ne devrait pas être le tien ? questionna-t-elle avec cet aplomb dont elle se servait toujours lorsqu'elle voulait en imposer.

— Et toi ! Que viens-tu faire ici avec cette allure de fille avertie que tu essayes de cacher ? Tu ne sembles guère être du coin.

— J'y suis née.

Il se mit à rire, découvrant une large rangée de dents saisissantes de blancheur dans sa ténébreuse barbe.

A son tour, Néset sourit. Elle le toisa avec moins d'arrogance et plissa même ses yeux jusqu'à n'en montrer qu'un rai de lumière qui, dans l'obscurité de la ruelle, atteignit l'homme de plein fouet.

— Allons, que vends-tu ? fit-elle conciliante.

— De l'huile de cèdre et du henné.

— Du henné ? Est-il de qualité ?

— Le meilleur qui soit et si tu en doutes, je te mets au défi.

Allons ! Ce commerçant astucieux pouvait encore faire du négoce avant de quitter cet infortuné quartier. Il fronça le sourcil, sembla réfléchir et, le sourire engageant, questionna :

— N'as-tu jamais connu le henné le plus pur ? Celui qui transforme les femmes en de belles et désirables créatures ?

D'un mouvement souple de la hanche, elle se glissa sur le côté, aussi hardie que lui.

— Crois-tu donc, marchand, que j'ai besoin de cet artifice pour séduire ?

— Evidemment non ! Mais c'est tout de même un atout qui peut te différencier parmi bien d'autres.

— Peux-tu m'en fournir ?

— Alors, viens me voir. Je tiens boutique dans le quartier nord de la ville, sur la route de Negadah. Tu la trouveras facilement.

— Quel est ton nom ?

— Demande Lévy, l'hébreu. Je suis connu. Mon échoppe est à quelques mètres des carrières de calcaire. Elle jouxte les ateliers des potiers. Je leur vends aussi des couleurs.

— Negadah ! Peut-on s'y rendre à pied ?

— Allons ! Veux-tu me faire croire que tu n'as pas de mule ?

Néset eut un sursaut et planta son regard audacieux dans celui du marchand. Pour qui se prenait-il donc ? Un âne ! Une mule ! Quand elle pouvait disposer d'un char. Si elle venait à pied dans ces ruelles, c'était une autre histoire qui ne regardait qu'elle.

Puis soudain, retournant complètement son état d'âme, Néset eut honte. Elle venait faire la charité à sa mère et voilà qu'elle s'apprêtait pompeusement à faire du commerce avec ce marchand bourgeois qui lui proposait ses services.

— Je viendrai, fit-elle en lui adressant un signe d'adieu. Et je verrai si ton henné est de meilleure qualité que celui que j'achète sur le marché de la place de Thèbes.

Puis, elle le quitta et se dirigea vers les premières masures de la ruelle où s'estompaient les dernières vues du port.

Entre deux rais de lumière, elle aperçut au loin une silhouette penchée sur un amas de poissons déjà séchés par le soleil. Sans doute étaient-ils tombés de quelques filets de pêcheurs. Après leur passage, il y avait toujours des enfants ou des femmes qui venaient les ramasser.

En observant le dos voûté de la vieille femme, elle crut un instant que c'était sa mère qui, tous les matins, allait glaner les quelques oignons ou melons tombés eux aussi des chargements qui s'entassaient sur le port.

Quand la vieille femme se releva, elle vit que ce n'était pas elle. C'est à ce moment que s'approcha un enfant, un garçon qui n'avait pas dix ans.

— C'est ma grand-mère, fit-il en désignant du doigt la silhouette qui, lentement, se relevait en enfouissant dans une calebasse sa maigre pêche.

Néset quitta des yeux la vieille femme et regarda l'adolescent qui se dandinait d'une jambe sur l'autre. Comme presque tous les enfants du quartier, il avait le crâne rasé et portait un pagne brun, sale et déchiré, retenu à sa taille par une corde grossière.

— Mais tu es Ken, le fils du gardien des entrepôts de briques !

— Mon père n'est plus gardien. Il n'a plus de travail.

— Alors, c'est ta grand-mère qui te nourrit, fit Néset en tournant la tête vers la vieille femme qui, lentement, s'approchait d'eux.

Elle n'osa demander à l'enfant si c'était les effets de l'alcoolisme qui avaient fait perdre l'emploi de gardien à son père et préféra le questionner sur ce qui l'intéressait avant que la vieille femme ne les rejoigne.

— Ken, as-tu vu mon frère, ces jours-ci ?

L'adolescent secoua la tête en un signe négatif.

— C'est lui que tu viens voir ? dit-il en la regardant avec une ruse bien déterminée au fond de l'œil.

— Pas précisément. Je viens voir ma mère et ma sœur. Mais j'aimerais aussi parler à Sorenth.

— Il n'est pas rentré depuis la dernière crue. Ne le savais-tu pas ?

— Non, Ken ! Car mon dernier passage ici date précisément de ce temps-là. Allons, ne sais-tu rien à son sujet ?

A nouveau, l'enfant secoua la tête.

— Personne ne l'a vu.

Elle s'approcha vivement du garçon et lui tira l'oreille. L'enfant se mit à hurler.

— Tu mens, fit Néset en lâchant l'enfant. Tu sais où est parti mon frère. Tu restais toujours dans son sillage, le suivant, l'observant, l'admirant comme s'il était le roi du quartier.

— Alors, donne-moi l'un de tes bracelets et tu sauras où le trouver.

Néset connaissait la loi. Il était juste qu'en retour elle paye généreusement le service. Trop investie dans ce genre de rapport où seul un renseignement peut faire avancer toute spéculation ou transaction, elle savait que chaque information se monnayait d'une façon ou d'une autre.

Or, aujourd'hui, l'aide que pouvait lui apporter son jeune frère était indispensable. Sans lui, sa mission était compromise, car tout à l'heure, Nemen la questionnerait sans qu'elle pût lui répondre. Cela risquait de compliquer les choses et peut-être même faire échouer l'affaire qui se présentait à elle. Or, Néset se targuait toujours d'assumer aussi bien ses activités d'espionne que son métier de prostituée.

La jeune fille n'en était pas à son premier coup. Quand un noble de Thèbes — car Néset ne travaillait et ne se donnait qu'à des hauts dignitaires — lui réclamait un service, la besogne était bien faite.

Déjà, elle avait trempé dans l'affaire de plusieurs vols de sceaux royaux importants qui permettaient de signer de faux documents. Elle renseignait quelques hauts personnages que l'ambition et la corruption faisaient dévier de leurs fonctions. Elle avait même été à l'origine d'un rapt d'enfant dont la mère faisait justement l'objet de son prochain forfait.

Oui, Néset n'avait que vingt-deux ans et sa carrière était déjà bien remplie.

Elle tendit le bras devant le garçon qui l'observait d'un œil avide et détacha l'un des anneaux d'argent qui s'enroulaient au-dessus de son coude, seul luxe qu'elle se permettait quand elle revenait dans le quartier de son enfance. Néset savait trop, pour en avoir vécu maintes fois l'expérience, que ceux-ci servaient à délier les bouches trop fermées.

Ken saisit brusquement le bijou et le porta aussitôt à sa bouche.

— Me crois-tu donc capable de porter autre chose que de l'argent ? fit-elle moqueuse. Tu peux le mordre, il ne pliera pas.

L'enfant fit la moue et se mit à rire.

— Que veux-tu savoir exactement ?

— L'endroit où se trouve Sorenth.

— Depuis des mois, ton frère n'a pas quitté la carrière de Coptos.

— La carrière de Coptos ! Mais elle est inexploitable et les bâtiments qui sont restés tout autour sont à présent désaffectés.

— Justement, rétorqua le garçon, Sorenth dit que c'est l'endroit idéal pour être à l'abri de la police du désert et des oreilles indiscrètes. Il est parti avec Penthy, le balafré.

Néset eut un sourire satisfait. Penthy, le balafré, saurait toujours la tirer d'affaire si quelques complications venaient freiner son travail.

Elle passa une main caressante sur le crâne rasé du garçon et sentit la peau tiède qu'une pousse de cheveux naissante commençait à rendre rugueuse.

— Merci Ken. Je te revaudrai ça.

Puis elle se tut, car la vieille femme qui avait empli sa calebasse d'aliments divers, récupérés çà et là, arrivait à leur niveau.

— Viens-tu voir ta mère ? fit-elle en clignant de l'œil, la lourde calebasse faisant pencher son épaule sur le côté.

— Ma mère, bien sûr. Mais je viens voir aussi ma sœur, répondit Néset en regardant la vieille femme édentée qui, debout, restait le dos voûté et la regardait de biais.

La peau de son visage était ridée comme celle d'une figue sèche et ses mains étaient si décharnées qu'elles ressemblaient à des serres de vautour s'agrippant à une proie. Un corsage informe tombait sur son pagne tissé de lin grossier qui découvrait des jambes où couraient de grosses varices brunes et saillantes.

— Tu devrais emmener la petite avec toi, fit-elle en relevant la tête.

Néset soupira. Cette réplique ne l'étonnait guère. Depuis un an que son abject beau-père forçait la jeune Mina à partager la couche de ce vieux porc de Mérath, sa mère tremblait pour l'enfant. Mais cela rapportait de quoi vivre à la maisonnée et, bien qu'assez chétive, la petite était pubère.

— Que ferais-je d'elle, soupira-t-elle encore. Mina n'a que douze ans.

— Raison de plus, fit la vieille. Elle peut te servir de servante. Ta position n'est-elle pas assez haute pour que tu l'engages ?

Néset ne répondit pas, sachant que tout à l'heure sa mère lui tiendrait le même propos.

*
* *

A l'entrée de la cabane, Néset s'arrêta. D'un simple regard, elle vit que sa mère venait de piler du grain dans le mortier où elle préparait la bouillie de son. Elle soupira de soulagement en voyant que sa famille n'était pas au moment le plus bas de son infortune. De là, bien sûr, à rouler des galettes ou à fabriquer un pain de blé, il fallait à sa mère plus de grains qu'elle devait en avoir.

Un peu contrariée, pourtant, de ne pas voir claudiquer à l'ombre de la masure l'oie ou la sarcelle qui eût annoncé de meilleurs jours encore, Néset se consola en pensant qu'avec le dében qu'elle donnerait à sa mère, elle pourrait en acheter deux ou trois.

Et, si la chance était avec elle — il fallait pour cela que son ignoble beau-père fût absent — elle serait en mesure de lui donner les trois débens nécessaires pour l'achat d'une poule et d'un âne. Chaque jour, l'une lui donnerait un œuf et l'autre permettrait de soulager son dos des chargements auxquels elle était obligée de s'astreindre.

Néset fit lentement le tour de la masure et vit qu'au bas du mur avait été déposé un tas de bettes et de poireaux et qu'au clou fixé sous le toit pendaient quelques oignons.

Voyant que son beau-père était à l'intérieur de la pièce, Mina, qui ne voulait jamais le rencontrer seul à seul, avait dû les déposer là en attendant le retour de sa mère.

C'est donc avec une extrême prudence que la jeune fille entra dans la cabane. Il n'y avait qu'une seule ouverture, si basse qu'il fallait se courber pour pénétrer dans l'unique pièce au sol battu.

La pénombre rafraîchissante lui fut agréable, mais elle ne put s'empêcher d'être irritée à la vue de l'homme avachi devant l'unique table, la tête posée sur l'un de ses bras recourbé, un ronflement sinistre sortant de la gorge.

Au bruit des pas de la jeune fille, il releva le buste.

Néset reçut son visage de plein fouet. Des traits réguliers, presque beaux — s'ils n'avaient été déformés par le rictus mauvais qu'il gardait au coin des lèvres et l'inexpression de ses yeux rougis par l'alcool — s'animèrent béatement sur la jeune fille qui s'avançait vers lui.

— Où est ma mère ? jeta Néset d'une voix forte.

Importuné dans sa somnolence, l'homme releva le sourcil. Son regard rouge et fade sembla s'éveiller. Il ricana.

— Elle est partie au champ aider le père Menkef.

Aider le père Menkef était un bon signe pour la mère de Néset. Cela lui permettait de rapporter quelques melons, quelques fèves ou pois chiches et parfois même un peu de lait de chèvre quand elle aidait à la traire.

— Et Mina, où est-elle ? L'as-tu encore envoyée chez ce vieux cochon de Mérath ?

L'homme se leva lourdement et s'avança vers Néset. Son pas n'était pas sûr et il dut se raccrocher au rebord de la table pour ne pas glisser sur le côté.

— Si tu ne veux pas qu'elle couche avec Mérath, cria-t-il en colère, emmène-la avec toi ! Elle apprendra tes belles manières et elle nous rapportera, elle aussi, de quoi manger copieux et gras.

— Manger plus gras ! railla Néset en posant un poing sur sa hanche. Ignores-tu donc que tu dépenses le moindre argent pour boire ?

D'un bras, il battit l'air et de l'autre, il s'agrippa violemment à elle, accrochant ses épaules de ses mains qui n'étaient pas vilaines, puisque aucune besogne ne venait en écorner la peau.

Il faut dire qu'autrefois Sénitou avait été un scribe, non un paysan. Il travaillait dans un petit grenier à blé de province jusqu'au jour où, pris dans une vilaine affaire de viol de fille à peine pubère, il avait été renvoyé, puis condamné à quelques années de prison. Depuis, il n'avait plus jamais trouvé d'emploi.

— Donne-moi l'argent ! s'écria-t-il.

— Il est pour ma mère, pas pour toi.

Il ricana de nouveau.

— C'est la même chose. As-tu oublié que Thouéris est ma femme ?

Des couleurs montèrent aux joues de Néset en même temps qu'une colère difficile à contenir.

— Vas-tu encore la battre pour qu'elle te le donne ?

Il lâcha les épaules de la jeune fille et grogna :

— C'est la seule manière pour qu'elle comprenne.

Néset eut envie de le gifler. Elle se retint pourtant, car la seule fois où elle avait osé accomplir ce geste d'emportement, il l'avait envoyée sans connaissance contre le rebord du mur, le corps roué de coups et de blessures.

— Veux-tu que ta mère subisse le bâton par ta faute ? Non ! Alors, donne ! cria-t-il.

Elle eut un recul instinctif, mais sut qu'il était inutile de chercher à le narguer davantage, car à tout moment, Sénitou pouvait devenir violent. Ses larges épaules balayèrent la pièce dans un mouvement de mauvaise humeur, puis il sembla prendre quelque assurance dans la tenue de ses mouvements.

Dieu de Seth ! pensa la jeune fille, pourquoi sa

mère, sage et tranquille veuve depuis la mort de son père, avait-elle un jour ouvert sa porte à ce bel homme, certes, mais sans un sou qui sortait tout droit de prison ? Pourquoi s'était-elle laissé prendre à ses belles manières, ses douces paroles et ses caresses ensorcelantes qui, très vite, avaient tourné en cris, en coups et en cauchemars ?

— Donne ! hurla-t-il en agrippant de nouveau les épaules de Néset.

— Lâche-la, jeta soudain une voix sèche dans leur dos.

Une femme pénétrait dans la pièce. Elle était usée, ridée, mais jeune et belle encore. Néset se précipita vers elle, puis fouillant la ceinture de sa taille, elle sortit un petit sachet de papyrus d'où elle retira les quelques pièces qui feraient le bonheur de sa mère.

— Tiens, ne les donne pas à ce vieux soûlard. Laisse-le plutôt pourrir dans les vapeurs de sa bière.

La fureur s'empara de Sénitou. Il se jeta férocement sur elles, mais Néset fut plus rapide. Elle noua son pied agile à celui moins assuré de son beau-père et le déséquilibra.

Surpris, il trébucha et voulut se rattraper à la table, mais Néset, plus prompte encore, bouscula la planche qui n'était que posée sur des tréteaux et l'homme chuta lourdement sur le sol en déployant ses larges bras qui vinrent battre l'air avant de se replier sous son corps.

Voyant que, pris par son excès de boisson, il ne se relevait pas, elle saisit la chope de grès qu'il venait de vider et lui en asséna un léger coup sur le crâne.

— Voilà qui ne le fera pas mourir, dit-elle à sa mère en regardant le visage tendu de Thouéris. Ne t'inquiète pas, il va simplement dormir quelques heures et se réveillera pour aller quérir une nouvelle bière.

A la vue de Sénitou étalé sur le sol comme un mort, Thouéris hésita, mais la pensée qu'il n'avait pas réussi à s'approprier l'argent de sa fille lui parut un bonheur indescriptible. Aussi, regarda-t-elle Néset avec des yeux encore incrédules.

— Viens, fit Néset en tirant sa mère par le bras. Allons acheter tout ce dont tu as besoin avant qu'il nous rattrape.

Lentement, en un geste qui n'était qu'un réflexe, Thouéris acquiesça de la tête, mais elle la tournait trop vers Sénitou pour que Néset ignorât plus longtemps le dilemme qui naissait en elle.

Sénitou respirait faiblement et sa bouche, collée contre le sol, était restée ouverte.

Thouéris eut un tremblement. A nouveau, le remords la saisit. La pauvre femme tenait le bord de son pagne entre ses mains et le roulait nerveusement entre ses doigts. Que craignait-elle à présent qu'elle était libre d'acheter ce qui constituait pour elle une vie plus facile ?

— Allons, fit sa fille agacée de la voir aussi peu empressée. Ne pense à rien d'autre qu'aux acquisitions que nous allons faire. Regarde, tout est pour toi et pour Mina.

Le nom de Mina sembla la sortir de sa torpeur. Devant elle, passa le visage apeuré de sa fille lorsque Sénitou avait voulu la violer. Seule, l'arrivée impromptue de Thouéris avait sorti sa fille des immondes griffes de son époux. Dégrisé, les vapeurs de bière retombées, Sénitou s'était excusé. Hélas, pour éloigner Mina de la maison, il n'avait rien trouvé de mieux que la vendre à plus ignoble que lui, le lubrique et débauché Mérath.

— Mina est malheureuse, souffla Thouéris en regardant Néset, pourquoi ne l'emmènes-tu pas avec toi ?

— Tu sais bien qu'elle est trop jeune pour travailler à mes côtés.

— Crois-tu que ce qu'elle fait avec ce vieux Mérath est préférable ?

Depuis quelques instants, Néset attendait cette réplique de sa mère. Propos qui la déroutait à chaque fois, tant il paraissait naturel.

Comment lui dire qu'elle ne pouvait se charger de sa jeune sœur quand des missions trop périlleuses l'attendaient ? Mina était fragile, un peu simple d'esprit et tellement vulnérable. Elle n'avait aucune chance, dans le monde pervers et dangereux de Néset, de se tirer seule d'un mauvais pas qui demandait l'audace et l'impavidité qui, pour Néset, collaient si bien à sa peau.

— Ne t'inquiète pas à son sujet, fit-elle à sa mère qui reprenait ses esprits. Dès que je pourrai le faire, je tirerai Mina des sales griffes de Mérath et je réunirai l'argent nécessaire pour la marier décemment.

Vaincue sur ce point, Thouéris soupira.

— C'est une chance au moins que Mérath ne la batte pas.

Elle saisit la main de sa fille et reprit d'un air las :

— Ah ! Si ton frère pouvait revenir !

Néset observa le visage de sa mère. Il reprenait des couleurs et un peu d'assurance. Ses yeux noirs allongés, enfouis dans une multitude de petites rides, n'étaient pas aussi pétillants qu'autrefois. Mais, il lui restait un sourire doux et tranquille qui éclairait encore son visage lorsqu'il n'était ni agité ni troublé.

— Sénitou n'osait pas toucher Mina quand il était là, poursuivit-elle. Dès que Sorenth est parti, il a cherché à la violer et comme je m'y opposais, il a voulu s'en débarrasser comme d'un paquet de vieux linge sale. Néset, je t'en prie, il faut la tirer de là. Toi seule peux le faire. Tes clients sont des nobles de Thèbes. Ils ont de l'influence, de la puissance, des amis et des connaissances.

— Et moi, je te dis qu'elle n'est pas faite pour cela.

— Faut-il donc attendre le retour de Sorenth ?

— Et pourquoi reviendrait-il ? Il ne supporte pas ton odieux mari et, par tous les dieux de Seth, soupira la jeune fille, je le comprends fort bien.

— Alors, comment peut-il aider Mina, s'il ne revient pas ?

Néset préféra ne pas dire à sa mère qu'elle savait où le trouver. De toute façon, que pouvait-il faire pour sa sœur dans son repaire de Coptos ? C'était pour une toute autre affaire qu'elle devait voir Sorenth et un faux pas de sa part pouvait tout faire basculer.

— Ne t'inquiète pas. Le temps venu, nous trouverons un gentil paysan pour elle. Un agriculteur qui lui assurera gîte et repas. Elle pourra même te donner de l'orge et des légumes et tu n'auras plus à les quémander à droite et à gauche.

Elles quittèrent enfin la cabane et marchèrent dans les ruelles, à l'abri du soleil. A cette heure chaude de la journée, hommes, femmes et enfants se reposaient à l'ombre.

— Menkef peut-il te céder un âne pour deux débens ?

— Je pense que oui, il gardera la mule qui est jeune et agile et me laissera le vieil âne qui peut servir encore.

— Alors, nous ne lui donnerons qu'un dében. Gardons les autres pour acheter du blé et de l'huile en quantité suffisante pour que tu puisses attendre mon prochain passage.

— Quand reviendras-tu ?

— Hélas, dans deux ou trois saisons, car je vais quitter Thèbes pour un certain temps. Mais, ne crains rien, ajouta-t-elle en riant, nous allons revenir avec l'âne chargé comme il ne l'a jamais été.

Puis, rieuse, elle détacha les bracelets d'argent qu'elle avait autour du coude et les tendit à sa mère.

— Tu en donneras un ou deux à Mina. Les autres serviront pour t'acheter une oie.

Elles arrivaient au bout du village, chez le vieux Menkef qui, autrefois, avait été l'ami du père de Néset et de ses frères et sœurs. Mort alors que Mina n'avait que quelques mois, laissant Thouéris dans la douleur, car il avait été bon mari et bon père, Menkef avait un peu veillé sur les enfants de la veuve. Mais l'arrivée de Sénitou avait rompu leurs fréquentes relations.

Néset, alors âgée de seize ans, avait très vite fui son

beau-père et, quelques années plus tard, Sorenth avait suivi son exemple, laissant leur mère et la petite Mina essuyer les fréquentes violences de Sénitou.

Sage, fidèle, compréhensif, tolérant, le vieux Menkef n'avait qu'un défaut : il était avare et ne donnait rien, même à son amie Thouéris, sans qu'une besogne ne vînt payer ce qu'elle emportait.

Aussi trayait-elle le lait de la chèvre quand il lui en laissait un pot, pilait-elle tout son grain pour qu'elle en ait une ou deux poignées, arrosait-elle laitues, radis et concombres en attachant sur ses épaules la barre transversale qui reliait les deux seaux pour gagner quelques salades ou autres légumes.

En fait, le vieux Menkef rageait à l'idée que Thouéris ait pu préférer ce bellâtre, ce vaurien de Sénitou quand lui, le vieil ami, aurait pu le remplacer si avantageusement. Que les dieux étaient parfois injustes dans les faveurs qu'ils accordaient aux humains ! Mais alors, pour Thouéris qui n'avait que trente-six ans et dont les formes pulpeuses étaient encore avenantes, le fidèle Menkef n'était ni beau ni jeune.

Elles arrivèrent chez lui alors que le soleil était en plein zénith. Celui-ci dormait sous l'ombrage d'un gros sycomore où poussaient quelques herbes que broutait une chèvre blanche.

Au loin, ce n'était que cailloux et terre séchée. Il fallait marcher plus d'une heure pour atteindre les maigres jardins qui bordaient le désert, là où un petit bras du Nil osait s'aventurer dans la rocaille.

Le jardin de Menkef se tenait à l'arrière de sa maison. Ce n'était qu'un minuscule carré de verdure qu'il avait réussi à imposer, sur cette terre sèche et désertique, à force de travail et de fréquents arrosages.

L'arrivée des deux femmes troubla son sommeil et il ouvrit les yeux. Menkef avait soixante-quatre ans, mais il avait tant besogné qu'il en paraissait presque quatre-vingts. Cependant, il gardait bon pied bon œil et, bien que parcimonieux, il mangeait et buvait à sa faim.

— Néset ! Ma fille, s'étonna-t-il. C'est bien de venir

voir ta mère. Quelles nouvelles apportes-tu dans notre misérable quartier ? Cette expédition d'Hatchepsout va-t-elle enfin démarrer ?

— Peu nous importe les affaires du royaume, rétorqua aussitôt Thouéris. Nous venons te proposer un marché.

— Un marché ? Ta fille est-elle en cause ?

— Trois débens contre ton vieil âne, un baril d'huile et un autre d'orge, attaqua précipitamment Néset.

— Quatre débens, jeta le vieil homme en plissant ses yeux qu'on ne voyait même plus tant les rides sillonnaient son visage.

— Trois, rétorqua Néset et un cercle d'argent.

Thouéris s'empressa de présenter le bracelet à Menkef. Il était mince, mais d'un beau métal gris et brillant. Le vieil homme le saisit et l'inspecta, le tournant entre ses doigts noueux.

— Deux anneaux d'argent, répliqua-t-il.

— Alors, ajoute trois pots de miel et des fromages de chèvre.

Le vieux plissa ses yeux déjà invisibles dans son visage tanné comme celui d'un vieil hippopotame. Son crâne était rasé, ce qui accentuait les plis profonds qu'il portait sur le front.

— As-tu un troisième bracelet ?

— Seulement si tu donnes dix mesures de poissons séchés et dix mesures de fèves. Et je t'en offre un quatrième, le dernier, celui qui est tout ciselé, si tu laisses ma mère emporter une oie.

— Eh là ! fit le vieux Menkef en riant, c'est que je n'ai qu'une oie.

— Tu pourras en acheter une autre. Tu sais bien que ma mère ne peut garder d'argent chez elle sans que ce vaurien ne le dépense en boisson.

— Néset ! reprocha Thouéris.

— Ta fille a raison. Si tu n'avais pas épousé cette canaille, tu ne serais pas dans l'embarras.

Il brandit son doigt aux phalanges tordues et à l'ongle noirci vers la mère de Néset.

— Ne viendras-tu plus travailler chez moi après toutes ces acquisitions ?

Thouéris haussa les épaules.

— Tu sais bien que je serai toujours là pour t'aider, fit-elle d'un air las. Ces provisions ne seront pas éternelles.

Soulagé, Menkef soupira. Allons ! Il n'était pas si avare qu'on le criait sur tous les toits du quartier et ses maigres biens étaient encore assez substantiels pour qu'il pût jouer le débonnaire.

— Prends aussi un panier de coings et des gousses d'ail. Je t'en fais cadeau pour montrer à ta fille que je suis meilleur bougre que ton ivrogne d'époux qui te laisse sans ressources.

*
* *

La taverne de Min s'éclairait de quelques lampes à huile qui diffusaient une pâle clarté tout autour des tables. Les lueurs vacillaient, ocrées et silencieuses, dessinant sur les murs blanchis à la chaux de curieuses formes sombres et mouvantes.

Personne n'était encore arrivé à l'exception de deux hommes qui paraissaient perdus dans leurs pensées. Mais lorsque Néset passa la porte d'entrée, ils la regardèrent et leur visage s'éclaira, comme s'ils étaient dans l'expectative. Pourtant, ils ne bougèrent pas et attendirent qu'elle vînt à eux.

La fumée n'avait pas encore obstrué la salle, mais tout à l'heure, lorsque les premiers clients auraient commencé à consommer vins et bières, les vapeurs opaques mêlées aux relents d'alcool entameraient la quiétude qui, pour l'instant, planait dans la grande salle.

Néset tourna son regard vers le fond de la pièce, là où passé la porte de communication, chaque salle débouchait sur une autre : cinq pièces se suivaient ainsi. Elle les avait tant de fois occupées, respectant les jours et les horaires qu'on lui imposait, qu'elle en connaissait les moindres recoins.

A présent qu'elle travaillait pour elle-même, ce genre d'obligations ne la préoccupait plus. Mais, dieu de Seth ! Qu'il fallait s'investir et garder la tête froide pour réussir une telle affaire, laquelle devait lui apporter outre les plaisirs du voyage, la satisfaction d'espionner dans le sillage direct d'Hatchepsout !

La "Taverne de Min" que dirigeait Nakht depuis quelques années avait été installée confortablement avec des finances dont l'origine restait trouble. On disait que Nakht avait trempé dans une affaire de pillage de tombes, mais que rusé, habile et suffisamment réfléchi pour ne pas attirer l'attention de la police, il ne s'était jamais fait prendre.

L'auberge était un bel établissement carré, cossu, avec un toit en terrasse où Nakht faisait sécher et confire tous ses fruits, lesquels étaient les plus parfumés et les meilleurs de Thèbes. On venait de la proche province pour lui en acheter et, un jour, curieux de cette renommée qui s'étendait jusqu'à Denderah et même Hermopolis, le harem du pharaon lui avait passé commande. Depuis, Nakht était resté le fournisseur du palais.

Une vigne aux raisins dorés courait tout le long des murs extérieurs. Les grappes serrées mûrissaient au soleil dans un feuillage qui rougissait juste après la saison du chemou.

Le temps venu, des enfants que Nakht employait cueillaient les grappes et foulaient de leurs pieds les grains mûrs dans une immense cuve qui dégageait des effluves enivrants.

Puis, le jus était versé dans de grandes jarres d'argile après qu'on y eut ajouté de l'anis et du genièvre, parfois des graines d'origan ou de jujubier. On laissait le tout s'affiner en attendant le jour où Nakht, y mêlant un peu de miel, le faisait goûter à ses clients.

L'auberge était reconnue pour son sérieux et le soin qu'elle mettait à satisfaire ses hôtes, surtout lorsqu'un grand dignitaire venait y passer quelques moments de plaisir.

A la "Taverne de Min", jamais encore un consommateur ne s'était plaint. Les vins riches et capiteux, les filles réputées pour leur esprit et leur silhouette aussi resplendissante que l'astre solaire, les chambres spacieuses, parfumées, agréables, formaient un tout que Nakht savait diriger fort habilement.

Méfiante envers les échoppes de la ville, la police de Néhésy toujours à l'affût de quelques illégalités entraînant une sanction de la loi les surveillait étroitement. Mais jamais encore la "Taverne de Min", depuis son ouverture, n'avait suscité le moindre soupçon.

Les clients venaient y boire un excellent vin rouge que Nakht faisait venir de Magahrah, au nord de la mer Rouge. Et comme le commerce des prostituées était toléré en Egypte, Nakht ne craignait rien sur ce point. Quand les scribes collecteurs passaient, il s'acquittait sans broncher de l'impôt qu'il redevait à l'Etat, même s'il était plus conséquent qu'il n'aurait dû être.

L'aubergiste passa un linge sur son visage épais. Son front était embué de sueur tant la chaleur du soir tombait lourdement sur la ville. A cette heure tardive, le port s'activait encore. Toute cette agitation engendrée par le proche départ de l'expédition d'Hatchepsout perturbait les habitudes des Thébains.

Charpentiers, cordiers et dockers n'avaient pas encore quitté le chantier. Marins et autres hommes d'équipage ajustaient les voiles, les drisses, les cordes et les câbles.

Ce soir-là, à la "Taverne de Min" une affaire étrange pesait et l'atmosphère semblait un peu lourde, chargée du poids du dieu Seth qui n'apportait qu'ennuis et difficultés.

Mais Nakht n'entrait jamais dans les complots qui se tramaient à l'arrière de ses salles les plus renfoncées et les conflits s'étouffaient, grâce au barrage que faisaient les musiciens installés dans la pièce qui jouxtait la salle principale.

Nakht ne posait aucune question indiscrète. Il se contentait de juger d'un regard avisé celui qu'il n'avait jamais vu. Et, ce soir-là, les deux hommes qu'il ne connaissait pas lui paraissaient des clients fort acceptables.

L'un d'eux ne portait pas de perruque. Ses cheveux drus, noirs et frisés lui tombaient au ras du cou, lequel était aussi carré que celui d'un taureau. Son buste dénudé laissait sa peau briller d'une huile dont une servante avait dû l'enduire avant son départ.

L'autre était vêtu d'un pagne long, blanc et tissé dans un lin suffisamment fin pour que l'on puisse détecter un personnage influent.

La perruque qu'il portait était coupée au carré comme celle des scribes de Thèbes. Il buvait à petits coups rapides, les lèvres touchant à peine le bord de sa chope. Ses mains étaient fines et le soin évident qu'il avait apporté à la propreté de ses ongles révélait aussi un hôte de marque.

Enfin, l'homme au pagne long se leva quand Néset fut près de lui.

— Je te présente Kiffit. C'est l'homme que j'ai choisi pour ta mission. Il n'est pas scribe et ses excellentes manières peuvent tromper le plus méfiant des policiers. Il connaît toutes les escales que les vaisseaux de l'expédition vont faire tout au long de Thèbes à Memphis. Il sait où se trouve chaque point de contact, chaque relais dont nous aurons besoin pour discuter et il est en mesure de discerner les failles qui pourraient surgir.

Néset fixait Kiffit avec un réel intérêt. L'homme était séduisant, charmeur, une moue un peu méprisante au coin des lèvres qui, cependant, se relevait à chacun de ses sourires, faisant naître une fossette au bas de ses joues creuses.

Après ce premier examen silencieux, ce fut Kiffit qui observa la jeune fille. Elle avait un visage gracieux, une bouche pulpeuse et des yeux impudiques, mais terriblement séduisants.

Puis, il fixa d'un regard connaisseur sa silhouette élancée, dissimulée savamment sous un fourreau à demi transparent qui ne cachait nullement ses formes.

Facilement blasée sur ce genre de test, Néset avait observé Kiffit sans aucune faiblesse de jugement. Elle admit aisément que son corps paraissait aussi séduisant que son visage. Il avait passé sur ses bras et ses cuisses un onguent parfumé qui excitait les narines. Néset détecta un encens citronné auquel devait s'ajouter un peu de jasmin et de térébinthe.

Quant à la minceur de sa taille, Néset avait remarqué lorsqu'il s'était levé qu'elle tranchait avec la largeur de son buste et de ses épaules. Ce qui lui donnait une allure dégagée, sportive, presque athlétique.

Quand Nemen vit qu'ils s'étaient suffisamment détaillés l'un et l'autre, il sut qu'ils deviendraient complices bien au-delà de l'affectation de leur besogne. Mais il connaissait suffisamment Néset pour savoir qu'avec elle, les moments de plaisirs ne gâchaient jamais ceux du travail.

Nakht attendait ses clients derrière une longue table qui constituait son bar, les chopes en grès s'y alignaient, serrées les unes contre les autres. Sur le sol de terre battue, des barils de bière fraîche étaient posés, mêlés à des caisses emplies de fruits séchés.

Dans quelque temps les premières mesures des flûtes et des petits tambours accentueraient la bonne humeur de la soirée. Sans doute, se mêleraient-elles aussi aux sons des grelots, des sistres et des hautbois.

— Nakht ! jeta Nemen en regardant l'aubergiste, nous avons à discuter et ne pouvons rester ici où chaque oreille indiscrète peut surprendre nos paroles.

Le tenancier fit un geste compréhensif et leur fit signe de les suivre. C'était un gros homme à double menton, double ventre et peut-être aussi double vue, car il remarqua aussitôt la fine chaînette que Néset avait passée à la cheville de son pied et qui indiquait que nul homme, ce soir, ne ferait son affaire.

Nakht les précéda, ondulant des hanches, balançant sa taille, faisant virevolter ses bras dans l'espace. Quand il marchait, on pouvait croire qu'il dansait, tant il remuait son corps malgré l'embonpoint qu'il entretenait à coups de viandes farcies, de gâteaux au miel et de fruits confits.

Néset, Kiffit et Nemen le suivirent sans un mot.

La salle qui faisait suite était séparée par une alcôve d'où tombaient des tentures colorées. Néset reconnut le sofa d'osier où, tant de fois, elle avait pris place, attendant nonchalamment le bon plaisir de son partenaire.

La pièce recelait une forte odeur de myrrhe et d'encens, un peu trop suffocante à son goût, mais elle ne fit aucun commentaire qui eût fait référence à ses passages d'antan quand les effluves d'encens lui paraissaient moins agressifs.

Quelques tables basses disséminées çà et là, à côté desquelles plusieurs nattes tressées se dissimulaient sous des coussins moelleux, invitaient les couples à s'étendre.

Un large paravent tressé d'ajoncs, et dont chaque montant était en fibre de papyrus décoré d'oiseaux et de fleurs, séparait les tables. Les couples allongés ne pouvaient donc ni se reconnaître ni se voir. Quant à s'entendre, ce n'était guère évident, vu la musique qui devait étouffer les mots et les rires les plus hauts.

Bientôt, une odeur de jasmin effaça celle de l'encens, et les narines délicates de Néset en furent satisfaites. Le parfum se faisait plus subtil à mesure qu'on avançait vers les pièces reculées et s'amalgamait savamment à celui des vins fins et des huiles diverses dont les pots traînaient au sol.

— Tu ne vas pas nous installer là, Nakht, fit Nemen à l'aubergiste. Nous sommes encore trop près de tes clients.

D'un geste onctueux, souple et d'une envolée majestueuse de la main qui signifiait l'accord, il les fit entrer dans la salle suivante. C'était la dernière, la plus étroite et la plus sombre. Y brillait la faible lueur d'une torche allumée.

Enfin, Nemen et Kiffit parurent satisfaits. Quand la pénombre s'accorda à leurs yeux, ils distinguèrent des sièges bas, des palmes pour s'éventer et deux tables allongées sur lesquelles boissons fraîches, pâtisseries et fruits étaient disposés.

— Tu savais donc que nous viendrions ici, railla Nemen en glissant son regard sur les mets froids arrangés avec un art extrême.

Nakht se courba.

— Seigneur, je comprends tout et je prévois tout.

Néset restait silencieuse. Quelques instants, elle revint en arrière, bien qu'elle refusât toujours de s'adonner à cet exercice qui faisait jouer sa mémoire sur sa vie passée.

Son dernier passage dans cette pièce datait du temps où deux jeunes nobles de Thèbes l'avaient enrôlée pour dérober un enfant à sa nourrice alors que la mère, haut dignitaire du palais, était partie en mission pour visiter une mine d'or aux frontières nubiennes[1].

Il est vrai que Néset s'attachait plus volontiers à détruire le destin privilégié des femmes que celui des hommes dont elle se servait amplement pour réussir. Pourtant, lorsqu'il fallait en déstabiliser un, parce qu'elle était payée par un autre, elle ne reculait devant rien.

Mais, pour en revenir aux femmes, celles dont le sang était noble, celles qui n'avaient manqué ni d'eau ni de blé, celles qui ne connaissaient pas l'angoisse de la mort parce qu'une tombe attendait leur vie éternelle, Néset était insensible, intolérante, féroce.

Furieuse que les dieux ne lui eussent pas accordé une naissance plus élevée, elle s'en prenait à elles, comme un boucher à ses quartiers de viande.

Néset n'avait vraiment de sentiment que pour sa

---

1. Lire *Les Thébaines/De roche et d'argile*.

mère et sa sœur. Elle les trouvait si vulnérables dans leur désarroi qu'elle eût voulu les combler comme Hathor aurait dû le faire pour elle-même. Mais la déesse en avait exaucé d'autres et la jeune fille restait sur sa rancœur en attendant que la chance se tourne véritablement vers elle.

En se remémorant le rapt d'enfant qu'autrefois elle avait organisé, aucun frisson de regret ne parcourut sa peau veloutée à l'idée que c'était la même femme, celle à qui la fillette avait été volée, qui faisait l'objet, aujourd'hui, de sa mission.

Dans un instant, Nemen et Kiffit lui demanderaient froidement de neutraliser Séchat la scribe, l'Intendante des Potiers de Thèbes qui s'était distinguée lors d'une révolte des artisans qu'elle avait su étouffer.

Un sourire ambigu vint fleurir sur les lèvres de la jeune fille. Elle préférait la complication à une affaire banale. Et, cette fois-ci, le cas allait lui résister, comme au temps où l'Intendant du Harem lui avait demandé de déstabiliser le Grand Prêtre d'Amon pour écarter du temple le fidèle conseiller d'Hatchepsout.

— Nakht, c'est parfait, fit Nemen d'une voix satisfaite, cette pièce me paraît acceptable. Nous allons nous y installer.

Néset revint à elle. Ses compagnons l'observaient. Elle ne parut guère gênée par l'œil allumé qu'ils dirigeaient sur elle. Ses charmes en troublaient plus d'un et elle ne craignait pas la provocation.

Sa coiffure était simple et retombait sur son dos en nappe sombre et soyeuse, ce qui lui donnait un air d'extrême jeunesse assez paradoxal avec l'agressivité de son immense gorgerin de perles et de turquoises qui entourait son cou et qui retombait sur ses seins nus.

— Allons, fit Nemen à Kiffit, raconte à Néset comment s'organise la vie sur un vaisseau. Il faut qu'elle connaisse tout dans les moindres détails pour mieux s'y faufiler.

*
** *

Thouty habitait de l'autre côté du débarcadère, sur les berges du Nil. Là où les dernières résidences plantaient leurs arbres séculaires et leurs murs d'enceinte qui les cachaient des regards indiscrets.

A cette heure, le port de Thèbes grouillait d'une agitation intense.

Des soldats patrouillaient en permanence, le javelot en main, levant d'un coup sec leurs pieds chaussés de sandales en fibre de papyrus. Ils avaient le torse ceint d'une armure en cuir d'hippopotame, tannée aussi dur qu'un bois de sycomore et la tête surmontée d'un casque où deux ailes de faucon se dépliaient comme en plein vol.

Sur le quai, des scribes s'affairaient. Occupés à transcrire le dernier rapport qui devait renseigner le garde-chef du port de Thèbes, un petit homme aux yeux rouges et au visage racorni comme celui d'un macaque, ils s'efforçaient de n'oublier aucun détail car chacun, à leurs yeux, avait une importance.

Le garde-chef en référait ensuite à son supérieur hiérarchique, le Grand Intendant du port de la ville. Ses propres scribes reprenaient scrupuleusement le rapport qui devait informer les services de Néhésy, le Chef de toutes les Polices.

Marchandises, cageots de fruits et légumes, fûts de bière, jarres d'huile avaient été déchargés depuis longtemps. Dans les ruelles étroites et avoisinantes, les auberges commençaient à s'ouvrir, laissant l'air et le soleil pénétrer dans les obscures pièces qui restaient fermées la nuit entière.

Les chalands qui devaient livrer leurs marchandises à Coptos ou à Memphis passaient lentement sur la surface d'un fleuve qui s'éveillait aux multiples bruits du soir. Voiles gonflées, emportées par un vent nocturne qui rafraîchissait les corps chauffés par le soleil de la journée, ils étaient si lourds qu'ils enfonçaient leur cale dans l'eau profonde et sombre du Nil.

De l'autre côté de l'embarcadère, derrière les chantiers navals où les bateaux en construction s'alignaient, la maison de Thouty était l'une des plus belles de Thèbes.

Cachés par les multiples terrasses en gradins, derrière un sombre mur de verdure, les hauts sycomores s'élançaient dans un ciel qui pointait le dard lumineux de ses premiers rayons.

Toute une forêt d'arbres et de fleurs développait ses effluves que le vent de l'aube emportait jusqu'aux abords du fleuve qui, face à la maison, descendait en pente douce.

Entre les bosquets de papyrus qui abritaient des grues cendrées, des ibis au bec rouge, des oies cahotantes et des passereaux aux plumages étranges, les figuiers, les tamaris et les grenadiers s'étendaient devant une immense palmeraie qui offrait un désert d'ombre et de verdure.

Sakmet s'approcha de la résidence. Il avait ce pas sec et rapide qu'ont tous les gens convaincus de leur autorité. Un peu en retrait, Séchat marchait, perdue dans sa réflexion. Il lui paraissait presque étrange d'être en la compagnie de ce grand gaillard, devenu marin par ambition. Ce garçon qu'elle avait rencontré, un jour, lorsqu'elle était adolescente et qu'elle se promenait sur le vaste domaine de son grand-père.

Sakmet n'était alors qu'un pauvre petit scribe, formé pour recenser les milliers de ballots de grains de blé qui entraient dans les gigantesques greniers qu'avait fait construire Nekbet, l'aïeul de Séchat, l'ancien vizir de Haute-Egypte.

Séchat s'arrêta, laissant Sakmet la devancer. Sa mémoire se confondait à présent avec les délicieuses senteurs des tamaris qui lui arrivaient aux narines. Au moment où elle avait connu Sakmet, elle n'était pas encore mariée à celui qu'elle avait appris, peu à peu, à oublier. Menkh, son tendre époux, mort glorieusement lors de la dernière expédition guerrière de Thoutmosis 1er dans le pays du Mitanni.

Séchat vit Néfret leur faire un signe. Elle soupira

une dernière fois et s'avança. Sakmet se pencha vers elle, hésita à lui prendre la main. Il était incontestable qu'il cherchait à pénétrer dans cette maison avec une idée bien précise en tête. Celle de se prouver qu'il bénéficiait de quelques privilèges auprès d'une famille influente égyptienne.

Néfret se laissa prendre la main. Sakmet était un de ces hommes de la même trempe que Senenmout, abrupt, direct, issu d'un bas milieu social, et plus préoccupé par la réussite de ses entreprises que par ses charmes agissants qui, en l'occurrence, n'étaient certes pas inexistants.

Séchat fit une simple inclination du buste devant Néfret. Derrière elle, arrivait un homme dont la taille et la carrure dépassaient la hauteur normale. Ceux qui ne connaissaient pas Thouty voyaient à première vue que ce n'était pas un égyptien de pure souche. Cet homme-là devait avoir du sang palestinien dans les veines. Certains disaient que, dans sa jeunesse, l'un de ses aïeuls était venu de Jérusalem pour s'installer en Egypte et y faire du commerce.

Son visage était à la fois rouge et basané. Ses cheveux ni noirs ni blonds se teintaient curieusement d'un roux clair, comme la coque des amandes lorsqu'elles tombent mûres de leurs branches. Et bien entendu, Thouty ne portait aucune perruque pour en dissimuler l'étrangeté, pas plus qu'il ne portait de pagne blanc. Il se vêtait de longues tuniques bariolées de vives couleurs, faites dans de luxueuses étoffes provenant des pays du Nord.

L'homme eût été un pauvre cultivateur ou un simple artisan, sans doute eût-il subi honte et aversion du peuple égyptien et ces anomalies l'eussent plus desservi qu'aidé.

Mais Thouty était l'un des plus riches et des plus influents personnages de Thèbes et, peut-être même, de l'Egypte entière.

Parfait marin, aussi solide de corps que d'esprit, l'armateur ne se laissait que rarement séduire par ceux qui l'approchaient et, apparemment, Sakmet semblait avoir fait partie de ceux-là. Il suffisait à Séchat de voir la cordiale entente entre les deux hommes pour se rendre compte de l'évidente amitié nouée récemment entre eux.

Néanmoins, Sakmet se sentait redevable envers Thouty, car si l'armateur connaissait à fond les problèmes de la navigation fluviale, il n'ignorait nullement ceux de la navigation maritime. Et, dans ce domaine, Sakmet avait tout à apprendre.

Thouty était un vieux loup de mer. Chacun savait qu'il arpentait la Méditerranée comme il arpentait le Nil. Ayant la mainmise sur la plupart des grosses constructions navales égyptiennes, il lui avait été facile de convaincre la reine et son Intendant de la solidité et de la perfection de ses embarcations. La forte influence dont il jouissait en Egypte et dans les pays voisins avait, certes, fait le reste.

Séchat s'avança sur la première terrasse. Une fontaine de marbre rose écoulait une eau claire et parfumée. Néfret, moulée dans un long fourreau bleu, lui adressa un sourire de sympathie qu'elle ponctua d'une pointe charmeuse qu'elle savait doser à sa juste valeur.

Agée de presque quarante ans, Néfret était incontestablement restée une très belle femme dont la grâce et la bonne humeur allaient toujours au-devant de l'invité comme un geste naturel, bienveillant, généreux.

— Séchat, nous avons maintes fois entendu parler de toi, dit-elle en signe de bienvenue pendant que son époux saluait Sakmet.

D'un œil averti et connaisseur que, pesamment, il avait jeté en coulisse vers la jeune femme tout en saluant Sakmet, Thouty avait jaugé Séchat. Il s'approcha d'elle en élevant les bras au ciel et en s'exclamant d'une voix forte :

— Belle, jeune, intelligente et hardie ! dit-on en parlant de toi. Aurais-tu Grande Séchat, le désir d'apprendre à manier le gouvernail pour nous accompagner au Pount ?

— Je sais déjà tenir le gouvernail d'une petite embarcation, dit Séchat en riant. Ceci dit, Grand Thouty, rien ne s'oppose à ce que vous m'appreniez à tenir celui d'un grand navire.

Il abaissa ses bras et tendit ses deux mains, paumes ouvertes.

— Qui ne connaît tes multiples compétences ? Il paraît que tu tiens aussi bien les rênes de tes chevaux lorsque tu es debout sur ton char.

— C'est exact.

Thouty se mit à rire bruyamment et prit les mains de la jeune femme.

— Je suis d'un naturel ironique, moqueur. Mais, par tous les dieux d'Amon ! Questionne mon épouse qui me supporte depuis vingt ans. Elle te dira que je ne suis ni méchant ni vindicatif et si parfois...

Néfret l'interrompit d'un grand éclat de rire. Un joyeux tintement frais et cristallin qui sortait du fond de sa gorge, qu'elle avait blanche et recouverte, ce matin-là, d'un large collier de cornaline.

C'est donc sur un ton de bonne humeur qu'ils abordèrent la seconde terrasse, celle qu'éclairaient les lueurs naissantes du jour.

Néfret frappa dans ses mains. Quatre servantes nubiles apparurent.

— L'eau vive rafraîchira vos mains et vos pieds. La chaleur est toujours excessive à ces heures naissantes.

L'une des jeunes servantes glissa un œil de velours sur Sakmet qui ne broncha pas. Elle s'appliqua pourtant à dérouler devant lui sa sinueuse habileté pour l'entraîner, puis l'installer sur le sofa d'osier qui, l'on supposait, attendait toujours le visiteur inopiné en cette fraîche et agréable demeure.

Elle portait une large ceinture argentée autour des reins. Deux pans en tombaient, cachant le minimum de son corps qui s'allongeait nonchalamment sur deux jambes aux mollets parfaitement galbés et aux pieds nus que des orteils aux ongles rouges venaient gaiement distraire.

Une autre servante, plus jeune encore, aux allures d'adolescente à peine pubère, vint lui tendre un drap de bain et un flacon d'onguents. Elle avait cet air à la fois mutin et puéril qu'ont les fillettes lorsqu'elles quittent le monde de l'enfance.

Une autre, enfin, s'occupa de Séchat et la fit asseoir sur un siège bas, en fibres de papyrus, décoré de fleurs et d'oiseaux.

Sakmet et Séchat apprécièrent aussitôt le calme de la terrasse ombragée. D'une petite fontaine, coulait une eau bleutée parfumée au jasmin et, pendant que la maîtresse de maison était partie aux cuisines pour se préoccuper du repas qu'elle offrirait à ses hôtes, les servantes entreprirent de dénouer leurs sandales.

Elles emplirent une grande coupelle de cette eau fraîche et en firent couler un délicieux filet sur leurs pieds et sur leurs mains pendant que Thouty assistait jovialement à cet échange de bonne courtoisie. Un préambule de délassement qui ne se pratiquait que dans la haute société.

Séchat sentit en elle un bien-être extrême. Cette maison lui rappelait celle de son beau-père, le grand architecte Inéni, mort peu de temps après la disparition de son fils.

Le pauvre homme, que Séchat avait tant admiré pour la hardiesse de ses grands travaux royaux, ne s'était jamais remis depuis qu'il avait entendu de la bouche même de Néhésy que Menkh n'était pas revenu de la bataille du Mitanni. Déjà, la mort de son vieil ami le pharaon, le premier des Thoutmosis, l'avait fortement ébranlé. Puis, quelques mois plus tard, la disparition de sa petite-fille odieusement kidnappée à Bouhen avait achevé le vieil homme.

Séchat posa ses yeux sur la grande terrasse qui laissait filtrer les lueurs bleutées d'un matin chaud et sec. Oui ! Cette vaste villa ressemblait à celle du père de son défunt époux.

C'était le genre de grande maison thébaine, construite en dehors de la ville, sur le bord du fleuve, un style de maison à la fois rurale et citadine, possédant tout le confort d'un petit palais et l'agrément d'une étendue de verdure que seule la campagne peut apporter.

Séchat regarda le filet d'eau parfumée qui coulait sur ses pieds. Une odeur forte de jasmin arrivait jusqu'à elle.

Elle jeta les yeux sur l'adolescente. C'était une fillette de dix ans environ, les cheveux noirs tressés, le visage rond et plein. Une ceinture blanche lui couvrait les hanches. Le reste était nu, doré, pulpeux. Ses jeunes seins à peine formés offraient une petite aréole rose au regard des invités.

Lorsqu'elle jugea les pieds de Séchat suffisamment rafraîchis, elle les essuya, puis les massa soigneusement avec l'huile embaumée que lui tendait l'autre jeune fille qui venait d'en finir avec Sakmet.

Revenue de ses cuisines, Néfret observait avec plaisir cet agréable spectacle que seule une maison riche et noble pouvait offrir à ses invités.

— Passons à côté, voulez-vous, fit-elle d'un ton satisfait lorsqu'elle eut remarqué que ses invités paraissaient pleinement détendus. Vous prendrez bien, l'un et l'autre, une collation de fruits, de gâteaux et de vin frais.

S'attablant en un lieu tout aussi ombragé où de grandes plumes s'agitaient au-dessus de leurs têtes pour distribuer une fraîcheur bénéfique, Néfret frappa encore dans ses mains. Une nuée d'autres servantes arrivèrent, apportant plats et coupelles de fruits séchés, de pâtisseries au miel, de raisins et de grenades.

Ces jeunes filles-là semblaient plus âgées, plus habituées aussi. Leur regard était audacieux et n'hésitait pas à se poser sur celui des hommes qui acceptaient volontiers de le soutenir.

L'une d'elles, au visage bruni marqué d'un fort métissage qu'une chevelure crépue et dense ne pouvait démentir, déposa une cruche de lait arrosé de miel devant Sakmet.

Elle était aussi peu vêtue que ses compagnes, mais

portait un gorgerin suspendu à son cou qui tombait sur sa poitrine dont il ne couvrait qu'à peine les pointes frémissantes et brunes. Lorsqu'elle posa ses yeux hardis et désinvoltes dans le regard brun de Sakmet, celui-ci les détourna brusquement.

Grenades, raisins, pâtes d'amandes et gâteaux de miel recouvrirent en quelques secondes les tables basses disposées devant les invités.

— Nous ne pourrons pas embarquer demain, jeta soudain Thouty. L'appareillage n'est pas fonctionnellement prêt.

— Je sais, rétorqua Sakmet. Les équipes sont lasses et ralentissent leur travail. Pourtant, je les ai copieusement nourries et le repos qu'elles ont pris était suffisant pour qu'elles puissent accroître le rendement.

— Ne les as-tu pas un peu malmenées ? reprit Thouty. Ces équipes ne sont guère habituées à travailler sur un navire.

Saisissant une grenade mûre à point, Séchat répliqua :

— C'est une pénible besogne que d'avoir à monter de lourdes charges sur un bateau qui tangue sans arrêt.

— Pas plus que de travailler au fond d'une carrière étouffante, rétorqua Sakmet.

— Certes, fit Thouty conciliant, et ces hommes-là n'ont encore rien vu.

— Et que vont-ils voir ? s'enquit Séchat.

— Ils auront à ramer durement par tous les temps, tous les vents, toutes les intempéries que l'océan leur offrira.

Il se tourna vers Séchat :

— N'as-tu jamais encore navigué sur la haute mer ?

— Non.

Néfret grignota une amande, puis se leva et passa un bras léger sur les épaules de Séchat.

— Vous allez vous y faire. La première fois que mon tendre époux m'a emportée sur ces monstrueuses vagues, sombres et effrayantes, aussi diaboliques que le pays de notre dieu Seth, je n'ai pas quitté ma cabine de huit jours. Puis, lasse d'attendre, j'ai glissé un œil inquiet, puis un pas timoré sur le pont et j'ai été saisie par la beauté de l'horizon, la masse bleue et mouvante, les côtes blanches de soleil. J'ai donc décidé de ne plus craindre ce genre de voyages. Tu t'y feras aussi, Séchat.

La regardant, Sakmet eut un sourire entendu. Il se tourna vers Thouty :

— Que dit la reine de ce retard imprévu ?

— Elle est sage et compréhensive. Elle préfère que nous retardions le départ de quelques jours, voire quelques semaines, plutôt que de prendre un mauvais risque dès le début du voyage.

Sakmet soupira, soulagé.

— Ces maudits esclaves ont décidément tout fait pour retarder.

— Je ne pense pas, souffla Séchat. Ils font leur besogne d'esclaves. N'es-tu jamais fatigué, toi Sakmet, le nouveau commandant du quatrième navire de la flotte royale "L'Horus", qui te déposera serein sur les riches terres du Pount ?

— Serein !

— Disons satisfait, admit Séchat en haussant l'épaule. Les esclaves, eux, ne peuvent plus jamais l'être. C'est un état d'esprit qu'on leur a ôté.

Puis, sans abandonner son idée, elle s'enquit d'un ton détaché :

— J'ai vu un homme soigner des blessés sur le pont. Qui était-ce ?

Néfret parut surprise, mais Thouty répondit :

— C'est Neb-Amon, un médecin du quartier pauvre de Thèbes.

— Neb-Amon ?

— Il paraîtrait, poursuivit Néfret, qu'il aurait vu la princesse Néférourê mourante. Mais, soignée par les médecins royaux, la reine ne lui aurait pas fait confiance. Cet homme descendait de trop basse extraction pour qu'on lui porte attention.

— Et alors ? ne put s'empêcher de questionner Séchat.

— Alors, il s'est trouvé que la princesse est morte et que le médecin de Thèbes a sauvé un garçonnet, fils d'artisan, qui éprouvait les mêmes symptômes.

— La reine ne s'est pas encore pardonné cette erreur de jugement. Elle se culpabilise à l'idée que ce médecin aurait peut-être pu sauver sa fille. Depuis, elle ordonne qu'il la suive dans tous ses déplacements. C'est ainsi qu'il fera partie de l'expédition.

Brusquement, Sakmet rompit le dialogue qui portait sur un personnage dont il refusait d'entendre énumérer les compétences. Visiblement, le tour de cette conversation lui déplaisait. Il préféra vanter à Séchat les effets bienheureux qu'allait lui procurer un océan magique et fascinant qu'il comptait bien lui faire découvrir en toute intimité.

Sakmet était ainsi. Il saisirait l'opportunité qui lui était offerte. S'il avait autrefois perdu Séchat, rencontrée inopinément dans un grenier à blé de Bouhen, ce n'était certes pas pour laisser glisser ailleurs la jeune veuve, alors que le destin devait la placer de longs mois près de lui.

D'autant plus que, désormais, il pouvait réaliser ce qu'il n'avait pu faire autrefois. Comment aurait-il pu courtiser, lui le pauvre et triste petit scribe, une aussi jolie fille, noble et riche de surcroît, qui ne désirait que l'aider dans son infortune ?

Sakmet eut un regard bref vers sa compagne. Elle conversait avec Néfret. Un instant, sa mémoire le ramena dans la cabane d'une sombre carrière désaffectée où, pour la seconde fois, il avait revu Séchat[1]. Prisonnière d'une bande de brigands qui convoitait le sceau de Thôt que conservait son père, ligotée, bâillonnée à côté de Reshot, sa servante, il l'avait sauvée d'une mort probable.

Sakmet soupira en s'attardant un instant encore

---

1. Lire *Les Thébaines/De roche et d'argile*.

sur leur troisième rencontre. Mais elle était alors trop empreinte de son récent veuvage et, surtout, elle ne pensait qu'à sa fille volée par une équipe de malfaiteurs peu scrupuleux de la douleur d'une mère.

Et, pour la troisième fois, Sakmet avait dû s'incliner.

Certes, à présent, il y avait un bruit qui courait sur elle, répercutant que le Grand Vizir de Haute Egypte, Djéhouty, l'avait enfermée dans ses filets séducteurs.

Tous ces échecs étaient désormais vaincus. Ce long voyage ponctué d'heures interminables qu'ils passeraient ensemble sur le pont d'un navire, à terre ou sur le sol d'une région inconnue, arrivait à point pour les réunir.

Ce n'était pas un jeune médecin étranger qui, à présent, allait tout faire basculer.

*
* *

Hatchepsout embrassa l'enfant sur le front.
— Ce voyage sera-t-il très long, ma tante ?
— Suffisamment pour qu'à mon retour, on te retrouve un peu plus grand.

Mérytrê regarda sa mère. Assise près du prince sur un fauteuil bas, vêtue d'une simple ceinture entourant ses reins et ses hanches, elle caressait une poupée de chiffon dont les yeux en pâte de verre étaient aussi noirs que les siens.

Sa mine était sombre et triste depuis que sa sœur aînée n'était plus là pour la faire rire, lui conter quelques histoires magiques de dieux et de déesses, pour jouer au crocodile ou au cheval articulé ou faire tourner sa toupie de bois rouge. Quand Mérytrê partait en promenade hors du palais, sa sœur ne tressait plus ses cheveux avec des fils d'or et des fleurs comme elle savait si bien le faire. Pas une nourrice n'avait la main aussi douce que Néférourê lorsqu'elle coiffait sa petite sœur.

Depuis que la jeune princesse avait quitté la terre des vivants, le jeune Thoutmosis semblait, lui aussi, déstabilisé et cherchait le moyen d'oublier la fillette par un désir excessif de combattre ses compagnons aux jeux de combats. Tir à l'arc, lancer de javelots, courses de char, rien ne manquait pour apaiser les esprits bouillonnants et fougueux du prince.

Lorsque sa tante Hatchepsout lui avait expliqué avec toutes les formes de l'art, pour en amoindrir la dureté que, désormais, c'était Mérytrê qui plus tard devrait épouser sa condition de bâtard engendré par le dieu-pharaon, il avait seulement haussé le sourcil, mais n'avait rien rétorqué, sachant déjà qu'il ne pourrait gouverner qu'à cette seule condition.

Il se tourna vers Mérytrê qui triturait nerveusement sa poupée de chiffon et jeta sur elle un regard indifférent mêlé de mépris. Jamais il n'avait vu Néférourê jouer avec des poupées. Elle tirait plutôt des petits chevaux articulés ou des chars en miniature dont les roues faisaient avancer des soldats en bois qu'elle plaçait selon son bon plaisir.

Parfois, elle tirait à l'arc avec lui, rapportant sans cesse que sa mère, lorsqu'elle était jeune, avait appris cet exercice masculin et le maîtrisait aussi bien que les garçons de son âge.

Mérytrê ne savait que tenir ses poupées contre elle, les habiller, les coiffer, les gronder, les embrasser ou remplir des petits plats en terre cuite de friandises ou d'eau parfumée pour simuler avec elles la prise d'un repas.

Tout cela l'agaçait. Comment pourrait-il, un jour, unir son destin de pharaon avec cette pâle fillette toujours dans les jupes de ses nourrices ?

Il revint à sa tante.

— Au retour de ce voyage, me conterez-vous l'histoire des grands flots déchaînés ?

Mais Mérytrê avait beau rester morose et ressembler à une pâlichonne fillette, plus retenue et plus modeste que sa sœur disparue, elle ne pouvait supporter que son demi-frère vînt lui voler les instants que lui consacrait sa mère.

— Mère, me rapporterez-vous des jouets du Pount ? dit-elle à son tour.

— Bien plus que cela, Mérytrê, je te rapporterai du Pount des petits singes tout noirs. Ils sont, paraît-il, minuscules et savent jouer avec les enfants. Je sais que le pays en regorge. Et pour toi, Thoutmosis, je te ramènerai un couple de léopards et peut-être un javelot à manche en bois d'ébène.

Les enfants se regardèrent. La mine austère de Mérytrê se détendit. Hatchepsout caressa la joue satinée de sa fille.

"Néférourê, pensa-t-elle, serait venue se jeter dans mes bras, à l'idée qu'on lui rapporte des présents du Pount. Elle était si instinctive, si spontanée qu'aucun événement ne pouvait freiner son enthousiasme."

De petite taille, sa fille cadette restait assez chétive, bien qu'elle ne fût jamais malade. Mais le teint pâle et le geste alangui, l'enfant rappelait à la mère cette sœur cadette qu'elle avait perdue dans sa jeunesse.

Fait étrange et que nul ne pouvait discuter, le dieu des morts avait exigé que ce soit son aînée, vive, exubérante, ouverte à la vie et aux plaisirs, peu encline à l'obéissance, mais hardie, autoritaire et courageuse, qui partît dans l'au-delà rejoindre le royaume éternel.

En exigeant d'elle cette cruelle séparation, les dieux avaient-ils manifesté un mécontentement ? Certes, elle ne pouvait le certifier, mais elle sentait qu'il fallait, désormais, leur apporter de nouvelles offrandes afin de calmer leurs désirs, peut-être même leur courroux.

Regrettaient-ils d'avoir posé une femme sur le siège du pharaon ? Une telle pensée faisait frémir Hatchepsout. Que les dieux vinssent à manifester leur désaccord et elle ne pèserait guère plus dans le plateau du destin de l'Egypte. Il lui fallait rapporter au plus vite des parfums et des encens qui les séduisent.

Kénit, la servante, s'approcha de la reine, tenant

un linge frais et parfumé pour essuyer le visage et les mains de Mérytrê.

La fillette se laissa faire.

— Où est ta nourrice, Mérytrê ? questionna la reine. N'est-ce pas l'heure de ton bain ? Et toi, Thoutmosis, ne dois-tu pas aller rejoindre tes compagnons ?

— Si, ma tante ! Et je sais qu'ils m'attendent. Nous devons, nous aussi, préparer nos futures expéditions hors d'Egypte. Aborder chaque pays et en soupeser chaque détail. C'est pourquoi, je veux qu'on me rapporte, outre les léopards et le javelot que vous m'avez promis, tous les détails qui concernent ce Pays du Point.

— Vous n'avez rien à ordonner, prince, jeta une voix sèche dans son dos. Grandissez donc encore un peu avant d'énoncer vos désirs de conquête.

L'enfant et la reine se retournèrent brusquement. Senenmout était entré sans se faire annoncer. Hatchepsout marqua un geste de contrariété. Elle n'aimait pas que l'arrivée de son intendant la prenne ainsi au dépourvu. Où était donc Yaskat, sa fidèle suivante ?

Cependant, ne voulant pas le déconsidérer devant Thoutmosis, elle ne fit aucun commentaire et se contenta d'approuver la réflexion d'un hochement affirmatif de la tête.

La petite fille courut vers Senenmout, celui que chacun considérait, au palais, comme le tendre favori de sa mère. Elle s'arrêta juste devant lui, frôla de sa chétive silhouette le corps puissant de l'intendant puis levant le regard et haussant les pieds pour se grandir à ses yeux, demanda :

— Néférourê est-elle déjà partie au Pays du Point ?

Senenmout eut l'air embarrassé. Certes, Mérytrê n'était pas sa favorite et d'ailleurs personne n'ignorait comment il avait comblé de cadeaux et de caresses la fillette disparue.

Il se pencha sur l'enfant et lui prit la main.

— On te rapportera de très beaux coffrets d'ébène et tu pourras y déposer tous tes trésors. Mais je ne crois pas que Néférourê soit au Pount. Elle est dans des pays bien plus lointains encore.

— Le pays d'Osiris n'est donc pas le même que le Pays du Pount ?

— Non, c'est une région bien différente.

— Qu'y fait-elle ?

Ce fut la reine qui interrompit Senenmout.

— Sans doute, prépare-t-elle ta place lorsque les dieux auront décidé que tu ailles la rejoindre.

— Même si c'est dans très longtemps ? Même si, un jour, tu es très vieille ?

La fillette vit que Thoutmosis haussait les épaules. Elle sentit qu'il désirait se venger de la remarque désobligeante que lui avait lancée, tout à l'heure, Senenmout au sujet de son âge. Chacun savait que l'adolescent n'était guère dans ses bonnes grâces. Ce qui, d'ailleurs, était réciproque.

Mais Thoutmosis ne répliqua rien, se contentant de regarder Senenmout avec froideur. Puis, s'inclinant devant sa tante, il déclara sans autre modestie :

— Vous reverrai-je avant votre départ, ma tante ?

— Non ! Thoutmosis, c'est là notre adieu.

— Alors, j'attends impatiemment votre retour. Et, puisque je dois grandir, lorsque vous reviendrez, je serai en âge d'assister aux assemblées d'Etat.

Le ton était suffisamment éloquent pour jeter le trouble dans l'esprit de la reine et de son conseiller.

Senenmout l'observa un instant. Il savait que si l'enfant avait eu quelques pouvoirs, il l'aurait exilé sans attendre, loin de Thèbes, peut-être même loin d'Egypte. Mais, Thoutmosis n'aurait jamais son mot à dire tant qu'Hatchepsout serait à ses côtés.

— Nous avons tout le temps pour y réfléchir, répondit la reine. Maintenant, va retrouver tes compagnons. Ils doivent t'attendre avec autant d'empressement que tu en as à les rejoindre.

Lorsqu'il fut parti, Senenmout s'approcha silencieusement de la reine et lui prit la main qu'il porta dévotement à ses lèvres.

— Pardonne-moi, ma bien-aimée souveraine, de ne pas avoir attendu que Yaskat m'annonce. Tu sais qu'elle ne m'aime guère et qu'elle aurait encore trouvé un prétexte pour retarder notre rencontre.

Hatchepsout sourit. Elle aimait que Senenmout s'abaissât parfois devant elle. Il le faisait si rarement avec autrui que c'était presque une jouissance de le voir ainsi contrit, inquiet et, surtout, peu sûr de lui. Senenmout, le Grand ! qui ne pliait devant personne.

Elle lui tendit ses lèvres. Mérytrê, qui sentait que la conversation ne tournerait plus en sa faveur, s'impatienta.

— Vous ne verrez plus Thoutmosis, Mère, mais...

— Je viendrai t'embrasser avant mon départ, coupa sa mère en se dégageant aussitôt de l'étreinte naissante de Senenmout. C'est promis.

Puis, elle s'approcha de sa fille et la serra contre elle.

— Je viendrai te souhaiter un dernier adieu. Et demain, si tu es accompagnée de tes nourrices, d'Horem, d'Antef et de toute la garde du palais, tu pourras venir sur le port de Thèbes pour voir les grands vaisseaux partir.

Enfin, Yaskat et les nourrices vinrent chercher l'enfant. Kénit lui tenait la main. Elle croisa une dernière fois le regard de sa fille et vit une lueur d'inquiétude traverser ses grands yeux mélancoliques. Souriante, elle lui fit bon visage et, de la main, esquissa un petit signe rassurant en la regardant s'éloigner.

— J'espère que, mariée à Thoutmosis, cette enfant ne sera pas trop soumise. J'ai si peur qu'il ne la relègue au harem et ne s'entoure de femmes plus hardies.

— Elle a ton sang, Majesté. Aux yeux de l'Egypte, elle sera toujours différente des autres femmes.

— Je le souhaite tant, Senen.

Elle s'allongea sur la couche aux épais coussins

moelleux, détendit ses jambes, rehaussa le buste et laissa Senenmout lui retirer sa tunique.

— Profitons de cette longue nuit, Senen, car sur notre grand vaisseau, bien des yeux nous épieront, et sans doute n'aurons-nous que de brefs instants intimes.

Il vint s'allonger près d'elle. Elle se fit ronronnante, la bouche humide, l'œil libertin.

— Avant que nous nous perdions dans les profondeurs de notre longue nuit, fit-elle en se frottant contre lui, n'as-tu pas quelques propos sérieux à me tenir ? Dans ce cas, nous nous rattraperons dans quelques instants.

Déjà allongé sur elle, il se redressa vivement et passa un bras autour de ses épaules.

— Thouty refuse d'accoster à Quoser.

— Je m'en doutais. Sans doute a-t-il raison ?

— Je t'assure, ma souveraine maîtresse, chuchota-t-il à son oreille, que le trajet de Coptos au port de Quoser, qui se trouve directement sur la grande mer, nous ferait gagner un temps précieux.

— Senen ! objecta-t-elle aussitôt en dégageant ses jambes de celles de son compagnon qui les enserrait dans un geste quasi dominateur. Où est donc ton précieux temps s'il faut le perdre bêtement à traverser le désert et ensuite remonter pièce par pièce les cinq navires, sur le port de Quoser ?

— Et s'il faut chercher indéfiniment le chemin des flots qui nous mènent à cette mer, ne perdrons-nous pas un temps plus précieux encore ?

Elle se retourna, embrassa la bouche de Senenmout et cala son visage dans le creux de son épaule.

— Thouty est un vieux marin qui connaît son problème. Il faut le laisser agir à sa guise. Il nous mènera à bon port. Je le sais.

D'un mouvement négatif, Senenmout secoua la tête.

— S'il préfère aborder la grande mer par le delta, reprit la reine, c'est qu'il peut y arriver.

— C'est trop risqué.

— Rebâtir correctement les vaisseaux après une longue traversée dans le désert te paraît donc une réussite assurée ?

— Sakmet est de mon avis. Il pense que Thouty se trompe.

— Sakmet ! N'est-il pas ce jeune marin à qui Néhésy a laissé le commandement de l'un des vaisseaux ?

— "L'Horus". Le quatrième navire de la flotte. C'est exact.

— La charge est bien importante. Ce marin te paraît-il un bon élément ?

— Je le crois attaché à celui qui rehausse son pouvoir.

— On dit que Thouty le protège, fit la reine.

— C'est possible, répondit Senenmout.

Puis, comme il fallait que cette brève discussion en finisse, il la coucha doucement sous lui et sentit son haleine fraîche se propulser contre sa propre bouche. Mais, c'était mal connaître Hatchepsout que de penser qu'elle arrêterait là ses investigations sur ce jeune inconnu.

— Quels sont tes rapports avec lui ?

Senenmout desserra son étreinte. Voilà une question d'Hatchepsout qui ne le surprenait guère.

— Ils sont cordiaux.

— Cordiaux ! s'étonna-t-elle. Veux-tu dire que tu as enfin trouvé un ami ?

— Peut-être. D'autant plus qu'il partage mon opinion sur la manière la plus facile de nous rendre au Pount, et peut-être qu'à son tour, il pourra persuader Thouty.

— A moins que ce ne soit lui qui te prouve le contraire. Tu dis que ce Sakmet est ambitieux, mais est-il vulnérable ?

Ne voulant plus répondre, il reprit ses lèvres et la discussion échoua dans un mutuel consentement de leurs deux corps réunis.

CHAPITRE III

Serrée, bruyante, enveloppée du halo de l'aube naissante, la population de Thèbes accourait au port pour le départ des cinq vaisseaux.

Les acclamations fougueuses de la foule montaient dans un délire sans cesse croissant. L'agitation était à son comble et les rumeurs les plus fantasques circulaient avec beaucoup d'aplomb et un rien d'insolence.

Une femme-pharaon qui partait en expédition ! Et de plus, un voyage dont on ne connaissait ni le trajet, ni la durée, ni même l'issue ! Cela ne s'était jamais vu. Les pharaons partaient en guerre ou effectuaient des incursions à titre indicatif pour être renseignés sur les dispositions d'un pays étranger.

Mais, jamais encore, un pharaon n'avait quitté l'Egypte pour aller quérir des essences divines afin de satisfaire les dieux.

Fallait-il que ce fût une expédition bien incertaine pour que les bruits qui circulent se fassent, eux aussi, très hasardeux.

En son absence, Hatchepsout et son conseil avaient remis l'Egypte entre les mains fidèles et sûres d'Hapouseneb, le Grand Prêtre d'Amon. Restaient à ses côtés Pouyemrê, le Grand Trésorier d'Egypte et Djéhouty, le Vizir de Haute Egypte, aidés de quelques autres hauts dignitaires ralliés à la cause de la reine.

Le pays était suffisamment sain pour attendre, en toute sérénité le retour d'Hatchepsout. Si les récoltes de la saison dernière avaient été insuffisantes en raison des trop fortes inondations, les greniers à blé étaient bien remplis et le fleuve poissonneux. Quant aux caisses du temple d'Amon, elles étaient assez pleines pour voir venir en toute tranquillité bien d'autres crues du Nil.

Les vaisseaux pouvaient donc prendre le départ. Tout était prêt jusqu'à la plainte d'un petit vent d'est qui, doucement, s'engouffrait dans les grandes voiles montées si haut sur les mâts qu'elles se mêlaient au ciel démesurément bleu.

Le crissement des cordages ne pouvait s'entendre tant les cris de la foule s'amplifiaient et les bastingages de bois croulaient sous le poids des passagers qui agitaient leurs bras en direction du quai qu'ils allaient bientôt quitter.

Seule, la reine n'avait pas encore pris possession du "Sceptre d'Amon", le premier des vaisseaux qui devait la véhiculer aux côtés d'une petite cour qu'elle avait dû restreindre.

Debout sur la barque royale, entourée des Grands Prêtres, du Vizir et de quelques dignitaires, elle regardait Hapouseneb qui, avançant sur le grand tapis déroulé, agitait l'encensoir empli d'herbes parfumées.

Hatchepsout aspira en une longue bouffée l'odeur de ce fleuve sacré qui devait la mener dans un pays qu'elle méconnaissait et dont elle rêvait depuis si longtemps. Un instant, elle ferma les yeux et n'entendit plus que les bruits et les acclamations. Une onde délicieuse, aussi dorée que les rayons de son dieu Amon, envahit subitement sa tête et descendit dans tout son corps. Alors, elle revit ce songe d'adolescente qui, pas un instant, ne l'avait quittée depuis son règne.

Elle releva ses paupières et vit le Grand Prêtre d'Amon agiter l'encens dans un geste lent et mesuré. Les mouvements oscillatoires, rythmés par les incantations des prêtres, lui rappelèrent aussitôt ses devoirs de pharaon. Dans un an ou deux, peut-être plus, puisque l'expédition ne pouvait fixer aucune date de retour, l'encensoir d'or d'Hapouseneb regorgerait de parfums divers et surtout de la divine myrrhe que l'on ne trouvait qu'au Pays du Pount.

Les prêtres psalmodiaient les incantations en agitant leurs sistres et leurs crotales. Sur le port, face aux navires, on avait demandé aux musiciennes du temple d'accompagner les prières rituelles. Leurs doigts agiles et souples couraient sur les cordes de leurs instruments. Lyres et petites harpes faisaient merveille. Elles laissaient tomber des notes aussi mélodieuses que le bruit du vent jouant dans les bosquets de papyrus.

Derrière la barque sacrée et celles des prêtres d'Amon, les cinq navires se suivaient. Sur la proue décorée de bois précieux et de feuilles d'or, figuraient de beaux et grands hiéroglyphes qui traduisaient le nom des embarcations, "Le Sceptre d'Amon", "L'Hathor", "L'Horus", "L'Œil de Thot" et "L'Anubis".

Sur le premier, "Le Sceptre d'Amon", celui de la pharaonne, embarquaient Senenmout, les dix gardes personnels de la reine, ses suivantes, le médecin, quelques servantes et plusieurs musiciennes.

Néhésy, qui commandait le second vaisseau, "L'Hathor", avait préféré détacher sur le navire de la reine les dix soldats qui devaient la préserver de toute agression extérieure. Mais chaque vaisseau comportait une vingtaine d'archers, tous des tireurs d'élite et une cinquantaine de rameurs dont trente étaient des hommes d'équipage qui ne devaient pratiquement pas bouger de la place à laquelle ils étaient assignés.

"L'Horus" était entre les mains de l'habile Thouty et "L'Anubis" entre celles de Sakmet. Il devait commander son vaisseau avec un zèle qu'il apprendrait à cerner, maîtriser, peaufiner, sous l'œil vigilant de son nouveau protecteur.

Trop fin psychologue pour risquer des bévues qui l'écarteraient à coup sûr des promotions à venir, Sakmet avait décidé de n'utiliser le fouet qu'à bon escient. Aussi, tentait-il de l'oublier lorsque accroché à sa ceinture celui-ci battait ses flancs.

Mieux encore ! Une profonde réflexion l'avait amené à se rapprocher des hommes d'équipage, tous de fins marins, certes plus habitués à la navigation fluviale qu'à la navigation maritime, mais suffisamment courageux pour aborder l'océan qu'ils ne connaissaient pas. En cela, Sakmet ne différait pas. Il avait donc décidé de le découvrir avec eux.

Quant à "L'Œil de Thot", le dernier et cinquième des vaisseaux, il était affecté à Séchat et à son équipe de scribes. Le commandant de bord était un homme de Thouty, assez renfermé, mais bon marin, rude au travail, qui connaissait les problèmes de haute mer.

Bien que Séchât eût subi une déception en remarquant qu'elle ne disposait d'aucun homme d'armes pour sa sauvegarde personnelle, la contrariété ne fut que passagère et elle préféra ne pas s'attarder sur le fait qu'elle pouvait en avoir besoin.

Réclamer des gardes eût amené — elle le savait trop par expérience — la fatale réplique qu'exerçant un métier d'homme, elle devait en affronter les aléas.

Et qu'aurait-elle pu rétorquer, sachant que son embarcation comptait vingt scribes et que, en plus, la cale du navire recélait les trésors et cadeaux destinés au roi du Pount ?

Après un temps bref d'hésitation, elle dut se faire à l'idée qu'elle serait seule à bord en compagnie des hommes d'équipage et de ses vingt scribes tous formés à des tâches qui n'incluaient guère le sport ou l'art de la défense.

Les cinq navires de la flotte égyptienne étaient enfin prêts à quitter les rives de Thèbes pour le plaisir des dieux.

Maintenant que la reine avait quitté la barque sacrée pour rejoindre son vaisseau, elle se tenait debout, tel un dieu, auréolée de son prestige et de ses multiples pouvoirs, s'appuyant à la proue d'où se détachaient les hiéroglyphes d'or du "Sceptre d'Amon".

A ses côtés, Senenmout avait déjà la tête emplie des splendeurs qu'il allait bientôt posséder et qu'il chargerait sur les navires. Et si ce n'était l'angoisse de manquer l'étroit passage menant au Pount qui le tenaillait, il se serait dressé face à la foule avec plus d'orgueil et d'outrance.

Sur "L'Hathor", Néhésy fixait la foule. Il sentait son échine rigide, son mollet dur et son pied nerveux. Une attitude contraire à ses habitudes. Lui, souple comme un chat, prudent, flexible, sans doute un peu méfiant, enfermait une autre hantise que celle de Senenmout. Les équipes de soldats seraient certes insuffisantes en cas d'agression extérieure.

Habitué à circuler à la tête de ses armées, Néhésy se voyait ridiculement entouré de quinze archers et de quelques policiers. Qu'il faille compter avec le chargement du Pount pour le retour n'atténuait pas ses craintes. La conclusion restait évidente, il était le responsable du bon déroulement de l'expédition, le maître de l'équilibre et de l'ordre, le chef de la défense.

Sakmet et Thouty, sur leurs vaisseaux respectifs, devaient quant à eux assumer les éventuelles possibilités de naufrage ou d'erreur de navigation qui n'étaient certes pas à écarter. Les dangers de ce voyage lointain et hasardeux restaient multiples et les moyens de les combattre plus risqués encore.

Thouty observa ses vaisseaux avec un plaisir évident. Un bien-être cependant teinté d'une appréhension qui grandissait chaque jour davantage. Si Thouty était sûr de la solidité de ses navires, de leurs possibilités et de leurs éventuelles performances, il se demandait comment se comporteraient les marins, car exception faite des liaisons fréquentes et régulières entre le delta et Thèbes, entre Thèbes et Bouhen, ses hommes d'équipage n'avaient aucune expérience pour la navigation de haute mer.

L'expédition du Pount allait devoir affronter des flots jamais encore rencontrés. Des pièges non prévus allaient sans doute surgir. En cas de tempête, il faudrait parer au plus vite et l'unique et large voile, accrochée au grand mât, n'était cousue que pour se gonfler doucement sur une brise régulière et légère, fort coutumière du Nil.

Thouty avait prévu de multiples cordages, durs, solides, aussi résistants que ceux qui transportaient les lourds obélisques ou les énormes blocs de pierre venant des carrières. Il fallait des câbles indéfectibles pour parer les éventuelles brisures de mâts, des voiles de rechange en cas de déchirure, des rames droites, dures, qui raclent bien les flots en cas de gros temps.

Il avait ordonné qu'on relève plus que d'ordinaire les bords avant et arrière des vaisseaux afin que les tempêtes n'emplissent pas d'eau les ponts et les cales qui seraient surchargés au retour. Il ne fallait pas que la crête sauvage des vagues s'imaginât dominer le vaisseau.

Thouty avait même prévu des balustrades construites en bois de cèdre, assurant un minimum de maintien, un semblant d'équilibre pour protéger le capitaine à sa barre.

Oui ! Thouty était prêt. Mais son équipage l'était-il suffisamment pour mener à bien cette expédition qui devait aboutir on ne savait encore où ?

Et, pendant que tous attendaient de rencontrer l'étrange océan, dévoreur d'ombres et de lumières — on disait même qu'il recélait des monstres bien plus malveillants encore que les crocodiles — chacun appréhendant d'aborder des rives inconnues, capitaines, soldats, archers, scribes et rameurs percevaient déjà au plus profond de leurs tympans les roulis à venir.

Mais savaient-ils que l'infernal mouvement oscillatoire ne cesserait plus de les agiter pendant des jours et des mois, peut-être même des années ?

Alors que les vaisseaux s'apprêtaient à s'ébranler, seule Séchat, la passagère de "L'Œil de Thot", n'était pas encore à bord.

*
* *

Certes, ils avaient tous pensé aux éventuels accidents de parcours. Thouty craignait pour ses hommes. Néhésy pour sa défense, Senenmout pour l'insuccès de l'entreprise.

Pourtant, même si Sakmet et Senenmout s'inquiétaient du chemin à suivre pour arriver au Pount, seule Séchat avait prévu le cas où, arrivés dans le delta, ce labyrinthe mortel aux multiples bras tentaculaires, les navires ne sauraient comment s'orienter.

Séchat avait tant discuté du voyage avec son vieux père Sobek, grand scribe royal à l'époque du premier Thoutmosis, qu'elle seule, probablement, en connaissait les vrais dangers.

Dans les archives du palais dont il avait été si longtemps le conservateur, Sobek avait vu défiler toutes les cartes géographiques anciennes qui devaient exister en Egypte. Lui seul en connaissait la teneur et, petite fille, Séchat en avait tenu quelques-unes entre les mains et s'y était intéressée.

Immanquablement, Sobek avait mis en garde sa fille contre le risque de se perdre dans l'inévitable delta qui ouvrait sur les peuples de la Mer. Or, ces peuples ne menaient pas au Pount. Pire, ils lui tournaient le dos.

Pourvue de ce premier repère qu'ignoraient Sakmet, Senenmout, Thouty et les autres commandants de bord, la route s'étudiait déjà sur de meilleures bases. Sobek avait ensuite conté à Séchat comment les marins confondaient l'immensité de cet océan du Nord avec les flots qui menaient au Pays du Pount.

Une voie sans issue. Un chemin qui se situait à l'opposé de celui qu'il fallait prendre. Un passage à trouver coûte que coûte, sous peine d'être obligé de faire lamentablement marche arrière, sans pour cela avoir la certitude de tomber sur la bonne direction.

Oui. Mais Sobek n'en savait pas plus. Même si sa

fille restait avertie, à présent, qu'il fallait suivre la route opposée aux peuples de la Mer, cela n'indiquait pas pour autant le chemin. Les vieilles cartes du Pount n'étaient plus que dans sa mémoire.

Si près du but et ne voulant pas en rester là, Séchat et son père avaient entrepris de longues et méthodiques recherches dans les archives royales. Certes, ils avaient retrouvé des cartes que la jeune femme avait précieusement gardées, bien décidée à les étudier pour ne pas les emporter avec elle. Le risque de vol était trop grand.

Elles indiquaient des lieux, des endroits non connus, des indices précieux pour éviter les écueils, les impasses, les trous. Pourtant, aucune ne précisait la brèche qui donnait sur la mer conduisant au Pays du Pount.

Soudain, Séchat eut un déclic. Mais, il était bien tard pour réparer ce manque de mémoire qui lui avait fait défaut ces dernières semaines.

Elle parla à son père du très vieil astrologue qui l'avait aidée à rechercher Satiah, sa fille kidnappée quelques années plus tôt. Le vieillard détenait, outre le savoir et la sagesse, des cartes du ciel, des documents maritimes, de vieux papyrus introuvables dont il avait dû se servir, maintes fois, dans son intense et longue vie.

Mais le vieil homme était à Denderah. Comment s'y rendre et ne pas manquer le départ de l'expédition ? Séchat avait réfléchi toute une nuit. De longues heures où la solution ne s'était pas dégagée.

Que faire ? Pouvait-elle embarquer à Denderah plutôt qu'à Thèbes puisque les navires devaient s'y arrêter ? Certes, dévoiler son idée aurait été une initiative tant appréciée qu'on l'aurait même accompagnée sur les lieux, encadrée d'une équipe d'hommes d'armes pour être plus sûr du résultat.

Il fallait donc ne rien dire et trouver une excuse de poids. Séchat, qui n'était pas une oie bête, savait que ces documents-là, si elle les obtenait du vieil astrologue, devraient voyager avec elle. Il était hors de question que les honneurs de la réussite du voyage reviennent à un autre, fût-ce un Néhésy ou même un Sakmet, encore moins ce présomptueux de Senenmout qui ne l'appréciait guère.

Peut-être encore que ce vieux malin de Thouty se réserverait le privilège de pouvoir lire les inscriptions mystérieuses des cartes séculaires.

Séchat devenait méfiante par expérience. Trop de difficultés et de complications avaient surgi devant elle, dans ses activité professionnelles, pour qu'elle réagisse différemment.

La nuit qui suivit sa décision, la chance tourna de son côté. Ravie, elle apprit le retard de l'expédition. Elle décida de parler à Sakmet d'un problème de famille afin qu'il freine davantage l'appareillage, ce qui, en reculant les dernières précautions d'usage, lui était fort possible, d'autant plus qu'il avait le soutien entier de Thouty.

Pourvue de cette ultime sécurité, et n'ayant pas pour autant dévoilé le véritable motif de son retard, elle partit un matin avec Wadjmose qui filait sur son char à une allure d'enfer, longeant comme un dément les routes qui suivaient le bord du Nil.

Depuis plus de quinze ans que Wadjmose était au service de Séchat, il la connaissait si bien qu'il n'avait nul besoin de la questionner pour sentir que cette mission était de la plus haute importance.

D'ailleurs, Wadjmose, à qui Séchat avait ordonné le retour à Thèbes dans un délai minimum, sous peine de ne pouvoir embarquer sur le navire, tenait à presser l'allure afin d'accompagner sa maîtresse au Pount, ce pays merveilleux qu'il voulait tant connaître.

Wadjmose était un colosse bien bâti. Courageux, hardi, il savait aussi bien attaquer que se défendre. D'une quarantaine d'années, le torse puissant, râblé, les épaules roulant sur des muscles qu'il aimait exhiber, il pouvait se battre jusqu'à l'épuisement, tenant farouchement son adversaire, quitte à le maintenir sous le poids de son corps musclé pour le laisser, ensuite, étalé sur le sol comme une vieille serviette usagée.

Deux jours après le départ, ils étaient aux portes de Denderah. Quand Séchat reconnut le vieux temple du pharaon Pépi, dédié à Horus, elle sut que son entreprise réussirait. Le dieu lui soufflait une énergie nouvelle.

Juste avant Denderah il fallait traverser le village de Kéna et se rendre au bout de la ville. Ils passèrent devant des maisons basses, assez pauvres, mais bien entretenues. Elles étaient blanches, construites en pisé et bordaient quelques cultures où dominaient des champs de concombres et d'oignons.

Séchat se souvenait de son dernier passage. Trois crues du Nil étaient passées depuis. Il lui semblait que la région était plus calme, plus reposante. Sans doute, le tumulte qui grondait en elle lorsqu'elle cherchait sa fille avait pris le pas sur ses visions personnelles. A cette époque, peu de régions qu'elle avait vues, connues, sillonnées, lui étaient apparues sereines. Seul, cet étrange delta, obscur et remuant, où elle avait retrouvé Satiah lui avait montré un visage tranquille.

Près de Denderah, la végétation était différente de ce qu'elle voyait habituellement. Les dunes libyques commençaient à poindre sur un calcaire raviné qui croulait de la montagne, laissant un sable rougeâtre semblable à celui de Deir-el-Bahari.

Ici, la terre n'était pas riche et noire, traînant les alluvions salutaires des crues, mais jaune et rouge, parfois blanchie par un soleil extrême. Cependant, il y avait suffisamment d'oueds rafraîchissants pour que, le soir, on s'y reposât d'une rude journée de voyage. Mais, trop inquiète de manquer l'appareillage de Thèbes, Séchat n'en avait ni le temps ni l'envie.

Passé les maisons basses de Kéna, la ville apparut dans toute son agitation. Une ville qui en appelait d'autres et qui pressentait un important carrefour de l'industrie et du commerce. Chaque chose, chaque personne vibrait. Dans ce lieu retentissait comme un appel lointain qui venait du delta.

Cette région mouvementée recélait des puits si nombreux, si profonds qu'ils permettaient aux nombreux voyageurs de boire autant d'eau qu'ils le souhaitaient et de remplir toutes les gourdes qu'ils désiraient.

La diversité et la régularité des caravanes qui passaient, jour après jour, n'étaient plus à discuter. On sentait l'ambiance agitée du fayoum et celle plus angoissante du delta.

Les dernières maisons de Denderah étaient construites en boue séchée. La jeune femme se rappela que celle du vieil astrologue était bâtie en briques. Elle reconnut à sa porte les quelques chèvres qui, paisiblement, broutaient de l'herbe séchée. A l'arrière de la maison, un carré de verdure exhibait quelques concombres et quelques oignons qui sortaient de terre.

Wadjmose arrêta son char, calma les chevaux et attendit tranquillement que sa maîtresse revînt.

Le mur principal qui se trouvait de face avait une unique ouverture, sans porte. Séchat hésita, puis avança. La pièce dans laquelle elle s'apprêtait à entrer était sombre, mais fraîche. Elle attendit quelques instants, tendit l'oreille, hésita encore.

Ses narines furent chatouillées par une étrange odeur de plantes séchées. Il se dégageait un arôme qu'elle connaissait, mais qu'elle ne pouvait analyser. Elle s'approcha de quelques pas.

— Entre, entendit-elle, je t'attendais.

— Tu m'attendais !

— Hélas ! Je ne vois plus guère, mais j'ai reconnu ton pas.

Le vieil homme était identique à celui qu'elle avait rencontré trois saisons précédentes. Ses mains étaient toujours aussi longues, brunes et décharnées. Sur son visage, le poids des ans s'inscrivait avec un peu de lassitude. Mais dans ses yeux brillait une lueur d'éternelle jeunesse.

— Que veux-tu de moi, aujourd'hui, jeune femme ?

Comme Séchat ne répondit pas, il poursuivit d'un ton si engageant qu'elle respira de soulagement.

— La réussite ? fit-il d'une voix aigrelette.
— Non ! La justice, s'exclama-t-elle.
— La justice !

Le vieil homme se leva. Mais, ses jambes osseuses pouvant à peine le porter, il se rassit en hochant la tête.

— Pourquoi voudrais-tu obtenir la justice ? Même ton pharaon n'y a pas droit. Sa fille aînée est morte alors qu'elle devait régner en co-régence avec le jeune prince qui, un jour, montera sur le trône.

Il fixa de ses yeux creux la jeune femme. L'orbite était enfoncée, mais une lumière en jaillit.

— La justice n'est pas pour les hommes d'ici-bas. Elle est destinée aux morts, à ceux qui ont rejoint Osiris.

— Je sais, souffla Séchat honteuse. Alors, laisse-moi m'exprimer autrement et te présenter ma requête plus modestement.

— Parle.

— Vieil homme ! Tu es le plus Sage d'entre tous les Sages. Tu vois les choses à travers les heures et les étoiles.

— Justement, il te faudra à nouveau chercher l'étoile d'Orion. Te rappelles-tu ? Celle qui correspond à l'œil.

— Ne peux-tu m'éviter de tout observer, tout étudier, tout comprendre ? Lorsque nous serons dans le delta à chercher la brèche qui mène à la grande mer du Pount, je n'aurai pas ce temps dont tu me parles. Les flots nous engloutiront avant que nous trouvions ce que nous cherchons.

A nouveau, le vieil homme tenta de se lever. Séchat courut à lui.

— Tu ne perdras pas de temps, dit-il en prenant appui sur le bord de sa longue table de bois sombre. Car j'ai ce que tu cherches.

Les yeux de Séchat s'allumèrent, une intense satisfaction détendit son visage. Elle saisit la main du vieil homme et l'aida à se rasseoir.

— Me confieras-tu cette carte ?
— Je ne sais pas encore. Mais je vais te la montrer.
— Est-elle très vieille ?
— Bien plus que moi.

Il se leva encore. Cette fois Séchat retint solidement son bras. De l'autre, il repoussa lentement une pile de papyrus entassés, serrés les uns contre les autres et reliés par un fil de lin. Les documents glissèrent contre des godets en terre cuite dans lesquels Séchat vit des graines et des herbes séchées.

— Aide-moi, fit-il en se penchant en avant.

Séchat qui tenait l'astrologue par un bras l'empêcha de retomber sur le bord de la table. Il se redressa et esquissa un pas traînant, puis un autre. Ses pieds étaient nus, décharnés eux aussi. Ils essuyaient la poussière du sol. Le vieillard se tassa sur lui-même et, aidé par la jeune femme, se dirigea jusqu'à un meuble bas et bancal dont les portes, disjointes, ne fermaient plus.

Son dos se courba sur le meuble, ses mains se posèrent à plat sur la paroi supérieure, mais il faillit tomber et sans l'effort que fit Séchat pour le retenir, il eût sans doute croulé sur le sol.

— Tiens, attrape ce rouleau de papyrus dont tu aperçois le bord jauni et rongé par les souris. Celui qui se trouve sous la serviette, jaunie elle aussi.

Séchat attrapa le document. Il devait être en effet bien vieux et compte tenu de son âge, il était encore dans un état très acceptable. Elle le tendit au vieil homme.

— Non ! Garde-le et ramène-moi plutôt là où j'étais assis tout à l'heure.

Lorsqu'il fut installé, il la pria de dérouler le papyrus. La carte mystérieuse s'étala devant les yeux fascinés de Séchat. Enfin, devant elle était ce pays dont elle avait si souvent rêvé. Elle suivit d'un doigt incertain le long ruban du Nil inscrit sur la carte. Puis, elle le remonta vers le delta. Le fleuve était inscrit non pas comme elle s'y attendait par des traits fins et multiples, mais par une étrange masse obscure striée de noir.

— Vois-tu cette tache ? fit l'astrologue.

Séchat l'effleura du doigt.

— Descends ton doigt et porte-le sur la droite. Non, quitte le Nil. Ne remarques-tu pas une tache plus claire ?

— Oui.

— C'est un cours d'eau qu'il faut emprunter. Maintenant, trouve un trait si fin et si minuscule qu'il faut le connaître pour le remarquer. Il a été tracé juste en dessous.

— Le voilà.

— C'est la brèche qu'il faut suivre jusqu'au bout. Maintenant, descends toujours ton doigt et porte-le encore sur la droite. Laisse tomber toutes ces grandes rayures obscures qui ne veulent rien dire et qui ne sont là que pour tromper celui qui ne sait pas lire cette carte. Là, vois-tu un point ?

— Oui. Il est là.

— Ce point est trompeur. Celui qui a compris jusqu'à présent les astuces de cette carte se heurtera toujours à ce point. Il indique un canal étroit, étendu sur une très courte distance, assombri par les montagnes qui l'encadrent.

— Faut-il suivre aussi ce canal ?

— Il n'y a que ce chemin. J'ai lu dans de très vieux écrits que, autrefois, nombre de marins arrivant jusque-là se heurtaient à cet engorgement brutal et faisaient demi-tour sans même savoir qu'ils étaient à la porte du Pount.

— J'ai tout inscrit dans ma tête. Je n'ai presque plus besoin de ces cartes.

— Emporte-les quand même. Quand je serai mort, ce n'est pas ma fille, nourrice des grands chemins, qui préservera ces documents. Ils seront mieux entre tes mains.

— Je vénérerai longtemps l'étoile d'Orion qui m'a placée sur ta route, murmura Séchat. Merci, vieil homme.

— Va, car je sais que le temps presse pour toi. Mais n'oublie pas que la justice n'existe pas en ce monde. Elle s'exerce dans l'au-delà.

— Je n'oublierai pas.

Séchat tenait les cartes enroulées contre elle. Il lui sembla qu'elles battaient comme un cœur à l'unisson du sien. Elle se souviendrait longtemps de chaque mot prononcé par le vieil astrologue.

— Tu ne retireras pas seule le bénéfice de tes connaissances, jeta-t-il d'un ton bas.

Elle eut un haut-le-corps.

— C'est pourquoi j'ai voulu t'expliquer la lecture de la carte, poursuivit-il. Aucun autre que toi n'a pu entendre et ne peut savoir. Ainsi, quoi qu'il arrive, tu sauras et tu conduiras.

Il eut un hoquet. Dieu qu'il était vieux !

— Ce sera là ton seul atout, murmura-t-il. N'oublie pas et reste toujours humble.

Il s'affaissa un peu sur la table, mais fit signe à Séchat de partir. Une petite toux sèche remplaça le hoquet.

— Va ! A présent, ne perds plus ton temps. "L'Œil de Thot" te protège et t'attend.

*
* *

Néset arriva à Coptos par un chemin désertique où pas une touffe d'herbe n'apparaissait entre les cailloux. L'air était pesant, sec, chargé de silence et d'incertitude tant le lieu étrange où la jeune femme se rendait paraissait encore loin.

Néset leva les yeux. Le ciel commençait à se cribler d'étoiles parmi lesquelles éclatait en puissance la belle Orion, aussi scintillante que le collier d'or que la jeune femme avait glissé dans la ceinture du grossier pagne enroulé autour de sa taille fine.

Ce soir-là, Néset ne pensait pas que la nuit tomberait aussi vite. A chaque pas, les ombres rendaient sa marche menaçante. La jeune femme soupira d'énervement. Pourquoi refusait-elle toujours d'apprendre à mener un cheval ? Elle repoussait systématiquement l'âne ou la mule pour ne pas se donner l'impression de retomber dans la condition d'une classe sociale qu'elle rejetait.

Néset avait toujours craint le cheval. Ces animaux musclés et puissants, forts en poitrail, le sabot nerveux et la crinière toujours en bataille lui faisaient peur. Elle les redoutait depuis le jour où, dans une ruelle du quartier pauvre de Thèbes, un attelage de quatre chevaux l'avait heurtée violemment, la laissant effrayée, morte d'angoisse, écrasée contre le mur d'une maison avoisinante.

Dieu de Seth ! Elle n'apercevait pas encore la carrière désaffectée derrière laquelle se cachaient les bâtiments où elle devait trouver son frère. Elle craignit un instant l'avoir dépassée, car les ombres effaçaient de plus en plus les lieux obscurs et silencieux qu'elle foulait d'un pas prudent.

Elle heurta un gros bloc d'albâtre qui la fit trébucher, mais elle put se rattraper à une racine qui lui offrit l'appui de ses tentacules morts et desséchés.

A nouveau, elle éleva les yeux et vit que les arrogantes étoiles ne répondaient pas à sa muette question. Certains Egyptiens savaient s'orienter la nuit par rapport à la position d'Orion. Son ignorance lui parut si grossière qu'elle frappa rageusement du pied la racine qui l'avait accueillie tout à l'heure. Pourquoi ne savait-elle pas, non plus, lire la carte du ciel ?

Dieu de Seth ! Que sa haine contre ces filles nobles, riches et cultivées était monstrueuse ! Comme elle les détestait, les maudissait et les vouait au plus triste destin ! C'était ainsi, Néset n'y pouvait rien. Ces filles nées dans les maisons les plus cossues et pourvues des plus hauts privilèges lui donnaient la nausée.

Elles savaient tout et Néset ne savait rien si ce n'était s'illusionner, ruser, tromper, espionner et vaincre par la destruction.

Comment ces femmes — qu'elle exécrait — auraient-elles pu l'aider ? Néset crispa sa mâchoire d'impuissance et de dégoût. Si, à cet instant, elle avait pu toutes les supprimer, certes elle n'aurait pas hésité une seconde.

Hélas ! La belle Néset n'était pas assez psychologue pour comprendre qu'ici-bas tout n'était que maniements, pièges et illusions et que ces filles nanties étaient, elles aussi, en proie à bien des traquenards. Néset ignorait, certes, que le filet tendu par les hommes était parfois si serré que même les plus privilégiées et les plus fines ne pouvaient en sortir.

Mais, pour l'instant, le chemin se faisait si rocailleux qu'à présent Néset oubliait ses griefs et ses rancœurs pour se concentrer sur ses pas que l'obscurité rendait de plus en plus incertains.

Mettre un pied devant l'autre devenait hasardeux. Elle heurtait sans cesse quelque chose et le plus petit caillou devenait un sommet qu'il fallait surmonter. Elle cogna un monticule rugueux dont l'angle écorcha son genou. Tâtant l'obscurité de ses deux mains tendues, elle ne trouva rien qui put l'aider à avancer.

Cette fois, Néset comprit qu'elle ne trouverait plus son chemin. Elle frémit à l'idée de dormir là où serpents et scorpions allaient bientôt sortir de leur repaire pour entamer une nuit riche en découvertes. Elle regretta de ne pas avoir pris un bâton pour les écarter, c'eût été la plus élémentaire des précautions.

Pauvre Néset ! Que savait-elle faire d'autre que haïr les femmes et attirer les hommes bien nés sur sa couche ? Elle entreprenait une course scabreuse et n'avait pensé ni à la nuit tombante ni aux pièges mortels du désert.

Pas un moment elle ne pensa que mieux valait marcher, même épuisée, pour se protéger des agressions constantes de la nuit, plutôt que s'étendre sur le sol, abattue et sommeillante.

Mais cette nuit-là, le dieu Seth, le seul qu'elle appelait souvent à l'aide, fut avec elle, car au loin s'avançait une lueur scintillante accompagnée d'une claudication qu'elle reconnut pour être celle d'un âne.

— Oh ! là, cria-t-elle.

Le clopinement de l'âne stoppa.

— Si tu n'étais pas une femme, je passerais mon chemin, entendit-elle à quelques pas d'elle. Et, par ta voix, je sais que tu es belle.

Si Néset n'avait pas été en posture aussi fâcheuse, elle aurait certes jeté une audacieuse réplique. Mais, la peur tenaillait son ventre et elle n'en pouvait plus de cet odieux endroit d'où elle ne pouvait plus sortir.

— Qui es-tu ? fit-elle d'un ton à peine agressif.

— Celui que tu attends, répondit la voix railleuse.

— Approche, montre-toi.

Il braqua la torche sur elle. La lumière fit cligner ses yeux. Elle aperçut la tête grise de l'âne, mais ne vit pas le cavalier. L'homme devait être derrière l'animal.

— Montre-toi, je te dis.

— C'est un ordre qui me paraît bien inutile. Ignores-tu à ce point que tu as fort besoin de mon aide ?

— Je le sais, mais je veux voir ton visage.

— Que vas-tu me donner si je viens à ton secours ?

— Je n'ai rien à monnayer, fit Néset en frémissant à l'idée qu'il découvre le collier d'or destiné à ceux qui devaient l'aider dans sa mission.

— Alors, je te laisse aux vipères à cornes et aux scorpions venimeux qui hantent ces lieux jusqu'à l'aube.

Il abaissa sa torche et tout redevint noir.

— Tu n'as aucune chance, belle aventurière.

— Attends ! cria Néset dont la nuit cachait la subite blancheur qui avait envahi son visage. Ne peut-on discuter ?

— Dis-moi d'abord où tu vas.

Voyant que l'homme était prêt à parlementer, elle reprit un peu d'assurance et se dit qu'elle pouvait peut-être l'amener au repaire de Sorenth.

Elle hésita, mais se dit qu'elle ne pouvait s'en tirer autrement.

— Connais-tu la carrière désaffectée ?
— Celle de Coptos ?
— Oui.

Il ramena sa torche sur elle. Néset sentit un souffle dans son cou. L'homme venait de tourner autour d'elle sans lâcher son visage de la faible lueur qui l'éclairait.

Elle sentit sa présence dans son dos. Mais elle n'eut pas peur. Cela faisait presque partie de son travail quotidien. Si Néset se laissait prendre au dépourvu dans un désert empli de pièges, elle restait à l'aise dans une situation qui, depuis longtemps, ne mettait plus son honneur de femme en jeu.

Instinctivement, elle sut donc qu'elle n'avait plus qu'à monnayer son corps pour se retrouver, avant l'aube, près de son frère et de ses compagnons de fortune.

— La carrière est là-bas. Tu lui tournes le dos. Je l'ai dépassée quand le ciel était à peine empli d'étoiles.
— Peux-tu m'y accompagner ?
— Si tu me payes.
— Que veux-tu de moi ?
— Toi, si tu n'as pas autre chose.

D'un bond, elle saisit la torche et la planta devant l'homme. Il ne fit aucun geste pour la reprendre.

— Qui me dit qu'après tu vas m'y conduire ?
— Ma parole d'homme.

Elle se mit à ricaner et approcha la lumière du visage de l'inconnu. Alors, elle vit un regard sombre et un sourire dissimulé dans une barbe mal taillée.

— La parole des hommes est souvent fausse.
— La mienne est vraie.

Il reprit la torche, mais sans violence. Puis, il la fit aller sur la silhouette obscurcie de Néset.

— Tu es grande et bien faite. Ta bouche est pulpeuse et tes reins me semblent souples et agiles, bien que tu doives être affaiblie et moins performante.

— Qui es-tu pour me jauger ainsi et te permettre de me rabaisser en jouant sur mon épuisement passager ?

Il ricana à son tour.

— Je suis celui qui va te mener là où tu veux te rendre. N'est-ce pas pour toi l'essentiel ? Tu sembles beaucoup tenir à cette mission.

Il posa la torche à terre, lâcha la bride de son âne et s'approcha si près de Néset que son grand corps toucha le sien.

— J'accepte de te conduire sur mon âne, après t'avoir possédée là, à l'instant, debout et consentante.

— Debout ?

— Veux-tu que les serpents qui rôdent en ce lieu obscur nous conduisent au pays d'Osiris ?

— Certes non, fit-elle en claquant la langue. Mais, en principe, danger ou non, l'homme me paye avant. Tu dois me conduire et me prendre ensuite.

Son rire vint se mêler au braiment de son âne. L'animal secoua son sabot contre un caillou qui le frôlait.

— Et tes compagnons me tomberont dessus avant que tu ne m'aies payé. Regarde, même "Œil habile", mon âne, se moque de ton propos. Tu me connais mal, belle aventurière.

Il venait d'agripper la ceinture de Néset. Elle eut un sursaut en pensant au collier qu'il pouvait découvrir.

— Jamais un homme ne me déshabille. Ce n'est pas ce désert insolite qui changera mes habitudes. Ote tes mains de moi et laisse-moi faire.

D'un geste assuré, elle détacha son pagne en s'assurant que le bijou était toujours fixé dans la boucle de la ceinture. Puis, elle le laissa tomber sur le sol, offrant ses hanches arrondies aux mains impatientes de l'inconnu.

Il la pressa de quelques pulsions hâtives et nerveuses et reporta ses mains sur le corsage de la jeune femme qu'il ôta dans un mouvement sec et précipité avant qu'elle ne rechigne. Ses gestes n'étaient pourtant ni violents ni sauvages et Néset respira de soulagement quand elle vit qu'elle n'avait pas affaire à un violeur de bas chemin.

C'était là une besogne quotidienne pour Néset et, malgré l'étrange endroit et la complexité du cas, elle accomplit son travail avec la seule appréhension que l'homme pouvait ne pas tenir sa parole.

*
* *

Dans la nuit, les bâtisses semblaient inexistantes. Il fallut que, des yeux, Néset les cherchât pour qu'elles lui apparussent sur toutes leurs longueurs, faites de bois, de terre et de paille séchée et s'étalant sur tout un pan de la vieille carrière d'albâtre qui, depuis presque dix ans, n'était plus exploitée.

S'y faufilaient voleurs et truands de toute envergure. Repaire de brigands, certes, mais aussi asile pour les pauvres hères qui, traversant le désert et perdus sur leur chemin, s'arrêtaient pour y passer une nuit, deux parfois si les bandits, qui ne s'éloignaient guère, ne les avaient pas abattus d'un coup de matraque ou de poignard.

Néset regarda l'homme s'éloigner sur son âne claudiquant. Pas un regard, pas un signe d'adieu. L'aide dont elle avait eu besoin avait été largement payée. Par chance, l'homme avait été correct et, sans plus discuter, l'avait amenée à proximité de la carrière.

Echevelée, la jeune femme rectifia sa coiffure et l'attacha rapidement derrière sa tête. A sa ceinture était toujours accroché le collier d'or et ses pieds malmenés avaient repris leur souplesse.

Elle s'arrêta avant d'entrer. Pagne et corsage réajustés sur son corps à peine endolori, Néset ne pensait déjà plus au prix qu'elle avait payé pour un service aussi inhabituel, satisfaite de s'en être tirée à si bon compte.

La porte qu'elle s'apprêtait à franchir était une simple ouverture fermée par une bâche en fibres de papyrus. Elle retint quelques instants les bords entre ses doigts avant d'avancer davantage. Si son frère n'était pas là, elle risquait de se fourvoyer dans une impasse dont l'issue ne jouerait guère en sa faveur.

Des voix lui parvinrent. Le souffle de l'obscurité devait les déformer, car elle ne reconnut pas celle de son frère. Elles étaient basses et graveleuses. L'une d'elles, plus forte que les autres, couvrait toutes sortes d'interjections, assentiments ou objections que formulaient les autres.

Néset laissa tomber les pans de la bâche et se hasarda dans la pénombre de la pièce. A la lueur de quelques torches, elle vit que des nattes jonchaient le sol. Un baril vide était retourné, un autre renversé. A terre, des épluchures et divers autres débris s'amoncelaient. Une odeur d'oignons et de sueur se mêlait à l'âcreté de la fumée qui s'évaporait en volutes épaisses.

Plusieurs têtes se tournèrent vers elle. Elle n'en connaissait aucune. A nouveau, elle craignit l'éventuelle absence de Sorenth, mais la fumée lui cachait les autres visages disséminés au fond de la longue pièce et elle ne put savoir s'il était là ou non.

Le plus costaud s'approcha d'elle. Il était barbu et avait cette allure de chef de bande que personne, apparemment, ne contestait. Roulant des épaules, il fit tournoyer entre ses gros doigts, sans le détacher, le couteau à manche de bois qui pendait à sa ceinture.

— Voilà une belle femelle, fit-il en claquant la langue. D'où viens-tu ma jolie ? Si tu es perdue, nous allons te remettre sur le bon chemin.

Puis, il se mit à rire grassement pendant que ses compagnons l'imitaient en s'approchant de Néset à pas feutrés, l'œil plissé, la narine ouverte et la main sur le ventre.

— Hé ! fit le chef en ricanant toujours, voyez-moi ça, c'est de la belle marchandise qui nous arrive.

En un clin d'œil, un jeune fauve fut sur lui. Le cheveu dru et noir, le visage mat, l'œil sombre et le geste agile, il tomba sur lui si soudainement que celui-ci recula brusquement jusqu'au mur qui l'arrêta dans un bruit mat.

— C'est ma sœur. Laisse-la.

Néset resta bouche bée devant Sorenth tant il avait changé. Ce n'était plus l'adolescent qui avait quitté Thèbes voilà déjà deux crues du Nil. Son grand corps balayait l'espace comme celui d'un géant digne de garder l'entrée d'un temple. Ses muscles étaient devenus ronds et puissants, mais sa taille était assez fine, offrant des hanches minces malgré des cuisses épaisses et suffisamment velues pour affirmer sa virilité.

— Sorenth ! Petit frère, si tu n'étais venu à mon secours, je n'aurais pu te voir dans cette âcre fumée qui fait pleurer mes yeux.

Puis, prenant le parti d'ignorer les hommes qui l'avaient agressée, elle poursuivit d'un ton joyeux :

— Que tu as changé ! Te voilà aussi beau qu'un pharaon. Tiens ! Plus séduisant encore que le dieu Seth lui-même.

Il s'esclaffa bruyamment pour tenter de tromper son entourage, mais Néset vit qu'il jetait un regard inquiet sur ses acolytes.

— L'as-tu donc vu, ce dieu de malheur ?

Elle se mit à rire et prit le bras de son frère, cherchant à dissimuler ses craintes sur le comportement du chef de bande et de ses hommes. Non pas que la situation l'effrayât, car Néset en avait subi bien d'autres dans sa vie pour appréhender celle-ci, mais plutôt pour mener à terme son affaire.

— Le dieu Seth ! Jamais vu, plaisanta-t-elle. Pas plus que Toth, Anubis ou les autres dont je me fiche éperdument.

Elle lâcha le bras de son frère.

— Sorenth, j'ai un travail à te proposer.

Elle savait que les autres, restés sur la défensive, écoutaient. Ayé, le chef de bande qui triturait toujours son couteau dans sa main grasse et velue, s'approcha de la jeune femme et, du plat de la main, la repoussa violemment.

— C'est moi le chef, hurla-t-il, et s'il y a un travail, c'est moi qui le commande !

— Et c'est moi qui paye, fit Néset en bravant le regard courroucé d'Ayé, d'autant plus qu'il était furieux d'avoir eu à subir, tout à l'heure, la menace de Sorenth.

Etonnés par la tournure des événements — car cette belle femelle avait vraiment l'air de s'y croire — ils s'apprêtaient à sauter sur elle, comme des porcs sur leur mangeoire, au moindre signe de leur chef, gardant cependant en tête qu'habituellement la meilleure part était pour lui et qu'eux se partageaient les restes. Mais ils ricanaient déjà, car ces reliquats-là leur semblaient bien appétissants.

— Et tu payes quoi ?

Elle posa son index à l'ongle joliment soigné sur le buste épais de l'homme.

— Je paye. C'est tout.

Ayé eut un rictus. Sa bouche s'étira, son front se plissa et les narines de son nez épaté frémirent comme deux feuilles de saule agitées par le vent. Il les gratta longuement de ses gros doigts boudinés. Puis, les lâchant enfin, il fit un signe de la main et, aussitôt, un homme se glissa entre lui et Sorenth.

Jambes écartées, mains sur les hanches, son visage parut monstrueux à Néset. Son nez était coupé et n'offrait plus qu'un trou béant au-dessus d'une bouche dont les lèvres étaient pratiquement inexistantes.

— Fouille-la, dit Ayé en portant la main à son ventre.

L'homme au nez coupé fit un pas. Néset recula.

— Ne me touche pas ! cria-t-elle. Si tu poses la main sur moi, je te jure qu'avant la saison prochaine elle volera d'un coup net pour retomber à terre comme ton nez a sauté sous le couteau du bourreau.

La menace fit reculer l'homme. Mais déjà Sorenth barrait de son corps puissant celui de sa sœur. Néanmoins, que pouvait-il faire contre tous ? Pointés vers lui, les visages l'observaient, sourcilleux, renfrognés, méfiants.

Un geste d'Ayé fit se ruer trois hommes sur lui, le ligotant au mur en un tour de main. Sorenth se vit quasiment immobilisé, incapable de faire un mouvement, alors que Néset fut projetée avec brutalité à l'autre bout de la pièce.

— Fouille-la, fit Ayé d'un ton sec à l'homme au nez coupé.

Le regard que lui lança Néset le fit hésiter.

— Fouille-la ou je t'abats comme un chien.

Le truand au visage mutilé fit la grimace, un rictus affreux qui accentua l'atrocité de son visage. Avait-il le choix ? Perdre une main n'était pas la mort — encore que cette fille avait dû crâner pour se rendre intéressante — tandis que la vue de son grand corps abandonné dans la rocaille de ce satané désert et jeté en pâture aux vautours ne lui plaisait guère.

— Fouille-la ! fit Ayé en portant la main à sa taille pour y décrocher le couteau qui pendait.

Puis, le pointant sur son compagnon, il se fit menaçant.

Le bandit au nez coupé n'hésita plus une seconde. Il tira si violemment la ceinture de Néset que le pagne lui resta entre les mains, laissant les hanches rondes et les cuisses de la jeune femme découvertes.

Il lança l'étoffe à ses compagnons qui, dans un rugissement de fauves, l'attrapèrent au vol. Puis, tirant sur le corsage de Néset et frôlant au passage de ses ongles sales sa peau veloutée, il ne put s'empêcher de se repaître de son forfait.

Tandis que Sorenth tentait de se dégager de la brutale intervention de ses deux geôliers, Ayé observa le corps dénudé de la jeune femme.

— Crois-tu donc t'en tirer de la sorte ? siffla-t-elle entre ses dents.

Les hommes s'étaient tous retournés vers la lueur qui éclairait la nudité de Néset. Celle-ci se tenait immobile, le feu dans l'œil et la rage à l'âme, soupesant la vengeance qui viendrait à son terme.

Un sifflement arrêta court la protestation que Sorenth, toujours enchaîné, s'apprêtait à lancer.

— Regardez-moi ça ! fit Ayé en secouant le collier d'or que les hommes venaient de découvrir. Et tu voulais le donner à ton frère, alors que moi, son chef, je vais en faire un bien meilleur usage ?

— Tu n'es qu'un petit voleur de maigre envergure et ton esprit vole aussi bas que la poussière des chemins, jeta Néset méprisante. Car, à présent, tu n'obtiendras plus rien de moi. Alors que tu aurais pu tout avoir. Tu n'es qu'un sot et tes hommes sont d'une bêtise aussi monstrueuse que l'affreux visage de ton ami. Tant pis pour toi.

Majestueuse, elle tendit la main.

— Maintenant, rends-moi mon pagne et dis à tes hommes stupides de libérer mon frère. C'est avec lui que je veux travailler. C'est lui qui aura tout l'or qui me reste. Et j'en ai encore, crois-moi.

Ayé commençait à entrevoir son erreur. Certes, son intelligence n'était pas plus aiguisée que son esprit obtus, mais il se rendait compte, à présent, que ce collier pouvait en appeler d'autres. Il gratta de nouveau ses grosses narines épatées.

— Je te propose un marché.

— Lequel ? fit Néset, sachant que son frère ne pourrait rien faire sans l'aide de ses comparses.

— Explique-moi et repartons à zéro.

— Dieu de Seth ! s'exclama la jeune femme. Crois-tu que je vais oublier les sales mains de ton compagnon dénudant sauvagement mon corps habitué à des gestes plus prévenants ?

— Bah ! Tu aurais pu subir un plus triste sort, fit observer Ayé en crachant à terre, et je pourrais me contenter de ce collier sans vouloir quérir autre chose qui n'existe peut-être pas.

— Tu es moins bête que je pensais, fit Néset. Allons, c'est d'accord, nous reprenons au départ. Mais avant, dis à tes hommes de lâcher mon frère.

Elle se tourna vers l'homme au nez coupé.

— Donne-moi ton couteau.

Comme il ne s'exécutait pas, elle le lui arracha et le tendit à Sorenth.

— Coupe-lui la main.

Ayé se mit à rire, mais tous restaient là, interdits, groupés autour de leur chef, le souffle coupé et la gorge sèche. Certes, à quoi pouvait servir la main de ce truand alors que mille autres attendaient de servir Ayé ?

Sorenth se jeta sur celui qu'il aurait voulu voir étendu raide mort et cisailla d'un coup net son poignet. Il n'y eut qu'un cri et du sang gicla. L'homme regardait sa main pendante avec des yeux agrandis d'effroi.

— Tu as choisi, jeta froidement Néset en prenant le pagne que lui tendait Sorenth.

Elle s'habilla en silence, savourant sa victoire et celle de son frère. A présent, elle savait qu'ils seraient tous à sa solde, même cet imbécile d'Ayé qui commençait à la regarder d'un autre œil.

— Tu as le collier et tu me dois un travail. Si tu ne l'exécutes pas, tu ne seras pas payé davantage.

— Que faut-il faire ? jeta Sorenth.

— Suivre les vaisseaux de la reine, s'arrêter à chacune de leurs escales et pister l'un des membres de l'expédition.

— C'est tout !

Elle eut un sourire entendu.

— C'est plus complexe que tu ne le penses. Trois ou quatre hommes suffiront. Je veux que Sorenth en fasse partie. C'est lui qui me rendra compte des faits et gestes de la personne en question.

— Qui est-ce ? questionna son frère.

— Une femme.

*
* *

La foule de Thèbes était toujours agglutinée sur le port, saluant la pharaonne et criant des bons vœux de retour, bien que, parmi les moins favorisés, certains d'entre eux osassent grommeler — si ce n'était vociférer — qu'encore une fois ce n'était pas ce retour-là qui favoriserait leur misérable condition.

Les plus acharnés à cette idée étaient rapidement cernés par les hommes de police et entraînés dans un sombre cachot d'où ils ne sortiraient qu'après avoir pu acquitter une amende qui, parfois, allait jusqu'à deux seaux de blé, une chèvre ou même un bœuf. Et pour les pauvres diables, l'impossibilité de payer risquait fort de les laisser en prison à vie.

Senenmout s'apprêtait à détacher l'amarre qui retenait au quai le premier navire. Lorsque "Le Sceptre d'Amon" s'ébranlerait sur les eaux calmes du Nil, le second se mettrait lui aussi en position de départ, suivrait tranquillement le chef de file, et ainsi de suite jusqu'au dernier vaisseau.

Depuis quelques instants, Néhésy était descendu de "L'Hathor" pour surveiller la foule car le délire de ceux qui s'étaient approchés jusqu'à l'embarcadère risquait de provoquer des remous gênants.

De l'eau jusqu'aux cuisses, deux gamins voulurent enjamber le pont et furent saisis par quatre poignes fortes qui les obligèrent à faire demi-tour. Un homme arriva même à se glisser sous la coque pour réapparaître derrière l'embarcation. Mais un coup de matraque sur le crâne le rejeta aussitôt à l'eau et personne ne vit s'il refaisait surface.

Sur "L'Anubis", l'inquiétude de Sakmet était à son paroxysme. Il savait que Séchat n'était pas à bord. Pourquoi ne lui avait-elle pas donné la raison de son retard ? Il aurait peut-être pu la disculper aux yeux des conseillers et la faire embarquer à Denderah. Ce manque de confiance le perturbait d'autant plus qu'il sentait mûrir un élément qui lui échappait complètement. Pas un instant, il n'avait cru son histoire de famille.

Néhésy s'obligea à respirer un grand bol de cet air de Thèbes qu'il allait bientôt quitter. Sur le quai, la foule de plus en plus compacte l'empêchait de voir au-delà, mais il savait que dans les ruelles les plus étroites et sur les places les plus reculées, chacun se bousculait en essayant de prendre un peu de bon temps.

Ce soir-là, il en était conscient, les prisons regorgeraient de monde malfamé, de brigands, de voleurs et, il fallait bien le dire, de pauvres êtres pris dans la mêlée dont certains devraient assumer le pire des destins.

Quand les quelques désordres, aux alentours du quai, furent estompés, Néhésy monta sur son bateau et ordonna le départ. Déjà, "Le Sceptre d'Amon" s'était ébranlé et glissait nonchalamment sur le fleuve.

Thouty, lui, était paré depuis longtemps et deux hommes d'équipage s'apprêtaient déjà à lever l'ancre. Mais, sur un signe de leur chef, ils attendirent que l'intervalle entre chaque vaisseau qui les précédait soit identique au sien. L'harmonie du coup d'œil avant tout !

Thouty esquissa un sourire, inconscient que derrière lui, Sakmet s'énervait de ne pas voir Séchat arriver.

Pourtant, près des gens qui hurlaient, se piétinaient, s'injuriaient, un char conduit par un homme expert se heurtait sans cesse aux pas trébuchants des spectateurs. Comment deux roues pouvaient-elles avancer dans cette insurmontable cohue ?

— Le char n'avance pas assez vite. Nous ferions mieux d'aller à pied, cria Reshot en s'essuyant le front tant il était humide.

Depuis qu'elle attendait Séchat à la porte nord de Thèbes, Reshot s'irritait. La peur de ne pas l'y rencontrer, puis à présent, celle de manquer l'embarquement l'oppressait.

Par prudence — car Reshot était toujours bien avisée — elle avait demandé à Kaméni de l'accompagner et d'attendre Séchat avec elle. Deux présences sûres valaient mieux qu'une.

Assise sur le bord de la route, Kaméni à ses côtés, elle ne fut à demi rassurée que lorsque, au loin, dans un nuage de poussière, elle avait enfin reconnu la silhouette de "Jour et Nuit". Les chevaux filaient à une telle allure qu'il avait fallu à Wadjmose exercer tout l'art de son métier de charrier pour s'arrêter pile devant elle.

— C'est impossible, répondit Séchat, Kaméni et l'attelage vont se faire piétiner. Il faut que Wadjmose lui serve de garde du corps.

Comme celui-ci ne paraissait pas approuver cette idée, Séchat poursuivit en hurlant, tant les cris empêchaient toute voix normale de se faire entendre.

— Dégage-toi de cette foule au plus vite et rejoins-moi sur le vaisseau. S'il est parti, tu prendras une barque amarrée au quai. Je t'attendrai à la poupe.

— Et si les soldats me retiennent ?

— Alors, embarque à Coptos. Je sais que les navires s'y arrêtent.

Les derniers mots furent absorbés par les vociférations de la foule et Reshot fut presque jetée à bas du char tant la poussée devenait violente.

— Tu entends, Wadjmose ? hurla Séchat. Au pire, retrouve-nous à Coptos !

Elles virent le char basculer, mais n'eurent pas le temps d'en regarder plus, car le temps pressait et l'on annonçait sur le quai que "L'Anubis" s'apprêtait à jeter l'ancre.

La foule était si dense que Reshot et Séchat se trouvèrent serrées, bâillonnées entre des torses, des bras, des visages. Elles durent jouer des coudes et des pieds pour se frayer un semblant de chemin en direction du quai.

Un enfant se jeta dans leurs jambes et tomba. Il se mit à pleurer si violemment que la mère, indignée, leur jeta des insultes grossières, ponctuées de coups sur la tête. Séchat faillit s'arrêter pour se disculper, mais Reshot la tira brutalement par le bras.

— Veux-tu manquer le départ, oui ou non ? cria-t-elle indignée à son tour.

Elles échappèrent tant bien que mal à la mégère, laissant traîner un arrière-goût d'irritation et de méfiance. Le quai était encore loin et ce nuage sombre de monde les empêchait de voir la distance qui les séparait des navires.

Sortant d'un imbroglio de bras et de jambes, un gros homme attrapa la tunique de Séchat. Il avait un visage rouge, énorme, carré, des yeux exorbités, un double menton et portait une tunique sale d'une grossière étoffe. Il était suivi d'un homme maigre et borgne, au nez coupé, plus laid encore, qui clopinait avec difficulté dans son dos.

— Où cours-tu ma belle ? Laisse tomber ces gros oiseaux de malheur et viens plutôt boire un verre de bière avec moi.

Séchat se dégagea, mais l'homme rondelet tirait avec acharnement la manche de sa tunique. L'étoffe finit par céder et craqua. Le gros homme se mit à rire. D'un geste rapide, il avait saisi le bas de sa robe.

— Un verre de bière, je te dis. Allons, laisse-toi faire. Ces gros oiseaux ne t'amèneront que des malheurs.

La tunique se déchira et l'homme eut dans ses mains un bout entier d'étoffe qu'il passa sous son gros nez épaté.

— Eh ! Renifle-moi ça, dit-il au borgne qui, soudainement, tomba sur lui comme un morceau de calcaire qui se détache de la falaise pour s'empiler sur un morceau plus gros encore.

Le gros bouscula le borgne et l'envoya ricocher sur un homme qui se mit à vociférer.

— C'est que ça sent bon, ricana-t-il, en frottant l'étoffe contre ses narines énormes. Ton amie semble contrariée. Tiens, regarde, y'a mon copain qui peut s'en occuper.

Le borgne se redressait. Sans doute avait-il aussi un pied coupé. Mais nul ne pouvait l'assurer, car dans le fracas de cette masse humaine, chacun trébuchait, tombait, se relevait.

Pendant que l'homme reniflait avec appétit le morceau d'étoffe, Reshot en profita pour lui décocher un coup de pied en plein ventre. Plus surpris que blessé, car l'élan manquait d'envergure, l'homme ramassa son rire, jeta l'étoffe à terre, et regarda stupidement les deux jeunes femmes s'esquiver dans la foule peu encline à les aider.

Le quai était tout proche, mais la cohue était trop compacte pour leur permettre d'y accéder rapidement. Les trompettes sonnaient, annonçant le départ de "L'Anubis".

En levant les yeux, elles aperçurent avec effroi la voile se gonfler, s'agiter doucement.

— Sakmet ! hurla Séchat. Sakmet !

D'un coup de reins, une femme les bloqua, les heurtant de sa galette d'orge grillée qu'elle mangeait goulûment. Reshot la reçut en plein menton. Elle sentit une odeur d'oignons lui soulever le cœur et elle dut freiner une envie de vomir.

Les trompettes s'arrêtaient chaque fois qu'un navire s'ébranlait.

Encore quelques pas et elles y étaient. Mais il fallut encore pousser, crier, heurter, tomber. Reshot voulut relever Séchat que le choc d'un corps dur avait fait violemment chuter quand une main d'homme vint se porter à son secours. Elle agrippa et retint son épaule.

Voyant que Séchat risquait de se faire durement piétiner par la folie de cette masse déchaînée, l'homme la saisit avec douceur et l'entraîna pendant que Reshot arrivait au ponton où Sakmet enfin les reconnut.

Séchat était à moitié inanimée. Le choc avait frappé sa tête. Elle titubait et si l'homme ne l'avait retenue solidement entre ses bras, elle se serait écroulée sur le sol.

Ahuri, Sakmet les observait de loin. C'est à peine s'il regarda l'homme qui venait de les aider.

— Montez, jeta l'homme aux deux jeunes femmes. Vous rejoindrez "L'Œil de Thot" plus tard.

— Mais, rétorqua Reshot. Nous devons embarquer sur notre bateau.

— Dans l'état où est ton amie ? fit l'inconnu en souriant. Cela serait gênant.

Puis, il posa son regard sur la presque nudité de Séchat, tant sa tunique était déchirée et pendait lamentablement en loques sur ses hanches.

Entre-temps Sakmet s'était approché et posait ses yeux sur l'inconnu qui osait détailler le corps dénudé de sa compagne. Puis il le reconnut.

— Qui es-tu ? bredouilla Séchat qui commençait à réagir.

— Je suis Neb-Amon, médecin des quartiers pauvres de Thèbes et désigné par le pharaon Hatchepsout pour suivre cette expédition.

— Mais que fais-tu là ?

— Je suis comme toi, très contrarié d'être en retard, mais satisfait d'avoir mis au monde, il y a une heure à peine dans une masure de Thèbes, un enfant vivant alors que je le croyais condamné.

Ses yeux dorés plongèrent dans ceux de Séchat.

— N'es-tu pas blessée ?

Sakmet s'énerva.

— Apparemment, seule sa robe est déchirée, jeta-t-il sèchement. Allons, montez, c'est mon navire qui doit partir.

CHAPITRE IV

Au matin suivant, Séchat avait réintégré son navire. Sa cabine n'était pas grande, mais suffisamment spacieuse et confortable pour qu'elle pût y travailler en toute tranquillité lorsque le besoin s'en ferait sentir. Une lourde besogne l'attendait, l'obligeant à ouvrir l'œil, tendre l'oreille et laisser son cerveau en éveil permanent.

La première tâche qu'elle s'imposa fut de visiter la cale de "L'Œil de Thot". On y avait regroupé les multiples présents destinés au roi du Pount.

Statues d'or, vases d'albâtre, pots d'argile ou en pâte de verre multicolore, divers objets en bronze ornés de cornaline, de perles, de turquoises, de lapis-lazuli, avaient été posés soigneusement les uns contre les autres, éblouissant de leurs éclats les regards qui se posaient sur eux. Certes, les gens du Pount ne pourraient plus détacher leurs yeux de telles merveilles.

Dans des coffres en bois de sycomore, ciselés par les meilleurs artisans d'Egypte, étaient entassées les armes, poignards à manche d'argent, javelots, flèches à pointe d'électrum, massues, gourdins, projectiles d'attaque et de défense.

S'éloignant d'un coffre empli d'armes, Séchat s'approcha d'une bâche en toile de papyrus et en souleva le pan qui retombait au sol. Elle vit une urne en marbre vert dont les poignées avaient été sculptées en or massif. Elles représentaient les cornes de la déesse Hathor et la forme de l'urne était si éthérée qu'on eût dit la déesse elle-même.

Puis, d'un immense bahut de bois, elle sortit une pièce d'étoffe confectionnée dans un lin en provenance des ateliers de Bouhen, là où s'étendaient les immenses filatures qu'avait fait construire le vieux Nekbet, son grand-père.

Elle en caressa l'étendue soyeuse. C'était du lin de la meilleure qualité, celui dont on faisait des pagnes et des tuniques pour la haute noblesse et le pharaon lui-même. Un lin blanc tissé si fin qu'au toucher on eût cru la surface du pétale d'un lotus. Le bahut en regorgeait. Les rouleaux d'étoffe étaient si serrés qu'ils ne laissaient pénétrer ni la lumière ni le soleil. Encore que cela eût été difficile en cet endroit obscur et silencieux.

"L'Œil de Thot" débordait de présents. Dans un coin, entre le mur et l'énorme bahut de bois, posé sur un piédestal que l'on avait façonné pour qu'il serve d'encastrement parfait, un immense buste en granit rose représentait Hatchepsout avec le dieu Amon. Car, parler des dieux égyptiens aux gens du Pount ferait partie des tâches essentielles de cette expédition.

Aussi souple et silencieuse qu'un félin, Séchat sortit de la cale. Le jour lui cingla le visage et elle dut fermer un instant les yeux pour éviter l'éblouissement. Sur le pont, elle respira à pleins poumons une bouffée d'air du Nil. La nuit passée lui revenait en mémoire.

Perplexe, oui ! Elle restait hésitante sur la continuité de ce rapport nouveau qu'elle venait d'entretenir avec Sakmet.

Quand les hérauts à bord avaient clamé au son des trompettes la gloire d'Hatchepsout, Séchat était restée au bastingage jusqu'à ce que le dernier rayon de Râ s'abaissât et ne devînt plus qu'un grand feu rougeâtre embrasant le ciel.

Indécise de ce qu'elle devait penser, dire, faire. Jamais encore Séchat n'avait été dans cet état d'esprit. Et pendant que le fleuve s'éveillait à d'autres rumeurs, d'autres senteurs que celles qui fleurissaient sur ses berges, Sakmet avait tenu Séchat entre ses bras.

Ce souvenir lui apportait un frisson, un curieux pincement qui venait narguer la peau de son dos, lorsqu'elle pensait à l'instant où tout s'était déclenché. Alors qu'il s'apprêtait à lui poser une question concernant son retard, lors de l'embarcation, elle avait approché inconsciemment sa bouche de la sienne et l'interrogation de Sakmet était restée suspendue.

Puis, les choses s'étaient précipitées. Sakmet n'avait pratiquement plus quitté la bouche de sa compagne, imposant à celle-ci de répondre à ses fougueux baisers. Séchat s'était alors dit qu'une telle attitude l'empêcherait vraisemblablement d'avoir à s'expliquer.

Lorsque le manque de respiration l'avait suffoquée, lorsque l'intransigeance de Sakmet s'était faite plus aiguë, elle s'était dégagée, avait relevé la tête et murmuré :

— Est-ce bien sérieux ?

Pour toute réponse, il l'avait entraînée dans sa cabine. Un lieu exigu, mais qu'il ne partageait avec personne d'autre.

Sakmet paraissait agité. Ses gestes étaient devenus pesants, précis, soudain trop hâtifs, comme s'il n'allait pas pouvoir terminer ce qu'il avait commencé.

Il semblait à Séchat que, soudain, si l'idée lui était venue de fuir, il l'eût malmenée tant la violence de son désir était étrange. D'ailleurs, perdant la tête, le sang de ses veines s'était mis à courir avec tant de fureur qu'il explosa avant même que Séchat n'en eût apprécié les bienfaits. Sa sève bouillonnante avait jailli hors d'elle.

Avec lenteur, Séchat s'était dégagée, puis levée avec l'impression qu'un poids la soulageait.

— Il faut maîtriser tes ardeurs, Sakmet, avait-elle murmuré.

Comment aurait-elle pu oublier, en cet instant d'extrême irritation, les gestes calmes et pondérés de Djéhouty, sa parfaite assurance tranquille, la décence de ses propos, de ses envies, de ses actes ? Mais son ancien ami était resté à Thèbes, ressassant amertume et désespoir devant le refus de Séchat à poursuivre avec lui un impossible amour.

Sakmet, lui, avait abusé de sa force masculine. Jamais il ne saurait la combler. Il était aux antipodes de ce qu'elle recherchait.

Sakmet jouait toujours sur deux plans. Avec elle, il feindrait aussi. Trop ambitieux pour être honnête, il choisirait toujours le côté le plus rentable, celui qui risquait de le hisser plus haut encore.

Elle regarda les lueurs de l'aube se lever, la tête encore bourdonnante de ses réflexions. Pourquoi échouait-elle aussi lamentablement dans sa vie affective ? Pourquoi les dieux refusaient-ils qu'elle accordât sentiments et profession ? Séchat n'accumulait que regrets et amertume.

Certes, non ! Elle ne voulait pas d'une telle vie pour sa fille. Aussi avait-elle décidé que Satiah serait heureuse au harem.

*
* *

A la poupe du navire, les vingt scribes de Séchat l'attendaient, immobiles, assis en tailleur, la palette posée sur les genoux.

Séchat se sentait un peu lasse. Elle s'efforça d'oublier les trop rudes caresses de Sakmet pour ne plus penser qu'à la besogne qui l'attendait.

Elle examina quelques instants en silence la double rangée de scribes et passa devant chacun d'eux, prenant le temps de les observer, s'efforçant d'inscrire dans sa mémoire chaque regard, chaque expression et geste.

Leurs visages restaient fermés, presque hostiles,

mais Séchat était accoutumée à cet état d'esprit qu'elle rencontrait lorsque, pour la première fois, elle se mesurait à de nouveaux éléments avec qui elle devait travailler.

Elle s'arrêta devant celui qui la jaugeait avec un sourire dominateur, presque arrogant depuis qu'elle venait d'apparaître. Sa palette était retournée. Séchat le toisa et, défiant son attitude déjà rebelle, sourit à son tour. Puis, le quittant du regard, elle fit quelques pas devant eux et parla :

— Je suis votre chef pour la durée de cette expédition. Ainsi l'a voulu le pharaon Hatchepsout.

— Un pharaon ! Qui est le pharaon ? Je ne vois pas d'homme !

Un petit scribe assez chétif, à la perruque parfumée, les yeux passés au khôl, la paume de la main rougie de henné parut satisfait du propos qu'il venait de lancer.

— Et toi ! rétorqua Séchat, es-tu sûr d'être un homme ?

Un hoquet peu discret qui devait être les prémices d'un rire se fit entendre parmi les scribes.

L'homme au sourire arrogant la regardait en tapotant l'envers de sa palette. Il avait une belle stature et portait fière allure.

— C'est un homme ! Veux-tu qu'il te le prouve ?

— Pourquoi parles-tu à sa place ? A-t-il besoin que tu le défendes ?

Séchat commençait à craindre que les présentations d'usage fussent plus complexes qu'elle ne l'avait imaginé. "Dieu de Thot ! pensa-t-elle, pourvu que ces scribes ne soient pas de la plus mauvaise espèce."

Quand un scribe — et Séchat le savait — se mettait en tête d'être un rebelle, elle savait que rien ne pouvait l'arrêter, dût-il être banni de sa corporation. Sachant lire, écrire et compter, un scribe licencié pouvait toujours trouver un petit travail rémunérateur dans une quelconque exploitation agricole ou chez un commerçant analphabète.

Un gros homme s'agita. Il avait des yeux arrondis

de chouette et des sourcils aussi fournis qu'un nid d'hirondelles. Sa corpulence était telle qu'il prenait la place de deux hommes sur le rang qu'occupait les scribes.

— Hatchepsout est une reine, pas un roi, fit-il d'une voix rocailleuse. Elle n'est pharaon que par accident.

— Ton esprit est bien borné, petit scribe, et tu n'iras pas loin. Je crains même que ton ventre rebondi fasse, un jour, tomber l'écritoire sur laquelle tu le poses.

Alors que, parmi les scribes, quelques-uns osèrent jeter un rire étouffé, l'homme arrogant la toisa. Il tapotait toujours, d'un ongle coupé ras, le rebord de sa tablette retournée :

— Crois-tu mater les scribes comme tu as maté les artisans ? siffla-t-il, en glissant sur elle un œil bleu pervers.

— Je n'ai maté personne. Et dis-toi bien, pauvre ignorant, que certains artisans gagnent plus que toi ! Avec tes propos acerbes et stupides, tu ne leur arrives pas à la cheville.

— Je ne travaillerai pas pour toi.

Elle se planta devant lui et, bien que son cœur battît la chamade dans sa poitrine essoufflée, elle garda sur le sol le pied assuré et l'allure dégagée.

Puis, s'abaissant, elle saisit promptement la tablette du scribe récalcitrant.

— Je ne te retiens pas. Tu peux partir ! Mon serviteur Wadjmose te déposera en barque sur la berge.

Puis, désignant l'écritoire, elle ajouta dans un sourire qu'elle s'efforça de rendre naturel, malgré l'exaspération qui commençait à tenailler son visage.

— Cette tablette appartient à l'Etat, il est normal que je te la reprenne.

Cette fois, l'homme rentra son sourire. Mais Séchat, déterminée, résolue à l'abattre plus qu'il ne le croyait, poursuivit :

— Bien entendu, tu n'auras pas de gages puisque tu n'as commencé aucun travail.

L'homme sembla réfléchir. Mais, avant qu'il ne parle, le petit scribe à la perruque parfumée le retint d'une main dure. Il avait une poigne plus forte qu'il n'apparaissait, car la pression qu'il exerçait sur le bras de son compagnon raidissait ses doigts.

— Reste.

Quand l'autre voulut se lever, il l'immobilisa d'un mouvement sec.

— Reste, répéta-t-il et dis-lui que tu acceptes de travailler pour elle.

— Je n'ai rien à accepter ! vociféra Séchat. Je commande.

Elle se tourna vers le scribe chétif et malingre.

— Lâche-le. Il a deux secondes pour se décider. Il reste ou il part.

Cependant, le petit homme efféminé n'en avait pas terminé. De ses doigts volontaires, il arracha l'écritoire des mains de Séchat et la jeta sur les genoux de son ami.

— Il reste et il travaille pour toi.

Enfin ! La première algarade était passée. Elle pouvait se permettre, à son tour, de leur lancer un sourire conquérant.

— Nous travaillerons par équipes. Vous êtes vingt. Que les plus matinaux se désignent pour commencer dès l'aube.

Pas un mot ne se fit entendre, mais quelques têtes se courbèrent, montrant ainsi qu'ils étaient d'accord.

— Je n'en compte que cinq, il m'en faut deux ou trois supplémentaires. Car je suppose qu'il y aura peu de volontaires pour besogner lorsque le soleil sera planté haut dans le ciel.

Aucun homme ne bougeait et pas une tête ne se baissa.

— Pour ceux-là, il y aura un salaire double, mais un temps de travail équivalent.

Elle marcha de long en large, s'arrêtant parfois pour les observer. Certains laissaient volontairement traîner leurs yeux sur leur écritoire, d'autres, au contraire, les tenaient obstinément levés sur elle, cherchant à la déstabiliser. Séchat soutint ces regards-là. Pas une seule fois, elle n'abaissa les yeux.

— Pour le cas où vous seriez fluctuants, j'accepte des équipes transmutables. Je reconnais qu'en plein midi, l'heure est suffocante et que, parfois, il est pénible de tenir la route.

Elle porta sa main à son visage, il était pâle et non maquillé. Du doigt, elle parcourut la courbe de son menton. Un geste qu'accomplissait fréquemment Hatchepsout, lors des assemblées du conseil et que Séchat se prenait à faire de temps à autre.

— Enfin, les dix derniers formeront l'équipe du soir. C'est le groupe le plus important. Car tout se passe quand les rayons de Râ sont tombés. Il faut tout observer, tout voir, tout entendre et penser que chaque fait a son importance.

Elle laissa tomber son regard sur l'un des scribes qui la regardait plus attentivement que les autres.

— Encore qu'il faille ouvrir l'œil à l'aube, car il s'y passe aussi des événements qui ne sont pas de moindre intérêt.

Le scribe qui la regardait posément, le front droit levé sur elle, avait un visage en longueur et des cheveux naturels tombant à ras des épaules. Ses larges yeux gris s'allongeaient sous de fins sourcils et un pli profond barrait ses joues, s'arrêtant à la commissure de ses lèvres minces.

Séchat soutint son regard qui ne semblait pas agressif.

— Je veux des rapports complets, précis, couvrant tout le cadran solaire.

Elle s'approcha du scribe aux yeux gris qui, pas une seule fois, n'avait souri ni bronché ni soufflé, mais qui l'observait toujours avec insistance.

— Tu t'appelles Mettouth.
— C'est en effet mon nom.

Elle pointa son doigt sur lui.

— L'administration m'a parlé favorablement de ton travail et de tes compétences. Tu as, paraît-il, l'esprit d'analyse et de synthèse. Deux qualités que j'apprécie dans le travail lorsqu'elles sont conjuguées harmonieusement.

Comme il la regardait sans sourciller, elle poursuivit :

— Tu seras donc chargé, chaque mois, de faire un rapport sur l'ensemble du travail. Il te faudra rassembler les récits en un seul que tu me soumettras le dernier jour du mois.

Le gros homme aux yeux de chouette eut un ricanement étouffé, ce qui fit basculer l'écritoire qui glissa de son ventre. Il la rattrapa d'une main agile.

— Quelque chose à dire ? s'enquit Séchat en le regardant froidement.

Comme l'homme ne répondait pas, se contentant de jeter à son voisin maigrelet un sourire entendu, elle reprit :

— Non ? Alors, je poursuis. Chaque fin de mois, je prendrai connaissance du rapport général. Si tout se passe bien, chacun sera rémunéré comme il le mérite.

Elle jeta un œil sur la palette toujours retournée du scribe le plus récalcitrant qui, d'ailleurs, ne se départait pas de son sourire malveillant.

— Comment t'appelles-tu ?
— Kiffit.
— Alors, Kiffit, sache que je n'admettrai aucune contestation sur ce bateau encore moins une rébellion. Celui qui s'opposera à mes principes, mes méthodes de travail ou simplement mon autorité sera débarqué sur le prochain port. Tu peux partir, dès à présent. Si, demain, je ne te vois pas à bord, je n'en serai nullement contrariée.

Elle recula d'un pas, fit un dernier tour d'horizon sur la rangée d'hommes restés immobiles.

— Ce conseil est d'ailleurs valable pour tous. Ne resterait-il que deux ou trois d'entre vous, nous ferions la même besogne. Car, sachez que si je sais commander, je sais aussi travailler.

*
* *

Depuis que les navires prenaient un peu d'allure, Reshot avait la mine si creuse et le teint si décomposé, tant elle vomissait tripes et entrailles, qu'elle ne quittait plus la cabine qu'elle partageait avec Séchat.

Les deux nattes en fibres de papyrus où elles dormaient étaient posées côte à côte. En face, une table de travail s'appuyait contre le mur et deux sièges se glissaient en dessous ainsi qu'un coffre de dimension modeste, car il fallait ruser avec l'espace restreint qu'offraient les cabines.

Reshot eut un haut-le-cœur lorsque le bateau glissa sur la droite.

— Nous accostons à Denderah, fit Séchat. Ne veux-tu pas sortir, ce soir ? Je n'ai aucun travail à faire avant d'avoir lu les premiers rapports des scribes.

— Sortir ! Mais où veux-tu aller ? fit Reshot en posant la main sur son cœur malmené et en avalant une large rasade d'air qui parut lui ramener quelques couleurs.

— Nous connaissons la ville. Dès que nous serons à quai, nous chercherons une petite auberge et nous y dînerons. Cela te fera le plus grand bien.

— Je n'ai guère envie de dîner.

— Reshot, tu n'as rien avalé depuis deux jours. Regarde tes joues ! Elles sont creuses et livides. Tu as besoin de tâter le sol de tes pieds, cela te remettra d'aplomb. Allons ! Habillons-nous et ne traînons plus.

— Mais Séchat ! Nous n'avons aucune escorte.

— Nous emmènerons Wadjmose avec nous, si cela te rassure, bien que je me sente fort capable d'affronter, seule avec toi, la clientèle d'une auberge.

Reshot fit la moue et reprit une attitude alanguie. "L'Œil de Thot" venait d'accoster. Deux hommes d'équipage jetaient l'ancre. Le navire s'était immobilisé.

— Allons, la pressa de nouveau Séchat, regarde ta mine. Un bon repas sur le sol ferme et tu retrouveras ta forme.

Séchat passa une robe à bretelles en lin bleu et l'agrémenta d'un collier de turquoises. Puis, elle dessina un trait de khôl autour de ses yeux, les allongeant considérablement et, laissant ce soir-là sa perruque tressée, elle demanda simplement à Reshot d'oindre ses cheveux d'huile parfumée.

Sur le bastingage, elles se heurtèrent au commandant de bord. C'était un homme d'une quarantaine d'années, carré, massif, sévère. Il avait le visage si foncé et le cheveu si frisé qu'on eût dit un Nubien. Séchat se dit qu'après tout, il pouvait fort bien descendre de ce pays voisin d'Egypte, d'autant plus que Thouty n'était pas homme à choisir ses amis en fonction de leur origine.

Ils se saluèrent cordialement et lorsqu'elles passèrent près de lui, il proposa courtoisement de les aider à descendre. Séchat remercia, mais refusa. Sa barque personnelle l'attendait. C'était une petite embarcation légère qui ne faisait qu'un court trafic entre le navire et le quai.

Séchat avança le cordage qui la reliait au vaisseau, puis le détacha et, en quelques coups de rame, elles furent sur le quai du port.

Elles avaient finalement décidé de ne pas emmener Wadjmose avec elles, préférant garder une intimité plus complète.

A peine avaient-elles quitté les abords du fleuve et approché le centre de la ville qu'elles tombèrent sur une auberge accueillante. C'était un établissement assez bas, carré et cossu, confortablement situé au fond d'une placette entourée de sycomores d'où se dégageait un fumet agréable.

Les jeunes femmes pensèrent que la cuisine devait y être bonne. Lorsqu'elles entrèrent, l'unique salle les surprit par sa grandeur et sa clarté.

Habituellement, les échoppes des aubergistes restaient souvent sombres. Celle-ci était vaste et éclairée grâce à des torches disséminées tout au long des murs près des pots d'argile et de la vaisselle en grès.

Sur le pas de la porte, elles hésitèrent, attendant que l'homme qui servait vînt à elles.

A l'une des tables, celle d'extrême gauche, était installée une fille brune aux yeux verts. Elle était entourée d'un halo de fumée à travers lequel Séchat distingua des traits d'une beauté sauvage presque agressive.

Elle était seule et semblait attendre. Un geste nerveux s'empara de ses doigts qui tapotaient le rebord de la table.

Ses cheveux noirs étaient relevés en un chignon naturel, épais, dans lequel elle avait juste piqué une fleur de jasmin.

Plus loin, deux autres tables étaient occupées par des clients lourdauds, gros, au visage rouge et parlant bruyamment. Mais la finesse de leur tunique et les bijoux de bronze qui entouraient leur cou signifiaient l'importance des personnages.

D'un regard exercé, l'hôtelier jaugea les jeunes femmes, parut satisfait de leur prestance et vint les placer à une table qui jouxtait celle de la jeune fille brune.

Dans l'entrebâillement de la porte, venait un autre personnage. Grand, de belle allure, il portait une tunique rayée, ample et de vive couleur. Sa barbe noire, taillée avec soin, et son air sévère le faisaient apparemment passer pour un riche commerçant juif.

Il salua et s'avança, tandis que l'aubergiste se dirigeait vers Séchat et sa compagne.

— Que voulez-vous prendre, nobles dames ? s'enquit-il en se courbant vers elles.

— Un bon repas, fit Séchat en souriant. Que nous proposes-tu, hôtelier ?

— Un gardon farci de courgettes et d'oignons dont vous me direz des nouvelles.

Il renifla en levant le nez et, au passage, heurta le regard du commerçant juif.

— Entendu pour ton gardon. As-tu des galettes de blé grillées ?

— Certes, noble dame. Assorties du miel le plus parfumé de la région.

Deux autres clients arrivaient. L'aubergiste les regarda, s'inclina devant le commerçant et lui fit la même proposition.

Peu à peu la salle s'emplissait et le bruit assourdissait les oreilles les plus fines. Soudain, la porte s'ouvrit sur une silhouette qui fut de suite familière à Séchat.

— Sakmet, murmura-t-elle, alors qu'il ne l'avait pas encore vue.

Avant qu'il ne l'eût aperçue, elle vit sa voisine, la jeune fille aux cheveux noirs se lever précipitamment.

Mais à peine était-elle contre lui que Sakmet aperçut Séchat. Il eut un léger sursaut, sembla hésiter quelques secondes et choisit soudain la désinvolture.

— Séchat ! s'exclama-t-il aussitôt, pourquoi ne m'as-tu pas dit que tu venais ici ?

— Mais...

Un bruit de chaise lui fit tourner la tête. La fille brune avait brusquement repoussé Sakmet et venait vers elle, l'apostrophant avec audace.

— Le dieu des scribes me viendrait-il en aide, es-tu bien l'Intendante des Artisans ?

Surprise, Séchat acquiesça d'un bref mouvement de tête.

— Es-tu aussi le chef des scribes qui œuvrent pour l'expédition du Pount ?

A nouveau, Séchat acquiesça. Un coup d'œil en direction de Sakmet l'assura qu'il n'était en rien gêné, ce qui l'étonna davantage.

La fille dardait sur elle ses prunelles sombres que des lueurs douceâtres allumaient comme une braise incandescente.

— C'est bien moi. Que me veux-tu ?

— Connais-tu Ménenn ?

— Non. Qui est-ce ?

— Mon fiancé. Un de tes scribes.

Elle parut gênée. Pourtant ses yeux hardis, dont la lueur semblait ne pas quitter ses prunelles, incendiaient chacun de ses mots.

Elle se tortilla comme une enfant et fit la moue. Sa bouche était pulpeuse, rouge, sans doute très parfumée.

— Nous sommes fâchés, fit-elle en rougissant légèrement. Il ne veut plus me voir.

— En quoi cela me concerne-t-il ?

— C'est que... Vous pouvez peut-être m'aider.

— Vous aider !

— Je viens de Thèbes. Je suis arrivée dans cette ville pour me réconcilier avec lui. Veux-tu lui remettre cette bague ?

Elle ôta de son index un anneau sur lequel était sertie une perle blanche.

Séchat saisit le bijou que lui tendait la jeune femme et l'observa.

— Il comprendra ainsi que je souhaite cette réconciliation. S'il garde la bague, je saurai qu'il veut me revoir.

— Et s'il me la rend ?

— Tu pourras la remettre à Sakmet ? Nous nous connaissons depuis longtemps, lui et moi.

— C'est donc pour cette raison que tu m'as fait venir, répliqua celui-ci en riant. Pour arranger tes affaires de cœur ?

— Quand j'ai vu la Grande Séchat, fit la jeune fille, j'ai tout de suite compris que mon message passerait mieux par elle.

Elle se tourna dans sa direction et prit sa main qui tenait le bijou.

— Je vous en supplie. Parlez-lui. Je suis malheureuse depuis que nous ne nous voyons plus. C'est ma seule chance de le contacter puisqu'il m'est interdit de monter à bord de votre vaisseau.

— Bien sûr. Je te promets de la lui remettre.

— Tu es bonne et compréhensive et je suis soulagée. Maintenant, je vais pouvoir prendre mon repas.

— Ne peux-tu te joindre à nous ?
Séchat désigna Reshot.
— Voici ma compagne. Nous pouvons peut-être partager ce dîner. Nous parlerons davantage.
— Je ne veux pas vous importuner.
— Qui parle de gêne ?
La jeune fille brune eut un sourire ambigu.
— Je m'appelle Néset et je vis à Thèbes avec ma mère et ma sœur. Nous tenons un commerce d'étoffes.
Elle se tourna vers Sakmet qui, malgré son assurance, restait assez perplexe.
— Tiens, assieds-toi. Puisque Séchat nous propose si gentiment de dîner ensemble, faisons-lui l'honneur d'accepter.
Elle paraissait tout à coup volubile. Ses gestes se firent hâtifs, tous les muscles de son visage étaient en mouvement.
— Je vais commander un petit vin régional que je me ferai un plaisir de vous offrir.
Elle se pencha à l'oreille de Séchat :
— Je suis sûre que vous gagnerez ma cause auprès de Ménenn. Il ne vous résistera pas.
Puis, joyeuse, elle se dirigea vers le tenancier de l'auberge et lui parla à voix basse. Lorsqu'elle revint, elle portait deux coupes pleines.
— Laisse-moi t'offrir ce petit vin de Coptos et buvons à notre amitié.
Elle tendit à Séchat la coupe, mais Sakmet la heurta si violemment que le vin se répandit en partie sur le sol, salissant la tunique des deux jeunes femmes.
Puis il courut à la porte qui venait de s'ouvrir, tourna la tête de droite à gauche et revint en maugréant.
— J'ai cru apercevoir l'homme qui m'a dérobé mon poignard, tout à l'heure, lorsque je cherchais cette auberge.
Il hocha la tête devant le tenancier qui arrivait ahuri.

— Je crois m'être trompé. Ce n'était pas lui.

Il prit soudain un air fortement contrarié en regardant les deux tuniques souillées.

— Je suis désolé. Il ne me reste plus qu'à me faire pardonner. Aussi, vous êtes mes invitées, et que personne d'autre que moi ne débourse le plus petit dében.

Il héla à voix forte l'aubergiste qui repartait vers son comptoir.

— Allons, apporte-nous ce gardon farci aux aubergines et cette grande cruche de vin que tu viens de prendre sur la table de ce client qui n'a rien bu.

Tout était si précipité que Séchat ne savait quoi penser. La discussion fut assez terne. D'ailleurs, Néset regarda la clepsydre qui annonçait une heure tardive et prétexta une grande fatigue pour prendre congé de ses invités.

Silencieuse, Séchat réfléchissait. Une coupe de vin renversée sur sa robe avait, autrefois, ouvert la voie à de multiples traquenards dont elle était le centre.

CHAPITRE V

Hatchepsout ne réclama Séchat qu'à l'approche d'Hermopolis. La fête du dieu Toth s'y déroulait sur les bords du fleuve et son effervescence s'étendait jusque sur les places publiques de la ville pour atteindre les rues et ruelles les plus étroites.

Le fleuve avait perdu cette teinte de malachite que prenaient ses eaux calmes aux derniers jours de la saison d'akhit. Au-dessous du vol alourdi des oiseaux migrateurs, le Nil commençait à rouler de gros flots brunâtres qui annonçaient la crue.

Plus les navires s'avançaient dans le fayoum et plus la végétation changeait de formes et de couleurs. Les bosquets de papyrus devenaient denses et chargés de mystère. Par hordes, les hippopotames descendaient le Nil et les grues cendrées s'aventuraient, hardies et majestueuses, jusqu'aux abords des villages.

Dès l'aube, Séchat avait quitté "L'Œil de Thot" pour rejoindre "Le Sceptre d'Amon" d'où la reine et sa suite devaient amorcer la procession.

Mais déjà, la fête du dieu Thot battait son plein depuis deux jours et, ce matin-là, la journée s'annonçait plus agitée dans la ville et plus nerveuse encore par l'arrivée de la pharaonne et de ses vaisseaux.

Encadrée de Senenmout et de Séchat, Hatchepsout fut portée dans sa litière à travers les rues d'Hermopolis. Néhésy la précédait avec les cinquante soldats embarqués et, à l'arrière du convoi royal, suivaient Thouty, Néfret son épouse et Sakmet. La foule acclamait son pharaon comme il se devait.

Dignitaires, prêtres, commerçants, artisans, agriculteurs, tous criaient les vivats d'usage et les ovations qui s'imposaient. Beaucoup d'entre eux n'avaient pas encore vu le visage de celle qui remplaçait le dieu vivant de l'Egypte et certains, s'ils n'étaient pas convaincus de l'authenticité du Taureau Puissant, applaudissaient cependant pour ne pas attirer une attention qu'il eût été gênant de montrer.

Perdue dans les palmiers et la verdure qui ombrageaient les alentours, la ville s'agitait de bruits, de tumultes et de couleurs. Les prêtres balançaient en cadence leur encensoir d'où sortait une fumée aux senteurs d'eucalyptus. Les volutes serpentaient au-dessus de leurs visages, dévoilant à peine leurs lèvres qui murmuraient les incantations divinatoires destinées au dieu Thot.

Quand ils cessèrent leurs psaumes, les chanteurs entonnèrent des hymnes graves aux intonations nostalgiques comme s'ils devaient, à un moment donné, s'étouffer dans l'épaisseur des marais avoisinants.

Il semblait à Séchat que ces chants, dont l'intensité ne s'élevait pas en plein ciel comme sur les bords de Thèbes, se teintaient plutôt d'une lourdeur qui annonçait la complexité d'un territoire étrange, celui des peuples de la Mer.

Les musiciens agitaient leurs sistres et leurs crotales en un rythme lent, cadencé par le pas des soldats qui avançaient vers les colonnes du temple de Thot.

L'œil inquisiteur de Senenmout allait au-delà de toute possibilité d'observation. Quant à celui de Sakmet, dont l'assurance sortait tout droit de sa montée en puissance, il suivait le déroulement du défilé royal, prenant le parti d'oublier Néset qui, le pas dans le sien, suivait en silence, un sourire ambigu sur les lèvres.

Elle avait beau se faire anodine, insignifiante parmi les autres, son allure insolente jaillissait de tous les pores de sa peau. Et, pourtant, pas un seul instant, elle ne se douta que Séchat l'avait identifiée et que ses recherches l'avaient amenée à connaître son identité lourde de conséquences.

On déposa la litière d'Hatchepsout sur la place, face au temple dont les épaisses colonnes blanches s'élevaient en plein ciel.

Large, spacieuse, la place offrait une vue dégagée aux abords de la ville. Elle était agréablement bordée de palmiers et d'acacias qui diffusaient l'ombrage indispensable à l'ordonnancement de cette halte. Deux fontaines se faisaient face où coulait une eau fraîche et le bruissement léger du filet limpide sur la pierre blanchie se mêlait aux murmures incantatoires de la procession.

Jusqu'au soir, le cortège des manifestations défila devant la reine et sa suite.

C'est alors que, entre les deux fontaines et le bruissement de leur jet cristallin, vint une fillette au teint mat et à la chevelure brune éparpillée sur ses frêles épaules. Deux grands yeux d'une teinte incertaine s'ouvraient sur les ailes d'un nez fin et d'une petite bouche rouge et pulpeuse.

Bien que la nuit commençât à tomber, on pouvait remarquer son extrême jeunesse doublée d'une réelle beauté. Sa grâce était telle que les hommes ne cessaient de porter leur regard sur les déhanchements de sa jeune silhouette, car sitôt devant la reine, elle se mit à danser.

Ses gestes étaient parfaits et gracieux et si les hommes restaient rivés sur la sinuosité onctueuse de ses mouvements, les femmes, elles aussi, ne pouvaient rester insensibles. Même les plus professionnelles n'auraient pu contester son art.

Hatchepsout la remarqua, mais n'y porta pas une attention particulière. Elle se tourna vers Séchat.

— La journée s'achève et nous n'avons pas encore eu le temps de discuter ensemble malgré mon désir de parler avec toi. J'avais envie de te voir, Séchat. Il m'est agréable d'observer le dynamisme qui te caractérise et qui, à nul moment, ne te quitte. Dis-moi, tes scribes te donnent-ils satisfaction ?

Séchat hésita avant de parler. Que devait-elle répondre ? Ses doutes n'atteindraient pas la reine. Ses craintes — car elle avait vu cette fille qui se disait fiancée à l'un de ses scribes suivre le convoi royal — ne s'élevaient qu'à sa propre hauteur. Même Sakmet ne paraissait pas troublé.

— Oui, Majesté, répondit-elle. Nous allons faire de l'excellent travail.

Sa peau frémit un instant. De l'excellent travail ! Alors que la plupart de ces hommes lui étaient hostiles ! Et que, la veille, dans une taverne, une coupe renversée sur sa robe l'obligeait à tirer des conséquences fâcheuses. Contenait-elle un soporifique ou un poison ? La question ne cessait de l'obséder. Par pure précaution, elle n'avait pas lavé sa robe. C'eût été une folie que de faire disparaître trop vite les traces d'un tel acte.

Le lendemain, avant que les cordages du bateau ne soient détachés et qu'il ne quitte le port de Coptos, elle avait ordonné à Wadjmose d'aller quérir à l'auberge le nom et la profession de cette fille. La réponse l'avait anéantie, engloutie dans un abîme de réflexions inextricables.

Néset ! Cette fille qui connaissait Sakmet s'appelait bien Néset. Mais elle n'était pas fille de commerçant. Elle travaillait à Thèbes à la taverne de Min. L'auberge l'accueillait chaque soir où elle rencontrait un noble qui taisait son nom. Qu'elle en vînt à faire le rapprochement avec ses rivaux les plus acharnés, Ouser ou Mériptah qui n'avaient pas encore quitté le pays, devenait inévitable.

Le coup avait tant ébranlé la jeune femme qu'elle n'en avait pas fermé l'œil de la nuit. N'aurait-elle donc aucun répit ? Ne pouvait-elle accomplir son métier de scribe dans la sérénité de ses pouvoirs ?

Néset ! Ce n'était certes pas une pure coïncidence que ce fût, là, le nom de la soi-disant nourrice qui autrefois avait enlevé sa fille à Bouhen.

L'intrigante, qui partageait sans scrupules la couche de Mériptah et celle d'Ouser, avait déjà séduit Sakmet. Et, bien que celui-ci se fût défendu de toute assiduité à son égard, Séchat savait maintenant qu'il n'en était rien et que les charmes de Néset continuaient à l'exciter.

Fallait-il donc que Séchat retournât dans son esprit des situations toujours embrouillées, des questions qui restaient sans réponses et pour lesquelles d'incessants doutes amenaient en elle des scrupules sans fin ?

De nouveau, Séchat se trouvait déstabilisée. Pourquoi Sakmet l'avait-il empêchée de boire la coupe que Néset lui tendait ? Pour qui travaillait-il ?

Se pouvait-il qu'elle eût fait une grossière erreur en lui dévoilant l'existence des cartes du Pount lorsqu'elle était entre ses bras ?

Elle dut cependant écarter pour un temps ses soupçons, car Hatchepsout lui parlait encore :

— Je suis sûre, Séchat, que tu vas faire de l'excellent travail, car, souviens-toi, je veux que l'on rapporte faits et gestes de cette expédition et qu'on les inscrive sur les bas-reliefs de mon temple à Deir-el-Bahari.

Ses yeux retournèrent à la fillette qui, en des circonvolutions très étudiées, cherchait visiblement à attirer l'attention du public.

— Regarde cette petite, fit la reine. Elle est très jeune, elle danse bien et sa beauté n'est pas ordinaire.

L'adolescente avait à peine terminé les mouvements frénétiques de sa danse qu'elle en esquissa aussitôt de plus lents, prenant appui sur ses jambes écartées, cambrant les reins, virevoltant. Elle ployait tant le dos à l'arrière qu'elle touchait le sol de son front et, lorsqu'elle se relevait, ses pieds nus soulevaient la poussière et disparaissaient dans l'espace comme des feuilles légères emportées par le vent.

Soudain, l'arrêtant dans un nouvel élan, deux soldats apparurent et lui prirent brutalement le bras.

— Allons, viens, fit l'un d'eux.

Il avait sans doute la poigne forte, car la petite se mit à gémir.

L'autre la poussa violemment dans le dos.

— Laissez-moi, jeta la fillette d'une voix rauque. Je ne fais rien de mal.

Et d'un coup de rein brusque, elle se dégagea. Mais elle n'eut pas raison de la force des deux hommes qui la tinrent plus solidement encore, la forçant à s'agenouiller sur le sol.

— Indisposer de la sorte Sa Majesté le Pharaon est une insulte, dit le plus grand en faisant ployer ses épaules à terre. Excuse-toi.

Se levant de sa chaise à porteurs, la reine s'interposa, écartant de la main les deux flabellifères qui, postés derrière elle, l'éventaient.

— Que lui voulez-vous ?

Les soldats lâchèrent la danseuse et se prosternèrent, mains à plat sur le sol. Le moins grand se releva plus vite que son compagnon.

— C'est une danseuse publique, fit-il d'un ton mauvais. Elle gêne les yeux de votre Majesté.

Hatchepsout se mit à rire.

— En tout cas, elle ne gêne nullement les yeux de cette foule, car je vois plus d'un homme dans cette assemblée qui la regarde avec un air de convoitise.

N'osant se relever, la fillette jeta ses yeux inquiets sur elle.

— Qui vous a dit que la danse de cette petite m'indisposait ? Elle ne gêne nullement mes yeux. Bien au contraire et je rends hommage à sa grâce et à sa beauté naissante.

Puis, elle se tourna vers l'adolescente.

— Qui es-tu, fillette ?

— Méryet, je suis orpheline depuis deux ans et je danse pour gagner ma vie.

— N'as-tu donc aucune famille ?

— Juste un oncle qui me forçait à garder les chèvres dans les marais. Il me nourrissait à peine malgré les travaux ménagers que j'effectuais, chaque soir, lorsque je rentrais à la cabane.

— Où est cet oncle ?
— Quelque part dans le fayoum. Je me suis échappée, Majesté.

Appréciant la franchise de la jeune danseuse, la reine l'observa plus attentivement.

— N'as-tu pas d'autre famille ?
— Aucune, Majesté. Hélas, les prêtres me fuient. Ceux du temple de Thot comme ceux d'Héliopolis ou de Thèbes. Ils disent que je vais mal tourner. Ne voulant faire aucun effort en ma faveur, ils m'obligent ainsi à danser dans les rues, sur les places publiques, pour la foule ou devant les boutiques des commerçants.

Elle hésita et voyant que la reine jetait à nouveau un œil compatissant sur son cas, elle poursuivit.

— Mais ce sont les danses sacrées qui me plaisent.
— Les connais-tu ?
— Toutes, Majesté.

Hatchepsout fit un geste à ses flabellifères qui l'éventèrent aussitôt, car la chaleur ne s'était guère atténuée et le soir s'annonçait étouffant.

— Allons jusqu'à cette oasis de verdure que j'aperçois là-bas. Nous y serons au frais et à l'aise. Tu vas me montrer ce que tu sais faire. Qu'on aille chercher les musiciennes.

Comme la nuit était tombée, rude, chaude et que l'obscurité commençait à envahir les environs, elle donna les instructions afin que les porteurs de torches vinssent éclairer la placette où chacun s'installa en position assise sur un sol devenu plus frais.

Pour Hatchepsout, on déroula un tapis en feuilles de papyrus et des jeunes filles vinrent y jeter des fleurs de lotus dont l'effluve parfumé emplit aussitôt l'air du soir.

Enfin, on apporta des coussins et la reine réclama à voix forte que Séchat vînt s'asseoir à ses côtés. Pour une fois, Senenmout qui ne quittait plus la reine depuis l'agression qu'elle avait subie dans le désert de Deir-el-Bahari, resterait derrière elle.

Plus loin, imperturbable mais vigilant, Néhésy tenait la garde, entouré de son armée. Au moindre bruit singulier, fût-ce le bruissement du feuillage devenu un peu trop sonore par le vent du soir qui s'y engouffrait, les archers tendaient leurs arcs.

La fillette faisait face à la reine, nullement craintive, juste respectueuse, comme il le fallait. Cette enfant avait en elle un don inné de grâce et de majesté.

Lorsque les musiciennes furent installées autour d'elle, jouant de la harpe et de la flûte, agitant leurs sistres et leurs crotales, Méryet se mit à danser. Chacun la regardait, médusé. Les gestes collés à sa peau, elle attirait tous les regards.

Soudain, en une suite de circonvolutions compliquées, elle s'approcha, puis frôla de la hanche une musicienne qui agitait son sistre. S'abaissant, elle glissa une épaule frétillante vers la musicienne et, tout en poursuivant sa danse, s'empara du sistre et l'agita en rythmant ses pas sur le son qui en sortait.

Étonnée, la musicienne se laissa faire. Méryet secouait le sistre et accorda ses pas sur le rythme qu'elle donnait à sa danse. Elle s'approcha d'Hatchepsout et, à ses côtés, Séchat remarqua qu'elle frôlait presque la reine tant elle était près.

L'effleurant de son corps, Méryet dansa quelques secondes, puis d'un bond se plaqua au sol et, d'un coup sec, frappa le sistre à terre.

Elle venait de trancher en deux un énorme scorpion qui s'apprêtait à grimper sur l'une des jambes des jeunes femmes, sans que l'on sût s'il devait choisir celle de la reine ou celle de la scribe.

Aussitôt les soldats se précipitèrent et la saisirent. D'un bond de fauve, les yeux enflammés par la fureur, Senenmout se leva.

Méfiante depuis l'aube, Séchat fut la première à réagir.

— Majesté, cette fillette vient de nous éviter un

bien vilain destin, fit-elle d'un ton apparemment paisible.

Puis, tranquillement, elle se pencha sur la queue coupée du scorpion qui, sous le choc de la mort, s'était enroulée en une monstrueuse volute.

— Lâchez cette enfant ! s'écria la reine à son tour en se tournant vers les gardes. Ne voyez-vous pas qu'elle vient de me sauver la vie ?

Séchat s'efforçait de ne pas trembler. Un fort pressentiment l'avertissait que le scorpion lui était destiné. Quant à Hatchepsout, elle était pâle, mais sa main restait ferme. Elle la tendit à l'adolescente.

— Allons, fit-elle d'un ton détaché, tu as bien mérité que je t'engage au temple d'Amon. Tu y rentreras dès notre retour à Thèbes. En attendant, veux-tu nous suivre au Pount ?

Méryet s'inclina, ses petites mains mates posées à plat sur le sol. Puis, sur un signe d'Hatchepsout, elle releva la tête et baisa le bas de sa robe.

— Je vous suivrai là où vous désirez, Majesté.
— Sais-tu lire et écrire ?

La petite fit un geste négatif de la tête.

— Alors, Séchat t'apprendra. Tu ne peux avoir meilleur professeur. Chaque matin, tu iras sur son navire prendre tes leçons.

Elle se tourna vers Séchat.

— Pourras-tu, de temps à autre, distraire quelques heures pour enseigner l'art des hiéroglyphes à cette enfant ?

— Certes, Majesté. Méryet saura lire et écrire lorsque nous rentrerons à Thèbes.

*
* *

Les navires restèrent amarrés encore deux jours. Ils ne devaient quitter le port d'Hermopolis qu'à la fin des fêtes du dieu Thot.

Ce soir-là, afin d'éviter Séchat, il fut décidé entre Sakmet et Néset qu'ils se retrouveraient là où elle ne pouvait se rendre.

C'était une vulgaire maison de bière dans un quartier sombre de la ville. Des masures en briques crues, aux murs craquelés et aux toits inexistants, d'autres plus rudimentaires encore, en boue séchée, sans fenêtres, avec une simple ouverture basse et étroite où le jour n'entrait jamais, bordaient l'étroite ruelle.

Marins, dockers, rôdeurs, étrangers aux allures louches, colporteurs aux mines de prisonniers évadés, venaient autant y absorber des rasades de mauvaise bière qu'y chercher une vulgaire fille pour passer quelques instants de plaisir.

Sakmet exécrait ces lieux sordides qui lui rappelaient une adolescence défavorisée, une jeunesse où il n'avait accès ni au luxe ni même aux simples loisirs que tout Egyptien de modeste envergure peut s'offrir une ou deux fois l'an.

Dans une des encoignures de l'unique pièce qui sentait la bière, le vin et la sueur, un homme trapu, borgne et poilu étreignait à même le sol une fille qui, depuis longtemps déjà, avait ôté sa tunique défraîchie. Le vêtement usagé et fripé traînait dans la poussière du sol en terre battue.

Un tréteau sur lequel étaient posés des pots de bière encombrait le fond de la pièce et, derrière, debout et titubant, à moitié endormi par les mauvaises vapeurs d'alcool, l'homme qui servait les clients ne devait guère distinguer leurs visages.

Sakmet regarda froidement Néset dont les yeux restaient imperturbables. Sa bouche rouge et sinueuse esquissa un sourire ambigu, peu avenant, presque malveillant.

— Néset ! Si, à nouveau, tu mets en jeu la vie de Séchat, je te dénoncerai.

La jeune femme se mit à rire, nullement troublée.

— D'accord, mais tu te dénonceras toi-même.

Il eut un geste de colère.

— Alors, tue-la et je te supprimerai. Foi de Sakmet !

— C'est un air que tu m'as déjà fredonné, fit-elle

en prenant lascivement sa grande main brune dans la sienne.

Elle fit jouer ses doigts fuselés et blancs sur la peau sombre de son compagnon.

— Ne crains-tu pas de me lasser avec de tels arguments ?

Il retira brusquement sa main qu'elle égratigna au passage.

— Cette fois, je tiendrai promesse. Ne t'avais-je pas déjà dit de laisser sa fille ? Ce rapt d'enfant a été la plus grosse erreur de ta vie d'intrigante et d'espionne. C'est une faute que tu paieras un jour. Même si je suis étranger à cette dénonciation.

— C'est Ouser qui me l'a ordonné, fit-elle d'un ton sec. Ton avis, Sakmet, était de bien petite portée à côté de celui qui deviendra l'ambassadeur de tous les pays du Nord.

Elle prit le pot de bière posé au centre de la table et le tendit à son compagnon.

Deux hommes entrèrent, se tenant par l'épaule. Ils étaient ivres, titubaient, se raccrochaient l'un à l'autre et, plaisantant à voix forte, finirent par rejoindre l'homme qui servait les clients derrière le tréteau de bois.

— Cette scribe n'est pas à plaindre. De quoi te mêles-tu ?

— Cela me regarde.

— N'a-t-elle pas retrouvé sa fille ? Il n'a jamais été question de tuer cette enfant.

— Et hier soir ?

— Ce n'était qu'une petite pincée d'extrait de laurier-rose et d'eucalyptus. Cela parfume le vin et n'aurait fait que l'endormir jusqu'au soir suivant. As-tu eu peur à ce point ?

Sakmet grommela une imperceptible réponse. Comme il ne buvait pas, elle reprit le pot et le porta à ses lèvres.

— Es-tu amoureux d'elle ?

— Cela ne te regarde pas, lança-t-il avec défi. Mes sentiments pour autrui ne te concernent en rien.

Elle se fit enjôleuse, lui jetant un œil de velours.

— Autrefois, tu n'étais pas si avare de tes sentiments envers moi.

— Ce temps-là est fini, Néset. Tu m'as séduit naguère, certes, mais je ne t'aime pas.

— Es-tu donc certain d'échapper à mon filet de séductrice ?

— A présent que j'en connais chaque maille, aucune ne me prendra désormais. Tes charmes n'ont plus d'effet sur moi, Néset.

— En es-tu si sûr ?

Le couple qui s'étreignait sur le sol tout à l'heure se sépara sans plus de façon. La fille remit sa robe sale et fripée et se dirigea vers l'un des hommes ivres qui la dévisageait avec concupiscence.

Néset fixa Sakmet de ses yeux allongés sous le khôl qui la maquillait avec grâce. Elle se leva, quitta son siège de bois dur, puis vint s'asseoir sur ses genoux. Il la repoussa sèchement.

— Je ne t'ai jamais aimée, Néset. Je t'ai simplement désirée.

— Qui te parle d'amour avec moi ?

Il eut un air de mépris, regarda la fille du bar qui s'offrait, à présent, à l'un des ivrognes récemment entré. Elle se collait vulgairement à l'homme qui s'essoufflait déjà, le pagne relevé, les jambes écartées.

En quoi Néset pouvait-elle être dissemblable ? Juste un maintien plus gracieux, une robe tissée dans un des plus beaux lins d'Egypte, un collier d'or et des bagues en pierres fines, un maquillage parfait qui lui donnait des yeux de gazelle et une bouche en bouton de lotus.

Certes, à part cette apparence, Néset n'était guère différente de cette pauvre prostituée qui se donnait aux hommes pour quelques poignées de figues, quelques grenades ou deux ou trois pains d'orge. La fille qui s'offrait vulgairement à ces hommes avait-elle seulement reçu dans sa vie un bracelet ou quelques débens de cuivre ?

Comme si Néset prenait conscience du cruel examen de son compagnon sur sa personne, elle plaqua violemment ses lèvres sur les siennes et chercha l'unisson de sa bouche. Mais, détournant rageusement la tête, il refusa la communion du baiser qu'elle lui offrait.

— Soit, fit-elle dans un soupir alangui. Je ne toucherai plus à ta Séchat. Cependant, si un autre que toi l'ordonne, seul son avis comptera.

Il lui glissa un regard en biais. Elle réagit aussitôt.

— Mais, comment veux-tu que je dérobe la carte du Pount si je ne l'écarte pas un moment de sa cabine ? Elle sort à peine. Cette soirée nocturne d'hier était une aubaine. A Coptos, elle est descendue, juste quelques heures, pour se réapprovisionner en feuilles de papyrus et en encres diverses.

— L'espionnes-tu donc à ce point ?

Elle haussa les épaules.

— Et pire encore ! Sa servante garde toujours la cabine. Sur le pont, elle est malade comme un chien empoisonné.

Elle se mit à rire et s'approcha à nouveau de Sakmet, se fit tendre, voluptueuse.

— Si tu veux cette carte, je dois la neutraliser.

— Tu as des amis, il me semble, des espions, des gens que tu paies avec les charmes de ton corps. Tu peux obtenir ainsi tous les renseignements que tu désires.

— Ce n'est pas toujours aussi simple, murmura-t-elle.

— C'est ton affaire, Néset. Je veux cette carte sans que tu touches un seul cheveu à la tête de Séchat. Ne me dis pas que tu es incompétente ?

— En douterais-tu ?

Il se fit presque brutal.

— En effet, je commence à douter. Nous serons dans quelques jours aux portes du delta et nous aurons besoin d'étudier la route qui mène au Pount. Or, nous n'avons encore aucun détail.

Elle fit la moue et frotta son nez sur la joue lisse de Sakmet.

— Cette femme est méfiante, trop méfiante. Elle semble sentir tous les pièges qu'on lui tend. Ne peux-tu me donner un indice ? Ne peux-tu l'occuper une journée entière ?

— C'est impossible, Thouty dispose de tout mon temps. Et depuis que tu as failli l'empoisonner, elle se méfie de moi.

Elle se pressa contre lui. Un vacarme se fit du côté du tréteau où s'entrechoquaient les pots de bière. Deux nouveaux venus, des hommes costauds au visage anguleux, aux mains carrées et puissantes, se disputaient la fille.

Dans un tel cas de confrontation, l'homme qui servait les clients et qui semblait, à présent, s'éveiller à de plus justes réalités, s'absenta quelques instants et revint avec deux autres filles.

Elles étaient aussi douteuses que la première. Plus sales et plus fripées encore. Mais plus hardies aussi, car l'une d'elles se plaqua devant Néset et toucha son bras d'un doigt à l'ongle écorché.

— Ton mâle est un bien bel homme, fit-elle en louchant sur le bas-ventre de Sakmet. Laisse-le-moi un peu.

Néset la regarda, se dégagea de Sakmet et lui tendit l'un de ses bracelets d'argent. La fille remercia d'un sourire gras, plongea à nouveau son regard sur les parties les plus intimes de Sakmet et partit en direction d'un des hommes qui lui arracha aussitôt le bracelet des mains.

Néset haussa les épaules. Après tout, que lui importait la suite de cette histoire, si cette fille était assez stupide pour se faire voler son présent !

Elle s'enroula autour de Sakmet. Cette fois, il ne résista pas quand elle colla sa bouche fougueuse sur la sienne.

— Je te trouverai cette carte.

Elle saisit sa main pour la plonger dans l'ouverture qu'offrait la profonde échancrure de sa robe.

— Je la trouverai, dussé-je exterminer tous les passagers de "L'Œil de Thot".

Puis elle se mit à rire.

— Méfie-toi, cependant, murmura-t-elle en goûtant le baiser qu'il acceptait de lui rendre. Méfie-toi, tu ne pourras pas toujours jouer sur deux plans.

Il écarta sa bouche de la sienne, mais laissa sa main fureter dans l'échancrure de la robe. Trouvant le sein frémissant et gonflé, plein du désir qui commençait à le chatouiller, il sentit la pointe se durcir.

— A mon tour de te critiquer, Sakmet, chuchota-t-elle dans un frissonnement qui en appelait d'autres. Un jour, tu seras bien obligé de choisir ton camp. Ton ambition n'est pas gratuite.

— Et celle d'Ouser ? Celle de Mériptah ?

— Ils sont puissants. Toi, tu n'es rien. Juste remarqué par une hiérarchie qui te fait grimper selon les bons services que tu lui rends.

— Et eux ?

— Eux n'ont pas de facture à payer. Tout leur est toléré. Ils peuvent se permettre de rester entre deux camps ennemis, sans que rien de fâcheux leur arrive.

Elle se frotta à lui, pressentant d'autres caresses plus assidues.

— Regarde ! Après leurs intrigues à demi découvertes, la reine Hatchepsout les écarte, certes, mais leur accorde un poste plus élevé encore, alors que si l'on découvre tes trahisons, tu redescendras plus bas que d'où tu viens.

— C'est pourquoi il me faut cette carte.

— D'accord ! Mais, que crois-tu ? fit-elle d'un ton désabusé. Que tu partageras la couche de la reine après lui avoir montré le droit chemin du Pount ?

De rage, il serra entre ses doigts nerveux l'extrémité du mamelon déjà dressée, prête à poindre dans l'agressivité d'un petit matin nébuleux. Bien qu'elle sentît la douleur, elle ne se plaignit pas. Elle se colla à lui davantage, écartant lascivement ses jambes pour laisser libre cours à la caresse de ses doigts.

— Laisse tomber cette aventure, Sakmet, conseilla-t-elle dans un murmure à peine distinct.

— Pourquoi ?

La main qui parcourait l'intérieur de ses cuisses douces et veloutées s'arrêta en plein parcours.

— Parce que Néhésy s'intéresse fort à cette carte et que Senenmout, lui aussi, doit en connaître l'existence. Tu n'es pas de taille, Sakmet.

— Est-ce toi qui as parlé ?

Il la balança rageusement sur le côté. Sa robe se souleva, découvrant la nudité de ses hanches.

— As-tu parlé ? cria-t-il.

— Non.

Quand il la prit brutalement à même le sol, il vit une lueur équivoque poindre dans son regard allumé.

*
* *

— Soigne-toi Reshot et surtout ne t'inquiète pas.

— Ne veux-tu pas que je t'accompagne ?

Séchat passa son pagne plissé et court autour de ses hanches et saisit un corsage assorti pour recouvrir ses épaules.

— Non. Je t'assure. Reste et repose-toi. Tu n'as pas fermé l'œil de la nuit tant tu as été malade.

Elle glissa quelques bracelets d'argent autour de ses poignets et les remonta jusqu'à l'articulation des coudes.

— Dès que j'aurai visité le temple de Thot, je reviendrai.

— Prends ton temps.

— Hélas ! J'ai trop de travail pour m'attarder.

— N'aie crainte, Séchat. Je garderai la cabine pendant toute ton absence, affirma Reshot, l'œil endormi et le corps alangui sur la couche de papyrus qu'elle partageait avec sa compagne.

— Tant que ces cartes du Pount seront cachées, je craindrai le pire.

Reshot ne l'écoutait que d'une oreille. En fait, elle aurait été incapable de suivre sa compagne tant la fatigue l'assommait. Trop malade à bord lorsque

"L'Œil de Thot" voguait, elle essayait de dormir lorsqu'il restait à quai.

— Pourquoi ne veux-tu pas que Wadjmose t'accompagne ? dit-elle d'un ton que le manque de sommeil appauvrissait.

— Parce que tu auras besoin d'aide s'il arrivait quelque chose.

— As-tu peur à ce point ? s'enquit sa compagne en rehaussant son buste pour attraper une grappe de figues posée près d'elle.

— Tiens ! fit Séchat d'un ton joyeux, tu as faim. C'est bon signe. Veux-tu que j'aille te chercher autre chose avant de partir ?

Mais, sur l'affirmation de son amie que tout allait bien, elle l'embrassa sur la joue et partit.

A la porte de la cabine, elle se heurta à Wadjmose qui, lui aussi, somnolait en cette heure la plus chaude du jour. Assis près d'un paquet de cordages enroulés, Séchat vit que, malgré son air assoupi, il avait l'œil aux aguets.

Elle se pencha vers lui et murmura afin que personne, aux alentours, ne l'entende :

— Tu dois rester là jusqu'à mon retour. Tu ouvres l'œil et tu veilles. Personne ne doit entrer dans ma cabine. Si tu as des ennuis, tu assommes purement et simplement celui qui te résiste.

Il fit un signe affirmatif en la regardant s'éloigner.

Se dirigeant vers l'arrière du navire, elle gagna le pont et traversa la passerelle qui séparait les cabines et menait sur le bord externe du bateau. Au bas, il y avait l'escalier de cordage qui descendait jusqu'aux rameurs, actuellement au repos. En haut, la passerelle donnait accès à la voie d'appontage qu'elle gagna d'un pas rapide.

Sautant dans la petite embarcation qu'il fallait détacher du navire pour arriver sur le bord du quai, elle n'eut à faire que quelques mouvements pour la libérer et, ramant quelques minutes, elle arriva sur le sol où venaient mourir les franges bleues du Nil.

Séchat attacha avec précaution la barque afin de

la retrouver à son retour et se dit, sans s'inquiéter davantage, que si elle n'y était plus, elle rejoindrait le navire en quelques brassées à la nage.

Posant les pieds sur le sol, observant la vue qu'elle avait devant elle, elle remit en place l'épaulette de sa tunique qui, dans ses mouvements, avait glissé. Debout, le buste tendu, le regard et l'ouïe en alerte, elle huma l'air chaud qui l'étouffait déjà sous le soleil dur et brûlant.

Le bord du quai était tranquille et tout le port paraissait dormir sous cette chaleur suffocante qui oppressait chacun des passagers lorsqu'ils n'étaient pas à somnoler quelque part, à l'ombre d'un cordage, d'un mât, d'une voile tendue ou dans l'encoignure fraîche d'une cabine.

A cette heure, Séchat ne risquait pas de trouver un importun au temple de Thot.

Elle contempla quelques instants les cinq longs navires amarrés sur le bord du Nil. "L'Œil de Thot" était en bout de file. Les quatre vaisseaux qui le précédaient avaient fière allure. Même les voiles démontées, ils paraissaient grandioses et s'imposaient sur le fleuve comme d'immenses habitations inviolables, ne craignant ni dieux ni hommes, défiant le sol et n'admettant aucun passager étranger à bord.

Quittant le port, elle s'engagea dans la ville. La fête du dieu Thot était maintenant terminée et Hatchepsout avait réintégré "Le Sceptre d'Amon".

Comment Séchat pouvait-elle ignorer le lieu sacré où Thot avait élu domicile ? Ce dieu qui l'avait si fidèlement servie et pour lequel elle éprouvait une admiration et un respect sans limite. Thot ! Dieu des scribes et de la sagesse qui, de son regard imperturbable et volontaire, inculquait aux hommes son savoir. Ce dieu l'avait tant inspirée dans son adolescence et sa jeunesse !

Après le temple d'Amon, celui de Thot était le plus renommé d'Egypte. Vénéré autrefois par tous les pharaons, il restait un des lieux les plus visités. Quelques prêtres assuraient encore des offices et les offrandes arrivaient toujours en abondance, même si le culte s'y pratiquait moins.

L'entrée principale était ouverte. A cette heure, les prêtres reposaient, attendant qu'un souffle plus frais tombe sur la ville. Séchat pénétra dans le temple. Il était vaste, un peu sombre, frais. Elle soupira d'aise au contact de cette atmosphère rassurante. Quelques lampes disséminées dans les murs l'amenèrent vers des couloirs dont elle suivit les méandres jusqu'à la salle des offrandes.

Dans le creux des pierres, la lueur des torches vacillait. La chambre des offrandes n'était pas grande. Elle s'y attarda quelque temps, déposa ses bracelets d'argent dans l'urne qui recueillait les présents et leva les yeux sur le dieu qui la regardait.

Une onde de plaisir la parcourut tout entière. Depuis si longtemps qu'elle désirait prier Thot en son temple sacré, elle se sentait, tout à coup face à lui, si petite et ignorante, qu'elle ne put trouver d'instinct les mots de sa prière.

Alors, elle se prosterna devant lui et ne se releva que lorsque le silence l'appela à d'autres pensées. La statue d'albâtre blanc, striée de veines longues et translucides, devenait ocrée en épousant les délicates lueurs des lampes accrochées au mur.

"Dieu Thot ! murmura-t-elle, je te reste fidèle et je te rends grâce pour les titres et les connaissances dont tu m'as si généreusement pourvue. Puisses-tu faire que je les conserve et que je les mérite." Un souffle dans son dos lui fit tourner la tête.

L'homme qu'elle vit, mais ne reconnut pas de suite, se courbait devant la statue du dieu. Lorsqu'il se releva, sa haute stature la déstabilisa un instant. Puis, elle distingua les traits de son visage fin et pâle.

Ce nez délicat, ce front haut et droit, ces grands yeux dorés, éclairés par la lueur des torches suspendues lui parurent, tout à coup, une oasis de paix et de détente.

Il hocha lentement la tête. Séchat jeta ses yeux dans les siens.

— N'es-tu pas celui qui soigne les pauvres dans les bas quartiers de Thèbes ?

Il ne répondit pas et, de nouveau, hocha la tête.

— N'es-tu pas celui qui m'a montée à bord au départ de Thèbes ?

La jeune femme crut discerner un sourire un peu moqueur sur les lèvres minces qui lui faisaient face.

— Alors, le dieu Thot et moi te remercions, dit-elle en souriant à son tour. Si j'avais manqué l'embarquement, sache que cela m'aurait compliqué les choses.

— Tu aurais pu embarquer à Negadah ou à Ombos puisque les navires s'y sont arrêtés.

Elle eut un mouvement d'hésitation et il reprit :

— Mais, il fallait qu'à l'aube tes scribes t'accueillent.

Ce fut elle qui hocha silencieusement la tête.

Ils se turent durant un long instant et regardèrent ensemble le dieu à tête d'ibis qui semblait les observer de son œil perçant, mais approbateur.

Ensemble, ils se prosternèrent et prièrent en silence. Quand ils se relevèrent, elle murmura :

— J'ai l'impression de te connaître depuis toujours.

— Ressemblerais-je à ton mari défunt ?

— Peut-être, murmura-t-elle. Qui t'a dit que mon mari était mort ?

— Les rumeurs.

— Et que disent encore les rumeurs ?

— Je ne les écoute guère, fit-il d'un ton bas. Sauf celles qui concernent les souffrances du corps.

— Cela t'aide-t-il ?

— Sans doute, puisqu'en écoutant les rumeurs qui concernent mon métier, j'ai entendu dire, un matin, alors que je soignais un garçonnet pour une fièvre aux origines inconnues, que la fille aînée de la reine Hatchepsout avait les mêmes symptômes que mon petit malade.

— As-tu sauvé ce garçonnet ?

— Oui. Mais avant qu'il ne soit guéri, je me suis présenté au palais et la reine a préféré suivre les conseils de ses médecins qui n'ont pas su cerner le mal de la princesse.

Il y eut un silence où le dieu Thot souffla sur eux un air de tranquille sérénité.

— Viens, dit Séchat. Allons parler à l'extérieur. L'ombre des murs de ce temple nous protégera de l'agression du soleil.

— Crains-tu à ce point de distraire le silence de ton dieu ?

— Thot aime la paix et la discrétion. Ne le distrayons pas plus.

— Le vénères-tu donc autant ?

— Je crois qu'il va m'aider dans les fonctions qui m'attendent.

— Sont-elles si ardues ?

La jeune femme soupira. L'air brûlait, devenait sec et n'arrivait pas à résorber la chaleur du soleil qui battait son plein et dont l'intensité s'épaississait chaque minute davantage.

Sur la gauche du temple, un petit lac s'étendait calme et paisible, mais aucun arbre ne le bordait, si bien que la chaleur s'y faisait tout aussi crue.

Ils contournèrent le temple. Accoté aux pierres blanches, un abri d'ombre semblait les attendre. C'était un amoncellement de socles de statues et de blocs de marbre en éclats, dont les plus gros formaient un toit improvisé.

— Sont-elles si ardues ? répéta le médecin.

— Depuis que je suis adolescente...

Elle s'arrêta, soupira et reprit :

— Que dis-je, depuis que je suis fillette, étudiante à l'école du palais aux côtés d'Hatchepsout, bien des heurts ont contrarié mes projets.

Elle entraîna son compagnon sous une roche imposante qui offrait l'ombre de son pignon renversé.

— Hatchepsout, elle, était fille de pharaon et personne n'osait la critiquer. Plus tard, quand j'ai suivi l'école de Thèbes, j'ai essuyé les mêmes difficultés.

Mais rivaliser avec des étudiants de dix-huit ans devenait épuisant.

Il l'observait si intensément qu'elle vit ses prunelles se dilater, puis se contracter comme s'il ne savait quel comportement adopter.

— A présent, ce sont les hauts dignitaires que je combats à mains nues. Je les crains, mais je les brave et les défie.

Elle hésita, s'assit sur une pierre qu'une fente avait fait éclater en deux. Elle offrait un siège confortable.

— Voilà pourquoi je prie le dieu Thot qui m'a toujours aidée, poursuivit-elle. Je ne pouvais passer à Hermopolis sans le saluer.

— N'y es-tu donc jamais venue ?

— Si, une fois.

— Et tu n'es pas entrée au temple !

— Non, car c'est plutôt la déesse Hathor qu'il fallait que j'implore.

— La déesse de la vie, de l'amour, de la fécondité, fit-il surpris par l'intimité de cette révélation.

Soudain, Séchat éprouva l'envie de parler, se détendre, se confier, du moins sur un passé qui ne pouvait entraver son avenir.

— Je cherchais ma fille.

— Ainsi, tu as une fille.

— Les rumeurs ne te l'ont donc pas dit ?

Il venait de s'asseoir en tailleur sur l'autre moitié de la pierre fendue. La parcelle d'ombre n'était pas grande, mais suffisait à recouvrir leurs visages.

Elle l'observait en silence. Son regard était étrange, pur et direct. S'il avait le profil et les traits égyptiens, la couleur de ses cheveux aux reflets presque blonds, leur absence de frisure — ils étaient courts et légèrement ondulés — et la blancheur de son visage dénotaient des ascendances qui devaient lui venir des pays du nord.

— Les rumeurs ! Encore ces maudites rumeurs, fit-il en levant les yeux au ciel. Elles m'ont appris que tu étais respectée des artisans de toute la région de

Thèbes et que ta renommée allait même jusqu'aux confins du sud.

— C'est vrai, admit-elle.

— Pourquoi cherchais-tu ton enfant ? S'était-elle évadée ? Pourtant, tu ne sembles guère âgée pour avoir une fille en âge de faire des fugues.

— C'est d'un bébé dont je parle. Une enfant qui n'avait pas dix mois et que l'on m'a dérobée alors que j'étais partie en expédition dans les mines d'or au sud de Bouhen.

— Dérobée ! C'est un acte odieux.

— C'est ainsi. Lorsque je suis rentrée de cette expédition, Satiah avait été enlevée. Je l'ai cherchée moi-même, pendant toute une année. Je l'ai trouvée chez une vieille gardienne de chèvres, tout là-haut, dans les marais du delta[1].

— Et les voleurs ?

Séchat soupira. Elle ne faisait jamais resurgir ce passé-là. Au contraire, plus elle l'enterrait, plus elle allégeait son corps et son esprit.

— La filière remontait à de hauts dignitaires. Il a fallu étouffer l'affaire.

Il prit sa main. Elle faillit la retirer, mais quelque chose l'empêcha d'accomplir un geste qu'elle aurait pu regretter par la suite. Cet homme tranquille et bon lui apportait un réconfort. Comment le lui faire comprendre si elle refusait un geste qu'il lui offrait avec une générosité de cœur dont elle mesurait le poids ?

— N'y pense plus, fit-il, c'est une triste histoire qui aurait pu se finir bien plus mal.

— Certes. Mais je n'avais pas projeté de laisser ma fille au harem. Il paraît que là où elle est, sa vie n'est plus en danger.

— Y avait-il donc risque de récidive ?

— Sans doute. Mon travail réclame de si longues absences.

— Qu'as-tu contre le harem ?

---

1. Lire *Les Thébaines/De roche et d'argile*.

— J'ai l'impression qu'il lui tendra des pièges auxquels elle ne saura pas se soustraire.

— C'est là ton avis et tu réagis selon ta nature. Mais, ta fille aura son propre caractère. Seul son comportement décidera pour elle.

— C'est exactement ce que me dit la reine Hatchepsout.

*
* *

Ils s'attardèrent dans la ville d'Hermopolis sans souci du retour. Séchat aurait aimé poursuivre cette promenade pendant des heures entières, tant elle était détendue.

Sur la même place, où défilés et processions avaient eu lieu quelques jours auparavant, se tenait le marché de la ville. Aux abords des étals, un énorme brouhaha les assaillit. Des cris leur arrivaient en plein visage. Des gestes agités heurtaient la proximité de leurs corps.

Les commerçants côtoyaient les paysans venus vendre leurs produits. Il semblait à Séchat que leur condition de vie était supérieure à celle des habitants du sud. Etait-ce l'approche du delta qui apportait cette amplitude de points de vue dans leurs façons d'aborder les autres ?

Certes plus aisés que les paysans de Bouhen, ceux du fayoum traitaient directement le commerce de leurs produits avec les étrangers qui venaient du nord. Seule, la méfiance arrêtait parfois un marché en passe d'être mal conclu.

Séchat était loin du marché de Bouhen, là où le patrimoine de son grand-père l'attendait quand son travail demandait grâce. Bouhen ! Un village presque nubien et des terres innombrables au-dessous d'Assouan, à la limite de la deuxième cataracte.

Outre le grand marché qui s'étalait sur la place, une fois la semaine, Bouhen, c'était aussi les greniers à blé à la structure moderne. Des constructions de forme conique, à base circulaire où cinq étages superposés et juxtaposés étaient reliés entre eux par une rampe de briques qu'empruntaient les ânes chargés des lourds sacs de blé.

Bouhen ! C'était encore les grands sycomores qui ombrageaient le sol, la succession des chadoufs qui apportaient la vie à la terre. Ici, dans le nord, l'eau arrivait en abondance et la verdure était à l'honneur. Là-bas, à peine sortis des déserts de Nubie, les cours d'eau devenaient plus rares, mais plus herbeux. On y trouvait de merveilleuses oasis où chameaux et gazelles venaient côte à côte se désaltérer.

Les régions du nord étaient peut-être plus riches, plus denses, mais ne s'y inscrivait pas le bruit des peuplades au teint sombre, vêtues de couleurs chatoyantes et se mouvant dans une atmosphère de tam-tam et de musique.

Bouhen ! C'était enfin les innombrables plantations de papyrus et ses ateliers de tissage. C'était la petite boucle du Nil qui se faisait ondulante, charmeuse et qui offrait chaque jour sa palette de couleurs introuvables ailleurs. Bouhen, c'était la renaissance, la vie.

A la vue de ce grand marché d'Hermopolis, comment Séchat pouvait-elle oublier celui de Bouhen ?

Le brouhaha devenait indescriptible. Les chauds rayons du jour commençaient à perdre leur violence et leur intensité sans pour autant que l'ombre apportât sa fraîcheur.

De vieux pêcheurs, à la peau ridée comme celle d'une figue desséchée, présentaient leurs poissons tout fraîchement acquis. Dans les nasses d'osier tressées, gardons et tanches frétillaient encore, l'écaille brillante et l'œil grand ouvert. Une nasse vide indiquait que le pêcheur avait déjà fait recette. Alors, le sourire fleurissait sur ses lèvres minces qui n'offraient plus qu'une bouche édentée.

Des Egyptiennes, pas plus jeunes que les vieux mariniers qui les côtoyaient, vêtues d'une ample tunique de grossière toile, disposaient leurs ultimes trésors composés de quelques ustensiles en écorce de papyrus ou quelques autres objets en diverses vanneries.

D'autres, plus jeunes et plus dénudées dont le pagne court couvrant leurs hanches remplaçait l'ample tunique des vieilles, offraient des onguents aux relents d'oignons lorsque leur place jouxtait celle d'un marchand de légumes.

Une matrone aux seins lourds et à la taille inexistante tendit à Séchat un foulard de laine aux couleurs bariolées. Une autre, non moins grosse, mais plus avenante, lui cria que ses courgettes étaient les meilleures de tout le pays.

Ici, comme à Bouhen, on troquait un gros poivron contre une galette d'orge ou quelques poignées de pois chiches, un gâteau fourré de miel contre un poisson frit ou un oignon.

Les marchandises étaient étalées le plus souvent à terre sur des tapis en feuilles de papyrus ou, pour les plus pauvres, à même le sol séché, craquelé par la chaleur intense. Parfois, l'ombre d'un auvent — seuls, les riches commerçants pouvaient se permettre un tel étal de luxe — les abritait des rayons brûlants.

La matrone aux gros seins, qui n'avait que son châle de laine épaisse à vendre, revint à la charge. Elle le tendit de nouveau à Séchat. Comme celle-ci regardait la fillette qui, assise à son côté, remuait la tête anormalement en levant ses yeux au ciel, elle lui mit l'étoffe grossière sous le nez.

— Elle n'est pas belle mon étoffe, elle n'est pas belle ? Elle te plaît pas ?

Mais Séchat regardait dans la même direction que son compagnon. Intrigués tous deux par cette fillette qui, assise sur le sol, se dandinait gauchement de droite à gauche, l'air absent.

— Cette enfant est aveugle, dit Neb-Amon le médecin.

— Eh, oui, mon bon seigneur, fit la matrone en plaçant sous son nez l'étoffe qu'elle brandissait tout à l'heure à Séchat. Tu le prends ou tu le prends pas, ce châle ?

Mais, d'une main énergique, le médecin repoussa l'étoffe.

— Elle est aveugle, cette fillette, insista-t-il.

La grosse femme reprit le châle, le posa sur le sol et soupira :

— Elle voyait déjà mal à sa naissance. Mais, dans sa tête, y'a quelque chose qui va pas.

L'enfant s'était brusquement immobilisée. Le médecin l'observa quelques instants en silence, puis agita sa main devant ses yeux grands ouverts. Elle ne bougea pas. Mais, lorsqu'il la retira, la petite se remit à se dandiner de droite à gauche.

Intriguée, la matrone ne pensait plus à son châle. De ses petits yeux plissés que deux grosses joues mangeaient à l'aise, elle regarda cet homme qui ne semblait pas être un client normal.

— Serais-tu docteur, par hasard, mon bon seigneur ?

Il ne répondit pas et recommença le va-et-vient de sa main devant les yeux de la fillette. Chaque fois qu'il approchait ses doigts du visage, l'enfant s'arrêtait de bouger et chaque fois qu'il les retirait, elle reprenait son lent mouvement.

— Sais-tu où sont amarrés les grands navires qui s'en vont en voyage ?

— Les grands bateaux du roi. Ce qu'il a d'la chance, celui-là, de s'en aller dans des pays où y'a pas de misère.

Bien que la situation ne fût guère drôle, car Séchat s'apitoyait devant l'enfant aveugle, la réplique de la matrone la fit sourire. Apparemment, la pauvre femme ignorait que le pharaon était une femme.

Mais, de tous les temps, c'était ainsi. Dans les classes trop défavorisées, on ignorait jusqu'au nom du pharaon. Peu leur importait, d'ailleurs, que ce fût un dieu, un homme, une femme. Pouvoir manger devenait leur seul souci quotidien. Morts, ils n'avaient pas droit à une sépulture, encore moins à la vie dans l'au-delà. Que pouvaient-ils bien faire des histoires de dieux, de déesses et de pharaons ? Survivre sur cette terre était bien leur seule préoccupation.

— Oui, les grands bateaux du roi, répéta Neb-Amon, sais-tu où ils sont ?

— Comment qu'on saurait pas où y sont, dit la vieille. Tout le monde en parle.

— Alors, après ton marché, viens rejoindre le dernier bateau de la file. Si je n'y suis pas, attends-moi sur le quai et reste à l'arrière pour ne pas te faire arrêter par les gardes. Je te donnerai une pommade pour les yeux de la petite. Tu lui passeras sur les paupières matin et soir jusqu'à épuisement du petit flacon.

La matrone prit un air ahuri. Elle saisit tout à coup le châle et le tendit à Séchat.

— Prends-le, les soirées sont fraîches sur les bateaux, dit-elle en essuyant son œil humide. Il te sera utile.

Séchat lui sourit et lui tendit un bracelet d'argent.

— Alors, si ton châle m'est utile sur le navire, ce bijou te sera utile pour manger. Prends-le.

Neb-Amon prit le bras de Séchat.

— Rentrons, maintenant.

Il pointa son index vers la vieille qui avait pris sa fille dans les bras et la berçait comme un bébé.

— Et n'oublie pas. Derrière le dernier navire, attends-moi et si je n'y suis pas, patiente. Même s'il fait nuit, je viendrai.

Puis, précipitamment, il prit le bras de Séchat et l'attira hors de la foule.

— Rentrons. Je n'ai pas une minute à perdre si je veux soulager le mal de cette enfant.

— Parle-moi de toi, fit la jeune femme. N'as-tu toujours soigné que les pauvres ? Cette vieille est incapable de te payer et tu le sais.

— Qu'importe.

— Mais comment vis-tu ?

— Mal, jusqu'à présent, éclata-t-il de rire. Mais la

pharaonne s'est mis en tête de m'enrichir. Comme je n'ai ni maison ni lien ni aucune autre attache, j'ai accepté sa proposition.

— Tu as bien fait.

— Je suis d'origine pauvre. Je ne vois pas comment j'aurais pu soigner les riches.

— D'où viens-tu ?

— D'El Kantara, tout près de la mer Méditerranée. Mon père était un très modeste médecin du delta. Il se faisait payer en lait de chèvre, en galettes d'orge et en légumes divers lorsque ses patients en avaient. Parfois, on lui donnait une chèvre ou un bœuf lorsqu'il tombait, exceptionnellement, sur un malade reconnaissant et plus fortuné ou lorsqu'il effectuait une opération chirurgicale. Quelques trépanations réussies lui ont permis d'achever de payer mes études.

— Est-ce lui qui t'a appris la médecine ?

— Lorsque j'étais enfant, oui.

— Et après ?

— Quand j'eus atteint l'adolescence, chaque fois qu'on lui donnait une chèvre, un bœuf, une peau de serpent ou un objet de plus grande importance, il les vendait contre un ou deux débens de cuivre, quelquefois d'argent. Puis, quand il en eut accumulé assez pour financer mes études, il m'envoya à la Maison de Vie du temple de Memphis. C'est là que j'ai appris le reste.

— C'est noble et généreux de la part de ton père.

— Heureusement, dit-il d'un ton enjoué, il ne lui a pas fallu plus de débens qu'il n'en avait économisé, car il m'avait appris tout ce qu'il savait.

— Cela t'a donc aidé.

— Bien plus. Cela m'a fait dépasser rapidement les autres qui devaient tout apprendre. Je savais déjà établir un diagnostic, tenir un instrument de chirurgie, reconnaître les herbes, préparer les potions calmantes, les onguents qui guérissent, les huiles qui soulagent.

— T'a-t-il aussi enseigné...

— Non ! Les herbes, c'est à ma mère que je dois de les connaître si bien. Nous avions un petit lopin de terre sur lequel elle cultivait les principales. Les autres, nous allions les chercher là où elles poussaient.

Il se mit à rire doucement.

— Je crois qu'avant de savoir parler, ma mère m'avait appris le nom de toutes les plantes médicinales et je les ramassais avant même de savoir marcher.

— Nous sommes arrivés, annonça Séchat d'un ton grave en apercevant le quai au détour de la rue qui s'incurvait. Puis elle se mit à rire elle aussi et jeta joyeusement :

— Je crois que ma petite élève doit m'attendre.

— S'agit-il de Méryet ?

— Elle-même. La reine m'a ordonné de lui apprendre à lire et à écrire. C'est sa première leçon et me voici en retard.

Elle détacha de sa ceinture la petite clepsydre qu'elle transportait toujours avec elle et regarda l'heure qu'elle marquait.

— Dieu de Thot ! s'écria-t-elle. Déjà cette heure. Que va dire Reshot ? Et ta pommade, Neb-Amon, tu dois la préparer.

— Ce ne sera pas long, j'ai tout ce qu'il faut pour la confectionner.

Arrivés près du quai, il n'y avait plus une seule barque pour aborder les navires.

— Attends-moi, fit Neb-Amon, je vais chercher celle qui est amarrée là-bas. Elle ne nous appartient pas, mais je saurai la monnayer au marinier et je te laisserai sur le pont de ton bateau.

Pour toute réponse, elle se mit à rire et plongea dans l'eau du Nil. Il la regarda nager quelques instants. En quelques brassées, elle atteignit l'échelle de corde suspendue au-dessus de la coque.

Elle nageait avec grâce et souplesse. Il admira le corps parfait que moulait la robe ruisselante de la jeune femme. Sans façon, elle monta prestement les marches de corde et escalada aussi lestement le pont de "L'Œil de Thot".

Séchat s'ébroua, fit un signe à Neb-Amon et disparut dans les dédales du vaisseau. Contrairement à ce qu'elle pensait, Reshot l'attendait sans inquiétude à l'ombre de la cabine, conversant avec la jeune Méryet qui s'était assise à son côté.

— Je lui ai dit que tu serais un excellent professeur, que c'était toi qui m'avais inculqué l'art des hiéroglyphes et que tu lui enseignerais le maximum de tout ce que tu savais.

— Eh ! fit Séchat en riant, veux-tu être scribe ou danseuse ?

— Danseuse sacrée, précisa la fillette.

— Alors, toute danseuse recrutée au temple d'Amon doit savoir lire et écrire.

— Cela va-t-il prendre beaucoup de temps ?

Séchat regarda Méryet et lui sourit.

— Cela dépend de toi. Si tu es une bonne élève, tu apprendras vite. Sinon, tu deviendras laide et vieille avant de connaître ton alphabet. Que veux-tu ?

— Je veux plaire à la reine Hatchepsout.

— Alors, commençons de suite. Tiens, prends cette tablette. Elle est très ancienne. C'est mon père qui m'en a fait cadeau pour mon huitième anniversaire. Elle te portera chance.

La fillette retourna dans ses mains légères la tablette en grès rose et parut satisfaite.

— Nous allons aborder la naissance de l'écriture, dit Séchat en observant le visage de l'adolescente. Sais-tu que l'on a conservé des vases peints, des couteaux, des morceaux d'argile qui datent de plus de mille crues du Nil sur lesquels nous avons retrouvé de très vieilles écritures ?

Les yeux de la fillette s'arrondirent en une expression de surprise.

— Vais-je apprendre plusieurs formes d'écriture ? s'inquiéta-t-elle aussitôt.

— Nous verrons. Pour l'instant, celle que je vais t'enseigner est essentiellement basée sur les images.

— Ce sont les hiéroglyphes ? Je les ai beaucoup regardés sur les pierres du temple d'Hermopolis.

— Bientôt tu sauras les lire. Je vais commencer par t'apprendre à dessiner le nom du dieu Amon, puis celui du dieu Rê.

— Et celui de tous les autres dieux !

— Bien sûr. Après nous écrirons quelques mots symboles comme ceux de : *puissance, amour, travail*. Ensuite, nous formerons une toute petite phrase qui dit cela : *"Que le tout-puissant Thot m'aide et me guide dans l'enseignement qu'il m'apprend."*

— Pourrai-je l'écrire toute seule ?

— Bien sûr. Tu pourras même t'exercer jusqu'à ce que tes signes soient parfaitement formés. Enfin, nous tracerons les mots qui ne devront plus se dissocier dans ton esprit : *"beauté, générosité, grandeur, loyauté, courage"*.

Méryet écoutait, attentive, le regard posé sur celui de Séchat. Sa main malhabile traça les premiers signes. Les noms des dieux furent à jamais inscrits dans sa mémoire.

Après deux heures de labeur, elle éleva soudain les bras, les étira en hauteur, puis en largeur et tourna sa tête de gauche à droite en petits coups successifs.

— Méryet, reprocha Séchat, ce n'est pas un cours de danse que je te donne là, mais d'écriture.

— Au bout de quelques heures, je ne peux m'empêcher de bouger, répondit la fillette, mais je t'assure que je t'écoute.

— Alors, danse un peu, si cela doit te concentrer davantage. Et si, après, tu fais correctement tes signes, nous lirons tout à l'heure les mots que tu désires.

L'adolescente exulta. Elle se leva, s'étira sur la pointe de ses pieds et, levant haut la jambe droite, en amena l'extrémité jusqu'au sommet de sa tête. Puis, elle se courba en deux, le dos rejeté en arrière, les mains accrochées au sol. Ses pieds ne touchaient plus terre. Ils vinrent se juxtaposer en position horizontale. Méryet avait le visage en bas. Elle souriait et semblait parfaitement détendue.

Lorsqu'elle revint en position normale, elle avait repris toute sa concentration et ne pensait plus à sa danse.

— Veux-tu m'apprendre les mots de la liberté : *"ciel, nuage, oiseau, barque, poisson, soleil"*.

— Bien sûr, mais tu dessineras aussi ceux qui traduisent les contraintes : *"épreuve, responsabilité, labeur, difficultés et obstacles"*.

CHAPITRE VI

Mettouth, le premier scribe, enroula son papyrus avec satisfaction. Il venait enfin de terminer le long rapport des fêtes d'Hermopolis en y insérant faits, mots et gestes comme l'avait souhaité Séchat.

Il avait longuement travaillé dans la cabine, près de sa couche, évitant les lieux agités du pont et du centre de "L'Œil de Thot" où se plantait le grand mât qui agitait sa voilure blanche.

Mettouth commençait à prendre goût au léger balancement du vaisseau qui rendait malade plus d'un de ses compagnons, d'autant plus que l'approche de la crue rendait indociles les flots du fleuve et perturbait les oiseaux dans le ciel dont le vol s'alourdissait de jour en jour.

Mettouth longea les cordages entassés au pied de la voilure tendue et bifurqua vers le pont arrière où les scribes se réunissaient à la tombée du jour.

Il y trouva une agitation singulière dont l'intensité ne s'était d'ailleurs pas résorbée depuis le premier jour où la Grande Scribe s'était présentée avec cette assurance qui en avait agacé plus d'un.

Mettouth avait tenté plusieurs fois de les apaiser. Mais, comment leur faire comprendre que leur sort était lié à cette femme durant toute cette expédition et, surtout, qu'à hiérarchie égale, ses compétences valaient bien celles d'un homme ?

Il décida que, ce soir-là, il parlerait à Ménenn et s'il le fallait à Kiffit, bien que l'idée fût saugrenue et que les inciter à ne pas jouer les fortes têtes pouvait au contraire durcir l'atmosphère.

Kiffit ne craignait peut-être pas Séchat, mais il ne craignait ni Ménenn, encore moins le commandant de bord et son second, pas plus qu'il ne craignait la pharaonne. Il disait n'avoir ni loi, ni dieu ni maître et Mettouth s'interrogeait sur le devenir de ce discernement.

Les brouhahas et les clameurs qui montaient tout à l'heure sur le pont arrière s'amplifiaient considérablement. Quand Mettouth arriva sur le lieu du rassemblement des scribes, l'agitation était à son comble. Il frémit en observant le spectacle.

Séchat était déjà là. Elle se tenait au centre du pont et se dressait face à Ménenn, brandissant sous son nez un rouleau de papyrus. Elle arpentait le pont — du moins l'espace qui lui était imparti — de grands pas agités. Rouge de colère, elle s'écria :

— Tu ne me feras pas croire que ce texte-là est cohérent. Quand elle a tué le scorpion, la jeune Méryet ne s'est pas précipitée entre la reine et Senenmout, mais s'est jetée entre elle et moi.

Rageusement, elle rabaissa le papyrus et tendit vers lui l'index de sa main gauche.

— Méryet peut l'affirmer. Tout le monde l'a vue. A qui veux-tu faire croire cette histoire ?

Le petit scribe sec et efféminé qui lui tenait tête porta l'une de ses mains à sa perruque parfumée.

— Tu as visé le Grand Intendant, affirma-t-il, car il te gêne et ne t'aime guère. C'est toi qui as glissé sur le sol le scorpion dont la piqûre est mortelle. Toi ou ta servante. Tu as voulu tuer Senenmout.

Séchat ouvrit la bouche pour se défendre, mais quelqu'un derrière elle vint à son secours.

— Cette légende est insensée, jeta Mettouth qui, soudain, apparut de l'autre côté du pont. Je ne signerai pas une telle absurdité.

— Tu signeras.

— Jamais.

— Alors, je ferai parvenir ce papyrus à Senenmout sans ton accord.

Mettouth vint se placer aux côtés de Séchat. Il paraissait tranquille, sûr de lui et la jeune femme admira la maîtrise de son propos.

— Il ne prendra jamais connaissance d'un document sans la signature d'un supérieur. Tu le sais.

— Alors nous ferons grève ! s'écria Ménenn.

Il leva la main et la dirigea dans un geste de colère vers la rangée de scribes assis en tailleur qui, pour l'instant, n'avaient pas encore bronché.

— Tous sont d'accord avec moi.

— Non, pas tous.

Un murmure s'éleva, un grondement sourd, quelque chose tout d'abord incertain, puis une réalité qui emplit d'espoir le cœur de Séchat. Une dizaine de scribes se levèrent lentement et, un à un, vinrent rejoindre Mettouth.

Furieux, Kiffit se tourna vers les indécis, ceux qui n'avaient pas bougé, les incitant à hausser la voix.

— Nous ne travaillerons pas tant que ce papyrus ne sera pas signé de toi, Mettouth.

— Alors, vous serez renvoyés à Thèbes et quitterez la corporation pour insubordination.

Il se tourna vers Kiffit.

— Qu'en dis-tu ?

— Je préfère t'étriper plutôt que de détruire ce papyrus.

Prévoyant l'attaque, Mettouth sortit un couteau de la ceinture de son pagne. Il le dirigea vers Houysis, le gros scribe aux yeux de chouette qui semblait prendre quelque influence sur les subordonnés.

— Déchire ce document.

— Et si Kiffit disait vrai !

— Tu sais que c'est faux.

Le couteau virevolta dans la main de Mettouth. A son tour, Kiffit sortit un petit poignard à manche d'ivoire. Les deux courtes lames s'affrontèrent, se heurtèrent.

D'un coup sec, Kiffit fit sauter le couteau des doigts de Mettouth.

— Laisse, tu n'es pas de taille.

Un revers de manche l'attrapa en plein menton. Surpris, Kiffit fut déstabilisé, mais se rééquilibra aussitôt. Son couteau vint se planter dans l'épaule de Mettouth qui ne put l'éviter tant le mouvement avait été rapide. Le sang coula sur son bras, laissant une trace brunâtre que l'air chaud de l'atmosphère sécha aussitôt. Les scribes restèrent immobiles.

Mais Mettouth était leste et la blessure n'était qu'égratignure. Malhabile au maniement de l'arme, il était cependant aussi vif que son adversaire. D'un coup de poing dans l'estomac, il le balança contre le rebord du pont.

— Avec ça, suis-je de taille ? ironisa-t-il, attendant qu'il se relève.

Par-derrière, Ménenn lui assena un coup sur la nuque qui l'immobilisa, lui coupant la respiration. Kiffit en profita pour décharger dans son ventre une série de coups bien placés qui ne pouvaient que l'anéantir davantage.

Craignant une aggravation brutale de la situation, Séchat s'interposa.

— C'est bon, faites la grève. Je me débrouillerai autrement. La moitié de mes scribes me suffiront pour effectuer le travail.

Puis, elle se pencha sur Mettouth pour lui venir en aide.

*
* *

Les navires ne s'arrêtèrent ni à Tana ni à Beni-Hassan et la flotte poursuivit son lent périple, entre un ciel inexorablement bleu et dur et un fleuve qui s'agitait de remous par suite d'une crue qui tardait à venir. Puis Thouty décida d'amarrer les vaisseaux au port de Memphis.

Il faut dire qu'Hatchepsout ne pouvait effectuer ce

voyage sans s'arrêter dans l'ancienne capitale des pharaons.

La journée s'annonçait exécrablement lourde, aussi pesante que le vol des oiseaux migrateurs qui effleuraient la crête mouvante du fleuve.

Dans sa cabine où la fraîcheur ne se glissait que par le courant d'air provoqué de deux ouvertures qui se faisaient face, Hatchepsout essuyait son front moite de sueur.

— Servantes, éventez-moi ! jeta-t-elle en attrapant elle-même le chasse-mouches pour écarter les insectes volants qui, chargés du poids de la crue à venir, tournoyaient autour d'elle et agaçaient ses yeux.

— Ces inondations sont vraiment trop tardives, reprit-elle en tendant le chasse-mouches à une jeune fille qui accourait à son ordre. Evente-moi un peu, puis va dire à Yaskat que j'aimerais me baigner dans le fleuve.

Hatchepsout avait à peine prononcé le nom de sa suivante qu'elle apparut au seuil de sa cabine.

— Yaskat, il faudrait dire à Senen que les fêtes des dieux étant toutes passées, nous pouvons prendre le temps de nous détendre. J'ai très envie d'aller me baigner sur le bord du Nil.

— Majesté, Senenmout va répliquer que vous devez vous montrer au peuple de Memphis.

— Certes, Yaskat. C'est bien mon intention. Mais, je veux prendre du repos avant ces longues journées de fatigue. Nous avons le temps de nous montrer au peuple. Laissons-le s'organiser pour ces festivités puisqu'elles doivent être grandioses. Nous resterons accostés à Memphis plusieurs semaines.

— Plusieurs semaines ! s'étonna Yaskat en prenant vivement le chasse-mouches des mains de la servante.

— Je croyais que tu craignais le moment où nous prendrions le chemin des grands flots, ironisa la reine.

Yaskat fit la grimace. Certes, comme toutes ses

compagnes, elle appréhendait ce moment où les vaisseaux tangueraient dangereusement sur un océan immense et inconnu.

— Resterons-nous longtemps à bord, quand nous serons sur la mer agitée ?

Hatchepsout réfléchit.

— Des semaines ? insista la suivante incapable de cacher son inquiétude.

— Des semaines ! Tu veux rire, Yaskat. De longs mois, veux-tu dire. La grande mer n'a aucun port, ni horizon ni rivage.

Yaskat se mit à frémir et, d'un geste nerveux, écarta la jeune servante restée plantée derrière la reine.

— Allons, Yaskat, ne tremble pas à cette idée. A l'issue de cet angoissant voyage, nous découvrirons une terre d'accueil si magique que tu ne voudras plus la quitter.

— Cela m'étonnerait, grommela Yaskat.

Pourtant, Hatchepsout savait qu'il y avait à l'extrémité de ce périlleux parcours une région si fascinante qu'aucun de ceux qui l'avaient vue ne pouvait l'oublier. C'était écrit dans les vieux papyrus. L'ancien Empire d'Egypte ne pouvait se tromper. Combien de fois, elle et Séchat, lorsqu'elles étaient adolescentes, en avaient-elles parlé ?

Aucun pharaon, depuis cette époque lointaine, tous trop préoccupés sans doute par leur désir de guerres et de conquêtes, n'avait osé entreprendre cette expédition. Combien, pourtant, auraient pu en ramener un prestige marquant, glorifiant plus encore un règne quelquefois terne ou simplement trop court ?

Une seule crainte altérait sa joie, d'autant plus qu'au fil des jours une angoisse s'infiltrait insidieusement dans l'esprit de ses plus proches sujets. Sauraient-ils la mener jusqu'au terme de cette expédition ?

Senenmout devenait aussi taciturne qu'une vieille chouette, refusant de quitter le vaisseau, sauf quand l'arrêt devenait impératif. Encore tentait-il de dissuader la reine d'effectuer une escale inutile.

Quant à Néhésy, il troquait depuis peu son flegme habituel contre des colères incompréhensibles qui laissaient ses soldats béats d'étonnement.

Thouty, lui, répondait aux questions de la reine par des réponses évasives, sans teneur et sans assurance. Et, si chaque jour, il venait sur "Le Sceptre d'Amon" lui rendre hommage, il s'en écartait dès qu'elle abordait, seule avec lui, le problème du chemin du Pount.

Restait cet étrange Sakmet qu'elle ne connaissait pas assez pour savoir si ses soudaines réactions changeaient en fonction de la crainte qu'ils semblaient tous éprouver. S'était-elle seulement posé la question d'un éventuel échec ?

Hatchepsout commençait à douter et ce n'était qu'à présent, bientôt arrivée à l'embouchure du Nil, qu'elle s'apercevait de l'imprécision que ses conseillers apportaient à ses interrogations.

S'ils échouaient, certes, elle n'abandonnerait pas. Mais, il faudrait faire demi-tour, revenir à Thèbes et, de Coptos passer par le désert pour rejoindre le port de Quoser. C'était depuis toujours la solution que préconisait Senenmout.

Mais cela exigerait un travail long et fastidieux. Il faudrait démonter les bateaux afin de traverser les sables du désert et les transporter en morceaux sur des bœufs récalcitrants. Puis, après une longue et pénible marche dans la mouvance des sables chauds, après avoir subi la pénurie d'eau avant de trouver une oasis bienfaitrice, frôlé le danger des fauves et l'agressivité des hordes de bédouins, il serait impératif de remonter les navires à Quoser pour embarquer directement sur la mer Rouge.

De plus, le retour paraissait incertain, hasardeux. Il était périlleux de retraverser le désert avec le chargement qu'on rapporterait du Pount. Comment des arbres à encens pouvaient-ils supporter le brûlant soleil d'un désert mortel, sans être arrosés fréquemment ?

— Allons, fit Hatchepsout, va de suite annoncer que je veux me baigner dans le Nil.

Un tel ordre alla bon train. Le vaisseau était de taille bien exiguë comparé aux vastes étendues du palais de Thèbes et, s'il traînait des oreilles à toutes les portes, bien qu'elles fussent calfeutrées, ici elles ne manquaient pas de rester collées sur chaque parcelle du navire.

Une servante apparut à la porte de la cabine royale. Elle était accompagnée de Méryet.

— Majesté, fit-elle en se courbant devant la reine, le commandant de "L'Hathor" désapprouve votre désir. La région, paraît-il, est infestée de crocodiles.

— Ce n'est pas tout à fait juste, Majesté, dit Méryet en s'inclinant devant la reine, je connais les abords de Memphis. Il existe sur le fleuve des lagunes isolées où les sauriens ne viennent qu'en période prolongée de crue. Or, celle-ci n'a pas encore commencé.

— Et d'après toi, nous ne devrions pas en rencontrer sur ces lagunes ?

— Non ! Si nous restons en bordure du fleuve, nous ne courons aucun danger. Les crocodiles ne s'y aventurent pas à cette époque.

— Parfait, Méryet. C'était bien là mon idée. Nous resterons donc proches du lieu d'accostage.

L'adolescente esquissa du bras un salut gracieux et, soudain, fut prise d'un élan spontané. Se précipitant au-devant d'Hatchepsout, elle lui saisit la main et y posa ses lèvres fraîches.

Yaskat se jeta sur elle et la repoussa.

— Laisse, Yaskat, Méryet est encore une enfant qui doit beaucoup apprendre. Le protocole viendra vite forger sa mémoire lorsqu'elle sera installée au temple d'Amon.

Elle fit un signe pour que la fillette s'approchât à nouveau d'elle.

— Pour l'instant, elle cherche à me prouver sa reconnaissance. Je suis sûre que rien d'autre, à part sa danse, n'encombre son esprit.

Elle prit la main de Méryet dans la sienne et la pressa affectueusement.

— Es-tu studieuse au moins avec Séchat ? T'enseigne-t-elle l'art de bien dessiner tes hiéroglyphes ?

— Je sais lire et écrire votre nom, Majesté, et j'apprends tous ceux des pharaons qui vous ont précédée.

— Voilà qui est intéressant. Profite bien de cet enseignement. Il te sera utile dans l'avenir. Car, dis-toi bien, Méryet, que les prêtres d'Amon ne seront pas souples avec toi. Et, plus tu seras instruite, moins leur férocité sera grande.

Yaskat s'énervait comme à chaque fois qu'une tierce personne venait rompre l'intimité de ses entretiens avec Hatchepsout. Après avoir jeté un regard malveillant à l'adolescente, elle prit le parti de l'ignorer.

Puis, se dirigeant vers un petit coffre en bois d'acacia décoré de feuilles de lotus en or, Yaskat en sortit une lourde perruque tressée de fils argentés.

— Dieu, mille fois dieu ! s'écria Hatchepsout. Il fait trop chaud pour m'appesantir la tête davantage. Ce vaisseau, Yaskat, est une petite communauté où chacun ne peut cacher quoi que ce soit à l'autre. Restons donc le plus naturel possible et profitons-en. Cet état d'esprit ne durera que peu de temps. Je reprendrai l'allure de ma Majesté aux approches du Pount.

Yaskat la regarda ahurie et Méryet faillit éclater de rire. Hatchepsout plissa des yeux. Cette petite avait le don de la détendre. Elle reprit d'un ton joyeux :

— J'ai décidé d'aller me prélasser sur le Nil, tête et pieds nus. Et que chacune fasse comme moi. Je ne veux voir aucune perruque, aucune sandale, ni habit inutile.

Comme s'il l'avait entendue de l'autre extrémité du pont où il se trouvait, Senenmout surgit comme un diable à la porte de la cabine royale.

— C'est un risque bien inutile, Majesté, que de vouloir vous baigner dans le Nil. Les pêcheurs de la région disent que les serpents s'échappent des bosquets de papyrus par dizaines et qu'ils viennent tous y boire. Ils y sont cachés depuis la saison du chemou.

— Senen ! jeta Hatchepsout, Yaskat me parle des crocodiles, toi des serpents...

Elle se tourna vers Méryet :

— Toi, vas-tu me parler des scorpions !

Il n'y eut qu'elle et la petite qui s'amusèrent de cette repartie.

— Je n'en soulèverai pas la queue d'un, fit la fillette hilare. Dans le delta, tout le monde sait qu'ils fuient spontanément les inondations et se cachent dans le creux des pierres ou le désert avoisinant. Le scorpion d'Hermopolis, Majesté, doit probablement chercher la route du grand désert libyen.

La reine hocha la tête. Certes, cette affaire de scorpion la préoccupait encore. Elle restait, pourtant, convaincue que l'insecte mortel était destiné à Séchat plutôt qu'à elle-même. Et, bien que celle-ci ne lui eût parlé d'aucune difficulté dans son travail, elle pressentait quelque chose d'anormal.

Jusque-là, elle attendrait le premier rapport du voyage que la scribe devait bientôt lui remettre.

Quand les vaisseaux furent amarrés, Hatchepsout descendit avec sa suite. Aucune femme, ce jour-là, ne porta ni perruque ni sandales. Les robes étaient des tuniques moulantes et légères, laissant les épaules et les seins nus.

Les servantes avaient passé de larges ceintures colorées autour de leurs hanches minces. Leurs cheveux libres étaient attachés ou tressés, parsemés de petites perles en pâte de verre multicolores. Elles avaient toutes les ongles de leurs pieds manucurés et passés au henné, seul fard que la reine avait autorisé.

Néfret, l'épouse de Thouty, arborait une robe plus ample couvrant ses épaules, jaune d'or comme les blés mûrs des grands champs de la région de Thèbes. Ses cheveux étaient coiffés en un haut chignon relevé et retenu par un large ruban jaune assorti à sa robe.

Quant Séchat et Reshot arrivèrent, les regards se tournèrent vers elles. Vêtues de blanc, elles avaient passé une tunique longue, moulante, presque diaphane tant elle était transparente. L'une avait tressé ses cheveux en une natte piquée de perles blanches et ramenée en arrière. L'autre les avait flottants sur ses épaules dénudées.

Bien que semblant détendues, les deux jeunes femmes n'en avaient que l'apparence. Reshot subissait encore trop de malaises sur le vaisseau et Séchat ne fermait plus l'œil de la nuit, tant elle restait préoccupée par la menace des scribes qui, à l'exception de Mettouth et de quelques autres, lui étaient hostiles.

Ménenn, Kiffit, Houysis et ceux qu'ils avaient entraînés avaient cessé tout travail depuis leur dernière altercation sur le pont. Crainte d'autant plus décuplée que Séchat s'attendait à tout moment qu'on pénètre dans sa cabine pour y chercher les cartes du Pount qu'elle y avait dissimulées.

Depuis l'affaire du scorpion, elle ne voyait plus Sakmet. D'ailleurs, celui-ci passait tout son temps aux côtés de Thouty, parlant sans doute de la question qu'ils ne voulaient pas aborder devant la reine : la voie maritime à suivre pour arriver au Pount. Séchat était certaine qu'ils abordaient beaucoup moins souvent le problème du chargement des trésors qu'ils devaient rapporter.

Si la jeune scribe ne voyait plus Sakmet, il ne semblait pas pour autant la fuir. De son vaisseau, il lui avait fait plusieurs fois un signe amical.

Cependant, il lui arrivait de regretter la confidence qu'elle lui avait faite sur l'existence d'une carte, même si elle n'avait pas parlé de l'astrologue. Sakmet n'avait pu que faire un rapprochement entre le retard de son embarquement et le fameux document.

Certes, si quelqu'un la soupçonnait de détenir un tel atout, il ne pouvait savoir qu'il existait deux documents. En cas de vol, le premier ne pouvait expliquer le second et vice versa. Les deux cartes restaient indissociables puisque l'une indiquait comment sortir du Nil et l'autre comment trouver la mer Rouge.

L'attitude de Sakmet envers elle la déstabilisait. Voilà deux fois qu'il la tirait d'un mauvais pas et chaque sauvetage était suivi d'un acte trouble qui la mettait en cause. Comment expliquer ce paradoxe sans mettre en doute l'honnêteté de Sakmet ?

L'ambiguïté de ses agissements commençait à taper sur ses nerfs et elle arrivait à regretter la nuit intime qu'elle lui avait accordée. Nuit, d'ailleurs, qui ne s'était pas reproduite, car elle ne l'avait ni comblée ni troublée par d'intarissables souvenirs.

Mais, ce n'était guère le moment de réfléchir à ces regrets-là. La femme de Thouty s'approchait d'elle. Elles s'embrassèrent, puis Reshot rejoignit les suivantes de la reine.

Hatchepsout s'avançait aussi. Les deux jeunes femmes se courbèrent, mais d'un geste prompt, la reine les arrêta

— Cet endroit est magique, dit-elle d'un ton plaisant. Nous y serons à l'aise pour nous baigner. Amusons-nous avant que le grand océan nous emprisonne.

Déjà une envolée de jeunes filles s'étaient précipitées dans l'eau fraîche avec une joie non dissimulée, cris et grand tapage à l'appui. Elles s'étaient toutes dévêtues, laissant leurs pagnes et leurs ceintures entre les branchages de papyrus qui acceptaient de les camoufler.

Méryet nageait comme un poisson libéré de ses entraves, ses longs bras souples la faisant avancer avec vitesse et régularité. Après avoir ôté sa robe, Séchat plongea dans l'eau et la rejoignit en quelques brassées.

Une rangée de gardes se tenait un peu plus loin, mais Néhésy n'était pas là. Sans doute resté sur le bateau avec Thouty et Sakmet, il devait trouver que c'était là une occupation plus masculine.

Un peu plus loin, sur le rivage, Senenmout discutait avec le commandant de bord de "L'Hathor" préoccupé d'inspecter la coque de son vaisseau qu'un tronc d'arbre avait écorchée. La veille, il avait déjà remarqué une petite craquelure qu'il fallait maintenant colmater.

Ils relèvent la tête au-dessus du pont de "L'Hathor" et observèrent quelque temps les voilures que les marins enroulaient avec cadence, rythmant leurs mouvements de bruits gutturaux qui sortaient de leurs gorges sans doute assoiffées.

Sur "L'Horus", Sakmet s'entretenait avec Thouty.

— Demain, les marins pourront cesser de ramer, fit-il en observant ses hommes d'équipage qui, eux aussi, enroulaient les voiles sur le grand mât central du navire.

— Demain ?

Etonné, Sakmet le regarda.

— Le temps change. Nous allons accoster bientôt à Héliopolis. Les vents ne sont plus les mêmes. Et, lorsque nous aurons dépassé Tanis, nous sentirons l'influence de la grande mer.

— Le climat changera-t-il ? s'enquit prudemment Sakmet qui découvrait chaque jour quelque chose de nouveau.

En cela, il était bien le seul, avec la pharaonne Hatchepsout, à éprouver ce curieux plaisir doublé d'une grande jouissance. Pour eux, s'aventurer sur une pleine mer que seuls Thouty et les trois commandants de bord semblaient connaître — encore que ce ne fût pas avec une certitude extrême — les emplissait d'euphorie.

— Le climat risque d'être dangereusement perturbé, avança Thouty. La crue tarde à se déclencher et ce n'est pas un bon présage. On parle d'un début d'épidémie à Tanis. Voilà pourquoi il ne faudrait pas s'y arrêter.

— Qui te l'a dit ?

— Un marin du port de Memphis. Un homme que je connais depuis que je sillonne le nord du Nil. Mais, craignant de se tromper, il m'a suggéré de me taire.

D'ailleurs, je ne sais quoi faire. Je crains d'être dans l'obligation d'en parler à la reine.

Un claquement se fit entendre dans leur dos et lorsqu'ils se retournèrent, ils virent une jeune femme s'avancer, les mains tendues. Elle était grande, leste, d'une beauté très agressive. Elle ondulait lascivement des hanches dans un mouvement superbe qui ne pouvait que retenir l'attention des deux hommes.

Un sourire enjôleur fleurit sur ses lèvres pulpeuses, passées au henné comme l'était la paume de ses mains qu'elle présenta à ses nouveaux admirateurs.

— Néset ! s'exclama Sakmet. Que fais-tu là ?

Pour toute réponse, elle plaqua un baiser voluptueux sur sa bouche, mais s'écarta aussitôt.

Gêné, Thouty les regarda. Il lui semblait pourtant avoir compris que son ami Sakmet regardait plutôt du côté de Séchat, cette scribe de grand talent. Alors, pourquoi cette fille affichait-elle une intimité flagrante avec lui ? Etait-elle une ancienne relation délaissée par son ami ?

Embarrassé à son tour, Sakmet murmura à l'intention de son compagnon :

— Je te présente une amie, Néset !

Comme Thouty en attendait plus — car ne venait pas dans le sillage de la reine qui voulait — même si cette beauté fatale le fascinait, il lui fallait une explication supplémentaire. Sakmet poursuivit :

— Néset est aussi une amie de Séchat.

Le nom de la scribe apaisa de suite les soupçons de Thouty et, bien que cette fille ne cadrât pas avec l'allure des relations de la scribe, il ne fit aucun commentaire. D'ailleurs, Néset rétorquait en les saluant :

— Je vous laisse discuter. Je vois là-bas Séchat nager. Je vais de suite, en quelques brassées, la rejoindre.

En effet, Méryet et Séchat nageaient au loin. Les servantes jouaient à s'éclabousser et à rire. Reshot, remise un peu de ses nausées, respirait à pleins poumons un air qu'enfin elle décida d'apprécier. Séchat avait sans doute raison, elle ne sortait pas assez.

L'atmosphère de cette journée de plein air la réconfortait.

*
* *

Lorsque Séchat aperçut Néset, elle faillit s'étrangler en absorbant une gorgée d'eau du Nil. Elle toussa, cracha et s'efforça de retrouver son calme, mais bras et jambes ne battaient plus l'eau à l'unisson et elle perdait du souffle.

Elle sentit un frisson soudain envahir tout son corps. C'était comme une lassitude qui revenait dans une envolée magistrale.

Pour ne pas perdre pied dans le fleuve, elle se mit à flotter sur le dos. Se rapprocher de Méryet qui nageait au loin comme un poisson était peut-être plus sensé que d'essayer de rejoindre le bord du Nil dont elle se trouvait éloignée.

— Je ne te dérange pas ? fit Néset lorsqu'elle fut à quelques brassées de Séchat.

Les tempes de la scribe s'étaient mises à battre violemment, mais elle avait repris son équilibre et nageait à nouveau correctement. Elle fit quelques brassées en direction de Méryet, mais une crampe dans la cuisse l'obligea à reprendre sa position sur le dos.

Néset semblait à l'aise. Son long corps évoluait gracieusement dans l'eau, mais elle avançait moins vite que Méryet.

Bras tendus et doigts écartés, Séchat effectua des petits clapotements pour garder le visage hors de l'eau et ne pas quitter du regard sa rivale.

— Je sais qui tu es. Que fais-tu dans le sillage de la reine ?

— Le bord du Nil n'est interdit à personne, que je sache. Je t'ai aperçue. Je venais te saluer.

— Que veux-tu de moi ?

— Rien.

Elle fit un plongeon expert, disparut quelques instants dans les profondeurs du fleuve et attrapa le pied de Séchat qui se mit à crier avant de disparaître, elle aussi, au fond du Nil.

Elles se mesurèrent quelques instants sous l'eau. Séchat s'efforça d'oublier sa crampe. D'un brusque coup de reins, elle dégagea son pied encore enfermé dans la main de Néset. Leurs jambes se frôlèrent. Le visage crispé de Séchat effleura celui de Néset, détendu, souriant.

Un tourbillon les ramena à la surface. Mais, plus la scribe perdait du souffle, plus sa rivale semblait en récupérer. Quand Néset s'éclipsa de nouveau, Séchat dut, elle aussi, s'enfoncer dans les profondeurs du fleuve pour éviter le brusque assaut de son adversaire. Mais Néset fut plus prompte qu'elle et lui attrapa le bras pour l'empêcher de refaire surface.

Séchat avait peur. Elle réfléchit un instant, mais rien ne vint à son secours. Son esprit était vide. Dieu de Seth, dieu des forces du mal ! Chaque fois que Néset était dans son sillage, il lui arrivait une épreuve.

Soudain, dans les remous de plus en plus agités qu'elles provoquaient, elles virent le visage de Méryet émerger de l'eau, puis replonger. "Ciel ! pensa-t-elle encore, elle doit croire que nous nous adonnons à un jeu fort amusant. Comment puis-je lui faire comprendre que je suis en péril ?"

Les trois corps se mouvaient, accrochés les uns aux autres. Ce fut Méryet qui accéléra le mouvement les faisant réapparaître à la surface.

Le bras du Nil dans lequel elles nageaient n'était pas très large. Peu éloigné de la lagune, il offrait aussi l'avantage de ne pas être profond, mais sorti de cet endroit précis, il dérivait sur un bras plus ample qui, lui, menait droit au péril.

A présent, le trio s'éloignait de son lieu d'origine, il dérivait, s'écartait, prenait de la distance. De toute évidence, il valait mieux passer sur l'autre rive que rejoindre le bord d'où elles venaient.

Néset réussit à se détacher de ses deux adversaires. Elles nagèrent en direction du bord opposé, là où des bosquets de papyrus camouflaient le rivage sur une dizaine de mètres.

— Il faut retourner sur l'autre rive, souffla Méryet, nous nous sommes trop éloignées à présent. Ce rivage opposé est dangereux. J'y ai trouvé un jour...

Sa bouche s'arrondit, ses yeux s'ouvrirent de stupeur et elle faillit, elle aussi, perdre l'équilibre.

— Vite, cria-t-elle, ne vous retournez pas et nageons sur le bord opposé.

Mais elles se retournèrent et virent s'avancer une forme étrangement bosselée qui, sous l'eau, remuait avec lenteur. Aucune ne mit vraiment longtemps à déceler le péril.

— As-tu peur ? fit Néset en regardant Séchat.

Elle fit un mouvement agile, inattendu, inconscient peut-être, qui la dégageait du côté où s'approchait le crocodile. Hardie, certes ! Plus encore, Néset semblait braver le saurien.

— Vite ! cria Méryet. Ce n'est plus un jeu.

Elle semblait ne pas comprendre. Enfin, dégageant sa bouche de l'eau, Séchat parla :

— Non, Méryet, ce n'est pas un jeu et je suis épuisée. Jamais je n'arriverai sur l'autre bord du fleuve. Cette femme veut ma perte et récidive constamment. Je ne peux t'expliquer en si peu de temps. Cet alibi est trop fortuit pour qu'elle le laisse s'échapper.

— Je vais t'aider.

Se pouvait-il que la jeunesse et la sveltesse de Méryet puissent la sauver ? Elle remercia sa compagne d'un regard. Puis, son fugace espoir disparut aussitôt.

— Sauve-toi ! fit-elle.

— Rester seule avec moi, susurra Néset, est un bien grand risque. Avant que ta compagne soit arrivée là-bas, il y aura bon temps que tu seras digérée par ce monstre. Et moi, je regarderai le spectacle, au loin, dans ce bosquet qui m'attend.

La forme gigantesque aux écailles brunes et luisantes s'était arrêtée. Immobile, elle semblait surveiller.

Mais la jeune danseuse avait pris son parti. Elle n'abandonnerait pas son professeur d'écriture. Elle la tira brusquement par le bras et, dans un bondissement imprévu, son corps souple, habitué aux exercices d'élongation se détendit comme un ressort et les dégagea toutes deux de l'emprise de Néset.

Le bond avait été tel qu'elles se retrouvèrent en dehors de la proximité du crocodile, laissant Néset dans le sillage du saurien.

Mais c'eût été puéril de compter sur le désarroi de celle-ci, tant le jeu cruel qu'elle imposait à sa rivale l'excitait et Séchat avait beau savoir nager, Néset était mieux rodée qu'elle. Sans doute disposait-elle d'un large temps pour s'entraîner au sport de la natation.

Elle fila dans le remous qui jaillissait derrière ses compagnes et réussit à saisir le pied de Méryet. Promptement, celle-ci se dégagea d'un coup sec, sans pour autant lâcher le bras de Séchat qu'elle tenait fortement.

Méryet se mit à réfléchir. Qu'elle lâchât sa compagne et celle-ci coulait à pic. Qu'elle laissât cette fille agripper la jambe de Séchat et elle se retrouvait en quelques secondes entre les mâchoires du crocodile.

Il fallait donc dégager Séchat au mieux de ses possibilités en empêchant Néset de l'entraîner au passage. Curieusement, Méryet sentit ses jambes parfaitement lestes, son dos restait souple, ses reins se cambraient sans difficulté. "Comme j'ai eu raison, pensa-t-elle, d'effectuer tous mes exercices d'élongation avant de pénétrer dans l'eau !"

Elle retourna prestement la tête et vit, avec une évidente satisfaction, que Néset semblait se fatiguer. Ses brassées devenaient plus courtes, plus rapides et irrégulières.

Immobilisé depuis quelques minutes, comme s'il jouissait du prochain plaisir qu'il allait prendre, sûr de son pouvoir, le saurien s'ébranla. Il provoqua un remous dans l'eau qui les figea toutes de stupeur.

— Je t'en supplie, Méryet, sauve-toi ! Laisse mon destin s'accomplir.

Mais l'adolescente ne se tenait pas pour battue. Elle lâcha rapidement le bras de sa compagne qui, trop épuisée, se mit à couler et, d'un violent coup de rein, elle se retourna. Puis, cassant brusquement son corps en deux, la tête sous ses cuisses, les pieds rentrés, elle détendit brutalement ses jambes dans le ventre de Néset. A son tour, la jeune femme piqua droit du nez dans le fond du fleuve.

Levant les yeux sur le rivage qui avait changé d'aspect, car la lutte s'était déroulée sur une centaine de mètres, Méryet aperçut un bosquet plus élevé que les autres. Elle replongea, vit Néset s'empêtrer dans des mouvements qui l'empêchaient de refaire surface et observa le crocodile qui, lentement, glissait vers elle.

Certes, à présent, il n'était plus temps de réfléchir. Elle reprit le bras de Séchat qui s'était évanouie et l'entraîna vers le bosquet de feuillages dont les troncs dépassaient une hauteur de tête.

Pour Méryet, ce fut sans doute la plus grande difficulté de ce sauvetage qu'elle eut à résoudre. L'adolescente n'avait pas la force nécessaire pour hisser Séchat inanimée en haut du tronc le plus élevé qui les isolait du fleuve.

Grimpée sur l'énorme racine de papyrus, elle eut beau saisir sa compagne par les cheveux, la tirer par les pieds, tenter de soulever son buste, rien n'y fit et le bas du corps de Séchat restait dans l'eau.

Or, Méryet savait qu'après avoir englouti impitoyablement le corps de Néset, l'infernal saurien reviendrait vers elles et trancherait en deux celui de Séchat.

Alors, elle gifla sa compagne et s'aperçut qu'elle bougeait. Elle recommença son geste une fois, puis deux et s'acharna, bientôt, à cingler brutalement son visage jusqu'à ce qu'elle ouvrît les yeux. Enfin, consciente, Séchat se hissa sur le tronc.

L'œil en alerte, elles attendirent en observant l'eau du fleuve. Néset ne reparut pas. Elles ne virent qu'une immense flaque d'eau rougie, là où elles l'avaient laissée.

Beaucoup plus tard, lorsqu'elles aperçurent l'ombre repue du crocodile disparaître, et quand Séchat eut retrouvé ses forces, elles plongèrent dans le fleuve et regagnèrent tranquillement la rive opposée.

Un jour, peut-être, quand l'enseignement de Séchat aurait fait de Méryet une jeune fille savante et accomplie, elle lui parlerait de ses craintes et de ses espoirs.

*
* *

Le début d'épidémie s'était intensifié. A Héliopolis, les commandants de bord des vaisseaux apprirent qu'il ne fallait pas accoster, mais poursuivre la route vers Tanis.

Depuis que Séchat avait annoncé la mort de Néset à Sakmet, il ne sortait pratiquement plus de son navire. Déconcertée, sans pour autant en être affectée, elle ne demanda ni de ses nouvelles ni de celles de Ménenn, le pseudo fiancé, curieusement disparu depuis l'accident.

Wadjmose, qui surveillait les scribes sur les instructions de Séchat, avait vu Kiffit et Houysis quitter le bateau avec lui, mais seul Ménenn n'était pas revenu à bord. Séchat en déduisit que les trois scribes étaient complices avec Néset pour tenter de la noyer, mais là encore, le dieu Thot avait veillé sur la jeune femme.

C'est de suite après que se déclencha l'épidémie sur les bateaux. Le front de quelques hommes, tous des marins, devint moite, puis se perla de sueur. Les membres s'engourdirent au point de rester immobiles, sans réaction. Les yeux prenaient une fixité morbide tant la fièvre les prenait par surprise.

Elle aperçut plusieurs fois le médecin sur "Le Sceptre d'Amon" puis, elle resta enfermée dans sa cabine, tant le travail l'accaparait depuis que onze de ses scribes avaient décidé de faire grève.

Séchat avait jugé plus prudent de ne pas en parler à l'assemblée du conseil qui s'était tenue sur "Le Sceptre d'Amon" juste avant le déclenchement de l'épidémie. Elle y avait présenté son premier rapport après la suppression des textes diffamatoires qui l'accusaient d'avoir posé un scorpion au pied de Senenmout, dans l'intention de le tuer.

Devait-elle songer à la façon dont elle pouvait reprendre en main les scribes insubordonnés ? Soudain, il lui semblait qu'elle en avait l'occasion avec l'annonce de cette épidémie qui commençait à toucher les hommes d'équipage.

Le cas devant lequel elle se trouvait confrontée s'avérait bien différent de celui qu'elle avait surmonté lors de la révolte des artisans de Thèbes. Potiers et tailleurs de pierre étaient mal payés, mal nourris et logés pauvrement. Ils avaient tout à gagner alors que les scribes de "L'Œil de Thot" ne manquaient de rien et que leur salaire était fort rémunérateur.

Parmi les récalcitrants qui faisaient grève, elle pensa quelque temps atteindre les plus ambitieux, ceux à qui elle pouvait promettre un poste important dès le retour à Thèbes. Mais Kiffit l'avait déjà contrecarrée en annonçant à ses congénères que la chute fatale de la Grande Scribe leur apporterait des avancements bien plus prestigieux encore.

Depuis la mort de Néset, Séchat s'embrouillait lamentablement dans ses idées et, par ricochet, les craintes qu'elle échafaudait déstabilisaient ses projets. Il lui fallait pourtant rester vigilante et faire face aux éventuels incidents qui, à coup sûr, viendraient encore barrer sa route. Wadjmose et Reshot avaient pour mission d'ouvrir l'œil et de lui rapporter chaque anomalie susceptible d'éveiller ses soupçons.

Elle apprécia la discrétion de Méryet qui, ayant déjà pris plusieurs leçons de lecture et d'écriture après le tragique accident, ne lui avait posé aucune question. Une petite qui, sans doute, irait loin lorsque la culture aurait imprégné son esprit ! Peut-être trop insouciante et trop inattentive pour briller d'un immense savoir. Mais, suffisamment vive, intelligente et sensible pour apprendre l'essentiel, juste ce qu'il fallait pour se hausser au rang d'une grande danseuse sacrée.

Séchat s'efforça d'oublier le sens de ses réflexions et se tourna vers Reshot.

— Je n'en puis plus, dit-elle à son amie. Depuis que ce rapport est fini, je m'énerve et tourne en rond comme une ânesse autour de sa longe.

— Que veux-tu faire ?

— Aller voir les scribes, parler avec eux.

— Mais, que vas-tu leur dire ? Ils ont décidé de faire grève et tant que Kiffit sera parmi eux, tu n'en tireras rien.

— Alors, j'en aurai le cœur net, maugréa-t-elle.

Et, rageuse, elle claqua la porte de sa cabine pour se diriger vers le grand mât central qui, faute de vent, n'avait pas encore déroulé l'immense voilure qui le faisait avancer.

Comme ils n'étaient ni sur le pont ni dans les cabines communes où ils dormaient sur des nattes alignées les unes à côté des autres, elle descendit dans la cale. Ne les y trouvant pas, elle s'enfonça plus à l'arrière, vers un coin reculé qui ne recelait aucun objet destiné au royaume du Pount.

C'est avec un étonnement non dissimulé qu'elle trouva Neb-Amon penché sur un marin dont l'âme quittait le corps.

Il la regarda s'approcher et lui trouva un regard las et crispé. Puis, il jeta les yeux sur le corps qu'il recouvrit d'un linge.

— C'est le premier mort sur nos vaisseaux, dit-il d'un ton bas. L'épidémie gagne les deux navires qui précèdent le tien.

— Ainsi "L'Horus" et "L'Hathor" sont aussi contaminés, murmura Séchat.

Neb-Amon acquiesça d'un mouvement de tête et

Séchat soupira. Bien que ce fût une mort qui en soit la cause, la présence du médecin la réconfortait.

— Ne peut-on débarquer et attendre quelque temps dans la prochaine ville ? Nous avons dépassé Héliopolis, mais à Tanis, nous pouvons sans doute nous arrêter.

— Les messagers qui reviennent de Tanis ont rapporté un triste bilan.

— L'épidémie viendrait-elle du delta ?

— Hélas, pire ! Elle commence à gagner les régions du sud. On dit pourtant qu'à Thèbes aucun cas n'a été déclaré.

Elle regarda le corps inanimé que le drap recouvrait. Soudain, une main d'homme lui toucha l'épaule. Elle se retourna précipitamment et vit un gros et grand marin, leste cependant, mais au regard épouvanté.

— Il faut le jeter dans le fleuve, dit-il.

Neb-Amon acquiesça.

— Je le ferai. Ne t'inquiète pas.

— Et les autres ?

Séchat tressaillit. Elle ne les avait pas remarqués. Ils étaient dans l'obscurité, tassés les uns contre les autres. Un frisson la parcourut tout entière.

Le regard de Neb-Amon se dirigea vers les trois formes gisantes. Et lorsqu'il approcha la torche posée sur le sol, Séchat vit leurs visages succomber sous la sueur. Tremblants de fièvre, ils n'avaient plus guère conscience de ce qui se passait.

— Les autres ! jeta Neb-Amon, ils ne sont pas encore morts.

— Ils vont nous contaminer, répliqua le marin blanc de peur.

— Ne crains rien et dis à tes semblables que je vais regrouper tous les malades ici.

— Ici ! fit Séchat d'un ton étonné.

— C'est sur "L'Œil de Thot" qu'intervient la première mort. C'est sur "L'Œil de Thot" que je vais soigner les malades. Toi et tes scribes, vous rejoindrez "L'Anubis".

Séchat se mit à trembler.

— Je ne rejoindrai pas "L'Anubis".

A la lumière de la torche, le médecin l'observa. La lueur qu'il vit passer dans ses yeux semblait farouche, déterminée, inébranlable. Il n'insista pas.

— Je veux qu'on déblaie la cale. Que tous ces objets destinés au Pays du Pount qui sont entassés ici aillent rejoindre le pont du navire.

— Je m'en occupe, fit Séchat. Nous déblaierons cet endroit. Ne t'inquiète pas. Je comprends fort bien que tu ne puisses perdre ton temps à enjamber sans cesse les cinq navires pour soigner les malades. Mais, jamais je n'irai rejoindre "L'Anubis". Je reste sur "L'Œil de Thot".

Il s'approcha de la jeune femme et lui prit le bras.

— Séchat, je suis obligé d'ordonner ton transfert et celui de tes scribes sur le bateau précédent.

— Il n'en est pas question. Je reste ici.

Elle se passa la main sur le front. Il était moite.

— Tu y es bien, toi !

— Moi, je soigne, fit-il sombrement.

— Eh bien je soignerai avec toi.

Enfin, il sourit.

— N'as-tu pas une autre idée ?

A son tour, elle se détendit.

— Je crains que ce soit la seule. Wadjmose, Reshot et moi t'aiderons.

Soudain, un déclic se fit dans l'esprit de la jeune femme. Sans le savoir, Neb-Amon la sauvait.

— Transférons une partie des scribes sur "L'Anubis". Je resterai ici avec les volontaires. Est-ce envisageable ?

— C'est possible.

— Combien y aurait-il de places sur le vaisseau de Sakmet ?

— Les choses vont si vite que d'ici à demain, je prévois sept autres places. Cinq marins présentent les symptômes de l'épidémie et deux gardes du vaisseau de Thouty semblent également atteints. C'est pourquoi, je ne veux plus attendre. Il faut regrouper tous les malades sur un même navire pour arrêter la contagion sur les autres vaisseaux.

— Je propose que sur vingt scribes, dix restent avec moi et dix partent sur "L'Anubis".

Il jeta ses yeux dans ceux de la jeune femme.

— Tu es maître de ce vaisseau, Séchat. Est-ce là ton dernier mot ?

Elle hocha la tête. Celle-ci bouillonnait par l'émergence de sa soudaine idée. Ainsi Kiffit, Houysis et tous ceux qui faisaient grève et travaillaient contre elle iraient se prélasser sur "L'Anubis" avec Sakmet en prime !

Elle saisit ses mains et les serra chaleureusement.

— Merci Neb-Amon, je vais de ce pas les prévenir.

Deux secondes après, elle entrait dans sa cabine, poussée par un vent de folie.

— Reshot, cria-t-elle, je tiens la façon dont je vais mater les scribes. Pas un ne va me résister. Ce soir, ils auront tous accepté de travailler pour moi.

Ahurie, Reshot la regarda.

— Que veux-tu dire ?

— Suis-moi et dis à Wadjmose qu'il nous accompagne.

En un temps record, les dix-neuf scribes — puisque Ménenn s'était enfui — furent rassemblés sur le pont, appuyés à la voilure que deux hommes d'équipage venaient de dérouler et qui s'élevait au-dessus du Nil comme un immense oiseau migrateur.

La tenture claquait dans un petit bruit sec, car un vent jusque-là inexistant se levait lentement. Se pouvait-il que la crue se déclenchât cette nuit-là et arrêtât l'épidémie ?

A l'exception de Kiffit et de son complice Houysis qui, à présent, observaient insolemment la jeune femme, ils étaient tous assis en tailleur. Dans la rangée des grévistes, aucun n'avait pris sa tablette, ni ne tenait le calame et, pas un seul non plus n'avait entre les mains le rouleau ou la feuille de papyrus qui eût souligné une intention plus soumise.

Séchat s'approcha de Wadjmose et lui dit à l'oreille :

— Tu trouveras le médecin dans la cale des marins. Va lui dire que j'ai changé d'avis et ajoute ceci, mot pour mot : "Dès que la Grande Intendante parlera aux scribes rassemblés sous la grande mâture, fais jeter le corps du marin décédé par-dessus bord, juste sous leurs yeux."

Wadjmose parti, elle s'approcha de Reshot et lui murmura :

— Va chercher un rouleau de papyrus vierge, un calame et une bouteille d'encre noire.

Puis, elle se planta droit devant ses scribes. Pas un ne chuchota. Seule, une brise meurtrière qui annonçait l'arrivée de quelques morts encore, soufflait sur la voilure.

— Scribes ! dit-elle à voix forte, croyez-vous que vous me fassiez peur ? Certes, non. Je ne vous crains pas et je me moque de votre vie sur terre.

Elle s'arrêta. Les scribes venaient tous de tourner le regard dans la même direction, sur sa gauche, à ras bord du bastingage. Une lueur d'effroi passa dans leurs prunelles sombres.

Elle ne vit rien, mais entendit le bruit mat qui accompagnait le plongeon du marin mort dans l'eau du Nil. Il y eut un silence interminable. Il fallait leur laisser le temps de la réflexion. Alors, elle pensa à Néset et à la funeste conclusion de sa vie terrestre.

Le corps inerte du marin était peut-être déjà englouti par la gueule avide d'un crocodile. Ils étaient nombreux depuis la veille à rôder dans les parages, pressentant sans doute que l'horrible épidémie leur apporterait la chance de festins inattendus.

— Scribes ! reprit-elle en s'assurant que les yeux restaient démesurément ouverts à la vue du corps balancé par-dessus bord, j'ai dit que je ne vous craignais pas. Le premier rapport de voyage a été remis à notre pharaon Hatchepsout. J'en ai ôté moi-même les infâmes calomnies que vous y aviez apportées sur la suggestion de Kiffit et de Ménenn, aujourd'hui disparu. Je sais que vous me haïssez, parce que je suis une femme et de surplus votre chef. Cependant, je remercie ceux qui, pour l'instant, ont travaillé avec moi et m'ont aidée à rédiger ce premier rapport.

Elle arpenta de quelques pas tranquilles le sol qui tanguait légèrement, car le vent se levait beaucoup plus qu'il ne l'avait laissé pressentir. Un petit souffle aigrelet se glissait insidieusement sous les pagnes courts des hommes.

— Pour les autres, voici ce que je pense. Vous n'êtes qu'une bande de sots, de pauvres imbéciles, de minables petits scribes incapables de me juger par vos propres moyens. Seules, comptent les paroles d'un homme, encore plus stupide que vous, et qui se croit supérieur à moi parce qu'il a des attributs qui, là où ils sont placés, ne font guère marcher son intelligence. Il devrait les avoir à la place de sa tête.

Quelques rires détendirent l'atmosphère. Séchat aperçut la silhouette de Neb-Amon se profiler au loin. Sans se troubler, elle poursuivit.

— Alors, je ne vais pas y aller par quatre chemins. Un seul me suffit et croyez bien que j'en aperçois l'issue. Le voici. Que ceux, parmi les grévistes, qui veulent reprendre le travail à mon côté lèvent la main.

Pas un bras ne bougea. Pas un mot ne fut prononcé.

— Très bien, fit-elle d'un ton froid. Alors, sachez que ce vaisseau va être réquisitionné pour abriter tous les contagieux. Demain à l'aube, j'aurai rejoint "L'Anubis" et seuls les travailleurs m'accompagneront. Je me désintéresse totalement du sort des autres. Si tel est votre désir, vous pourrez mourir sur ce vaisseau et, ensuite, être jetés par-dessus bord pour servir de pâture aux crocodiles qui suivent le vaisseau.

Elle leva les bras, mains ouvertes, paumes offertes au ciel et au dieu Thot, puis recula.

— Que les dieux m'entendent et m'approuvent.

Un sourire qu'elle voulait dissimuler vint éclairer l'intérieur de son visage. Une main s'était levée.

— Comment t'appelles-tu ?

— Moïsh.

Un autre bras se leva.

— Et toi ?

— Pennefer.

Aucune autre main ne se levant, Séchat poursuivit :

— Sachez que lorsque tous les contagieux seront installés sur ce vaisseau, nul ne pourra plus en sortir afin de ne pas contaminer les autres. Nul ne pourra quitter le bateau pour rejoindre la ville. Les lieux seront gardés par les soldats de Sa Majesté.

Des yeux, elle fit le tour des scribes et vit que trois mains se levaient.

— Sachez aussi que ceux qui, avec la grâce d'Amon, pourraient sortir vivants seront déchus de leurs fonctions de scribe. Ils pourront aller bêcher et ensemencer des terres qui ne leur appartiendront pas. Dès notre retour à Thèbes, je ferai mon rapport et croyez qu'il n'y aura aucun mensonge dans les mots que j'utiliserai pour le faire.

Elle vit que les quatre derniers velléitaires gardaient sur leur visage une expression d'incertitude. Enfin, l'ombre d'un doute fleurissait dans leur esprit.

Séchat les observa avec attention, puis reporta son regard sur les plus récalcitrants. Que pouvait-elle encore argumenter pour les amener à une totale soumission, alors qu'elle ne savait même plus si elle rejoindrait Sakmet ou si elle resterait avec Neb-Amon ?

Soudain, une voix calme, grave, une voix dont elle commençait à connaître les inflexions chaudes et profondes, prononça :

— Grande Séchat, Sa Majesté Hatchepsout ordonne que tu réintègres un autre vaisseau dès ce soir. Les cas épidémiques s'aggravent, un soldat de la garde royale vient de m'annoncer deux nouveaux malades sur "L'Horus". Il n'y a plus de temps à perdre.

— Puis-je emmener mes scribes ?

— Bien entendu, nous nous débrouillerons. Combien en as-tu ?

Séchat sourit. Neb-Amon avait fait ce qu'il fallait pour clore ce lamentable malentendu qui persistait depuis qu'elle avait embarqué sur "L'Œil de Thot".

— Combien ? répéta-t-elle. Elle les regarda se lever lentement et marcher dans son camp. Seuls, deux restèrent accotés au grand mât, Kiffit et Houysis.

— Médecin, m'accordes-tu quelques minutes ?

— Quelques minutes seulement. Le temps presse. La main tendue, elle se retourna vers Reshot.

— Donne-moi le papyrus, le calame et l'encrier.

Puis, elle observa ses scribes.

— Chacun apposera sa signature sur cette feuille. Celui qui ne remplira pas ses fonctions de scribe honnête et consciencieux réintégrera de suite ce navire.

CHAPITRE VII

L'épidémie se développa avec une telle rapidité et "L'Œil de Thot" hébergea tant de condamnés atteints de fièvre et de douleurs que Séchat n'avait plus à réfléchir sur la possibilité d'intégrer "L'Anubis".

Son transfert et celui de ses scribes se fit sans encombre. Marins et soldats se serrèrent sur le pont et dans les cabines communes, laissant un brin de place aux nouveaux venus, d'ailleurs, à la suite de ce revirement, beaucoup mangèrent et dormirent sur le lieu même de leur travail.

Dès qu'ils étaient pris de contagion, ils étaient rapatriés sur "L'Œil de Thot" que Neb-Amon ne quittait plus une seconde. Un garde de la reine venait chaque jour le tenir au courant de la santé de son navire et, bien entendu, de la sienne.

Neb-Amon soignait ses malades. Il mangeait et dormait avec eux. Du "Sceptre d'Amon", pas un ne l'avait accompagné. Le mal était trop répandu pour épargner celui qui côtoyait un être contagieux. Seules, ses fioles et sa mallette de médecin l'avaient suivi. En solitaire, il préparait ses potions, ses onguents, ses cataplasmes et le navire était devenu un cirque maudit, un lieu à redouter.

Les premiers jours, craignant de rester sans médecin, Hatchepsout lui avait suggéré de ne s'y rendre que quelques heures par jour, mais l'intégrité de Neb-Amon et l'honneur qu'il mettait à défendre son métier étaient trop grands pour qu'il acceptât une pareille proposition.

Fait étrange, Hatchepsout l'avait compris et, puisque son navire était intact et que personne n'était jusqu'à ce jour contaminé, elle avait accepté sa requête, lui ordonnant simplement de réintégrer "Le Sceptre d'Amon" si la moindre anomalie s'y déclenchait.

Quant à Sakmet, il avait accueilli chaleureusement la jeune femme mais rien ne fut échangé entre eux qui puisse expliquer le comportement de Néset.

Séchat savait à l'avance qu'il réfuterait toute complicité avec la disparue, qu'il jurerait sur la tête des dieux n'avoir rien su, rien vu, rien compris et que le sort de la jeune prostituée était l'issue fatale de son travail d'espionne.

Or, Séchat n'avait nulle envie d'écouter ce genre de propos, qu'ils fussent vrais ou faux, qu'ils vinssent ou non reconsolider l'amitié qu'elle avait pour Sakmet, elle résolut de ne plus rien confier au jeune homme et de lui retirer l'affection trop confiante qu'elle lui avait accordée lors d'une nuit d'égarement.

Avec lui, Séchat s'en tint donc à une stricte amitié tiède et distante, malgré la chaleur d'un sentiment sans doute réel que ce dernier eût aimé reprendre avec elle.

Que Sakmet gardât un tel état d'esprit ne la surprenait pourtant pas. Il était si ambigu, si trouble, naviguant toujours entre deux eaux, deux décisions à prendre et sans doute deux sentiments qu'il ne pouvait arriver à les dissocier sans risquer de perdre le bienfait que chacun d'eux lui apportait.

Hormis cet état d'âme, Séchat n'avait plus qu'un objectif en tête. Celui de convaincre ses scribes que travailler avec elle n'était ni un déshonneur ni une plaie vive à cicatriser. Objectif peut-être renforcé par la crainte qu'ils pouvaient à tout instant récidiver.

Et, de plus, comment la jeune scribe aurait-elle pu vivre avec Sakmet un sentiment passionnel lorsqu'elle cherchait à sauvegarder des documents salvateurs pour l'issue de cette expédition, alors qu'il était l'un de ceux qui cherchait à en découvrir la cachette ?

Voilà qui l'angoissait à nouveau. Où allait-elle dissimuler les cartes du Pount en attendant l'instant propice de les dérouler, elle-même, devant la reine ? Comment pouvait-elle les faire disparaître le temps de cette épidémie ?

Aussi fut-elle soulagée lorsque Sakmet lui proposa de loger dans sa propre cabine, objectant que, durant ce temps sombre d'incertitude, il préférait dormir sur le pont avec ses marins.

Aussitôt, Séchat sépara les deux cachettes. L'une des cartes irait se fondre entre les feuilles de papyrus qui composaient ses rapports, l'autre pouvait se camoufler entre deux lamelles de bois qu'elle avait écartées du plancher de la cabine.

Soulagée par ces astuces, libérée aussi par la mort de Néset qui ne pouvait plus attenter à sa vie, bien qu'elle sût que les trois scribes disparus devaient s'activer à sa perte, elle décida d'oublier ses craintes.

Si Kiffit et Houysis s'étaient évadés de "L'Œil de Thot" pour rejoindre Ménenn, c'était sans doute autant pour éviter l'épidémie que pour lui tendre un nouveau piège.

Pour l'instant, un atout jouait en sa faveur. Tant que chacun serait contraint de rester bloqué sur son bateau, elle ne craignait rien. Cet avantage se décuplait par une marche des navires qui se poursuivait sans escales, ce qui avançait prodigieusement le voyage. De jour en jour, on s'approchait du delta.

Partie sur ces nouvelles données, Séchat tentait de dompter chaque jour davantage son équipe de scribes enfin rassemblée dans un désir commun, celui de voir l'épidémie se terminer pour reprendre le travail momentanément suspendu.

Quand ils étaient sur le pont, elle leur parlait, s'inquiétait de leur confort, bien que celui-ci fût restreint. Mais, du moins étaient-ils à l'abri du mal qui rongeait "L'Œil de Thot".

Parfois, lorsque le soir tombait et que le ciel diffusait sa kyrielle d'étoiles dont elle essayait, d'après leur position, de trouver quelques noms, elle s'appuyait à la poupe et regardait avancer la proue du dernier navire. Mais, jamais elle n'y vit Neb-Amon. Quand Sakmet venait insidieusement la retrouver, elle s'en allait aussitôt à l'avant du vaisseau. Il lui aurait été détestable que le jeune médecin la vît en sa compagnie.

— Qui veux-tu voir et qui veux-tu éviter ? jeta-t-il ce soir-là où, justement, Séchat observait avec attention les ombres qui se mouvaient près du bastingage de "L'Œil de Thot".

— Je veux être seule.

Il haussa les épaules, mais ne répondit pas.

— Pourquoi es-tu d'un autre monde, Séchat ?

— Nous avons essayé, Sakmet. Nous ne sommes pas faits l'un pour l'autre et tu le sais.

— Nous n'avons rien tenté ensemble.

Elle le prit de plein fouet. Dans le vent, ses cheveux plaquèrent son visage.

— Tu m'as prise, fit-elle sèchement. Tu m'as simplement prise.

Il la prit dans ses bras.

— Cela veut-il dire que, désormais, tout est fini entre nous avant même d'avoir commencé ?

Lorsqu'il voulut prendre ses lèvres, elle le repoussa avec violence. Surpris par ce geste de mauvaise humeur, il recula.

— Tu es veuve. Je suis libre, maugréa-t-il.

— Est-ce donc la seule raison qui te pousse à me suivre ?

Il chercha à regagner sa confiance.

— Nous pouvons nous unir. Ma situation est honorable, à présent.

— Non, Sakmet. Je ne veux pas rester avec toi.

— Pourquoi ?

— Parce que nous entamerions un chemin sans issue.

Il prit son bras, éleva la main en direction de son

visage qui recevait impitoyablement le vent du soir comme une gifle impertinente. Une mèche balaya ses yeux. Il la repoussa.

— Nous pouvons éclaircir ce chemin.
— Non ! Sakmet. Mille fois non ! Tu es trouble, ambigu. Tu passes ton temps à me sauver et à me tuer. Je ne puis en supporter plus.

Il la regarda et ramena de nouveau sa main sur son visage.

— Je veux ton bien, Séchat.
— Non ! Tu ne veux que ta gloire et ta réussite. Tu es ambitieux, égoïste, insensible. Tu ne penses qu'à la montée sociale qui t'attend.

Il raya nerveusement l'espace d'un poing vengeur.

— Et toi ? Peux-tu me dire à quoi la petite-fille du Grand Nekbet rêvait le jour où elle a rencontré le pauvre petit scribe misérable qu'était Sakmet pourrissant dans un grenier à blé de son grand-père ? A quoi pensait-elle si ce n'était devenir la plus Grande Scribe du royaume[1] ?
— La différence avec toi, Sakmet, c'est que je n'ai jamais emprunté un chemin malhonnête. Il est vrai que nous sommes séparés par deux mondes différents, mais il ne s'agit pas de mondes auxquels tu penses. Ces deux univers-là ne peuvent se rejoindre. Tu es rusé, calculateur. Certes, tu as la notion du devoir, du courage, du travail, mais pas celle de l'intégrité, de la morale et de la justice.

Il eut un rictus qui accentua l'exiguïté de son visage.

— On voit qu'à ta naissance, tu n'as pas eu à te battre.
— Tu sais fort bien que les difficultés ne m'ont pas été épargnées, même si ce n'étaient pas les mêmes que les tiennes.

Comme il se taisait, elle reprit plus vivement encore.

---

1. Lire *Les Thébaines/De roche et d'argile*.

— Jamais je n'ai utilisé de moyens détournés ou déloyaux pour arriver à mes fins.

— N'as-tu pas profité de ces biais-là chaque fois que nos chemins se croisaient ?

— C'est vrai, Sakmet. Par deux fois, grâce à toi, tu m'as sauvée. Je n'ai pas bu de coupe empoisonnée et tu as protégé le sceau de Thot dérobé autrefois à mon père. Et, plus tard quand, à nouveau nous nous sommes rencontrés, tu m'as donné une piste pour retrouver ma fille kidnappée par Néset sur l'ordre d'Ouser et de Mériptah.

Elle fit un pas sur le pont et respira une bouffée de vent.

— J'espère, un jour, punir les coupables.

Elle soupira et revint près de lui.

— Non, Sakmet. Je ne puis faire mon chemin avec toi. Tu ne sais pas partager le bonheur. Même en amour, tu prends seul ton plaisir.

Il s'accota près d'elle au bastingage. Son visage avait repris son expression habituelle.

— Si tu as besoin de moi, je serai toujours là, jeta-t-il sombrement.

— Je sais. Mais alors, il faudra que ma gloire ne brille pas sur la tienne. Seulement dans ce cas, Sakmet, je t'appellerai au secours.

*
* *

Au centre du pont, sur "Le Sceptre d'Amon", la cabine d'Hatchepsout s'ouvrait face au vent du large qui, à cette heure, apportait le bienfait de sa fraîcheur. Il s'y mêlait un parfum inhabituel, un arôme persistant qui pénétrait les narines, chatouillant l'attention de tous.

La nuit passée, les flots du Nil s'étaient agités, provoquant des remous qui, en avançant sur les terres, avaient délogé la faune des abords du fleuve.

Assis en tailleur, Sakmet et Thouty faisaient face à la reine. Yaskat et deux autres servantes avaient apporté des collations fraîches et chacun se désaltérait avec un plaisir évident.

Méryet qui n'avait pas pris de leçons depuis le début de l'épidémie, faute de pouvoir se rendre sur "L'Anubis" pour y retrouver Séchat, s'ennuyait. Certes, quand elle n'effectuait pas ses exercices de souplesse ou d'élongation, elle dansait pour Hatchepsout, s'efforçant de satisfaire ses yeux et son esprit.

Mais, ce soir-là, elle décida d'agiter les grandes ombelles au-dessus des visages perlés de sueur.

Thouty et Sakmet ne refusèrent pas un tel service, d'autant plus que l'élan spontané de l'adolescente vers les deux hommes s'imprégnait de grâce et de fantaisie.

Méryet s'approcha d'eux en sautillant sur la pointe de ses pieds nus. Puis, dans une envolée de gestes qui emplissaient l'espace, elle saisit les larges ombelles et les fit virevolter autour d'elle en volutes souples et sinueuses. La reine se tourna vers Thouty.

— Après ces sombres jours, Neb-Amon notre médecin semble devenir plus confiant sur les suites de cette épidémie. Ton équipage est-il très réduit ?

— Je n'ai eu que six marins emportés par le mal, Majesté, et quatre seulement se font soigner sur "L'Œil de Thot".

— Sur "L'Hathor", répliqua la reine, Néhésy ne compte que trois morts, mais je crois que c'est son navire qui a été le plus touché par la contagion. Le médecin a rapatrié plus d'une dizaine d'hommes.

Elle se fit éventer par Méryet qui, à petits pas légers, arrivait près d'elle.

— Connais-tu le bilan de "L'Anubis" ?

— Les scribes se portent bien, Majesté, répondit aussitôt Thouty. A l'exception des trois disparus, aucun d'eux n'est mort. Quant aux hommes d'équipage, pas un n'a été touché par l'épidémie.

— Ciel ! En voyons-nous la fin ? soupira Hatchepsout.

Elle fit signe à Méryet d'éventer les deux hommes dont le front transpirait.

— Cette fièvre des marais que nous avons encourue, poursuivit-elle, a permis, du moins, de faire avancer le voyage. Nous voici arrivés dans le delta.

— Et qu'affirme Neb-Amon ? fit Thouty soupçonneux.

— Qu'aucun autre membre d'équipage, à présent, ne devrait être contaminé. Sans doute, parce que nous avons dépassé Tanis et que l'épidémie semble s'y être arrêtée.

Thouty croisa le regard d'Hatchepsout, mais ne l'affronta pas.

— Je pense que si le mal a soudainement pris fin, ce n'est pas parce que nous avons dépassé Tanis, mais parce que nous nous dirigeons vers la mer Méditerranée.

— Je croyais que le Pount était du côté de la mer Rouge ?

— C'est exact, Majesté.

— Alors, pourquoi nous dirigeons-nous ailleurs ? Est-ce une tactique de marin ?

— Hélas non, Majesté. Mais nous avons le temps de chercher la bonne voie. Et, pour l'instant, il n'est pas mauvais de rester quelque temps hors de ces lieux épidémiques. Si, par la suite, il faut faire marche arrière, du moins aurons-nous évité de décimer davantage les équipages des navires.

Sakmet qui, jusque-là, n'avait rien dit, inclina le buste en signe de respect pour demander la parole. D'un simple mouvement de tête, la reine l'engagea à parler.

— A mon sens, Majesté, aller vers Pi-Ramsès serait une erreur. Il vaudrait mieux rester sur la branche extrême-droite du delta.

Hatchepsout ouvrit la bouche, mais Thouty intervint :

— C'est fort juste, Sakmet, c'est pourquoi je disais tout à l'heure que nous serions sans doute obligés de faire marche arrière. Mais, à cette heure, l'urgence nous demande instamment de nous écarter prudemment des lieux où l'épidémie réside.

Brusquement, la reine leva la main pour lui demander de se taire.

— Parle, fit-elle en s'adressant à Sakmet. Quel est ce chemin que tu proposes, une fois que nous aurons enrayé l'épidémie ?

— Prendre la branche du delta la plus orientée vers l'Est, celle de droite. C'est à mon avis, celle qui devrait nous conduire à la mer Rouge.

— Mais, comment la découvrir ? Le delta nous offre tant d'issues qu'il me paraît difficile de trouver la bonne.

— La voie d'extrême droite, reprit Thouty en se tournant vers Sakmet, sera peut-être impraticable. Que suggères-tu alors ?

Le ton qu'il prenait envers celui qu'il considérait comme son élève était assez protecteur. Sakmet n'en fut nullement vexé.

— Si la route d'extrême-droite est impraticable, nous essaierons celle qui lui est directement parallèle.

— Il ne faudrait pas trop prolonger le voyage par des tâtonnements successifs, exposa Thouty avec réserve.

Il s'apprêtait à exposer un autre plan, quand un coup discret heurta la petite porte en bois de la cabine.

— Entre, Senen ! cria la reine.

Sur ce vaisseau où l'exiguïté des lieux ne permettait plus un protocole ancestral et rigide, la vie s'organisait tranquille et détendue entre la reine et ses suivantes. D'ailleurs, conseillers et soldats se heurtaient sans cesse les uns aux autres quand ce n'était pas aux servantes d'Hatchepsout ou, mieux encore, à la reine elle-même.

Sur "Le Sceptre d'Amon", lorsqu'on frappait à la cabine de la reine, celle-ci engageait volontiers le visiteur à entrer pour exposer l'objet de sa requête.

Ici, Hatchepsout s'amusait à se passer de servante.

Et, s'il n'y avait eu l'incident du scorpion qui la laissait assez dubitative, bien qu'elle se persuadât que seule Séchat était l'objet de cette attaque, s'il n'y avait eu, ensuite, la préoccupation de l'épidémie qui décimait l'équipage, la pharaonne eût vécu ce temps-là avec enjouement. S'habiller elle-même et garder sa robe de l'aube au crépuscule sans éprouver le besoin d'en changer, se priver de perruque, de sandales, se passer de maquillage, se rendre dans la cuisine du navire pour y chercher une grenade, un gâteau de miel ou une poignée de figues lui procurait un curieux bien-être qu'elle s'étonnait de pouvoir maîtriser avec une telle facilité.

Mais, la souplesse d'attitude à laquelle elle se pliait avec grâce s'accordait à l'impérieux désir de vivre en étroite communion avec le fleuve dont elle découvrait chaque jour un mystère qu'elle cherchait à élucider. Et, plus les navires avançaient vers l'océan, plus les interrogations qu'elle s'imposait devenaient fascinantes.

— Entre Senen, dit-elle en voyant que la porte s'ouvrait trop lentement. Entre, nous parlons en toute intimité. Le chemin du Pount ne sera pas facile à trouver.

Elle eut un geste qui pouvait paraître agacé pour qui ne la connaissait pas, mais Senenmout sut aussitôt que sa reine était d'excellente humeur et qu'il pouvait exposer son point de vue en toute sérénité.

— Je sais, je sais, fit-elle d'un ton enjoué. Notre Senenmout aurait voulu me priver d'un inextinguible bonheur dont je rêvais depuis très longtemps. Celui de voguer sur les grands flots agités et tumultueux.

— A vrai dire, Majesté...

— Non, non ! Ne dis rien. Tout le monde sait que tu désapprouvais ce côté du voyage et que la route du désert te paraissait plus sensée.

Senenmout soutint hardiment son regard.

— Et plus logique, Majesté. De Coptos au port de Quoser, il n'y a que quelques semaines de marche dans le désert et de Quoser au Pount, le trajet semble être dérisoire à côté de cette longue route maritime qui nous y mènera !

— Mais, nous n'avons aucune trace écrite sur le trajet que tu proposais ! s'exclama la reine. Qui nous dit, Senen, que du port de Quoser, nous pouvons arriver au Pount ? La réalité ne serait-elle pas embrouillée par ta logique très aiguisée, je l'avoue.

— Majesté, reprocha Thouty, ne parlons plus de cette formule puisque je refusais net de démonter les navires pour effectuer la traversée du désert.

— En effet. N'en parlons plus et tâchons de trouver la solution qui nous concerne.

Senenmout parut, soudain, préoccupé. Tout d'abord parce qu'il s'était grossièrement trompé sur l'attitude de la reine qu'il croyait plus détendue. Or, il la trouva soudain nerveuse, inquiète, presque dissimulatrice, ce qui n'était guère dans ses habitudes.

Un furtif rictus étira les lèvres de Senenmout. Cette vie à l'étroit commençait à l'irriter, d'autant plus que l'exiguïté des cabines les serrait tous les uns contre les autres, lui interdisant toute intimité avec la reine.

Il s'interdit d'offrir à la petite assemblée un visage contrarié et préféra adopter l'attitude de celui qui n'était jamais pris au dépourvu.

— Si nous n'avons pas de cartes expliquant le voyage par le désert, en avons-nous une qui le précise par le delta ?

— Il y en a, rectifia la reine, mais vous ne les avez pas.

Sakmet sursauta. Un mouvement bref, presque invisible, un imperceptible geste que l'œil aigu de Senenmout ne fut pas sans remarquer.

— Thouty, jeta la reine d'un ton perplexe, n'avez-vous donc jamais entendu parler de ces documents anciens qu'utilisaient les pharaons de notre ancien empire pour aller dans cette région du Pount ?

— Si, Majesté, mais nul ne sait où ils se trouvent.

Gêné, Sakmet sembla s'absorber dans les gestes

onctueux de Méryet qui balançait doucement les ombelles au-dessus de sa tête. Détournant les yeux, il croisa le regard dur de Senenmout qui, sans se laisser démonter, jeta d'un ton sec :

— Pour l'instant, Majesté, le sujet primordial est bien cette épidémie. Pensez-vous vraiment qu'elle sera enrayée dans quelques jours ?

— Oui, grâce à la compétence de ce jeune médecin. Son idée de rapatrier tous les contagieux sur le dernier vaisseau est judicieuse. Ainsi, il économise son temps et son énergie. De même qu'il peut observer plus rapidement les symptômes pour mieux les guérir.

— Comptez-vous le garder à Thèbes ? interrogea prudemment Senenmout.

Dans son regard s'allumait déjà cette flamme méfiante qu'il entretenait avec rigueur pour toutes les nouvelles recrues d'Hatchepsout. Chacun savait que Senenmout exécrait les instants où Hatchepsout imposait ses volontés sur l'arrivée du dernier favori.

Senenmout plongea de nouveau son regard dans celui de Sakmet et crut déceler une réponse à sa question. Possédait-il les cartes ?

— Si j'avais été plus sensée lorsque la princesse Néférourê était souffrante, affirma la reine d'un ton heurté, si j'avais écouté le diagnostic de ce jeune médecin, il aurait pu sauver ma fille. Il est juste que je le garde auprès de moi.

Méryet était près d'elle. Hatchepsout saisit l'ombelle que ses doigts délicats agitaient et s'éventa elle-même.

— Allons, ma douce enfant, fit-elle en lui dédiant un large sourire, esquisse-nous quelques pas de ta composition. Ce soir, laisse libre choix à ton inspiration.

*
* *

Lorsque Séchat débarqua sur le navire de Neb-Amon, celui-ci était penché sur un soldat qui, atteint de la fièvre épidémique, s'agitait en spasmes irréguliers, mais permanents. Son visage cadavérique et son corps décharné inspiraient toute l'horreur du fléau que recélait "L'Œil de Thot".

Libéré, le vaisseau était conduit par le médecin qui en assumait la pleine responsabilité. Il avait évacué tous les malades de la cale trop sombre et trop humide et les avait installés dans les cabines communes vidées par les scribes.

Quand il vit Séchat devant lui, il ne parut pas surpris. Mais, le ton de sa voix marquait un cran d'inquiétude qui ne put échapper à Séchat.

— Ciel ! Grande Scribe, que viens-tu faire dans cet endroit plein de germes nocifs ?

— Je ne crois pas, fit-elle en souriant, que ce vaisseau soit si malfaisant car sur les autres bateaux, principalement sur celui de la reine, on dit que tu as enrayé l'épidémie.

Neb-Amon jeta un regard apitoyé sur l'homme qui délirait.

— Ce n'est pas tout à fait juste. Lorsque j'aurai sauvé celui-ci, nous pourrons dire que l'épidémie est enrayée.

— Peux-tu le guérir ?

Neb-Amon secoua la tête. Son geste négatif était teinté d'impuissance.

— Tous les autres sont en voie de rétablissement, déclara-t-il en épongeant son front humide.

— Combien as-tu compté de morts ?

— Onze.

Il glissa de nouveau un œil triste sur le moribond.

— Douze.

— Tu as fait du bon travail. Il paraît qu'Hatchepsout ne tarit pas d'éloges sur ton compte.

— Qui te l'a dit ?

— Néhésy que j'ai vu ce matin même. Il affirmait que nous pouvions enfin aborder le delta avec confiance.

Il hocha la tête.

— C'est en partie vrai. Je crois que je tiens le bon

bout. Mais, cela ne me dit pas pourquoi tu viens me rendre visite.

Elle sourit et lui montra sa tablette de scribe.

— Je viens simplement faire mon travail. Au départ de cette expédition, la reine m'a ordonné d'observer, raconter, détailler jusqu'à la moindre précision, les faits de ce voyage. Or, il me semble que le fléau de cette épidémie n'est pas un mince détail.

— Veux-tu donc le raconter dans tes rapports ?

— Exactement. C'est un moyen indispensable pour que l'on parle de toi et que l'on cite ton nom sur les bas-reliefs du temple de Deir-el-Bahari, le nouveau palais de la reine.

— Séchat, je n'en demande pas tant.

— Pourquoi ? Parce que, seuls, tes patients t'intéressent ? Allons, Neb-Amon, fit-elle d'un ton adouci, il faudra bien un jour que tu acceptes ta réussite. D'autant plus que tu n'as pas été vers elle. C'est elle qui vient à toi.

— Tu sais que c'est risqué d'être sur ce navire. Pourquoi n'as-tu pas envoyé l'un de tes scribes pour accomplir ce travail ?

Elle se mit à rire.

— Aucun n'accepterait cette tâche-là. Tu dis toi-même que c'est téméraire.

Il ne répondit rien et prit une fiole sur l'étagère qui lui servait de table de rangement. Il avait aussi réquisitionné les coffres en bois de sycomore pour en faire des plans de travail. Onguents, pommades, poudres, graines, feuilles et racines trempées, séchées, écrasées, se mêlaient au natron et aux divers produits désinfectants qu'il utilisait pour neutraliser les dangers de l'épidémie.

Il tourna entre ses mains une petite fiole de liquide brunâtre. Puis, se dirigeant vers un grand coffre dont la paroi supérieure offrait un large plateau, il parcourut du doigt les menus flacons qui s'étageaient côte à côte et saisit un minuscule coffret en bois.

Il l'ouvrit et en compta minutieusement les

graines, puis il en saisit quelques-unes et referma le coffret d'un geste tranquille.

— Ce médicament, dit-il en tendant à Séchat la fiole de liquide brunâtre, est un remède que j'ai préparé pour éviter que ne se propage la fièvre dans le corps du patient. Tu en absorberas deux gouttes chaque matin en te levant.

Il saisit la main de la jeune femme et enferma la fiole entre ses doigts. Puis, il tendit les graines et les lui mit dans l'autre main.

— J'en prends une, moi-même, chaque matin et une chaque soir. Fais-en autant. C'est un mélange de diverses plantes additionnées d'une quantité infime d'extrait de pavot. Tu ne crains rien, mais n'en use pas, sinon le remède se retournerait contre toi et tu pourrais mourir. Par prudence, avales-en une de suite.

Séchat frissonna. Pourquoi hésitait-elle ? Son cœur se mit à battre. Ses jambes eurent soudain ce curieux fourmillement qu'elle reconnaissait si bien lorsqu'elle se trouvait devant un dilemme extrême. Elle ferma un instant les yeux pour ne plus voir le médecin.

Pouvait-elle lui faire confiance ? Elle avait si souvent fait l'objet de ruse et de vilenies qu'elle se mettait à douter. Rien ne l'assurait de la sincérité de Neb-Amon. Rien !

Et, si lui aussi se mettait en tête de lui dérober ses cartes du Pount ! S'il voulait l'empoisonner pour mieux réussir sa forfaiture !

Séchat passa la main sur son front. La sueur perlait sur sa peau délicate et blanche. Qu'elle était sotte de soupçonner tout le monde ! Il lui avait parlé de pavot. Or, tout le monde savait que le pavot recélait des effets bénéfiques et nocifs.

Non ! Elle ne craindrait pas cet homme-là. Ce n'était ni un voleur ni un tueur. Il s'effaçait, au contraire, derrière ses malades pour mieux les comprendre, les soulager, les guérir. Il restait détaché de tout sentiment cupide et velléitaire. Il prenait le temps d'aimer les autres.

Séchat ouvrit les yeux. Cette subite nausée qui lui remontait dans la gorge était l'effet de l'odeur du natron.

— Que crains-tu, Séchat ? Que je t'endorme pour mieux voler tes documents ? Ne tremble pas, si d'autres les convoitent, pas moi.

Instantanément, elle se reprit. Ses yeux restèrent grands ouverts d'ahurissement. En elle s'insinua un étrange étonnement qu'elle ne put maîtriser. Un courant glacé pénétra dans sa poitrine.

— Comment sais-tu que j'ai caché des documents ?

Il lui sourit.

— Rappelle-toi, à Thèbes, lorsque tu as failli manquer l'embarquement. Je t'ai trouvée dans la foule, la robe déchirée, inquiète, nerveuse, tu parlais à ta suivante de ces papiers que tu ramenais et que tu ne savais où cacher.

Dans son corps, le courant froid s'estompa.

— Ne t'inquiète pas, c'est tout ce que je sais, car je n'ai entendu rien d'autre. D'ailleurs, j'ignore de quoi parlent ces textes et je ne veux pas le savoir.

Elle eut soudain un geste imprécis.

— Et les autres, le savent-ils ? s'enquit-elle avec lassitude.

— Sans doute.

— Ça ne m'étonne pas, rétorqua-t-elle d'une voix éteinte.

Ses yeux restèrent vagues, indécis. Une lueur bizarre vint barrer ses paupières tout à coup devenues lourdes.

— Je me bats depuis que je suis embarquée dans cette expédition pour sauver ces cartes. Ce sont les explications pour trouver le pays où nous allons.

— Séchat, je ne te questionne pas. Je ne te demande rien.

— Qu'importe, répliqua-t-elle. Parfois, je suis

anéantie à trop vouloir réussir. C'est moi qui ai trouvé ces cartes.

— Il est donc juste que ce soit toi qui les remettes à la reine.

— Pire, Neb-Amon. Pire encore. Je veux moi-même les lire devant les autres. Le vieil astrologue qui me les a remises m'a expliqué chaque contour, chaque point, chaque trace imperceptible à l'œil non averti.

— Puis-je t'aider ?
— Non, tu ne peux rien faire.

Il réfléchit quelque temps et souleva le minuscule couvercle du coffret. Puis, délicatement, il prit une graine entre ses doigts et la fit rouler dans sa paume ouverte.

— Allons, avale ça de suite, dit-il en présentant le remède aux lèvres de la jeune femme.

Elle ouvrit la bouche et sortit un petit bout de langue sur lequel il déposa le grain additionné de poudre de pavot. Le remède gisait maintenant presque au fond de sa gorge.

— Il vaut mieux ne pas le croquer. Sous tes dents le remède perdrait de son intensité. Les particules laissées sous tes jolies molaires risqueraient d'en atténuer les effets.

Elle eut un bref sourire.

— Allons, avale, insista-t-il.

Il lui souleva doucement le menton. La tête en arrière, elle se laissa faire et déglutit. Il ne retira pas sa main de suite, mais caressa du bout des doigts sa joue mate et lisse, la descendant plus doucement encore sur un cou gracile dont il admira le contour parfait.

Comme elle se taisait, il plongea ses prunelles dorées dans les yeux sombres de Séchat et retira sa main.

— Viens, dit-il, tu verras qu'il est nécessaire de se prémunir lorsqu'on vient sur ce bateau.

— Cet homme ! fit Séchat en désignant du doigt

le moribond qui peu à peu perdait son souffle de vie. Est-il condamné ?

— Viens ! Ce sera utile pour ton rapport.

Il la fit entrer dans une cabine où plusieurs hommes étaient couchés les uns à côté des autres. Ils respiraient normalement et ne se tordaient pas en horribles convulsions.

D'un regard apaisant Neb-Amon les rassura.

— Ils se plaignent un peu, expliqua-t-il, mais ils sont sauvés grâce aux bienfaits de mes remèdes.

Il lui prit le bras, l'obligeant ainsi à le suivre.

— Viens.

Ils contournèrent le pont arrière et entrèrent dans une autre cabine plus longue et plus confortable. Celle-ci contenait plus de dix hommes, tous en position assise, le buste levé et le regard net.

— Tous ces gaillards, fit Neb-Amon en leur adressant un sourire jovial, vont réintégrer leur navire dans quelques jours. Ils étaient pourtant bien mal en point lorsqu'ils sont arrivés sur "L'Œil de Thot", mais Osiris n'a pas voulu d'eux.

Séchat se permit, alors, d'avaler une grande bouffée d'air et ne regretta plus d'avoir absorbé la graine que lui avait tendue le médecin.

*
* *

Il fallut un long mois pour que la flotte atteignît l'extrémité du delta. Mais, comme Thouty l'avait prévu, il fallut faire marche arrière, car les cinq navires qui glissaient silencieusement sur l'embouchure du Nil, semblables à de grands oiseaux blancs désemparés, se trouvèrent, soudain, sur les bords de la mer Méditerranée.

La crue montait et le Nil débordait, déposant sur les champs ses riches alluvions. Bientôt les paysans pourraient bêcher et retourner la terre afin de l'ensemencer à la saison suivante.

L'épidémie était enrayée. A quai, des marins

disaient qu'elle n'avait pas atteint Thèbes et s'était arrêtée bien avant Denderah.

Les hommes d'équipage avaient tous réintégré leurs vaisseaux respectifs, vénérant la déesse Hathor de ne pas les avoir précipités dans les bras d'Osiris. Un vent se levait, balayant les dernières traces du mal sournois qui avait emporté leurs compagnons. Les rameurs furent réquisitionnés pour aider à monter les grandes voilures sur le mât central.

On sortit en hâte les cordages, les câbles. On dressa le plan du voyage. On inspecta l'horizon et, observant avec inquiétude cette immensité de flots verdâtres qui s'étendait à perte de vue, certains hochèrent la tête d'un air méfiant.

Gonflé par les abords du Nil en pleine crue, l'océan semblait défier les vaisseaux.

Finies les nuits envoûtantes passées sur le pont à observer un ciel piqué de constellations. Terminée l'heure où, les yeux levés, on cherchait Orion, l'étoile du Sud, Solthis ou la Grande Ourse.

A présent, les esprits se préoccupaient davantage du temps, des conditions atmosphériques, de l'horizon inconnu, d'un vent nouveau — et celui-là n'était pas leur khamsin habituel — pour qu'ils pussent s'en écarter.

Sakmet humait avec délices cet air qu'il ne connaissait pas. Ses narines devenaient si impatientes qu'elles restaient ouvertes à la moindre agitation. Son Nil familier, accessible, son Nil aux reflets gris argenté qui lui offrait tant de sentiments complices se transformait soudain en un gigantesque foisonnement de flots mouvants.

Il lui fallut apprendre une autre façon de naviguer. Trop de vent, cette fois, sifflait dans les voilures devenues à présent indispensables. L'air se faisait froid lorsque le jour tombait. Des frissons couraient sur la peau des plus acharnés qui refusaient de s'enfermer dans leur cabine pour y passer la nuit. L'idée d'affronter un horizon nouveau, étrange, mystérieux, les fascinait au point qu'ils ne voulaient plus en dissocier leur regard.

Après avoir musardé plusieurs semaines sur l'océan, les hommes d'équipage durent se rendre à l'évidence, le Pays du Pount n'était pas dans cette voie. La flotte avait beau maîtriser l'expédition, l'interrogation devenait de plus en plus pesante.

Séchat préparait son plan. Elle attendait que Thouty donnât l'ordre de revenir sur Tanis pour dérouler ses cartes devant Hatchepsout. Mais, apparemment l'armateur n'arrivait pas à trancher et refusait cette solution, bien que Sakmet l'y poussât chaque jour davantage. En cela, malgré ses méconnaissances maritimes, il avait un instinct de marin confirmé.

Si Sakmet voulait dériver sur l'extrême-droite du delta, Thouty préférait en étudier chaque branche gauche avant d'obliquer sur la droite.

Quand "Le Sceptre d'Amon" et les autres vaisseaux qui le suivaient débouchaient sur l'océan, chacun se laissait diriger par l'espoir, Néhésy en tête. Mais, la déception venait vite et l'on s'apercevait que les flots en question n'étaient pas ceux de la mer convoitée.

Après plusieurs échecs, Thouty se rallia aux idées de Sakmet, quitter le Nil sur la droite.

Séchat qui avait réintégré son navire devenait de plus en plus nerveuse. Ses deux cartes soigneusement cachées attendaient le moment propice qui, à présent, ne devait plus guère tarder. L'une, entre les feuillets de papyrus qui enfermaient ses rapports, l'autre glissée — comme elle l'avait fait dans la cabine de Sakmet — sous deux lames disjointes du sol.

Depuis que les cinq navires avaient abordé la mer, l'ordre des trois premiers avait changé. "L'Hathor", le vaisseau de Néhésy avait pris la tête, suivi par celui de Sakmet, "L'Anubis".

Au centre, le navire d'Hatchepsout qu'il fallait préserver des dangers inconnus, à présent que la route devenait incertaine, se frayait un chemin entre "L'Horus" et "L'Œil de Thot".

En rebroussant chemin, les commandants de bord avaient décidé d'accélérer la vitesse. Le vent ne soufflait plus. Il fallut abandonner les voiles et, dans les cales oblongues, les rameurs par deux rangées de trente reprirent leur besogne en doublant la cadence.

Il n'était plus question de suivre une allure de croisière, mais de trouver la brèche indispensable qui ouvrait sur la mer Rouge. Les bateaux revinrent donc à leur point de départ, c'est-à-dire à Tanis.

Passés la plaine verdoyante qui bordait le Nil, le lac sacré et le mur de briques qui, anciennement, enfermait Avaris, la capitale des Hyksos, les vaisseaux poursuivirent ce bras du delta jusqu'à son extrémité. Mais, après avoir forcé l'allure de la navigation, il fallut la ralentir aussi vite, car le fleuve devenait un filet si mince qu'aucun navire ne pouvait avancer côte à côte.

En cet endroit périlleux qu'il fallait impérativement dépasser, le fond était bas et boueux, malgré la crue qui s'étendait sur toutes les terres d'Egypte bordant le Nil.

Séchat, à bord de "L'Œil de Thot" regardait la lente progression des navires le long du bras du fleuve. La coque touchait le fond et Néhésy engagea son vaisseau plus en profondeur, Sakmet et "L'Anubis" sur ses talons, persuadés tous deux que c'était là le passage qu'il fallait utiliser, d'autant plus qu'aucun océan n'apparaissait à leurs yeux.

Rassurés et d'un commun accord, ils s'enfoncèrent encore, frayant le passage aux trois autres navires.

Quand soudain, ce fut l'échec dans toute son énormité. Un immense banc de sable d'où émergeait un foisonnement de marais enserra les deux premiers vaisseaux. Ils patinèrent, glissèrent et s'embourbèrent.

— Les marécages nous ont trompés ! s'écria Néhésy en agitant désespérément les bras.

— Le fond limoneux est trop gluant pour que l'on

se tire d'affaire par une simple manœuvre, rétorqua Sakmet, blanc de rage. Nous sommes bel et bien prisonniers. Que conseilles-tu, maintenant ?

Entouré de quatre de ses soldats, Néhésy semblait réfléchir.

— Impossible d'avancer, fit-il en abaissant ses bras.

— Et impossible de faire un tour complet sur nous-mêmes, rétorqua Sakmet. La largeur du fleuve ne couvre pas le quart de leur longueur.

— Faisons marche arrière, proposa Néhésy.

Des yeux, Sakmet fit le tour de son navire et passa la main sur son front. Elle ne tremblait pas, mais elle lui parut pesante. La brise légère qui frisait la surface de l'eau lui sembla froide. Il se pencha et observa la coque de "L'Anubis" à moitié enfouie dans le limon du marais.

— Assurons-nous d'abord que les bateaux qui suivent ne sont pas embourbés ! cria-t-il à Néhésy. S'ils flottent normalement, ils pourront nous remorquer.

Il mit ses mains en porte-voix et hurla :

— Que l'on détache immédiatement une barque et qu'une équipe de marins aille se rendre compte de l'état des vaisseaux arrière.

— C'est impossible ! cria un homme d'équipage. Les barques s'enlisent aussi.

— Alors, allez-y à pied, vociféra Sakmet. En cas de glissement ou d'enlisement, un cordage vous retiendra au navire.

Il pointa son index en direction d'une dizaine d'hommes qui, pétrifiés, restaient sur le pont.

Néhésy s'interposa :

— Allons, Sakmet ! Dix marins, c'est beaucoup trop. Nous ne pouvons à nouveau risquer une telle perte d'hommes. L'épidémie a suffisamment décimé nos équipages. Deux suffiront.

— Trois ! En cas de glissement, les deux autres ne seront pas de trop pour le sortir d'affaire.

Sakmet désigna trois rameurs, trois forts gaillards aux épaules roulées dans une puissante musculature.

De loin, Néhésy et Sakmet les regardèrent s'enfoncer dans le marais bourbeux. Une corde tenue par des marins à bord les reliait entre eux.

Ils ne revinrent que plusieurs heures après, signalant que "Le Sceptre d'Amon" et "L'Horus" n'étaient pas ensablés, mais que "L'Œil de Thot" avait subi le même destin qu'eux et qu'il gisait aussi dans les profondeurs boueuses des marais.

— Nous n'avons qu'un seul recours, avança énergiquement Sakmet. Celui d'utiliser la mince marge de manœuvre entre les deux navires centraux non embourbés.

— Et leur faire tirer les deux premiers.

— Vois-tu une autre solution ?

Néhésy secoua négativement la tête.

— Quand les deux vaisseaux de file seront désensablés, nous ferons toucher l'extrémité de leur coque et nous pousserons "L'Œil de Thot" en arrière.

— C'est un travail surhumain, décréta Néhésy. Mais, je n'en vois pas d'autre.

Il fut dit que, ce soir-là, l'agitation battrait son plein sur les cinq navires bloqués. Thouty, son commandant de bord et ses hommes d'équipage avaient sorti les gros câbles qui, attachés à la coque de son bateau, tentaient de tirer "L'Anubis" pour l'amener hors du banc de sable qu'enfouissaient les marais.

Depuis plus de deux heures, les efforts des uns et des autres se révélaient nuls.

— Ces câbles vont rompre dans un instant ! cria Thouty. Il faut vider les embarcations, les alléger au maximum. Les navires sont beaucoup trop lourds. Nous ne parvenons même pas à les ébranler d'un pouce.

Chacun mit prudemment le pied à terre qui, aussitôt, disparaissait dans la vase du marécage.

L'ensemble des approvisionnements, les chevaux, les chars et les cargaisons les plus lourdes se trouvaient dans le dernier vaisseau, ce qui facilita la tâche de déchargement des deux navires de file.

— Tous en bas ! cria Néhésy. Que chacun de vous

regagne "L'Horus", plus il sera chargé, plus il lui sera facile de tirer.

Le travail fut long et pénible, mais à l'aube du lendemain "L'Hathor" et "L'Anubis" étaient désembourbés. Serrés contre "L'Horus", il fallait, à présent, les rapprocher du "Sceptre d'Amon" pour enfin dégager le dernier navire, "L'Œil de Thot".

Toute la nuit, Hatchepsout avait observé, debout sur le pont, ses deux vaisseaux en difficulté. Anxieuse, certes, la reine l'était de plus en plus et la joie qu'elle avait prise à naviguer sur la Méditerranée s'était brusquement transformée en un doute sombre dont l'amplitude devenait inquiétante.

Mais, Hatchepsout n'était pas seule à ne pas avoir fermé l'œil. Depuis quelques nuits, Séchat ne dormait plus. Elle se reprochait, à présent, de ne pas avoir déroulé plus tôt ses cartes devant la reine. Consciente qu'elle aurait pu le faire lorsqu'il était encore temps, lorsque Néhésy avait décidé d'emprunter ce mince bras du fleuve qu'elle savait être fatal pour l'expédition, sans pour cela, bien sûr, en connaître les véritables conséquences.

Pour l'instant, il fallait désensabler son bateau et Séchat se jura qu'aussitôt sauvée de cette impasse, elle demanderait une audience à la reine, cartes du Pount en main.

Dieu d'Isis ! Qu'elle craignait la réaction de tous et comme elle aimerait voir l'issue de ce voyage pour enfin retrouver les yeux bleus et rieurs de sa fille ! Faudrait-il attendre encore longtemps après que le chemin leur fut dévoilé pour arriver dans ce pays dont les dieux attendaient tant de bienfaits ?

Avant le désembourbement de son bateau, il fallut que Séchat et ses scribes, accompagnés de Wadjmose et de Reshot, descendent dans la boue du marais et s'y enfoncent jusqu'au poitrail pour regagner "Le Sceptre d'Amon" qui les précédait.

Maintenant que quatre navires étaient sains et saufs, Hatchepsout regardait avec inquiétude le dernier de la file, toujours en péril. Elle pensa que le plus tragique pouvait encore arriver, car "L'Œil de Thot" contenait les trésors destinés au roi du Pount. Si elle venait à le perdre, s'il sombrait dans les sables, le cas serait très ennuyeux et le voyage devenait inutile.

Trop absorbés à tirer "L'Œil de Thot", avec des essoufflements et des "han" à l'appui, marins et hommes d'équipage ne se préoccupaient plus du sort de Séchat et de ses scribes. Pas un, d'ailleurs, ne leur avait dit de se munir de cordages pour les relier les uns aux autres.

Ils avançaient péniblement dans la boue compacte du marais, l'œil rivé sur "Le Sceptre d'Amon" qu'ils n'arrivaient pas à rejoindre.

Paniqués, suffoqués, se mouvant avec difficulté, les scribes s'efforçaient de progresser dans l'épaisseur boueuse qui les enveloppait. Glissant, se poussant, maugréant, criant, s'injuriant même tant leurs nerfs étaient à l'épreuve, ils se déplaçaient tant bien que mal, embourbés jusqu'aux genoux si ce n'était la taille.

Soudain, Séchat vit Neb-Amon se glisser hors du "Sceptre d'Amon" et venir à sa rencontre. Mais, il s'enlisait à son tour car il tenait un cordage enroulé entre les mains et ses gestes n'étaient pas libres.

La distance qui les séparait n'était plus très grande. Séchat glissa, se courba et se retint pour ne pas tomber. Le médecin avançait, centimètre par centimètre. Quand il fut presque près d'elle, la main qu'elle lui tendit la déséquilibra à nouveau et elle plongea le visage dans la boue.

Elle se releva, se redressa et poussa désespérément son bras en avant. Par un dernier effort, il réussit à accrocher sa main et la tira brusquement en avant. Le chemin qui restait à parcourir entre les deux vaisseaux n'était plus très important, mais il leur sembla que le plus difficile restait à accomplir.

Soudain, restée à l'arrière, Reshot poussa un cri. Séchat se retourna et blêmit. Elle vit sa compagne enfoncée jusqu'aux épaules dans la boue immonde de cet enfer. Les marais cachaient jusqu'à son visage lorsqu'elle se penchait vers le sable.

— Neb-Amon, cria-t-elle, laisse-moi, je t'en prie. Va chercher Reshot !

En un clin d'œil, il analysa la triste situation. Sans son aide, la compagne de Séchat allait disparaître en quelques instants dans les sables mouvants qui l'entraînaient inexorablement.

Il tendit le bras où sa corde était enroulée et désigna à Séchat la coque du navire.

— Regarde, jeta-t-il en montrant le bord externe du vaisseau, tu trouveras à l'extrémité un anneau de cordage, accroche-toi, je reviens de suite.

Puis, il marcha en direction de Reshot qui s'enfonçait de plus en plus dans le fond boueux du marécage. Quand il arriva près d'elle, ses bras battaient l'air et, seules ses épaules restaient encore hors du sable.

Agrandis par l'effroi, ses yeux se posaient douloureusement sur le médecin. Le bout de sa chevelure crépue trempait dans la vase, se mêlant aux herbes boueuses. Reshot n'avait plus qu'un bras en l'air. L'abaisser pour tendre la main, c'eût été plonger définitivement dans le fond du marais.

Neb-Amon vit émerger un nénuphar des fonds limoneux. Il était fréquent que ces fleurs d'Egypte surgissent, tout à coup, du plasma gluant de ces étranges marais qui, lorsqu'ils atteignaient cette férocité, engloutissaient tout sur leur passage.

Il attrapa le nénuphar et tira. Une tige longue et souple s'accrochait après la racine de la plante profondément ancrée dans le sol. Il enroula précipitamment la tige autour du bras de la jeune femme et tira de nouveau.

La racine craqua, vint flotter un instant près du visage de Reshot. Mais Neb-Amon avait saisi sa main et l'attirait à lui. Quand, enfin, il crut l'avoir sauvée, il glissa malencontreusement et ils plongèrent tous deux la tête en avant, le visage dans la boue.

Du poste d'observation où elle était arrivée, Séchat

vit qu'ils étaient en trop mauvaise posture pour qu'elle restât là à les regarder se noyer.

Elle esquissa un mouvement pour venir à leur aide.

— Ne bouge pas, lui cria Neb-Amon. Cette boue mouvante va arriver jusqu'à tes pieds.

Presque tous les scribes venaient de réintégrer "Le Sceptre d'Amon". Mettouth qui s'apprêtait à grimper l'échelle de corde pour monter sur le navire les aperçut. Il hésita, tourna la tête en direction des scribes qui, soufflant, suant, grognant, montaient sur le pont et, soudain, fit demi-tour.

— Ne bouge pas, cria-t-il à Séchat. J'y vais.

Il lui fallut beaucoup de dextérité, mais encore plus de courage pour arriver près du médecin et de Reshot. Mettouth sentit un poids contre sa jambe, il se baissa, tâta la boue de la main et agrippa les cheveux de la jeune femme. Sa tête émergea.

Au loin, Séchat cria. Mettouth et le médecin sortaient Reshot du néant. Elle était inanimée, le visage pétrifié par cette boue immonde et grisâtre qui semblait immortaliser ses traits.

Séchat déchira un pan de sa tunique et le tendit au médecin qui essuya aussitôt son visage, contournant délicatement ses yeux restés ouverts. Par contre, elle avait fermé si violemment la bouche et serré si fortement les dents que le sable n'y était pas entré. Neb-Amon toucha son pouls. Il battait.

Séchat le remercia du regard, puis serra la main de Mettouth en lui assurant qu'un jour, elle lui revaudrait ce geste de courage.

Et, pendant que les quatre vaisseaux, tous mis bout à bout, poussaient avec acharnement "L'Œil de Thot", Reshot peu à peu reprenait connaissance.

Il fallut encore quelques bonnes heures pour déblayer complètement le dernier navire. Epuisée par le manque de sommeil, Hatchepsout s'était assoupie sur le pont, la tête levée dans la direction du chemin à suivre.

Quand la flotte entière eut regagné le sol aride du

fleuve, laissant derrière eux marais et marécages meurtriers et qu'elle eut rejoint l'embouchure du delta, Séchat réintégra "L'Œil de Thot".

Au seuil de sa cabine, alors que Wadjmose tenait dans ses bras Reshot profondément endormie, elle s'immobilisa, pétrifiée de frayeur. Un désordre indescriptible y régnait. Elle regarda le sol et vit que les lamelles de bois n'avaient pas été dissociées. Elles étaient toujours aussi plates et uniformes.

En revanche, ses rapports jonchaient le sol, tous éparpillés, froissés, jetés aux quatre coins de la pièce. Pas un seul n'était déchiré et quand elle les rassembla, elle remarqua que pas un, non plus, ne manquait, sauf celui qui, depuis le départ de l'expédition, faisait l'objet de ses nuits d'inquiétude.

Neb-Amon qui voulait s'assurer du bon réveil de Reshot avait insisté pour accompagner Séchat sur "L'Œil de Thot". Quand il aperçut les dégâts provoqués dans sa cabine, il ne sut que dire tant le souffle coupa son esprit de repartie.

Séchat regarda le désastre et sentit les larmes lui monter aux yeux. Si Neb-Amon ne disait rien, il avait depuis longtemps compris. Il l'observa en silence, craignant que ses mots ne soient pas un réconfort. Et, que lui dire si ce n'était une parole quelconque qui l'eût chagrinée davantage ? Il ne pouvait rien faire pour l'aider, encore moins alourdir son désespoir par un propos dont elle n'aurait pu saisir le sens.

Wadjmose était parti, laissant Reshot étendue sur sa couche.

Séchat sentit ses forces la quitter. Son regard s'attardait sur les rapports dispersés, répandus sur le sol de la pièce. Elle pleurait silencieusement. Neb-Amon s'approcha d'elle et posa doucement ses lèvres sur l'une de ses paupières humides. Elle se reprit aussitôt.

— Cela ne fait rien, soupira-t-elle. La vie de Reshot avant tout. Elle vaut bien ce bout de papyrus sur lequel on a dessiné des pays de chimère.

CHAPITRE VIII

— La brèche, la voici Majesté ! cria Néhésy triomphant. C'est elle qui va nous mener au Pount.

Sakmet serra le poing. Ses jointures devinrent blanches de dépit et ses doigts se crispèrent les uns contre les autres. Néhésy s'était montré plus rapide que lui, plus adroit et plus retors aussi.

Mais, la jubilation de Néhésy en affectait un autre. Senenmout lui décocha un tel regard de rancune qu'un couperet à la place eût fendu en deux le joyeux Néhésy.

— La voici, cette maudite brèche !
— Ainsi la voici, répéta la reine incrédule.
— Pas étonnant, Majesté, que nous soyons passés sans la voir. C'est un simple cours d'eau qui nous y mène. Regarde, Thouty, il prend naissance sur la droite de Tanis.

Il vint à Sakmet et lui asséna une bourrade joviale et bien balancée. Pendant quelques instants, Sakmet en eut l'épaule douloureuse.

— C'est toi qui avais raison, Sakmet, il fallait emprunter l'extrême-droite du delta.

D'un pas souple et balancé, il revint vers la carte déroulée.

— Dieu de Seth ! poursuivit-il, nous sommes passés deux fois devant sans la voir.

Il claqua ses mains bruyamment sur ses flancs, puis les ramenant l'une contre l'autre, frappa plusieurs fois ses paumes ouvertes en dirigeant vers chacun des notables un sourire hilare.

Enfin, il décida de mettre fin à cette explosion de joie que seule Hatchepsout semblait partager en se tapant bruyamment le front de son index.

— Maudite brèche et maudit cours d'eau.

Puis, il s'arrêta net. La reine le regardait, plongeant son œil sombre dans celui de son conseiller.

— Allons, Néhésy, trancha-t-elle. Je déplore simplement que tu n'aies pu réussir à lire cette carte dès le départ. Peut-être aurais-tu pu la donner à Thouty ou à Sakmet. Trois jugements valaient mieux qu'un.

Néhésy n'osa rougir, mais une gêne imperceptible embarrassa soudain son regard.

— Cette vieille carte, Majesté, est ma propriété depuis si longtemps que je n'y avais attaché aucune importance.

— Il me semble que j'aurais pu la déchiffrer, prononça Thouty vexé.

Se tournant vers Hatchepsout, il décréta d'un ton affable où l'on ne put déceler aucune aigreur, simplement le soupçon d'une griffe acérée qui réclamait méfiance.

— J'ai lu tant de cartes dans ma carrière de marin chevronné, Majesté, que cette brèche dessinée sur ce papyrus ne m'aurait pas trompé.

Il regarda Senenmout qui esquissait un rictus, puis Sakmet qui enfermait son menton dans un poing tendu et serré.

— Cela aurait aussi évité de perdre tout ce temps en allant s'embourber dans les marais.

Mais la reine était rassurée et redevenait confiante.

— Eh bien, dit-elle à Thouty, l'essentiel est que nous repartions sur de bonnes bases.

Détendu, apparemment nullement affecté par les doutes qui empoignaient ses compagnons, Néhésy souriait. Certes, il lui en fallait plus pour le déstabiliser. Il prit le parti de ne pas s'appesantir sur la critique de Thouty lancée en sa défaveur et se courba vers Hatchepsout.

— Ma reine, fit-il d'un ton enjôleur, dans quelques mois, nous serons arrivés au pays où les dieux nous poussent.

Senenmout eut envie de cracher à terre. Mais une telle incorrection vis-à-vis d'Hatchepsout l'eût desservi. Il se contenta d'accentuer le rictus qui étirait ses lèvres minces et rentrées.

— Tu nous sauves la vie, mon cher Néhésy, je saurai m'en souvenir, comme je tiendrai compte, bien sûr, de vos bons services et de votre dévouement à tous.

Senenmout grogna et Sakmet recula si brusquement qu'il fit tomber un plateau où quelques pots de bière attendaient le bon plaisir des gosiers assoiffés.

Hatchepsout se tut quelques secondes et fit le tour de ses conseillers d'un œil devenu subitement aigu. Les paroles avenantes qu'elle venait de distribuer ne semblaient pas détendre une atmosphère crispée et son sens pointu de l'observation lui disait qu'une manière d'agir peu scrupuleuse s'était passée.

Néhésy avait-il dérobé la carte à Senenmout ? Impossible ! Ce dernier lui aurait aussitôt parlé d'un tel trésor échu entre ses mains.

Alors, Thouty ! Ce vieux loup de mer. Se pouvait-il que cette carte lui appartînt ? Vraisemblablement, ce n'était pas la réponse. Car un marin chevronné, comme il disait lui-même, aurait su de suite trouver la brèche et nul vaisseau ne se serait embourbé.

Restait Sakmet qu'elle ne connaissait pas encore. Néhésy devait l'avoir dérobée à ce jeune capitaine qui, depuis le départ de l'expédition, ne cessait d'étaler ses compétences.

Elle soupira. Peu importe ! Elle ne chercherait pas à savoir ce qui s'était passé. Hatchepsout était ainsi. Punir l'inconduite d'un de ses hauts conseillers la mènerait vers un excès de zèle autoritaire qui engendrerait, sans nul doute, complots et conspirations dont elle devrait assumer les conséquences.

D'autant plus que cette inconduite allait dans le sens qui favorisait son règne.

— C'est donc décidé, trancha-t-elle, en reprenant un ton enjoué. Faisons voile vers Tanis et engageons les vaisseaux dans ce cours d'eau invisible à l'œil nu. Crois-tu, Néhésy, que nous y trouverons le Pays du Pount ?

Ce fut Thouty qui se jeta comme un fauve affamé sur la carte. Silencieux, il l'observa quelque temps. Par tous les dieux ! Qu'elle était belle et majestueuse cette carte ! Jaunie par les siècles, usée et rongée sur les bords, tracée avec art et noblesse par un savant géographe qui devait sourire, à présent, dans sa tombe. Elle offrait le mystère de ses signes qui, pour beaucoup, restaient incompréhensibles. Mais, Thouty était un vieux marin. Il saurait déchiffrer chaque énigme, chaque secret, chaque partie éclaircie ou ombrée du document.

Il la prit entre ses doigts et la leva vers son visage.

Une sorte de magie semblait s'en dégager. Certes, il n'avait pas eu le temps de l'étudier tant la surprise qu'avait occasionnée Néhésy les avait tous ébranlés.

Avec une infinie précaution, il la posa sur la table et pointa aussitôt son index là où son regard restait attiré.

— Regarde, Néhésy, sais-tu ce que représente ce point ?

Le chef de police ne broncha pas, car visiblement il l'ignorait.

— Ce point est un cours d'eau, reprit Thouty en jaugeant sur le visage de chacun l'intérêt qu'il allait susciter. Il y a une trouée après ce cours d'eau. Notre flottille devra s'y engager prudemment. Je pense que cette brèche devrait déboucher sur la mer Rouge.

*
* *

Enfermée dans sa cabine depuis le vol du document, Séchat ruminait son amertume. Son âme était triste, son cerveau s'agitait et bien que Reshot eût repris ses esprits, elle se laissait aller à une mélancolie qui n'était guère dans ses habitudes.

Cette infortune déclenchait en elle un autre désespoir, celui d'être éloignée de Satiah. Chaque jour, la vision de sa fille venait s'incruster dans son corps et y faisait une telle entaille qu'elle se prenait à regretter cette expédition. Les boucles claires de l'enfant, ses yeux bleus et sa bouche rieuse, s'imposaient comme un poids qu'elle ne pouvait alléger. La voir, la regarder, la toucher, en cet instant de dépit, eût été le seul baume cicatrisant sa douleur.

Mais il fallait s'écarter de cette image obsédante et revenir à la triste réalité. L'expédition se poursuivrait sans les honneurs auxquels elle avait droit, à moins que...

Elle ferma brusquement les yeux et réfléchit.

A moins que... le dieu Thot vînt à son secours. La carte dérobée à l'intérieur de ses documents et rapports dévoilait le cours d'eau qu'il fallait emprunter à la sortie de Tanis. Mais, ensuite ! La brèche que les vaisseaux devaient suivre pour atteindre la mer Rouge était indiquée par un signe pratiquement invisible que le vieil astrologue lui avait révélé et qu'elle seule connaissait.

Un vieux loup de mer comme Thouty saurait-il en lire l'importance ? Pour l'instant, Senenmout, Néhésy, Sakmet et Thouty pensaient tous que ce point visible sur la carte volée était la brèche qui débouchait sur la mer Rouge.

Pourquoi n'avait-elle pas déroulé beaucoup plus tôt, devant les yeux étonnés et ravis de la reine, le document qu'elle enfermait depuis si longtemps entre ses papyrus personnels ?

Combien de routes y avait-il encore pour rejoindre le Pount ?

Séchat absorba une grande bouffée d'air qui s'infiltrait dans sa cabine fraîche et silencieuse. Reshot dormait. Depuis qu'elle était tombée inanimée dans les marais bourbeux, elle récupérait toutes les heures de sommeil perdues jusqu'à présent.

Curieusement, cet accident l'avait guérie des redoutables nausées qu'elle éprouvait sur le bateau depuis le départ de l'expédition. Un choc psychologique ! disait Neb-Amon qui, de temps à autre, venait la voir sur "L'Œil de Thot", pour suivre son bon rétablissement.

Mais, quand Reshot voyait le jeune médecin se pencher sur elle, auscultant son cœur, tâtant son pouls, observant le fond de son œil, se préoccupant du rythme de sa respiration, elle savait que l'esprit du médecin se tournait essentiellement vers Séchat et que, seule, celle-ci occupait ses pensées.

Reshot n'était pas dupe. Elle s'amusait presque à décupler les symptômes post-comateux qui, éventuellement, pouvaient surgir après une longue perte de connaissance, pour l'obliger à passer quelque temps sur "L'Œil de Thot".

Comment la jeune scribe aurait-elle pu refuser ces délicats et courts instants que lui offrait Neb-Amon quand toute cette assemblée de dignitaires lui brisaient les reins ?

Les leçons qu'elle continuait à donner à Méryet, ajoutées aux brèves entrevues avec le médecin constituaient, à présent, ses seules joies.

Séchat se pencha sur sa compagne. Elle dormait si bien qu'elle n'osa la réveiller, malgré la clepsydre qui indiquait la pleine heure au zénith. Elle retourna s'asseoir devant sa table de travail, posa sa tête entre ses mains et poursuivit sa réflexion.

Ce cours d'eau si mince, si menu, si peu visible que s'apprêtaient à prendre les vaisseaux de la flotte royale, risquait d'amener encore bien des déboires. N'allait-on pas au-devant de multiples interrogations ? Dans son malheur, Séchat aurait-elle de nouveau sa chance ?

C'est par Neb-Amon qu'elle avait appris le bénéficiaire de la carte volée. Néhésy ! Le Chef de toutes les Polices ! Qui eût dit que son vieux compagnon de jeunesse la trahirait un jour à ce point ?

Voilà qu'elle avait mis l'honneur et la fidélité de Sakmet en doute et que c'était un autre qui signait cette forfaiture. Néhésy ! Quel soupçon, quelle méfiance aurait-elle pu tourner vers lui ?

Néhésy ! C'est à peine si Séchat osait y croire. Que penserait son vieil ami Hapouseneb de cette félonie ? Et Pouyemrê et Djéhouty ? Diraient-ils que Néhésy ne l'avait guère soutenue dans ses démarches pour retrouver sa fille ? Certes ! Quand elle pensait au peu d'efforts qu'il avait fournis pour lui venir en aide, détachant deux de ses soldats, alors que c'était une armée entière qu'il lui aurait fallu.

Le heurt d'un coup contre la porte lui fit relever la tête qu'elle tenait toujours entre ses mains.

— Entre, Méryet.

L'adolescente avait revêtu un pagne court, blanc et plissé, qui laissait libres ses longues jambes fuselées aux pieds nus toujours prêts à esquisser quelques pas en pointe. Une ceinture sertie de perles d'argile bleues et jaunes entourait ses hanches minces.

La fillette avait aussi de longs bras blancs qui s'attachaient si harmonieusement à ses épaules qu'ils se mouvaient comme deux lianes flexibles entre des tiges de papyrus. Sa gorge entièrement dénudée commençait à prendre ces rondeurs douces et agréables à regarder qui révélaient la jeune fille à venir.

Comme toutes les adolescentes, le souci de plaire naissait doucement en elle. Méryet avait donc parfumé son corps avec une huile au jasmin qui laissait traîner, derrière elle, une odeur suave et légère. Puis, elle avait passé autour de ses doigts encore menus quelques bagues assorties à sa ceinture.

— Entre, Méryet, répéta Séchat en regardant la fillette s'avancer.

Elle lui plaqua aussitôt un gros baiser sur la joue et s'assit devant elle, en position de scribe.

— Tu es bien belle, aujourd'hui, Méryet, fit la jeune femme en observant ses bagues en perles d'argile.

Méryet agita gaiement ses mains, fit jouer ses bagues au-dessus de sa tête et contorsionna son buste en de souples circonvolutions qui faisaient bouger tout son corps.

— Allons, fit Séchat en riant, tu n'es pas venue là pour danser. Nous allons essayer de travailler, malgré toutes ces agitations qui secouent notre expédition.

Méryet s'immobilisa.

— Allons-nous attaquer l'écriture hiératique ?

— Pas aujourd'hui. Je pense que c'est encore trop tôt.

— C'est pourtant très utile, m'as-tu dit. Car, si un jour, je veux écrire très vite un texte, je ne pourrais pas utiliser les hiéroglyphes.

— La prochaine fois. Aujourd'hui, nous allons évoquer non plus les objets perceptibles, mais les actions physiques qui sont composées d'un instant représentant ces gestes. Comprends-tu ?

Méryet fit la grimace.

— Tiens, par exemple. Ecris le mot "Tomber" et le mot "Mourir".

La fillette s'absorba aussitôt dans l'élaboration du dessin de ces signes.

— Non ! Méryet, la silhouette du personnage n'est pas la même. Elle est allongée sur le dos pour la mort et sur le ventre pour la chute.

Elle prit la main de l'adolescente et guida son calame sur l'argile de la tablette. Méryet se laissa docilement faire, puis contempla avec ravissement le dessin final réalisé.

— Allons, fit Séchat. Maintenant, c'est toi qui tombes. Que vas-tu écrire ?

Méryet leva son calame et en passa l'extrémité sur ses lèvres, les caressant rêveusement.

— Je ne sais plus.

— Je t'ai appris pourtant le féminin et le masculin.

— Ah oui, firent les yeux allumés de la fillette.

Puis, elle dessina au bout de sa ligne le signe approprié au féminin.

— Bien. Maintenant, écris le mot "Guerre". Non ! Méryet, ta silhouette est fausse. Il faut que tu cernes la violence, la brutalité de l'instant. Ton personnage doit tenir un arc, une flèche ou un javelot.

Elle reprit la main de Méryet et la guida.

— Comme le mot violence ? demanda la fillette.
— Si tu veux.
— Mais, contesta Méryet, la violence peut engendrer la féminité.

La vision de Néset s'acharnant à noyer Séchat dans l'eau du Nil les effleura l'une et l'autre. Mais la scribe revint aussitôt à sa leçon.

— Alors, tu places l'arc ou la flèche à côté de ta silhouette et tu termines par le signe distinctif du féminin.

Méryet acquiesça de la tête.

— Bien ! Maintenant, nous allons étendre le système des images matérielles à celui des mots sans forme. Ecris le mot "Bière" et le mot "Vin". Et n'oublie pas que l'idée concerne le contenant et non le contenu. Ta coupe ne doit pas être renversée comme si tu écrivais le mot "Poison".

Elle se leva et observa la fillette.

— Ecris-moi aussi ce mot-là, mais n'omets pas le serpent qui, avec l'idée du venin, fait intervenir le poison.

Elle suivit des yeux le dessin de son élève.

— N'oublie pas non plus que l'interprétation du scribe est celle qu'il donne au lecteur. Les mots alignés sans aucun espace pour les séparer forment les phrases. Par exemple, reprenons notre serpent et trace la phrase suivante : "J'empêcherai le serpent de sortir de son trou."

— Trois signes peuvent signifier le trou, dit Méryet.

— Lequel choisis-tu ?
— La maison.
— Bien ! Mais que va faire ton serpent ?
— Il va glisser.
— Non, Méryet. Le reptile doit rester immobile, puisqu'il ne doit pas sortir du trou. Que vas-tu dessiner ?

— Un bâton qui le bloque.

— Parfait. Et maintenant écris cette autre phrase : "Il fait noir et l'obscurité me fait peur. Je la crains."

Séchat se retourna.

— Ton ciel : une courbe et en dessous des hachures : la nuit qui tombe.

— Méryet ! Tu oublies quelque chose.

— L'idée de crainte.

— Bien, que vas-tu ajouter ?

— Deux flèches qui se croisent.

— Ce serait parfait si tu respectais l'ordre de tes signes. Il faut grouper tes images pour éviter les espaces disgracieux. N'oublie pas que la disposition des hiéroglyphes vise à satisfaire le plaisir des yeux. Et, si tu faisais l'effort de mieux former tes signes, ce serait parfait.

Elle s'arrêta.

— Qu'as-tu ? Tu ne sembles pas contente de mes éloges en ta faveur.

L'adolescente fit la moue.

— C'est que je te sens triste. Tu ne parles que de mots lugubres, mort, chute, poison, violence.

Séchat saisit la main de Méryet et la pressa dans la sienne.

— C'est vrai. Je suis trop triste. Allons, tu fais de gros progrès. Je crois que dès demain, nous pourrons passer à l'écriture hiératique.

Reshot bougea, puis se réveilla. Le visage nébuleux, elle se frotta les yeux et regarda le professeur et son élève. Il n'en fallait pas moins à l'écolière pour distraire son attention et courir vers Reshot.

— Comment vas-tu ? s'enquit Séchat.

Très bien, je vais aller prendre l'air sur le pont et voir si je peux manger quelque chose.

Le long coma de Reshot l'avait considérablement amaigrie. Ses épaules étaient creuses et son visage avait pris cette forme oblongue, un peu décharnée où seul un regard encore vif donnait tout espoir de rétablissement.

Avant de se pencher sur son travail, Méryet lui jeta :

— Neb-Amon passera dans la soirée pour te voir. Il m'a dit qu'il t'apporterait un nouveau remède pour que tu puisses reprendre des forces plus vite encore.

En les quittant, Reshot eut un sourire satisfait. Puis, elle entendit Méryet qui reprenait d'un ton enjoué.

— Je vais écrire "Le soleil pénètre mon corps et me rend joyeuse."

*
* *

Méryet hésita. Le médecin l'intimidait et elle n'osait entrer. Elle s'enhardit pourtant et frappa contre la paroi de la petite cabine où celui-ci se reposait.

Elle approcha sa fine oreille qu'elle avait embellie, ce soir-là, d'un anneau d'ambre entouré d'argent, écouta avec attention, mais n'entendit aucun bruit qui lui permît d'entrer.

Alors, elle prit la liberté de pousser le battant de la porte en bois.

Neb-Amon était allongé sur sa couche. Méryet parut surprise de ne pas le voir dormir. Pourquoi n'avait-il pas répondu ? Lui qui se levait si vite dès qu'on l'appelait.

— Méryet ! Pourquoi n'as-tu pas dit ton nom au travers de la porte ? jeta-t-il précipitamment en redressant le buste. Je craignais que ce fût quelque douillette suivante de la reine se plaignant sans cesse pour des maux inexistants. Depuis que j'ai réintégré ce navire, elles défilent toutes les unes derrière les autres.

— Je suis désolée de te déranger, mais je voulais te parler.

— Me parler !

Elle acquiesça de la tête.

— Te demander quelque chose et peut-être m'expliquer.

Le médecin se leva et vint à elle.

— Parle.

— Pourquoi Séchat est-elle triste depuis quelques jours ? Ses leçons ne sont plus les mêmes. Je sens qu'elle me cache quelque chose.

— Elle a peut-être ses raisons.

— Ainsi toi, tu le sais. Je t'en prie, explique-moi. Je ne suis plus une enfant.

— Sais-tu garder un secret ?

— Bien sûr.

— Alors, je vais te faire confiance et t'expliquer. Séchat possédait un document qui, pour elle, avait une immense importance et quelqu'un lui a dérobé. Elle l'avait caché parmi ses rapports pour mieux tromper l'éventuel ennemi.

Méryet arrondit ses yeux clairs.

— C'était la carte du pays où l'on va ?

— Comment le sais-tu ?

Elle hésita, puis voyant qu'elle devait tout lui dire pour qu'à son tour le médecin se confiât, elle jeta :

— Mais on ne lui a pas volé.

— Comment cela ?

— Dans son délire, avant de reprendre complètement connaissance, Reshot m'a parlé de ce document.

— Ainsi, tu le savais. Mais que veux-tu donc apprendre de plus ? Et pourquoi dis-tu que ce document ne lui a pas été volé ?

Méryet secoua la tête avec obstination.

— Reshot m'a parlé de deux lames disjointes dans le sol de la cabine. Le document a été glissé à l'intérieur et les deux lamelles ont été resserrées.

Elle rougit.

— Comme Reshot était encore à moitié inconsciente, j'ai regardé. La carte est bien glissée entre les lamelles.

— Et elle y est toujours ?

— Bien sûr.

Perplexe, il caressa son menton et se mit à réfléchir.

— Séchat m'avait bien dit qu'elle possédait des documents. Mais, jamais je n'aurais pu soupçonner qu'elle les cachait en deux endroits différents.

Il parut s'absorber dans un labyrinthe inextricable de questions.

— A-t-elle donc plusieurs documents ? Et, dans ce cas, sont-ils indissociables l'un de l'autre ?

Il réagit enfin et prit le bras de Méryet.

— Donc, Séchat est encore en danger, car je suppose que le voleur de la carte n'y trouvera pas ce qu'il désire.

Les yeux de Méryet s'embuèrent de larmes.

— J'ai un secret aussi à te dire. Je crois que si je le garde pour moi seule, cela risque de la perturber davantage.

Neb-Amon secoua le bras de sa compagne, mais sans violence, l'exhortant simplement à faire vite.

— Parle et dis-moi tout.

— Te rappelles-tu ce jour où la reine a voulu se baigner sur les bords du Nil, aux abords de Memphis ?

— Je crois que oui, bien que je ne sois pas sorti du bateau, j'avais des remèdes à préparer.

Méryet hésita.

— Que s'est-il passé ?

— Oh ! Neb-Amon, c'est horrible, dit-elle en se jetant dans les bras du médecin.

— Allons ! raconte, fit-il doucement en lui prenant le menton entre ses doigts.

— Je n'ai pas le droit. Mais si je me tais, je sens que Séchat est en danger.

— Parle. Mais parle, voyons !

— Je nageais assez loin et Séchat était à mes côtés. Je connais les eaux profondes du delta pour y avoir vécu toute mon enfance. Je savais donc que l'endroit était tranquille. C'est un lieu qui, lorsqu'on ne s'écarte pas des bords du fleuve reste paisible. C'est la raison pour laquelle je l'avais conseillé à la reine qui voulait se rafraîchir par la douceur d'un bain.

Méryet se dégagea doucement des bras du médecin. Puis, elle poursuivit :

— Soudain une femme est arrivée. Elle nageait près de nous. J'ai cru, tout d'abord, qu'elle jouait avec Séchat, lui prenant malicieusement les pieds, l'obligeant à plonger la tête sous l'eau, puis l'agaçant par des plaisanteries que je trouvais de plus en plus douteuses, j'ai redoublé d'attention.

Méryet essuya une larme qui glissait de sa paupière.

— Je ne sais pas réellement quel était son âge, car je ne l'ai vue que les cheveux mouillés et le visage souvent sous l'eau. Peut-être avait-elle vingt-cinq ou trente ans. Peut-être moins. Quoi qu'il en soit, j'ai vite compris qu'elle voulait noyer Séchat.

— La noyer !

— Elle l'a prise plusieurs fois par le pied pour l'immerger, l'épuiser et la faire couler.

Neb-Amon serrait d'impuissance ses mains l'une contre l'autre, écrasant ses phalanges qui devenaient aussi blanches que la coquille d'un œuf.

— Cette femme était une excellente nageuse, reprit la jeune fille. Mais j'étais plus souple et plus adroite qu'elle. Comme Séchat semblait à bout de souffle et de forces, il fallait que je m'approche et intervienne.

— Qu'as-tu fait ?

— J'ai cherché à la déstabiliser, car par instants elle coulait, elle aussi. Mais elle paraissait reprendre facilement sa respiration dès que sa tête était hors de l'eau. Quand j'ai vu que Séchat, trop épuisée pour remonter à la surface, commençait à perdre connaissance, j'ai donné de grands coups de pieds en direction du ventre de la fille et je crois l'avoir vraiment touchée.

A nouveau, Méryet essuya ses yeux. Ces images l'ébranlaient encore, mais elle voulut poursuivre son récit.

— J'ai saisi Séchat pour la remonter à la surface

et c'est là que, toutes les trois, nous avons aperçu le crocodile.

Neb-Amon desserra ses mains et entreprit de faire à grands pas le tour de sa cabine. Certes, à présent, il comprenait la suite atroce du récit et il cernait déjà chaque mot qui allait suivre.

— La femme a repris de l'énergie. Elle semblait ne pas avoir peur. Elle tentait d'attirer Séchat vers le crocodile, s'agrippant à elle de toutes ses forces et, moi, je n'avais pas la force de traîner Séchat hors du danger.

— Qu'as-tu donc fait ?

— J'ai recommencé à l'assaillir de violents coups et, lorsque je me suis aperçue qu'elle ne remontait plus à la surface, j'ai pu tirer Séchat vers une grosse racine de papyrus qui, par sa hauteur, pouvait nous protéger du saurien.

Neb-Amon passa sa main sur le front et se remit à réfléchir.

— Qu'est-il arrivé ?

— Séchat était inanimée. Libre de mes deux mains, j'ai réussi à la tirer par les cheveux et à la hisser sur la racine.

— Et cette femme ?

— J'ai vu le crocodile la broyer en deux dans une énorme flaque rouge qui s'agrandissait sur l'eau à vue d'œil.

Neb-Amon saisit à nouveau Méryet par le bras.

— Il n'y a plus une minute à perdre. Séchat court un nouveau danger. Viens, nous allons sur "L'Œil de Thot".

*
* *

D'un coup d'épaule, Neb-Amon poussa violemment la porte de la cabine. Elle résista et, gonflant ses poumons, il dut s'y reprendre à trois fois pour que celle-ci cédât à la pression de son corps.

Séchat gisait inanimée sur le sol de la cabine, bâillonnée, pieds et poings liés solidement par une corde prise sur le navire. Son visage reflétait encore la peur qui l'avait surprise. Couchée sur le côté, sa joue effleurait la poussière du sol.

Le médecin décela un coma qui devait durer depuis plusieurs heures. Il retourna lentement le corps de la jeune femme sur le dos et observa les hématomes qui bleuissaient le pourtour de ses yeux et tuméfiaient son cou et le haut de sa gorge. La pâleur de ses traits et la raideur de ses membres marquaient l'évidente angoisse qui avait dû l'étreindre lorsque son agresseur l'avait violentée.

Quand il passa sa main derrière sa nuque, il sentit une énorme bosse. Le coup avait dû provoquer instantanément le coma.

Bien que Neb-Amon portât plus d'attention au corps inanimé de la jeune femme qu'au désordre qui régnait dans la pièce, il ne pouvait éviter de voir les documents joncher le sol. Froissés, déchirés, salis, piétinés, ils encombraient le peu de place qui lui était imparti pour soigner les jeunes femmes.

Avant que les voleurs disloquent les deux lamelles du plancher, Reshot avait dû tenter de préserver les précieuses cartes, car elle avait été ligotée à la hâte par-dessus la liasse de papyrus la plus épaisse dont les morceaux avaient été déchiquetés, on eût cru par plaisir.

— Vite, jeta le médecin, ôte-lui ses liens pendant que je m'occupe de Séchat ! Coupe-les si tu ne peux les détacher et allonge-la doucement sur le sol, tête à plat et bras le long du corps.

Avant l'agression, Séchat devait travailler, car sa tablette en argile était cassée en deux, les encriers renversés laissaient encore couler une trace noirâtre sur le plancher de bois et les calames avaient été éjectés des palettes.

Alors que Reshot avait dû se défendre avant d'être attachée et subir le coup de matraque qui l'avait immobilisée net, Séchat semblait avoir été attaquée par surprise. Dans son inertie, son corps paraissait plus atteint, mais à vue d'œil, Neb-Amon n'aurait su dire si son cas était plus grave que celui de Reshot.

— Fais vite ! cria-t-il à Méryet en voyant l'adolescente s'acharner sur les liens qu'elle ne réussissait pas à détacher.

Pâle et nerveuse, Méryet sentait les larmes piquer ses yeux. Enfin, les attaches se délièrent.

— Quand elle sera allongée, jette-lui une pleine gourde d'eau au visage. Nous allons voir sa réaction. Pendant ce temps, je libère Séchat.

Lui aussi détacha les liens de la jeune femme avec difficulté tant ils étaient serrés. Violacés et meurtris, ses poignets ne réagissaient pas. Le cordage en lin grossier avait tant râpé sa peau qu'elle présentait des blessures suintantes au creux des poignets et sur les chevilles.

En un tour de main, le médecin libéra le bâillon de sa bouche. C'était un tampon de papyrus serré et roulé en boule que l'on avait enfoncé jusque dans sa gorge. Quand le bâillon fut ôté, Séchat resta la bouche ouverte. Neb-Amon la referma avec douceur et prit son pouls entre ses doigts. Il battait lentement, certes trop lentement.

D'un coup d'œil rapide, il observa Reshot. Méryet l'avait étendue sur le sol comme il lui avait indiqué et elle jetait à son visage l'eau fraîche d'une gourde. Son cas ne parut pas s'améliorer, mais le médecin ne put se résigner à lâcher Séchat.

— Regarde si elle respire, fit-il à l'adolescente qui tentait de soulever le buste de Reshot. Non ! Ne la bouge pas. Elle peut présenter une lésion au crâne ! Sa tête ne doit pas remuer.

Méryet reposa doucement le buste de sa compagne sur le sol.

— Place le dos de ta main juste sous son nez. Là ! c'est bien. Sens-tu un souffle sur ta peau ?

Tout en parlant, il tira sa sacoche de médecine et en sortit l'appareil pour ausculter Séchat.

— Je crois qu'elle respire, hoqueta Méryet en

essuyant de sa main libre ses yeux qui ne retenaient plus ses larmes.

— Ne pleure pas voyons, jeta d'un ton bourru Neb-Amon. Que vais-je devenir tout seul si tu ne m'aides pas ?

Il vit que cet encouragement un peu sec apportait un brin d'espoir à sa jeune compagne, aussi poursuivit-il dans ce sens :

— Jette-lui encore de l'eau au visage et rapporte-m'en une gourde pleine.

Puis, il se mit à califourchon sur Séchat et lui pinça le nez entre le pouce et l'index. Approchant ses lèvres de sa bouche, il y projeta son souffle. Puis, d'une poussée de main sur son torse, il activa le cœur et recommença plusieurs fois à lui insuffler sa propre respiration.

D'un coup d'œil rapide, il vit que Reshot ouvrait les yeux. Alors, il reprit farouchement l'exercice de réanimation sur le corps inerte de Séchat. Ce fut seulement après la vingtième fois que celle-ci émit un gargouillement, un sinistre chuintement qui sortait de sa gorge. Puis, elle entrouvrit les yeux, mais ne sembla voir personne.

Il souffleta ses joues par petites saccades et prit la gourde d'eau que lui tendait Méryet. Elle était fraîche et quand il aspergea le visage de la jeune femme, ses joues reprirent un peu de couleur.

— Qu'est-il arrivé ? fit Méryet en tenant la nuque de Reshot. Qui vous a fait ça ?

Mais celle-ci roula des yeux effrayés en direction de Séchat sans prononcer un seul mot. Même réanimée, elle semblait encore sous le choc. Il fallut encore de longues minutes avant que les deux jeunes femmes reprennent entièrement conscience et puissent expliquer ce qui leur était arrivé.

— C'est... c'est...

Reshot prit une grosse bouffée d'air et ne put poursuivre ce qu'elle avait commencé.

Neb-Amon lui fit avaler quelques gouttes d'une potion qu'il venait de sortir de sa sacoche.

— Bois, cela te remettra les idées en place.

Soudain, Séchat releva le buste et mit sa tête entre ses mains.

— Souffres-tu ? s'enquit le médecin.

— Cela me brûle, fit-elle en pressant ses tempes. C'est comme un maillet qui cogne ma nuque et toute ma tête. Et puis, j'ai l'impression d'avoir du feu dedans.

— Pas étonnant, tu as un hématome gros comme un œuf de pigeon. Allonge-toi. Tu seras mieux. Je vais te faire absorber une potion calmante et t'appliquer quelques compresses pour soulager tes blessures.

Pendant que Méryet ramassait les documents épars de Séchat, Neb-Amon préparait un baume cicatrisant pour retendre les peaux tuméfiées par l'agression. Le cou et la gorge de Séchat furent massés avec un mélange d'huile de palme et de feuilles macérées dans une décoction régénérante. Puis, le médecin banda son cou et posa un cataplasme sur les plaies de la gorge.

— Voilà, fit-il, dans quelques jours tu seras remise.

Séchat eut un pauvre sourire. Un geste de lassitude, un sentiment d'amertume extrême qui ne la prenait que lorsqu'elle se sentait inutile, bafouée, enserrée dans une position d'échec qu'il lui fallait accepter.

— Je pense que mes soucis vont s'arrêter là, puisqu'à présent mes deux cartes ont été dérobées.

— Qui est-ce ? jeta Méryet.

— Un des scribes et son complice.

— Qui ?

— Un voleur que j'ai engagé comme scribe et qui n'en était pas un. Il s'est sauvé du navire lorsque nous avons été touchés par l'épidémie.

— Kiffit ?

— Lui-même et son complice Ménenn.

— Mais qui les a soudoyés ?

Ce fut Neb-Amon qui répondit :

— J'ai rencontré Sakmet sur "Le Sceptre d'Amon".

Et je crois bien qu'il tenait un papyrus enroulé dans sa main droite. Nos regards se sont croisés. Nous ne nous sommes rien dit.

Il s'approcha de Séchat et lui prit tendrement la main qu'il garda dans la sienne.

— C'était juste avant que Méryet ne vienne me voir pour me faire part de ses craintes à ton sujet.

— Il s'est acharné en voyant qu'il n'avait pas réussi la première fois. Pourtant, je suis sûre qu'il n'avait pas prévu cette agression.

Neb-Amon pressa doucement sa main.

— Certes, fit Séchat, il est ambitieux, calculateur, opportuniste et, à l'occasion, malhonnête. Il peut même aller jusqu'au vol. Ce cas me le prouve. Mais ce n'est pas un bandit, encore moins un meurtrier. Je pense qu'il ignore ce que ses hommes m'ont fait.

Neb-Amon soutint son regard.

— As-tu encore quelque sentiment pour lui ?
— Aucun.
— Alors, le soutiendras-tu toujours ainsi ?

La réponse arriva brutale, claire et sans détour.

— Je ne le soutiens pas. Je constate.

Comme le médecin sembla surpris de sa violente réaction, les paroles de Séchat s'adoucirent.

— Je n'ai plus rien à faire avec lui. Tout est fini, Neb-Amon. Tout s'achève avant même que ne s'instaure entre nous un semblant d'intimité. Comprends-tu cela ?

Il approcha ses lèvres des siennes.

— Prends mon souffle de vie. Il est grand, fort, sincère et cicatrisera tes blessures mieux encore que ce baume dont je t'ai enduite.

Et, sans plus se soucier de la présence de Reshot et de celle de Méryet, leurs bouches se fondirent comme le ciel et la terre quand ils enferment l'horizon.

*
* *

Après s'être engagés dans le cours d'eau, les vaisseaux n'avaient trouvé ni brèche, ni passage pour se dégager. La voie était sans issue.

La mine ahurie de Sakmet était si apparente qu'elle aurait fait rire Séchat si elle n'avait été aussi misérablement prise au piège. Quant à celle de Néhésy, elle se tendait de rage tant il était déçu.

Ne voulant se considérer battus, ensemble ils se penchèrent sur les signes les plus minimes qui y étaient inscrits, mais rien n'effleura leurs esprits. Ils étaient obligés de se rendre à l'évidence. La branche extrême-droite du delta qui les avait amenés sur la soi-disant brèche n'était qu'un cours d'eau sans issue et aucune trouée, comme l'avait pressenti Thouty, ne les orientait vers la mer Rouge.

Senenmout, quant à lui, commençait à réfléchir sur la manière dont ils devaient faire demi-tour pour atteindre Coptos et poursuivre exactement comme il l'avait souhaité depuis le départ, traverser le désert et embarquer à Quoser, sur les bords de la mer Rouge.

Après deux jours de réflexion, Hatchepsout avait fait appeler ses courtisans. Tous vinrent à l'exception de Sakmet. A nouveau, on déroula la carte, on se pencha, on la réétudia.

Néhésy frappa du poing sur le document.

— Ce cours d'eau, le voici. Il devait s'ouvrir sur la brèche.

Yaskat apparut.

— Sakmet s'excuse auprès de vous, Majesté, jeta-t-elle en inclinant son buste vers la reine. Peut-il entrer ?

La reine fronça le sourcil. Le protocole avait beau ne plus exister sur ce vaisseau, elle supportait mal ce retard.

A la surprise générale, un Sakmet triomphant entra. Il se jeta aux pieds d'Hatchepsout, murmurant des excuses qui étonnèrent l'assemblée.

Il tenait un rouleau de papyrus enroulé entre ses doigts. Le front effleurant le sol, il attendit que la reine lui ordonnât de se relever.

— Voici une carte, Majesté, qui indique la suite de notre voyage. En moins de quelques mois, nous serons au Pount.

— D'où tiens-tu cette carte ?

Sakmet ne répondit pas à la question. Il se contenta de sourire.

— Majesté, je l'ai étudiée toute la nuit et ce n'est qu'à l'instant, juste avant de venir à vous, que j'en ai saisi toute la portée. Voici la raison de mon retard.

Senenmout l'observait de ses yeux acérés. D'où tenait-il soudain ce vieux papyrus ?

Thouty, lui aussi, paraissait ahuri. Pourquoi ne lui avait-il pas parlé de ce document qu'il sortait comme d'une boîte magique ? Agirait-il dans son dos ? Méfiant, il lui lança un coup d'œil sombre.

Quant à Néhésy, il restait incrédule. Ses yeux allaient des uns aux autres avec une vitesse vertigineuse.

— D'où tiens-tu cette carte ?

Hatchepsout plissa le visage. Quelle était cette réaction subite qui se dessinait sur le visage de ses conseillers ? Pourquoi s'inquiétaient-ils plus de la provenance du document que de son examen ?

— D'où tiens-tu cette carte ? répéta Néhésy en pointant l'index sur le papyrus que Sakmet commençait à dérouler.

— L'essentiel n'est-il pas de la posséder ? rétorqua le jeune homme en dissimulant l'hypocrisie de son sourire derrière une humble attitude.

— Certes, fit Hatchepsout conciliante.

Mais le ton décontracté que prenait la pharaonne n'enlevait en rien la curiosité qui la tenaillait sur la manière dont ses courtisans sortaient mystérieusement ces cartes qui ne les faisaient avancer que très peu.

— Certes, fit-elle à nouveau. L'essentiel est de trouver le bon chemin.

Elle se planta devant Sakmet, l'observa sans rien dire et retourna à sa place là où un large coussin moelleux était posé sur le sol. Elle s'assit en tailleur.

— Je crois, Majesté, dit Sakmet en se prosternant devant la reine, que notre tort a été de ne pas mettre en commun nos documents respectifs. Les idées des uns auraient sans doute amené celles des autres.

— Pourquoi ne l'as-tu pas fait toi-même ? jeta Néhésy sarcastique.

Bien que ce fût son chef hiérarchique et bien qu'il sentît que sa réponse irait trop loin, il ne put s'empêcher de la jeter, trop content de les étonner tous.

— Et toi, pourquoi as-tu caché la tienne ?

Néhésy eut un geste violent. Il ne se départissait que rarement de son flegme habituel. Rouge de colère, il s'approcha de Sakmet. Mais, déjà, Thouty était entre eux et Hatchepsout rétorquait :

— Allons, que les esprits se calment. Voyons plutôt si cette carte va nous mener au Pount. Il me serait désagréable de rebrousser chemin jusqu'à Coptos et d'emprunter la voie du désert pour arriver à nos fins.

Sakmet tenait la carte entre son pouce et son index.

— Voyez, Majesté, cette seconde carte va nous tirer d'affaire. Elle indique une courbe sinueuse qui, apparemment, est une rivière. Elle n'est pas mentionnée sur la carte de Néhésy.

Hatchepsout leva les yeux sur Sakmet. "La carte de Néhésy !" Elle était sûre à présent que ce n'était pas la carte de Néhésy. Mais, Sakmet poursuivait :

— Oui, cette courbe est sinueuse, mais...

— Qui te dit que cette courbe est une rivière ? coupa sèchement Senenmout. C'est peut-être encore une voie sans issue.

— Non ! non ! Elle débouche forcément sur quelque chose de positif. Même si ce n'est pas une rivière, c'est un chemin accessible.

Les quatre têtes des dignitaires se penchèrent sur la carte. Hatchepsout posa son doigt fin sur la courbe sinueuse.

— Là, sur la gauche, qu'est-ce que c'est ?

— Ce doit être un cours d'eau, c'est lui qui doit déboucher sur la rivière.

— En es-tu si sûr ? s'enquit Thouty.
— Certain.
— Ce peut être un barrage.

L'assurance de Thouty déstabilisa un instant Sakmet. Senenmout en profita pour y glisser un argument qui acheva de le dérouter.

— Il y a le même point sur le document de Néhésy. Un point que nous avons pris pour la porte de la brèche.

— Ce point-là est plus gras. Voyez, Majesté, fit Sakmet qui cherchait plus encore à convaincre la souveraine que ses courtisans.

Nerveux, Thouty arpenta la petite pièce en quelques enjambées. Ce voyage commençait à l'exaspérer. Jamais encore de telles difficultés de parcours n'étaient intervenues dans sa carrière de marin chevronné. Il commençait à douter de l'existence de ce pays. N'était-ce pas une région chimérique ? Une région qui n'existait que dans l'imagination de la reine ? Hélas, rien ne la perturbait, rien ne lui donnait l'envie de faire demi-tour, d'abandonner. Allait-il être obligé de démonter ses vaisseaux comme il le craignait tant depuis l'origine de ce projet d'expédition ?

Thouty décoléra très vite et prit le parti de faire confiance à son ami Sakmet. Peu importait d'où venait cette carte. Après tout, sans lui, cette expédition était vouée à l'échec.

CHAPITRE IX

Quand Sakmet avait eu la carte du Pount entre les mains, un bonheur l'avait saisi tout entier. Un bref instant, il avait entrevu son triomphe dans toute sa puissance et les vastes retombées qui devaient glorieusement l'encercler. Enfin ! Un homme sur ce vaisseau allait les mener au bout de ce chemin infernal.

Même le regard de Neb-Amon qu'il avait croisé sur le pont du "Sceptre d'Amon" ne l'avait pas déstabilisé. Se remémorait-il seulement la façon déloyale dont il s'était approprié cette vieille carte ? Certes, le médecin avait impitoyablement soutenu son regard et c'était lui, Sakmet, qui avait fui les yeux durs et perçants qui s'étaient promptement posés sur lui.

A vrai dire, à ce moment précis, Neb-Amon avait soupesé la question dont il connaissait déjà la réponse.

Mais, peu enclin à partager une brève discussion avec le médecin, Sakmet avait rejoint précipitamment les abords de la cabine royale.

Sa fougue délirante et son optimisme avaient tenu bon durant l'entretien qu'il avait eu avec la reine et ses trois conseillers. Passés les étonnements d'Hatchepsout et les propos acerbes des dignitaires, Sakmet s'était détendu. Avec aisance, il avait étalé ses connaissances allant jusqu'à détailler crânement les signes, les hachures, les croix dessinés sur le vieux papyrus jauni.

Après l'audience où chacun avait donné son point de vue, il fut décidé de prendre le cap vers cette ouverture soudaine qui s'offrait à la flottille.

Dès l'aube suivante, alors que Sakmet savourait encore sa victoire, les cinq embarcations suivirent docilement la rivière. Celle-ci était étroite, bordée de curieuses herbes, d'un vert jauni et hautes de plusieurs mètres. Quand les vaisseaux eurent navigué plusieurs heures, voiles démontées, car il n'y avait aucun souffle de vent, le cours d'eau se fit plus large et les herbes de plus en plus denses, occultant parfois les berges jusqu'à les supposer inexistantes.

Ce ne fut qu'après avoir franchi une courbe spacieuse où chaque vaisseau put tourner aisément que des bosquets de papyrus apparurent, dissimulant quelques hippopotames à la recherche de leur pitance herbeuse.

Les navigateurs crurent un instant voguer sur le Nil, tant l'eau était calme et huileuse. Toutefois, l'absence de vent ne permettait pas encore d'utiliser les voiles et les commandants de bord ordonnèrent aux rameurs d'activer la cadence.

Agiles, rythmés, les avirons claquèrent dans l'eau qui prenait une couleur de plus en plus jaspée et, bientôt, ce ne fut plus qu'un bruit dont le mouvement rapide se répercutait jusque vers la ligne d'horizon que bouchaient les herbages.

Les hommes d'équipage ramèrent sans relâche jusqu'au soir. Couverts d'une sueur abondante et malodorante, les torses s'inclinaient, se redressaient, les muscles se bandaient, se relâchaient, les cheveux se collaient désagréablement dans les cous tendus et sur les fronts assombris par la fatigue.

Si le rythme était soutenu et si la cadence des vaisseaux tenait une vitesse défiant toute concurrence, Sakmet n'en était pas pour autant soulagé. Bien au contraire, son inquiétude allait en s'intensifiant.

D'abord, parce que depuis peu, il se mettait à penser à l'acte déloyal qui avait engendré l'agression de Séchat. Le scribe avait heurté sauvagement la tête de la jeune femme contre le mur malgré son interdiction de la violenter sous quelque forme que ce soit.

Ensuite, parce que si la ligne sinueuse de la carte était effectivement une rivière, depuis que les navires en avaient amorcé la courbe, celle-ci n'en finissait plus de longueur et d'incertitude, décrivant un interminable arc de cercle, si bien que les bateaux risquaient fort de revenir à leur point de départ.

Le front de Sakmet commençait à s'embuer de sueur et la paume de ses mains glissait désagréablement sur la rambarde du bastingage d'où il scrutait l'horizon. Hélas ! Ses craintes se révélèrent justes. La courbe fut sans fin et, le soir tombant, les navires se retrouvèrent au même point, là où ils avaient démarré à l'aube.

Peu de temps après, face au visage de plus en plus perplexe d'Hatchepsout, il fallut admettre, la rage au cœur et l'inquiétude à l'esprit, que personne ne savait lire ce vieux papyrus aussi mystérieux que jauni.

Il fallait réagir et Sakmet n'était pas de ces hommes à se laisser abattre au premier handicap. Dans le courant de la journée suivante, il essaya de se dégager du mauvais pas dans lequel sa crânerie excessive l'avait mis. Il n'avait d'autre issue que celle de proposer les compétences de Séchat dans le décryptage des vieux manuscrits.

Certes, Hatchepsout se trouvait dans une nouvelle impasse. Ce Sakmet lui paraissait bien impulsif et plus encore imprudent. Son vieil ami Thouty s'enfermait dans les énigmes d'une carte qu'il ne savait pas lire. Aucune inspiration n'effleurait son esprit et, plus il se penchait sur le document, plus il se heurtait aux incompréhensions que certains barrages maritimes imposaient à l'homme.

Quant à Senenmout et Néséhy, ils s'efforçaient d'atténuer les craintes de la reine en lui suggérant l'autre possibilité d'atteindre le Pount, en l'occurrence la voie du désert.

Lorsque Hatchepsout réunit ses conseillers, Séchat se remettait de ses coups et blessures. Aucun signe n'apparaissait sur son visage. Neb-Amon les avait fait parfaitement disparaître et seule, restait la plaie du cou que le couteau de l'agresseur avait provoquée.

Trop lasse, cependant, pour assister à la réunion de la reine, elle se fit porter souffrante et, résignée, attendit que celle-ci la mandât pour bouger.

Persuadée qu'elle n'avait aucunement besoin d'elle, Séchat s'enroula entre les bras de Neb-Amon qui, depuis l'agression, ne l'avait pas quittée. Fait étrange, elle ressentait avec lui cette union calme, profonde, sûre, cette communion d'âme, d'esprit et de corps qu'elle avait eue, autrefois, avec son époux.

Se pouvait-il que son mari se soit réincarné en la personne de ce paisible médecin, cet homme bon et généreux qui pensait plus à guérir son prochain qu'à chercher gloire et puissance ?

Entre les bras de Neb-Amon, Séchat se sentait rassurée. A ses côtés, il lui semblait que sa soif de réussite professionnelle s'atténuait. Neb-Amon avait le geste tendre, le réflexe attentionné, la caresse attardée qui n'appelait pas de suite le plaisir exacerbé. Il avait ce désir de partage, l'envie de communion qui n'attendait qu'une pleine réalisation dans la sincérité du sentiment.

Dans la cabine de la reine, les quatre conseillers se frottaient le menton. Gênés, ils n'osaient dire que cette carte ne leur servait à rien. Ce fut alors l'instant que choisit Sakmet pour se prosterner devant Hatchepsout.

— Majesté, il y a peut-être une possibilité de se dégager de cette mauvaise impasse.

— Laquelle ? fit la reine sèchement.

Le front sur le sol, il hésita. Devait-il abandonner définitivement la partie au profit de celle qu'il avait si lâchement abusée ?

— Relève-toi. Ce ne sont pas les courbettes sur ce bateau qui vont nous sortir de là et explique-toi.

Le ton sec et impératif de la reine acheva de le dissuader de ne pas s'enfermer dans ce qui pouvait devenir une disgrâce fatale.

— Il s'agit de la scribe Séchat, Majesté. Jusqu'ici elle n'a pas encore donné son point de vue. Peut-être sera-t-il différent du nôtre ?

Néhésy ne broncha pas. Ce fut Senenmout qui réagit le premier.

— En quoi ses compétences peuvent-elles nous servir ? Elle est scribe et non commandante de bord. Jusqu'à ce jour, elle n'avait jamais mis le pied sur un vaisseau.

— C'est vrai, coupa vivement Sakmet, mais elle a souvent déchiffré des vieux documents.

— Pas de cartes maritimes, fit Senenmout d'une voix intraitable.

— Qui sait ? coupa Sakmet.

Néhésy et Senenmout échangèrent un regard qui, pour une fois, allait dans le même sens.

— Après tout, fit Thouty, cela ne peut perturber davantage la marche des choses. Elles sont si mauvaises que nous ne pouvons faire pire. Au mieux, l'avis de Séchat comportera quelques indications utiles. Au pire, il ne pourra que conforter notre opinion.

— Alors, sa présence est inutile, jeta pesamment Néhésy.

— Ne négligeons aucune issue, rétorqua Sakmet.

Hatchepsout n'écoutait plus. Depuis quelque temps, les propos de ses conseillers arrivaient à l'une de ses oreilles et ressortaient aussitôt par l'autre. Mais, face aux nouvelles suggestions de Sakmet, le déclic s'était fait en elle. Elle comprenait, à présent, que les cartes du Pount appartenaient à Séchat et qu'on les lui avait dérobées. Comment n'y avait-elle pas songé plus tôt ?

— Yaskat, jeta-t-elle brusquement à sa suivante, qu'un soldat me ramène immédiatement Séchat, la scribe.

La servante se courba.

— Majesté, elle s'est déclarée souffrante.

— Je lui ferai préparer une couche. Tiens Méryet, dit-elle à l'adolescente qui traînait toujours dans les parages, prépare une natte et des coussins, les plus doux et les plus moelleux que tu trouveras, nous l'installerons confortablement et va chercher le médecin, il gardera un œil sur elle.

Gênée, Méryet se tortilla d'un pied sur l'autre.

— C'est que, fit-elle en hésitant, il est déjà sur "L'Œil de Thot".

— Dieu d'Amon ! Est-elle aussi mal que cela ? Si c'est le cas, nous nous déplacerons nous-mêmes sur son vaisseau.

Puis, d'un signe bref et impératif, elle mit fin à cet ordre et s'enferma dans un mutisme complet. Se pouvait-il que Séchat fût la seule à pouvoir les sortir de là ? Tout devenait clair, à présent, dans son esprit. Ce vieux Pays du Pount dont elles parlaient ensemble au temps de leur adolescence n'était pas inconnu de Séchat[1].

De plus en plus convaincue que les documents lui appartenaient et qu'elle ne s'était pas embarquée sans en connaître la moindre de leurs indications mystérieuses, Hatchepsout reprenait confiance. Séchat ! Oui, sa compagne d'enfance les tirerait d'affaire.

Quand elle parut, Séchat avait le teint pâle, les yeux cernés et un léger tremblement saisit ses mains qu'elle tenait fermées. A force de les crisper, ses jointures étaient blanches et tendues.

Lorsqu'elle posa ses yeux sur Sakmet, celui-ci osa soutenir son regard. Quelque chose d'intolérable enserra sa tête. Elle porta la main à son front. Ce fut Neb-Amon qui, derrière elle, coupa net leur affrontement visuel.

Il s'approcha de la reine.

— Séchat a fait une chute assez grave, Majesté. Sa tête a heurté violemment le sol. Un trop long entre-

---

1. Lire *Les Thébaines/La Couronne insolente* Le Livre de Poche, n° 14886.

tien épuiserait son esprit à peine remis de cet accident.

Sans rien dire, Hatchepsout observa sa compagne. Puis, posant un œil averti sur la cape de lainage qui, posée sur sa tunique de lin, enfermait le cou de la jeune femme, elle jeta :

— Je t'ai fait préparer une couche confortable. Allonge-toi et détends tes muscles qui me paraissent tendus. Neb-Amon restera auprès de nous.

— Qui m'a fait demander, Majesté ? interrogea Séchat.

Surprise par cette question, la reine se tourna vers Sakmet.

— Lui ! fit-elle.

A nouveau, elle affronta les yeux de Sakmet, mais n'y vit aucune rancœur, aucune haine. Elle y décela plutôt une sorte de regret, teinté de honte. Sakmet avait toujours été ainsi avec elle, déloyal et confus. Il la plongeait dans une impasse périlleuse et la sauvait ensuite. Elle détourna son regard et le reporta sur Néhésy, maladroit dans ses gestes et son attitude.

— En fait, Majesté, j'ai subi une agression. On en voulait à mes rapports écrits. Je les ai retrouvés tous épars sur le sol, piétinés, salis, déchirés.

— Pourquoi en voulait-on à tes travaux ?

Séchat réfléchit. Allait-elle dévoiler la vérité ? Les quatre conseillers de la reine la regardaient avec cet air où l'inquiétude prenait largement le pas sur l'habituelle hypocrisie. Non ! Elle ne s'abaisserait pas devant les fatales justifications qu'elle devrait, dans ce cas, leur fournir.

Qui pouvait certifier qu'elle seule était détentrice de ces cartes ? Reshot, Wadjmose ? Des serviteurs ! La parole de son propre personnel contre celle des dignitaires. Maigre poids pour justifier l'authenticité d'une telle possession.

— Mes scribes, fit Séchat en se retournant vers la reine, font du bon travail, mais peut-être que l'un d'eux peu scrupuleux voulait saper ma besogne.

Un sourire moqueur vint fleurir sur les lèvres charnues de la reine.

— En es-tu sûre ?

— Alors, peut-être cherchait-on dans mes écrits la solution à cette impasse.

— La détiendrais-tu donc ?

— Chacun détient en soi une parcelle de vérité, Majesté.

Puis, d'un pas assuré, elle se dirigea vers les cartes et Hatchepsout comprit qu'elle détenait le mystère de l'infernal document. D'abord, d'un geste prompt, elle écarta la première des cartes, montrant ainsi qu'elle savait parfaitement ce qu'elle faisait.

Enfin, elle saisit la seconde et la déroula lentement.

— Là, à la sortie de Tanis, cette ligne courte et hachée est le cours d'eau devant lequel vous êtes passés deux fois.

— Ainsi tu le savais, rugit Senenmout.

— Personne n'est venu me chercher à ce moment-là.

Observant le visage fermé de Néhésy et la décontraction que Sakmet semblait vouloir montrer, elle reprit :

— La courbe sinueuse est la rivière, mais il ne fallait pas la prendre. Au départ, ce passage est parallèle à la voie qu'il fallait emprunter. Votre attention ne s'est pas arrêtée sur ce trait mince, presque invisible : c'est la brèche qu'il fallait suivre.

— Il n'y a pas de route parallèle à la rivière.

— Il y en a une, affirma péremptoirement Séchat. Mais elle est obstruée par un mur de papyrus.

— Autant dire que si nous ne la trouvons pas, rétorqua vertement Néhésy, nous n'aurons plus qu'à faire demi-tour.

— Nous la trouverons, rétorqua à son tour Séchat. Il faut envoyer quelques barques en éclaireurs.

— Et si les vaisseaux ne peuvent pénétrer dans la brèche ? intervint Senenmout.

Séchat rehaussa son buste. Sa cape glissa légèrement de son cou. D'un geste vif, elle la retint et la rabattit promptement sur sa gorge.

— Nos anciens y sont parvenus, fit-elle d'un ton sec. Etes-vous donc plus timorés ou moins habiles qu'eux ? Dans ce cas...

Elle fit un geste vague de la main et soupira bruyamment.

— Nous y arriverons, jeta Thouty d'une voix déterminée. Même si nous devons, à coups de hache, trancher les troncs des papyrus qui nous occultent ce passage.

Il prit la carte des mains de Séchat.

— Mais, après ! Eviterons-nous les éternels labyrinthes d'herbes, de sables mouvants ou d'étendue d'eau incontournables ?

D'un geste sec, Séchat reprit la carte.

— Lorsque nous aurons passé ce premier barrage, nous trouverons un lac. Voyez, Majesté, fit-elle en pointant son doigt sur un léger tracé noir. Ce point est un lac. Il va falloir le contourner. Il doit s'échapper sur la mer Rouge.

— Qui t'autorise à dire que ce point est un lac ? fit Néhésy nerveux.

— Qui t'autorise à dire que ce point n'en est pas un ?

Séchat regarda Neb-Amon. Immobile derrière Hatchepsout, il se taisait, mais ses yeux l'encourageaient. Il sentait qu'elle se détendait de plus en plus et qu'enfin elle entrevoyait l'heure de gloire à laquelle elle s'accrochait depuis le départ de cette expédition.

— Majesté, fit-elle en désignant les conseillers, lequel d'entre eux peut vous éclairer d'une meilleure idée ? Apparemment, celle que je vous apporte est la seule acceptable. Poursuivons-la.

*
* *

Refusant de rester sur un échec aux yeux d'Hatchepsout, Thouty et Sakmet étaient montés en personne sur les barques d'exploration qui, prudemment, avaient tenté d'ouvrir la voie aux navires. Munis de haches, de couteaux et d'autres outils tranchants, de forts gaillards les accompagnaient.

Se heurtant aux herbes denses et aux hippopotames dont les énormes gueules s'ouvraient béantes, découvrant leurs chairs internes, roses et gluantes, les barques avaient longtemps hésité.

Mais, les hippopotames n'étaient pas dangereux et, si les hommes ne les attaquaient pas, ils se contentaient d'avaler tout ce qui se trouvait d'herbeux sur leur passage, foulant de leurs lourdes pattes les racines qu'ils piétinaient sans difficultés.

Si les mastodontes avaient gêné considérablement l'avancement de la petite équipée dans la percée qui s'ouvrait, ils en avaient montré eux-mêmes l'orifice en écrasant les herbes gigantesques qui en obstruaient l'entrée.

Séchat avait raison, la brèche était obstruée par des massifs épais de papyrus dont il fallut trancher à coups de hache les troncs qui en barraient le centre.

La trouée dégagée, laissant la horde d'hippopotames à leur festin, les cinq vaisseaux s'engagèrent prudemment dans la brèche. A peine entamée, elle se révéla de courte distance et déboucha sur un canal que n'avait pas prévu la jeune femme. Un canal si étroit que chaque vaisseau en s'y engageant frôlait les bords qui s'élevaient en dunes hautes de plusieurs mètres.

C'eût été fort angoissant si Séchat, qui refusait aux navigateurs le temps de se poser les questions qui eussent à nouveau déstabilisé l'équipage, ne s'était pas remémoré les paroles du vieil astrologue. C'était "Le Tumilat", cette voie d'eau effacée de toutes les cartes qui permettait d'atteindre la mer Rouge.

Alors que, dans le canal obscur et inquiétant, chacun tremblait à la pensée d'un nouvel échec, elle sut qu'enfin, naviguant prudemment sur le Tumilat, ils étaient sur la bonne voie.

Fort heureusement, le Tumilat ne couvrait qu'une

distance très minime. Le long couloir obscur et quasiment mystérieux ne laissa personne dormir avec quiétude la nuit suivante. Quand, à l'aube, les navires débouchèrent sur un passage plus large, l'inquiétude disparut peu à peu des esprits les plus angoissés.

A nouveau, tout était noyé dans la verdure et les roseaux des marais s'étendaient à perte de vue. Le Tumilat était passé et les sables herbeux devenaient bourbeux. Un instant, Néhésy crut que les vaisseaux allaient s'empêtrer à nouveau dans la profondeur des marécages, mais cette fois le niveau d'eau était suffisant pour que les bateaux passent le cap sans encombre.

Les pilotes veillaient à la proue et s'inquiétaient du chemin à suivre. Ils savaient, eux aussi, qu'un banc de sable ou de vase pouvait soudainement bloquer la navigation et tout anéantir. Ici, où le courant était pratiquement nul, les rameurs devaient encore se mouvoir avec agilité. Mais, les avirons devenaient lourds, pesants et, si le paysage était paisible et luxuriant, la navigation devenait pénible.

Les vaisseaux ne s'englurent qu'au bout de ce chemin dont la subite largeur augurait pourtant de meilleurs présages. Passée la dernière dune de verdure, les roseaux disparurent, laissant place à une boue gluante qui entrava la marche de la flottille. Mais, là encore, le niveau d'eau se trouva suffisant pour se dégager, avec difficulté certes, mais sans trop prendre de retard.

Enfin ! Les rocs se succédèrent aux plages et les flots remplacèrent les basses eaux enchevêtrées d'herbes. Même s'il ne s'agissait que de flots bas, relativement calmes, agités de petites vaguelettes qui bruissaient discrètement, le paysage se transformait à vue d'œil.

Hatchepsout et ses conseillers crurent qu'ils avaient atteint la mer Rouge. Mais, ce n'était qu'un immense lac qui déboucha sur un autre lac plus difficile à contourner. Pour que l'optimisme revînt sur les navires, Séchat ne cessait, d'un sourire, d'une parole, d'un geste, de rassurer la reine qui ne voulait plus se passer d'elle.

La flottille s'achemina lentement avec une extrême prudence sur cette série de lacs qu'on appelait "Les Lacs Amers". Capitaines et hommes d'équipage scrutaient attentivement tout ce qui bougeait, l'œil en alerte à chaque vacillement produit par l'eau qui s'agitait sous les coques.

Les cinq grands vaisseaux approchaient du soleil levant. Enfin, la mer Rouge et ses rives apparurent. Miroitante, fascinante, auréolée du mystère de l'Orient.

Sous un soleil de désert, l'Egypte se courba devant l'horizon inconnu.

*
* *

— Cap sur le sud ! cria Sakmet.

Le vent était léger et gonflait les grandes voiles. Le courant paraissait raisonnable et suffisait à la progression lente des cinq vaisseaux.

Enfin, les navires purent avancer les uns à côté des autres. La longue file qui, jusqu'à présent, progressait depuis Thèbes, était enfin devenue une barre majestueuse qui descendait les flots de la mer Rouge.

Séchat avait réintégré "L'Œil de Thot". Depuis quelques jours, elle ne voyait plus Neb-Amon que la reine retenait sur son navire. Un regard, un geste, un mot, une attitude du médecin qu'elle se remémorait avec un plaisir toujours plus intense lui firent rapidement comprendre que sa présence lui manquait.

Fort heureusement, son travail ne lui laissait plus le temps de prendre le repos qui eût immanquablement engendré des réflexions néfastes pour son moral. Consciente tout à coup que ne plus travailler devenait impossible sans y associer l'image du médecin.

Séchat se remit donc au labeur avec le dynamisme et l'ardeur qui la caractérisaient. A présent qu'il n'y avait plus de perturbateurs dans son équipe, celle-ci besognait avec une fureur toute nouvelle, travaillant chaque jour les rapports détaillés qu'elle attendait de ses scribes.

Mettouth avait bien formé son groupe de travail. Il rattrapait le temps perdu occasionné par les péripéties du voyage et, lorsque Séchat présenta son travail à la reine, celle-ci se révéla satisfaite.

Le voyage aurait pu se passer, désormais, sans autres difficultés, mais il était écrit — en cela, Séchat n'oublia rien qui devait être consigné sur les bas-reliefs du temple de Deir-el-Bahari — que le calme ne devait pas encore régner sur les bateaux de la flotte royale.

Lorsque ceux-ci s'éloignèrent des bords de l'embouchure, le vent, si doux fût-il, s'arrêta et il fallut reprendre les rames. La peine des hommes était à son comble et l'épuisement commençait à se faire sentir sur les dos courbés et les bras qui se mouvaient sans discontinuité. Le courant du Nil n'était plus là pour aider les pauvres rameurs qui s'activaient à la tâche.

Le paysage n'étalait plus ses montagnes, ses papyrus, ses roseaux emplis du bruit des passereaux, des oies et des canards sauvages. Il n'offrait plus ses multiples couleurs, chaudes et vives, qu'affichaient les grues, les colverts, les ibis, les oiseaux migrateurs.

L'horizon ne dévoilait plus la ligne infinie d'un fleuve doré par le soleil du zénith et rougi par les feux du soir. Ici, tout était nouveau, inattendu, étrange, mystérieux.

Enfin, l'expédition prenait toute son ampleur, celle que la reine avait souhaitée, attendue, espérée. Celle de la grande navigation sur une mer totalement inconnue d'elle et de ses hommes d'équipage.

La route maritime avait enfin trouvé le passage fluvial qui menait au riche Pays du Pount. A présent — et cela aussi serait inscrit sur les bas-reliefs de Deir-el-Bahari — le Nouvel Empire perpétuait le cours des choses en la personne du pharaon Hatchepsout.

Elle rétablissait le vieux lien entre les temps anciens et son époque. L'inconnu était enfin devant elle. Bientôt, elle rapporterait à son pays les merveilles du Pount. Rien ne serait en trop pour charger ses vaisseaux. Les arbres à encens, les fourrures, les bois précieux, les ivoires auxquels elle ajouterait toutes sortes d'animaux inconnus comme des girafes, des tigres, des singes, viendraient satisfaire les yeux et les narines d'Amon.

A présent, les haltes reposantes ne se feraient plus au bord du Nil, près d'un port aux allures rassurantes. Il n'y avait plus que la mer et l'horizon. Il faudrait rêver sur le petit pont ou près du gouvernail tout en observant le large, les pieds arrimés au bastingage ou les mains s'accrochant aux cordages des navires, tant les bateaux tanguaient.

Terminés les bras tortueux du delta que les marins de Thèbes connaissaient mal. Même Thouty, infatigable bourlingueur, ignorait les embûches que cette région d'Egypte réservait aux navigateurs les plus avertis.

Qui pouvait se targuer de bien connaître le delta ? Cette région de Basse Egypte dont l'unification ne s'était faite que tardivement. Les grandes fusions du pays s'étant souvent faites par le sud, à partir des provinces qui touchaient la Nubie.

Sur ces flots méconnus qui prenaient des teintes irisées quand l'aube se levait et dont la houle étonnait encore les plus crédules, les vaisseaux allaient bonne allure, fondus dans la lumière qui n'était plus faite de poussière.

Le jour éclatant se levait chaque matin, brûlait de ses feux intenses, profonds, compacts et se couchait dans des nuances qu'aucun marin n'avait pu voir encore jusqu'à présent. Mais, tout n'était pas que soie et velours à l'œil impertinent du marin. Un vieux ressentiment chatouillait les ventres les plus angoissés. Allait-on voir surgir de ces flots inattendus un peuple de monstres à la recherche de quelques bouchées de choix à se mettre sous la dent ?

Les rocs qui émergeaient des flots s'enfonçaient parfois insidieusement sous la mer, heurtant dangereusement la coque des navires sans que les marins puissent prévoir à l'avance la secousse souvent brutale. De grandes plages au sable fin, dorées à souhait, trompaient souvent l'œil. Les côtes étaient dangereuses pour qui ne connaissait pas les abords de la mer Rouge.

Après une série d'amas rocheux qui s'étalait à perte de vue, les récifs s'escarpèrent. Puis, vinrent d'immenses plages recouvertes de palmiers. La végétation était luxuriante et le soleil filtrait au travers des branchages épais et denses.

Le climat devint sec et chaud. Le soleil brûlait la cime des arbres et la crête des vagues venait asperger la terre séchée où le vent avait creusé des sillons.

Sur le pont, chacun restait droit, les jambes écartées pour mieux tenir au sol, car un léger roulis s'accentuait d'heure en heure. Les mains en visière, les marins faisaient le gué et se relayaient régulièrement. Sans doute, cherchaient-ils déjà le Pays du Pount. Aucun d'eux n'aurait été surpris qu'un matelot, du haut de son mât, criât : "Nous y voici ! C'est le pays que nous cherchons !"

Que l'on hurlât de suite ces mots et des centaines de visages apparaîtraient sur le pont, serrés les uns contre les autres, Hatchepsout et Séchat en tête. Mais rien ne venait et l'océan s'étendait inexorablement devant eux.

Plus ils descendaient vers le sud, plus la côte devenait montagneuse. Sakmet avait les yeux si grands ouverts qu'il en oubliait sa trahison envers Séchat, trop préoccupé par la façon dont ils devraient tous aborder la côte étrange et inconnue.

*
* *

C'est au milieu d'une nuit qui apparaissait tranquille que les flots se déchaînèrent. Thouty en avait pressenti les prémices et veillait sur le pont depuis que le soleil s'était couché.

Etendue dans sa cabine, Séchat observait la pauvre mine de Reshot. A demi inanimée, pantelante, incapable de vomir, ce qui l'eût sans doute soulagée, la jeune suivante restait insensible aux bruits qui s'agitaient autour d'elle.

Et ce n'était pas des murmures habituels ou des clapotages sans fin de vaguelettes venant mourir en douceur sur les bords des vaisseaux.

Non ! Ces bruits-là devenaient monstrueux, aussi indomptables que ceux qui provoquaient la crue du Nil, quand les eaux folles et agitées étaient déchaînées. Et, si l'on se bouchait les oreilles, le roulis de plus en plus violent venait les infiltrer dans l'esprit, ne laissant nul répit à celui qui voulait les oublier.

Une énorme cacophonie faisait rage. Un chahut composé d'affreux sifflements dans les voiles, de battements sourds que provoquait le heurt des échelles de cordages sur les coques, de claquements du vent qui s'engouffrait dans les cales, de sinistres chuintements de vagues venant s'écraser sur le pont. Des bruits aussi inattendus qu'étranges.

Bien que Séchat tînt assez bien le coup, malgré les quelques nausées qui venaient parfois assaillir sa gorge, elle ne cessait de s'inquiéter pour sa compagne. Il fallait dire que, depuis l'accident des marais, Reshot était fragile et son esprit devenu trop agité se laissait assez vite déborder par la moindre tourmente.

Elle s'approcha d'elle et, avec d'infinis gestes de douceur, redressa sa tête sur le coussin qui la soutenait en travers.

— Va chercher Neb-Amon, je t'en prie, murmura-t-elle, les yeux à demi fermés d'épuisement.

Séchat soupira.

— C'est impossible. Le soldat qui a failli périr en mer en venant nous apporter les nouvelles du "Sceptre d'Amon" m'a affirmé que le médecin soignait les suivantes de la reine.

— Alors, emmène-moi sur son bateau.

Elle eut la force de soulever son buste, mais le laissa retomber aussitôt.

— Je t'en prie, Séchat. Sinon, je sens que je vais mourir ici.

— C'est trop dangereux fit Wadjmose. Les barques sont broyées par les vagues ou ensevelies en quelques secondes.

— Je t'en prie, Séchat.

La voix de la malade était si faible qu'un violent coup de roulis l'absorba tout entière.

— Je t'en prie, réitéra-t-elle.

Wadjmose secoua la tête dans un signe de négation.

— C'est trop dangereux. Nous péririons tous les trois.

Mettouth qui arrivait en titubant se retint au chambranle de la porte. Il faillit glisser sur Wadjmose qui l'attrapa solidement par le bras pour qu'il puisse se rééquilibrer.

— Pas si nous prenons la plus lourde des chaloupes, dit-il en se collant contre la paroi du mur.

— Celle du soldat a failli se retourner deux fois, fit Wadjmose.

— C'est une embarcation en écorce de papyrus. Je propose la grande barque de bois que nous alourdirons du poids de nos trois corps, rétorqua Mettouth.

— Tu accepterais de venir avec nous ? fit Séchat étonnée.

— Ça me paraît indispensable.

— Wadjmose se passa la main sur le front. Il ne sut si celui-ci était humide du crachat des écumes qui jaillissait de toute part ou d'une sueur craintive bien compréhensible.

— Ça me paraît présomptueux, corrigea-t-il à son tour.

— Wadjmose, souffla Reshot en tournant vers lui des yeux de chien battu. Wadjmose. Je t'en prie.

— Il sera dit, grommela celui-ci, que je vous

emmènerai tous au pays d'Osiris. Que le dieu des morts nous accueille en son domaine de lumière !

— Allons-y, décréta Séchat en se levant avec mille précautions pour ne pas glisser sur le plancher de sa cabine. Reshot a raison. Neb-Amon lui fera aussitôt absorber une potion calmante.

Une fois debout, elle réussit à se tenir en équilibre sans plus d'encombre.

— Nous en profiterons, ajouta-t-elle, pour ramener le remède. Les scribes sont presque tous malades. La potion leur fera le plus grand bien.

Pendant que Wadjmose s'escrimait à détacher la barque, Séchat et Mettouth prenaient la pauvre Reshot chacun par un bras, en essayant de ne pas glisser sur le plancher.

Quand le soldat qui venait de "L'Horus" les vit passer, il écarquilla les yeux d'étonnement. Mais, il était secoué par des hoquets de vomissement et ne put proférer un seul mot à leur encontre. Qu'aurait-il dit, d'ailleurs ? Qu'ils allaient au-devant d'une mort certaine. Il porta la main à son cœur, tendit le visage en avant et vomit une rasade de liquide jaunâtre, probablement de la bile, car le pauvre homme n'avait plus rien dans le ventre depuis longtemps.

Wadjmose avait réussi non sans mal à détacher l'embarcation du vaisseau. Il aida Mettouth et Séchat à y déposer Reshot et, quand ceux-ci prirent place derrière lui, déjà les vagues promettaient de les recouvrir en quelques secondes. Ce qui fut fait. Une gerbe énorme d'eau les gifla de toutes ses forces, les laissant tapis au fond de la barque, sans respiration.

Une autre lame moins importante, mais d'une violence tout aussi cinglante les réveilla. Dans le creux des vagues, ils dépassèrent "L'Horus". Les rames de Wadjmose battaient l'espace sans parvenir à s'enfoncer dans l'eau. Dès qu'elles atteignaient la surface de l'océan, un remous brutal les déséquilibrait, risquant de les faire passer par-dessus bord.

Mettouth qui avait repris sa respiration saisit à son tour la paire de rames restée à fond de cale et sur laquelle était couchée Reshot. Celle-ci se mit à gémir tant l'effort de se soulever lui était pénible.

La barque était maintenant incrustée dans le sillon d'une vague dont le retour sur elle-même fut aussi vertigineux que brutal. Elle se plaqua violemment sur le contrefort de la vague, roula, se retourna, pour se jucher enfin tout en haut de l'infernal rouleau d'écume qui s'apprêtait déjà à s'écraser sur la coque de "L'Anubis" dont ils apercevaient le soubassement.

Reshot se mit à hurler. Elle s'était redressée et criait qu'elle préférait mourir sans délai plutôt que de supporter cet infernal océan déchaîné.

Séchat voulut la raisonner, mais l'effort qu'elle effectuait pour rester collée au fond de la barque était si intense qu'elle ne pouvait se concentrer sur le sort de sa compagne. Elle tenta néanmoins de la retenir.

— Nous... pa... passons "L'Ha... L'Hathor", suffoqua-t-elle. Dé... détends-toi Reshot.

Elle frémit. Reshot gesticulait de plus en plus. Ciel ! Pourquoi l'avait-elle entraînée dans cette tourmente infernale ? Elle qui exécrait depuis toujours les ports, les ponts et les cales des navires, les mâts, les voiles et les cordages qui les retenaient.

Reshot haïssait jusqu'aux simples coques des barques naviguant paisiblement sur le Nil. Avait-elle subi un naufrage dans sa petite enfance avant de devenir esclave au palais de Thèbes ? Sa phobie de l'eau avait toujours surpris Séchat.

— Reshot ! cria-t-elle.

Une écume blanche et glaciale lui ferma la bouche. Elle eut de l'eau plein les poumons et ne put en dire davantage. Elle vit que Mettouth avait perdu ses rames et que seul Wadjmose tentait encore de faire avancer la barque.

Scrutant avec difficulté les parages, elle vit que, au-dessus du bastingage de "L'Horus", plusieurs hommes d'équipage étaient penchés et vomissaient tripes et boyaux. Elle vit aussi dans le brouillard de l'écume qui se plaquait sur son visage, deux marins retenir un troisième qui, sans doute, préférait lui aussi mourir plutôt que d'affronter un tel déchaînement de l'océan.

Où était passé le savoir des vieux bateliers du Nil ? Alors qu'elle s'apprêtait à retomber avec lassitude au fond de l'embarcation, elle crut apercevoir au loin une silhouette qu'elle commençait à reconnaître. Son cœur se mit à battre aussi violemment que les coups de cette tempête contre son corps endolori.

La barque déstabilisée, tantôt engloutie au fond de la vague, tantôt la juchant en déséquilibre complet, approchait néanmoins du "Sceptre d'Amon". Mais c'était fantasmer que de penser qu'ils étaient arrivés à bord du vaisseau.

Une lame de fond les prit par surprise. Séchat eut la vue brouillée. Un jet d'une violence inouïe la bloqua tout entière au fond de la barque, la paralysant au point qu'elle ne sentit plus Reshot contre elle. Puis, la barque se retourna.

Elle sentit le bras de sa compagne et l'agrippa. Reshot ne savait pas nager et d'ailleurs aurait-elle su, elle était incapable de faire le moindre mouvement. Séchat elle-même ne pouvait effectuer aucun geste qui pût la sauver. Balancée, projetée, plaquée dans le remous indescriptible, elle ne pouvait que se laisser aller à la tourmente.

Quand elle surgissait en haut d'une vague, elle apercevait la grande voile carrée attachée au grand mât du vaisseau de Neb-Amon, mais elle ne voyait plus sa silhouette. La voilure ne se gonflait plus d'une brise légère, elle claquait sinistrement dans la tempête.

Ce fut au fond d'une lame qui l'entraînait dans un tourbillon qu'elle heurta le bord de la barque. Elle s'y accrocha de toutes ses forces et sentit un bras qui la poussait près de la coque. Wadjmose avait réussi à la retourner dans le bon sens.

Quand il la hissa à l'intérieur, elle vit que Mettouth agrippait Reshot. Sortant son bras libre de l'eau, il désigna la proue du "Sceptre d'Amon" dont le bout relevé piquait dans l'océan.

— Nous sommes arrivés.

Séchat tourna la tête et vit la proue du vaisseau se relever. C'est alors qu'elle distingua de nouveau la silhouette du médecin. Il se penchait et lançait par dessus-bord une corde de sauvetage. Ciel ! Séchat ne voulait pas mourir avant de revoir le visage attentionné de Neb-Amon se poser sur le sien.

Le cordage se balançait dans le vide, absorbé par les vagues qui venaient rageusement l'avaler. Une vague écarta Mettouth de l'embarcation qui menaçait encore de se retourner. Il tenait toujours le bras de Reshot.

Avec horreur et soulagement, Séchat vit que Wadjmose avait choisi de se rapprocher du vaisseau plutôt que de tenter le sauvetage impossible de Reshot. Mais le pauvre Mettouth se débattait dans de bien cruelles circonstances.

Séchat eut un remords.

— Non ! cria-t-elle à Wadjmose. Non !
— C'est impossible, rétorqua son serviteur.

Puis, il regarda la corde se balancer et vit avec gratitude que Neb-Amon en jetait une autre.

Séchat hésita. Elle leva un bras, mais ne put saisir le cordage dont le bout apparaissait dès que les vagues se retiraient, et disparaissait dès qu'elles revenaient la seconde suivante.

Neb-Amon criait, les mains en porte-voix, mais elle n'entendait que le sinistre mugissement des flots dans la tempête. Les oreilles assourdies, les yeux brouillés, brûlés par l'eau, le corps rompu, elle vit que Wadjmose avait réussi à saisir la pointe du cordage. Il la lui balança brusquement avant de sauter dans les vagues en direction de Mettouth qui, tirant toujours Reshot, menaçait à tout moment de disparaître au fond de l'océan.

"Cette mer a-t-elle un dieu ? pensa Séchat en grimaçant d'impuissance, tant les forces l'abandonnaient. Alors, que la clémence de ce dieu-là les sauve."

Elle leva la tête et, cette fois, vit nettement le visage de Neb-Amon se pencher au-dessus du sien. Elle sentit son poignet faiblir, ses doigts relâcher la pression qu'ils exerçaient sur la paroi rugueuse du cordage.

Ce dieu inconnu des océans allait-il l'abandonner si près du but ? Et sa petite Satiah serait-elle orpheline, abandonnée lâchement au harem par une mère qui ne pensait qu'à se rehausser dans une hiérarchie professionnelle masculine ?

Le médecin se penchait de plus en plus dangereusement. Son bras se balançait au rythme des vagues qui ne perdaient ni de leur intensité ni de leur violence.

Séchat tourna la tête. Un éclair la traversa tout entière. Quelque chose se cassa en elle. Deux brisures qu'elle ne pourrait jamais ressouder. Son adolescence, sa jeunesse s'en allaient en même temps que sa douce compagne. Les yeux éperdument ouverts malgré les brûlures qui assaillaient ses paupières, elle vit Mettouth et Wadjmose s'approcher seuls du second cordage.

Elle resserra ses doigts sur la rugosité du lien qui la maintenait en vie. Ses pieds battirent l'air, aspergés par l'écume menaçante. Ses paupières la piquèrent et elle sentit les larmes couler de ses yeux. Reshot était partie à tout jamais, le corps enfoui dans ce qu'elle exécrait le plus au monde.

Encore une fois, elle voulut se retourner pour voir ce que devenaient ses deux compagnons, mais sentit aussitôt que ce simple geste la déconcentrerait trop. Alors, elle n'eut plus qu'un objectif, regarder intensément le visage de Neb-Amon et réussir son abordage.

Quand il la hissa sur le pont inondé, son souffle était saccadé et ses larmes n'en finissaient plus de couler.

C'est à peine si elle vit que Wadjmose et Mettouth abordaient peu de temps après elle.

La cale enfouie sous une tonne d'eau emportant provisions et chargements, le câble torsadé qui reliait la poupe à la proue cassée relâchant la voilure déchirée, la quille du bateau n'assurant plus la stabilité du vaisseau, tout cela ne la concernait plus.

CHAPITRE X

Depuis l'aube la tempête s'était calmée et les navires avaient repris une marche normale. Des cinq navires, c'était "L'Anubis" le plus détérioré. La grande voile avait subi une déchirure sur toute sa diagonale, les câbles s'étaient distendus, cassés, la passerelle reliant la poupe à la proue s'était défoncée et les marins avaient dû assembler des planches pour la consolider. La proue recourbée en queue de scorpion avait perdu son effigie et le dieu à tête de chacal avait déserté son vaisseau.

Séchat était plus émue par la perte de Reshot que par les dommages matériels de "L'Anubis" et elle n'imagina pas un instant demander à Sakmet quelle serait, pour lui, l'issue de ce sinistre.

Par contre, si la perte en hommes sur "L'Œil de Thot" avait été importante, pas un marin sur les autres vaisseaux — malgré leurs fréquents instants de panique — n'était passé par-dessus bord.

Quant aux autres dégâts, ils concernaient essentiellement les provisions et c'était sur le vaisseau d'Hatchepsout qu'ils avaient fait le plus de ravages.

Les flots en furie inondant la cale du "Sceptre d'Amon" avaient emporté tout ce qu'ils rencontraient sur leur furieux passage, barils d'eau, de vin, d'huile et de bière, réserves de viandes, de pain et de fruits séchés et, pénétrant jusque dans les cabines de la reine et de ses suivantes, ils avaient englouti les coffres de fards et de cosmétiques, répandu les huiles embaumées, fracassé les petits objets de luxe, détérioré, arraché les coussins et les nattes de papyrus, il ne restait pratiquement plus, sur le "Sceptre d'Amon", que des débris de caisses cassées et défoncées.

Par chance, Hatchepsout avait poussé un énorme soupir de soulagement : la cale de "L'Œil de Thot" n'avait pas été inondée et les cadeaux destinés au roi du Pount étaient tous intacts. Qu'eût pu faire la pharaonne d'Egypte si elle était arrivée en invitée au Pays du Pount les mains vides ?

Elle se fit transporter sur le vaisseau de Séchat et inspecta scrupuleusement le contenu de chaque coffre, soulagée de voir que rien n'y manquait et que rien n'y était détérioré. Les grands meubles de bois enfermaient toujours les objets en verrerie de couleur, les fines étoffes de lin, les couteaux à lame de bronze aux manches ciselés, les colliers et bracelets en perles de céramique.

Puis, soulevant l'étoffe blanche qui recouvrait la plus belle pièce, elle observa en silence la statue de grès rose qui la représentait au côté du dieu Amon. Le poli de sa texture, quand elle y passa délicatement le doigt, ralluma en elle les instincts impérieux de sa souveraineté.

Si la cale de "L'Œil de Thot" avait été la seule à ne pas avoir été touchée, il faut dire qu'à l'arrivée des fièvres du delta, quand l'épidémie s'était abattue sur les vaisseaux, Neb-Amon en avait peaufiné le système des fermetures lorsqu'il y avait rassemblé tous les hommes contagieux.

Epidémie, tempête et accidents divers en cours de route avaient supprimé une trentaine d'hommes sur l'équipage intégral. Thouty n'était cependant pas trop alarmé, il restait à bord suffisamment d'hommes d'équipage pour les mener au bout de leur voyage.

Séchat n'avait pas réintégré de suite son vaisseau. Dans la petite cabine de la reine, devenue très austère, elle pleurait la disparition de sa fidèle compagne, son amie, sa sœur.

Reshot ! La jeune esclave nubienne qu'Hatchepsout lui avait donnée pour son dixième anniversaire. Séchat la revoyait encore, parlant avec déférence à son père, mais exécutant à la lettre tous ses caprices de petite fille.

Reshot ! Pas beaucoup plus âgée qu'elle, avec ses longues jambes brunes et dénudées sous son court pagne de couleur, ses cheveux crépus qu'elle n'avait coupés que dix ans plus tard laissant le profil du visage net, harmonieux, d'autant plus que ses traits avaient cette caractéristique qu'ont tous les Africains de Nubie. Même la mère d'Hatchepsout n'avait pu dire à la princesse d'où elle venait exactement et qui elle était.

— Reshot va me manquer, murmura-t-elle.
— Nous ramènerons une jeune fille du Pount et je te l'offrirai, promit la reine à sa compagne.

Séchat eut un sourire léger.
— Hatty ! dit-elle sans même se rendre compte qu'elle venait d'utiliser le diminutif dont elle se servait au temps de leur adolescence, Hatty ! Ce ne sera jamais Reshot.

Elle soupira.
— Jamais je ne vivrai la même intimité avec une autre.
— Allons, Séchat, je te croyais plus courageuse. Crois-tu que je partage avec une autre tout ce que j'avais en commun avec ma fille aînée ? Même Mérytrê ne peut la remplacer. Quand Néférourê est morte, quelque chose s'est brisé en moi.

Elle entoura les épaules de Séchat.
— C'est ainsi la vie et tu le sais.
— J'accepte ton cadeau, Hatty. Soit. Offre-moi une petite servante. J'essaierai d'en faire une amie.
— Je préfère te voir ainsi. Je sais que tes nerfs sont ébranlés parfois et que tu dois te battre plus farouchement que moi qui n'ai qu'à lever le doigt pour être immédiatement obéie.

Elle resserra la pression de son bras sur les épaules de sa compagne.

— Tu vas rentrer sur ton navire et travailler avec tes scribes. Ceux qui te restent te sont dévoués, à présent.

Elle jeta ses yeux perçants et sombres dans ceux de son amie.

— Comment sais-tu ? jeta Séchat.
— Je sais tout, répliqua Hatchepsout en souriant.
— Tout !
— Crois-tu que j'aurais laissé en suspens l'affaire du scorpion si je n'avais pas appris qu'il t'était destiné ? Crois-tu qu'on m'ait tenue à l'écart de la mort de cette fille qui cherchait à t'empoisonner ?
— Néset ! s'écria Séchat, une lueur sombre allumant sa pupille.
— C'est elle, n'est-ce pas, qui avait kidnappé ta fille ?
— C'est elle.
— Alors, c'est bien. Le dieu des crocodiles lui a fait payer sa forfaiture.
— Hatty, reprit Séchat d'un ton vif, est-ce tout ce que tu sais ?
— Ce que je ne savais pas, je l'ai deviné, jeta la pharaonne.
— Les cartes du Pount ?
— Oui. Mais nous en resterons là. Je ne veux pas en parler.
— Pour ne pas semer la perturbation parmi tes conseillers ?
— L'essentiel n'est-il pas que tu t'en sois tirée avec les honneurs ? rétorqua Hatchepsout tranquillement.
— D'obscurs honneurs !
— Alors, je tourne mon propos autrement. L'essentiel n'est-il pas qu'avec mon amitié, je t'offre toutes mes félicitations. Sans toi, nous aurions fait demi-tour.
— Pourquoi ai-je mis tant de hargne à vouloir

conserver pour moi seule ces cartes ? soupira Séchat.

— Et moi-même, pourquoi ai-je mis tant de hargne à vouloir effectuer ce voyage ? rétorqua la reine.

Elle dirigea son regard vers la porte restée à demi ouverte. Depuis que la tempête avait fait rage et que Yaskat soignait les suites des violentes nausées qui l'avaient prise d'assaut, Hatchepsout ne fermait plus la porte de sa cabine, laissant entrer qui voulait.

— Le désir de plaire aux dieux, poursuivit-elle, est-il le seul motif ? Que tu le veuilles ou non, Séchat, nous recherchons l'ivresse de la puissance. Pourquoi serions-nous différentes des hommes ? Ne la réclament-ils pas, eux ?

— Hatty, je crois que...

Elle s'arrêta. Un homme poussa la porte et entra. Un instant, Neb-Amon parut surpris de l'intimité qui régnait entre les deux femmes. Certes, il s'en doutait, mais Séchat le surprenait chaque jour davantage. Oser appeler la pharaonne "Hatty" ! Voilà qui dévoilait une familiarité qui, sans aucun doute, frôlait la complicité.

Séchat ! Si haut placée dans la hiérarchie sociale et en même temps si simple, si perdue dans le labyrinthe de sa morale et de ses idéaux.

— Entre Neb-Amon, et prends mon pouls, jeta gaiement la reine. Depuis que Yaskat ne s'occupe plus de moi, je dois veiller seule à ma santé.

Elle offrit au jeune médecin un large sourire et lui tendit son bras dénudé qu'un large bracelet de lapis-lazuli recouvrait.

— Ce pouls a été bien malmené tous ces temps-ci, reprit-elle. Quand tu m'auras dit qu'il bat normalement, je serai rassurée et tu pourras aller voir tes autres malades.

Il prit le fin poignet de la reine entre ses mains.

— Il faut ôter ce bijou, Majesté.
— Ne peux-tu le faire toi-même ?

Elle se faisait cajoleuse, soumise, prête à tous les compromis. Séchat ne put s'empêcher de jeter :

— Je crois bien que mon pouls a été malmené aussi, Majesté, fit-elle en souriant avec ironie.

— Eh bien, après mon cas, Neb-Amon s'occupera du tien, dit-elle en regardant les doigts du médecin détacher avec précaution le fermoir d'or qui retenait le bracelet.

Quand il faillit tomber, elle le retint au creux de sa paume droite et le tendit à Séchat.

— Il est à toi.

— A moi ! Pourquoi, Majesté ? De quel service voulez-vous me récompenser ?

— Un seul service, Séchat. Celui qui engendre les multiples maux dont tu as souffert.

— Merci, Majesté.

Elle le passa aussitôt à son poignet pour sentir plus longtemps les doigts de Neb-Amon sur sa peau lorsqu'il le détacherait afin d'écouter battre son pouls.

Séchat caressa les perles de lapis-lazuli. Elles étaient reliées par des petits scarabées d'or et entremêlées de minuscules cornalines. Certes, c'était là un bijou digne d'un pharaon.

— Rassurez-vous, Majesté. Votre pouls bat d'une façon tout à fait régulière, jeta le médecin.

— Par contre, annonça-t-il quelques instants plus tard, quand il eut détaché pour la seconde fois le bracelet de lapis-lazuli, le tien, Grande Séchat, est anormalement bas. Tu dois prendre un peu de repos.

— Du repos ! jeta Séchat. Mais, il n'en est pas question.

— En effet, il n'en est pas question, lança la reine. Séchat doit préparer l'arrivée au Pays du Pount. C'est un gros travail. Tout le succès du récit en découle.

Elle se planta droit devant le médecin. Son attitude enjôleuse envers lui avait totalement disparu, faisant place à l'autorité de la souveraine.

— Qui te paraît la plus faible ? Yaskat ou Séchat ?

La réponse ne tarda pas :
— Séchat.
— Alors, accompagne-la sur son vaisseau et surveille sa santé jusqu'à son plein rétablissement. Je veux que dans trois jours, elle reprenne son travail.

*
* *

Durant quelques semaines, le repos s'installa en toute quiétude sur les vaisseaux. Hatchepsout, debout à la proue du navire, les mains en visière, observait l'océan.

Yaskat qui n'éprouvait plus de nausées avait repris sa place fidèle auprès de la reine et quand elle n'était pas à ses côtés, c'était Senenmout qui, prenant la relève, voyait enfin le profil d'une réussite que prenait tant à cœur la pharaonne.

La mer était d'huile. Aussi étrange que cela puisse paraître à tous ces bateleurs du Nil, elle prenait des teintes bleutées à l'aube et mordorées en plein midi. Et, quand venait le crépuscule, les vagues se frangeaient d'écume, couleur de feu, faisant flamboyer à son tour tout l'océan.

Mais ce soir-là précisément, les vagues étaient si douces qu'elles semblaient fragiles. Une fine frange orangée par le soleil du soir les ourlait et elles venaient cogner en sourdine la coque du navire.

Le ciel était un vaste manteau bleu sombre, moins dense que le ciel d'Egypte, mais la nuit il offrait les mêmes constellations, le Taureau de la Grande Ourse et l'Hippopotame de la Petite Ourse avec la patte antérieure de l'étoile polaire.

Même Solthis, la plus brillante des étoiles, dans la constellation du Chien, était fidèle au rendez-vous des Egyptiens. Orion la suivait de près et la clarté transparente de la Voie Lactée faisait aussi sa subite apparition.

Accoudé à côté d'Hatchepsout, Senenmout ne parlait pas. Ils paraissaient tous deux perdus dans leurs songes.

L'océan ! Le gigantesque océan ! Celui qui n'en finissait plus de longueur, de largeur, d'horizon. Hatchepsout en avait tant rêvé que ce n'était plus là qu'une prolongation dans le réel de son fantasme le plus poussé.

Et Senenmout ! A quoi songeait-il ? Certes des rêves qui ne gênaient nullement la reine puisqu'elle savait y être associée.

L'intendant favori d'Hatchepsout pouvait se vanter de réussir une carrière brillante. A peine âgé de trente ans, il se voyait doté des responsabilités les plus grandes. Etait-ce le grand Vizir Imhotep qui le poussait vers le chemin de la gloire ? Imhotep qui, mille ans auparavant, issu d'une modeste famille de paysans, avait su s'imposer comme le dieu de l'époque. Eminent médecin et chirurgien d'envergure, il avait dominé la recherche dans toutes ses applications, et s'il avait découvert la technique de la conservation des corps, il en avait maîtrisé chaque étape.

Brillant inventeur, il avait mis au point un système d'irrigation des sols afin d'enrichir l'agriculture de son pays, allant jusqu'à entasser le blé dans de gigantesques greniers en prévision des années stériles.

Architecte — et c'était là que Senenmout le rejoignait — il avait inventé la taille du granit et s'était élevé en bâtisseur de la première pyramide à degrés sur le plateau de Saqquarah.

Imhotep ! Comment Senenmout pouvait-il ne pas le prendre en exemple ? Certes, la médecine ne constituait en rien son savoir et il ne s'y connaissait guère en matière de plantes médicinales. A peine distinguait-il une plante cicatrisante de celle qui aromatisait un plat. Il était principalement un excellent architecte et un organisateur à toute épreuve, capable de mettre sur pied et de mener à bien le chantier le plus grandiose.

Senenmout soupira de satisfaction. N'avait-il pas réussi à écarter du cœur de la reine son plus grand adversaire, Néhésy, en l'envoyant au-devant des armées qui n'avaient plus guère d'influence en cette époque de règne féminin.

Oui ! Il était un autre Imhotep, un architecte d'envergure. Ne venait-il pas de construire un palais grandiose surgissant du néant de la montagne, un temple à l'expression d'Hatchepsout, un sanctuaire correspondant à ses idéaux artistiques ?

Les artistes ! Il aurait aimé devenir le représentant de tous les artisans peintres, sculpteurs, joailliers. Mais Séchat en devenait le pilier central et cela le gênait fortement. Un jour proche, il faudrait l'écarter. Il saurait lui dérober cette estime qu'elle avait auprès d'Hatchepsout. Séchat ! Son autre rivale. Pourquoi ne s'était-elle pas contentée d'être la Grande Intendante des Potiers ?

Déjà aucun peuple de la Méditerranée ne pouvait se vanter de produire un artisanat aussi prospère, riche et varié que celui de l'Egypte. Il n'était pas question de laisser cet avantage à Séchat. Deux hommes d'envergure, deux hauts dignitaires avaient tenté de la détruire, mais n'y étaient pas parvenus. Lui saurait.

Senenmout se passa les deux mains dans les cheveux. Depuis qu'il avait abandonné la coiffure des scribes de moyenne classe pour porter une coupe plus courte et plus contemporaine, il effectuait souvent ce geste.

Puis, d'un revers de main alangui, ce qui n'était guère son habitude — il avait plutôt le geste sec et nerveux — il brossa distraitement le devant de sa tunique froissée par l'attouchement du bastingage et reporta à nouveau ses yeux sur le ciel étoilé.

Restait Hapouseneb et les multiples pouvoirs que le peuple lui donnait. Certes, il restait intouchable dans son temple de Karnak. Mais, Senenmout transpercerait le secret des dieux les plus inviolables dès que les vaisseaux auraient rapporté du Pount les encens qui leur étaient indispensables.

L'ambition de Senenmout était à la hauteur de celle de la pharaonne. Et, puisque nul mâle n'était sorti de ses entrailles, tout lui était permis afin de rehausser la gloire et la réussite de sa souveraine, entraînant avec elles les siennes. Oui ! Senenmout serait pour Hatchepsout ce qu'Imhotep avait été pour le pharaon Djoser.

*
* *

Enfin le premier port du Pount dévoila ses côtes africaines.

Les cinq navires accostèrent en file, les uns derrière les autres. Devant les yeux étonnés des pêcheurs accourus sur la rive, les vaisseaux avaient fière allure, la proue à l'effigie des dieux relevée en arc de cercle.

Certes, ils ne passaient pas inaperçus, les vaisseaux de la pharaonne égyptienne qui venait en pacificatrice dans le pays du roi du Pount ! Le sable doré des immenses plages leur apportait ce qu'il fallait de prestigieux pour les auréoler, une belle image qui devait rester longtemps gravée dans la mémoire de ces simples pêcheurs.

Un paysage verdoyant de palmiers-dattiers et de cocotiers les entourait. Des forêts d'arbres à encens s'étalaient à vue d'œil. Petits, trapus, résistant à la chaleur et au vent, ils offraient leurs feuillages gorgés d'arômes qui se diffusaient dans tout le végétal.

Si les vaisseaux de la flotte royale n'avaient pas rencontré de navigation sur la mer Rouge, ils n'en virent également aucune aux approches du port dans lequel ils accostaient.

Les pêcheurs africains étaient plutôt de taille moyenne bien qu'on vît parmi eux s'affairer quelques grands gabarits, hauts sur jambes, à la musculature développée et au faciès avenant.

Pour ces Africains qui ne voyaient pratiquement jamais de circulation par la voie d'eau, se pouvait-il que d'aussi beaux navires leur soient hostiles et réclamassent la guerre ? Pas un instant les pêcheurs noirs ne doutèrent et c'est avec de grands signes à l'appui qu'ils accueillirent Néhésy et Senenmout, descendus les premiers sur la grève. Seuls trois soldats les accompagnaient, dépourvus d'armes et d'agressivité.

Un échange de regards nullement hostiles se fit. Déjà, c'était de très bon augure. Les Noirs avaient un visage assez fin. Aucun trait grossier ne venait perturber l'harmonie de leur allure. Certes, les peaux étaient sombres, mais leur nez n'était que faiblement épaté et leurs lèvres à peine épaisses offraient à leurs visiteurs un sourire aux dents saines et blanches.

Il y eut soudainement une envolée de mouettes qui les fit rire à gorge déployée. Senenmout préféra ne pas se détendre outre mesure, craignant de perdre son image de prestige, mais Néhésy se joignit à eux, ce qui provoqua l'hilarité générale, car une vingtaine de femmes et d'enfants cachés dans les buissons accourait, à présent que les présentations étaient faites.

Les pêcheurs leur firent signe de les suivre. Sans doute les emmenaient-ils au village. Senenmout se retourna vers les vaisseaux. Il sentait que, sans se montrer, l'œil de chacun était braqué sur la petite communauté des pêcheurs noirs.

Thouty, Sakmet et Séchat descendirent de leurs embarcations. Chacun d'eux avait souhaité qu'un soldat les accompagne, vêtu d'un simple pagne qui ne dissimulait ni couteau ni poignard.

Le petit groupe se mit en marche dans un paysage de verdure et de sable où poussaient des herbes inconnues. Parfois, les plantes étaient si hautes qu'elles dépassaient la hauteur d'un homme.

Par instants, la terre était brûlée, presque calcinée et n'offrait que des racines sauvages, mais à quelques mètres, il y avait toujours une zone ombragée d'un vert violent qui contrastait étrangement.

Néhésy et ses compagnons marchaient prudemment et, bien que l'accueil semblât parfait, il fallait tout de même ouvrir suffisamment l'œil pour détecter l'éventuelle anomalie.

Quand les hommes eurent dépassé le village fait de petites maisons d'herbe séchée et montées sur pilotis, une jungle se mit à serpenter à travers des collines où la nature n'était pas encore domestiquée par l'homme. Des pâturages chauds et humides s'étendaient au loin et des vaches grasses y paissaient, tranquillement mêlées aux ânes qui se prélassaient au soleil, et aux singes qui sautillaient de branche en branche dès qu'ils rencontraient un arbre.

Soudain, les pêcheurs s'arrêtèrent. Dans leur langue saccadée et chantante qu'accompagnaient des gestes fort éloquents, ils indiquèrent que s'arrêtait là leur territoire et qu'ils ne pouvaient aller plus loin.

Un des pêcheurs se détacha du groupe et se mit à taper sur un petit tam-tam qu'il tenait sous son bras. Il prévenait le village suivant de prendre la relève. Au loin, un autre bruit de tambour lui répondit.

Néhésy distribua quelques bracelets de cuivre qui furent accueillis avec de grandes exclamations de joie et, poursuivant le chemin, les conseillers d'Hatchepsout se remirent en marche.

Ils contournaient un éperon rocheux où grouillait toute une colonie de petits singes noirs quand, soudain devant eux, surgit une colline de verdure couverte de fleurs sauvages. Au pied, coulait un filet d'eau claire et, du sommet, dévalaient des aigrettes blanches au bec orangé. Elles burent un instant et disparurent dans un ravin.

L'ensemble était prestigieux. Comment ne pas assimiler cette pyramide de verdure, étagée de fleurs géantes aux corolles diverses, à celle du plateau de Saqquarah qui n'était faite que de pierres ?

Séchat ne pouvait plus détacher ses yeux de ce spectacle fascinant. Il y avait bien là un signe des dieux. Elle l'écrirait dans son récit et ce n'est pas la pharaonne qui pourrait s'y opposer.

Bientôt une barricade de cornes ocrées barra la route. Lourdes, massives, les bêtes avançaient d'un pas pesant. Elles tenaient du bœuf et de la chèvre, traînant des poils longs et serrés qui balayaient la terre.

Néhésy et Senenmout, en tête de file, observaient avec inquiétude l'horizon obstrué par ces cornes en forme de lyre qui, bientôt, leur feraient barrage. Des bergers surgirent. Ils étaient une dizaine, trapus, musclés, de plus petite taille que les pêcheurs, mais vigoureux et larges d'épaules.

Ils n'étaient vêtus que d'une ceinture en feuillage tressé qui s'accordait aux couleurs du paysage.

Les nouvelles présentations se firent dans une cacophonie épouvantable faite de mugissements de bœufs et du borborygme des bergers africains.

Prévenu par le tam-tam de leurs voisins qu'il s'agissait d'un groupe de visiteurs pacifiques et fort avenants, voire de belle humeur, tout le monde trouva que c'était là une situation drôle et, dans le brouhaha qui mêlait singulièrement bergers, animaux et visiteurs, les Africains firent deux groupes, l'un qui devait accompagner Néhésy et son équipe vers l'ambassadeur du Pount et l'autre qui retournait à ses bœufs.

L'herbe était de plus en plus haute et grasse. A chaque pas fleurissait une énorme fleur qui flamboyait au-dessus de sa tige géante.

Séchat et ses compagnons n'avaient d'yeux que pour cette immense étendue de verdure magique et troublante.

*
* *

Le village africain était au centre d'une clairière entourée d'arbres touffus et denses. Ebéniers, palmiers et arbres à encens l'encerclaient.

Les cases étaient rondes, toutes semblables. Leur toit conique les faisait ressembler à de grandes ruches. L'architecture était primaire, mais intelligente.

Faites de terre séchée mêlée aux feuilles de palmiers qu'on avait tressées pour consolider l'ensemble, les cases étaient coiffées de branchages servant de toit, pour s'abriter des rayons intenses du soleil et laissaient passer un courant d'air rafraîchissant. Ce toit servait aussi d'abri quand les pluies des saisons d'hiver venaient inonder le sol.

Les villageois avaient monté leurs cases sur des élévations qui les protégeaient de la vermine et autres parasites. Une échelle sommaire faite de petits troncs d'arbres réunis permettait d'accéder au plancher de la case ainsi parfaitement isolée. Ces hommes vivaient simplement, proches de la nature, loin de la vie complexe des grandes villes égyptiennes et des palais thébains.

Arrivés à l'entrée du village, les bergers reculèrent.

Un homme grand et beau, superbe dans son allure solennelle, s'avança. Il avait le nez fin, aux ailes délicatement sculptées, à peine évasées. Son teint était obscur, mais une lumière dorée en peaufinait la texture et, dans le soleil, sa couleur devenait plus ocrée. Très crépus, ses cheveux étaient coupés court, presque ras, ce qui dégageait la ligne aérée de son cou, relevait son buste haut et fier et lui donnait ce maintien royal dont il ne détenait pas le pouvoir, puisque ce n'était là que l'ambassadeur du roi Parehou.

Néhésy s'approcha, mains tendues. Il tenta de lui expliquer qu'Hatchepsout, pharaonne des deux Egyptes, ne descendrait que lorsque le roi en personne les accueillerait.

L'homme comprit que Néhésy était lui aussi un ambassadeur de son roi. Mais, comment pouvait-il supposer que le vaisseau royal enfermait une femme pharaon ? L'étonnement viendrait par la suite. Pour l'instant, les compagnons de Néhésy s'approchèrent, entourés des cinq soldats aux allures pacifiques.

L'ambassadeur observa chacun d'eux avec la plus grande attention et quand il s'attarda sur la personne de Séchat, sa surprise ne fut que fugitive. Il scruta rapidement son visage impassible, mais quand il vit l'ombre d'une détente fleurir sur ses lèvres, il écarta les siennes en un large sourire.

Si Néhésy restait indubitablement l'homme de la communication et des bonnes relations, Senenmout, plus méfiant, restait sur ses gardes. Quant à Sakmet il restait en retrait.

Thouty, lui, avait jeté à l'ambassadeur africain un franc regard, un de ces regards qui font que les hommes ne peuvent que s'accorder en bonne intelligence, même s'ils ne parlent pas le même langage.

Mais, avant que les préliminaires de ce cordial accueil ne se terminent, l'ambassadeur était revenu à Séchat. A nouveau, il avait détaillé son visage, plongeant son regard étonné dans les yeux qui s'étiraient en amande. Il avait presque envie de toucher le maquillage de la jeune femme. Si les yeux étranges de Séchat l'attiraient, la bouche souriante qui s'offrait, recouverte d'une fine couche de henné, l'attirait encore plus.

Soudain, le raclement de gorge que fit Senenmout le rappela brusquement à ses devoirs d'ambassadeur.

*
* *

Restée à bord du "Sceptre d'Amon", Hatchepsout réfléchissait. L'ambassadeur viendrait la chercher pour la conduire au roi Parehou.

D'un signe, elle écarta Yaskat afin de poursuivre ses réflexions.

De cette expédition pacifique, les dieux sortiraient vainqueurs. De ce lieu de délices, Hathor, maîtresse de la vie et de l'amour enfermerait l'encens en elle pour l'expulser en multiples bienfaits. Elle ramènerait des parfums pour son pays, des arbres solides, immortels, chargés des fruits de l'encens. Elle les ferait croître et multiplier dans ses jardins de Deirel-Bahari et ceux de Karnak. Le ciel et la terre pourraient déborder de ces essences divines.

Le dieu Amon ne lui avait-il pas suggéré d'accroître la quantité d'onguents destinés aux chairs divines ? L'exigence avait été clairement formulée. Or, Amon les avait conduits en leur servant de guide.

Depuis que les bateaux étaient amarrés aux rivages du Pount, Hatchepsout priait Amon afin qu'il l'aide à réaliser son désir. Perdue dans sa rêverie, deux soldats vinrent la prévenir que l'ambassadeur du roi Parehou était en marche avec ses conseillers pour la conduire au village africain.

La reine était prête, parée de sa perruque longue et tressée, rehaussée de la dépouille du vautour. Elle sentit que l'intimité vécue sur son vaisseau depuis le départ de cette expédition se terminait. A cet instant, elle devait reprendre toute sa puissance, sa force pharaonique. Elle redevenait le dieu vivant représentant l'Egypte entière au-devant d'un peuple africain qu'elle devait séduire et amener à ses desseins.

Yaskat peaufina son maquillage très accentué. Le khôl entourait ses yeux en amande en un large trait noir qui rejoignait en pointe les extrémités de ses tempes. Les pommettes de ses joues, hautes et saillantes, affinaient son menton et lui donnaient cet air félin dont elle ne s'était jamais départie. Sa bouche petite et sensuelle s'arrondissait délicatement sous la rougeur appuyée du henné qui la recouvrait.

Il fallait que Parehou voie en elle un roi idéal sous l'image d'une féminité occultée par les attributs du tout-puissant.

Elle saisit le pectoral, la crosse et le fouet symbolique.

Hatchepsout était prête quand on annonça Benhoutty, l'ambassadeur du roi Parehou. Elle s'avança majestueuse devant lui. Il se courba en dissimulant sa surprise.

— Salut à toi, pharaon d'Egypte, fit-il en restant le buste incliné. J'ai la charge de te conduire à mon roi.

Sa litière l'attendait sur la berge de la mer Rouge. Une eau claire venait mourir en vaguelettes à ses pieds où de très petits poissons argentés frétillaient. On pouvait aisément les prendre à la main, mais les

Africains n'en étaient pas friands. Leurs corps minuscules n'étaient faits que d'arêtes et ils servaient plutôt d'appât aux gros poissons qui, eux, faisaient l'objet de pêches plus approfondies et plus intensives.

Hatchepsout s'installa dans sa litière. Benhoutty et Néhésy l'encadrèrent durant tout le parcours. Senenmout précédait le convoi que suivaient Séchat, Sakmet et Thouty.

A l'arrière, Yaskat et les autres suivantes avançaient entre deux rangées de soldats. Le village des pêcheurs fut dépassé et on arriva à la colline verdoyante jonchée de fleurs géantes et multicolores. Hatchepsout avait fait découvrir la litière afin de ne perdre aucun détail de la vue paradisiaque qui s'offrait à ses yeux éblouis. Comment pouvait-elle les détacher de cette vision fantastique ?

Parfois, le chemin devenait cahoteux, mais les porteurs de la litière royale s'entendaient pour ne pas trop heurter la cadence de la marche.

Quand le territoire des bergers fut dépassé, le convoi ralentit. Hatchepsout distingua les huttes sur pilotis où l'on accédait par des petites échelles. Elle observa quelque temps la plus haute.

Soudain, elle le vit avancer. Il n'était pas entouré d'hommes ni de soldat, mais des vaches, des ânes et quelques singes l'encerclaient.

Il portait un pagne long, blanc, grisé par la poussière du temps. L'allure digne, la stature haute, son menton se terminait par une barbe en pointe, sans doute passée dans un produit qui la raidissait. Sa peau était recouverte d'une peinture rouge clair, presque rose, il avait des traits fins, un nez aquilin et des bracelets autour de la cheville droite qui montaient presque à la hauteur de son genou.

— Je te salue, Grand Roi du Pount. Mon pays vient à toi en pacificateur. Nous t'apportons de multiples présents.

Il l'observa quelque temps et repoussa un âne qui venait perturber son geste de bienvenue.

— Mon nom est Parehou, fit-il en restant immobile devant la reine d'Egypte. Peux-tu m'indiquer le tien ?

— Je suis la pharaonne Hatchepsout, le roi d'Egypte et le Grand Taureau Puissant de mon peuple. Je suis fille et épouse du dieu Amon, mais aussi le dieu lui-même pour servir mon pays.

— Je t'invite, roi d'Egypte, sur notre terre du Pount.

Elle courba légèrement le buste lorsqu'elle vit qu'à son tour, il effectuait une légère inclination de tête.

— J'établirai ton pays et ses parfums au centre de mon sanctuaire. Je te donnerai colliers, bracelets, verreries, perles d'argile, armes, et victuailles pour toi et les tiens.

Il se tourna vers sa suite que Néhésy, Senenmout et Séchat avaient rejointe. Elle descendit de sa litière.

— Tes conseillers ? jeta Parehou.

Elle acquiesça.

— Mes fidèles serviteurs, mes soldats, mes suivantes.

Elle les désigna tous d'un grand geste de souveraine,

Puis, voyant que Parehou avait son regard fixé sur Séchat qui, selon lui, aurait dû être parmi les suivantes, elle expliqua :

— Séchat, la Grande Scribe Royale attachée à mon service. C'est l'Intendante de mes artisans, de mes peintres et de mes sculpteurs. Tu verras très bientôt une belle pièce en grès de mon pays dont elle a dirigé la main-d'œuvre.

*
* *

A l'entrée de la case sur pilotis, au bas de la petite échelle, la reine Ity parut entourée de ses deux fils et de sa fille.

Elle regarda Néhésy vêtu de son pagne soigneusement lissé, portant les signes distinctifs de son rang, puis observa les autres dignitaires en s'étonnant de voir leurs pieds chaussés de sandales que les Egyptiens portaient toujours lorsqu'ils paraissaient en société.

La taille de la fille était obèse et plus encore celle de la mère. Ce Pays du Pount rassemblait une diversité étonnante de statures, de physionomies et de couleurs de peau. Autant les pêcheurs avaient un visage à la teinte sombre et une taille à la musculature étonnante, comme celle des Noirs de l'Afrique orientale, autant la peau des bergers et du roi était claire et cuivrée, témoignant d'un métissage ancien.

Le gabarit des pêcheurs était petit, mais celui de Benhoutty était grand et svelte, rappelant le mélange des migrations incessantes venant des tribus sahariennes. Il ressemblait à un bédouin au teint plus sombre et aux cheveux plus crépus.

Parehou avait délaissé son âne et ses singes et s'était placé entre sa femme et ses enfants. Ity, la reine, semblait subjuguée par les sandales des Egyptiens. Jamais encore, elle n'avait vu un tel objet enfermant le pied. Hatchepsout l'observa longtemps. Cette obésité était-elle considérée chez les Pountistes comme un signe de beauté, de richesses et d'abondance ?

Grasse, difforme, les chairs boursouflées, la reine Ity releva le visage et fit signe à sa fille d'avancer vers Néhésy. Tout en elle prouvait qu'elle serait aussi grosse que sa mère. Ses seins nus tombaient déjà, bien que son âge ne dût pas dépasser seize ans, et ses hanches étaient si rebondies qu'elles remontaient et se fondaient dans sa taille qui n'était recouverte que d'une ceinture en feuillage tressé.

Elle détacha de sa chevelure crépue, noire et mousseuse, une fleur d'une couleur orangée et l'offrit au dignitaire de la reine. Il la prit en se courbant légèrement.

Fatiguée sans doute de se tenir sur ses petites jambes grosses et courtes, la reine Ity réclama son âne et l'enfourcha avec une agilité surprenante. Assise, elle se tourna vers ses fils. Ils avaient les membres filiformes du père, mais le teint plus noir. Ils s'approchèrent tous deux d'Hatchepsout.

— Notre pays est bien lointain, comment avez-vous fait pour l'approcher, reine d'Egypte ?

Parehou vint frapper l'épaule de son fils avec une tige de feuillage.

— Roi d'Egypte, corrigea-t-il, bien qu'il n'eût pas encore compris ce fait étrange.

Le garçon parut étonné.

— Ma mère est reine, fit-il. N'as-tu pas d'époux ?

— Il est au royaume d'Osiris, répondit Hatchepsout.

Ity jeta un petit doigt boudiné vers la pharaonne.

— Alors, Parehou et moi te donnons mon fils aîné pour époux.

Senenmout se jeta en avant et se courba sur le sol.

— C'est impossible, Majesté. A présent que son époux n'est plus, le Pharaon Hatchepsout est un dieu d'Egypte et aucun dieu ne peut prendre un époux.

Surpris, Parehou s'approcha à son tour.

— Qu'est-ce qu'un dieu ?

— Je te l'apprendrai, fit Hatchepsout en souriant.

Mais le refus avait jeté un froid et les Africains semblèrent un instant déstabilisés.

C'est à ce moment que Séchat s'avança.

— Ne connaissez-vous pas Amon ? dit-elle.

Alors, ils sautèrent de joie et se mirent à esquisser des pas de danse.

— Amon, oui ! Nous le connaissons.

— Notre roi Hatchepsout qui, certes, est une femme est le dieu Amon. C'est pour cette raison qu'elle ne peut accepter un époux. Comprenez-vous à présent ?

Les deux fils s'approchèrent d'Hatchepsout. D'un geste prudent, ils touchèrent le lourd pectoral qui recouvrait sa poitrine. Puis, l'un posa son index sur l'extrémité de la crosse, l'autre sur le sceptre.

Enfin, ils hochèrent la tête, montrant ainsi qu'ils acceptaient le refus et ne le prenaient pas pour une impolitesse.

— C'est pour le plaisir d'Amon que nous sommes venus vous voir, reprit Séchat. Pour lui rapporter vos délicieux arômes, par l'intermédiaire de cet arbre merveilleux que vous cultivez depuis que vos ancêtres sont installés sur cette terre.

Parehou se mit aussi à hocher la tête.

— Notre pays est venu vous voir, il y a de cela très longtemps. Il a déjà connu vos encens. Et c'est parce que nous connaissions la route que nous sommes revenus, des milliers d'années après.

*
* *

Le défilé des marchandises et des cadeaux eut lieu juste avant le festin.

Assise à califourchon sur son petit âne domestiqué, sa robe transparente laissant apparaître ses grosses cuisses flasques comme de la gelée, l'énorme reine Ity effectuait avec un visage avenant son rôle d'hôtesse, restant attentive à chaque geste, attitude ou désir qu'eussent souhaité ses convives.

Les soldats de Néhésy montaient les tentes au pied du village. Une multitude de singes en liberté s'amusaient et distrayaient les Egyptiens par leurs multiples facéties et leurs pirouettes inimitables.

Toujours prêt à soigner un membre de l'équipe, Neb-Amon avait demandé à ne pas partager sa tente. Depuis que Reshot n'était plus là, Séchat aussi restait seule et l'idée de se savoir isolés l'un et l'autre les irritait, car il n'était pas évident qu'ils puissent se retrouver en tête à tête dans une jungle où à chaque pas respirait l'âme d'un Africain.

Juste avant le festin, la pharaonne fit signe à ses porteurs pour qu'ils se tinssent aux côtés des grands coffres que l'on avait apportés au pied du village, mais tenus soigneusement fermés afin que, jusque-là, personne n'en vît le contenu.

Le héraut vint sonner un air de trompette qui sembla ravir les Pountistes. On déroula un grand tapis jusqu'aux pieds du roi Parehou. Il était assis entre ses deux fils et, juchée sur son âne, la reine Ity tenait avec difficulté son énorme poitrine qui tombait sur l'échine de l'animal.

Les musiciennes d'Hatchepsout se disposèrent en demi-cercle et, tenant leur flûte ou leur petite harpe entre les mains, elles jouèrent des airs légers, aussi aérés qu'un matin d'été. Puis, quand elles eurent terminé l'hymne en remerciement d'un accueil aussi chaleureux, on leur apporta des sistres et des crotales et Méryet fit son apparition, jambes et bras déjà levés, torse plié, dans une envolée de mouvements qui suivaient le rythme de la musique.

Au travers de ses danses sacrées ou folkloriques, Méryet imprimait le rythme de son corps délié, rompu à tous les exercices et offrait la ferveur de son âme.

Elle s'inclinait gracieusement, tournoyait, volait, partait, revenait, levait les jambes, courbait le corps dont le buste disparaissait quelques instants pour réapparaître par-dessus ses bras levés. Certes, en cet instant, Méryet pensait aux marais du delta dont chaque herbe, chaque pousse de papyrus s'agitait d'un souffle mystérieux.

Puis, dans un envol digne de celui d'une hirondelle en plein ciel, elle évoqua la profondeur du Nil, l'immense ciel du fleuve, l'agitation des barques, le clapotis des passereaux sur les berges. Méryet ne ressentait rien d'autre que la frénésie de sa danse.

Quand les sistres et les crotales s'arrêtèrent, un grand silence se fit. Les Africains semblaient subjugués. Alors, les musiciennes reprirent harpes et flûtes, une chanteuse entonna des incantations graves et basses et Méryet commença de lentes circonvolutions consacrées au dieu Amon.

Ce ne fut que longtemps après qu'elle retourna s'asseoir aux côtés de Séchat que les yeux de Benhoutty semblaient ne plus vouloir quitter.

Les fils de Parehou gardaient un œil attaché sur le corps délié de Méryet. Qu'en pensaient-ils ? Parfois leurs yeux et ceux de Parehou observaient longuement le corps mince d'Hatchepsout et celui de Séchat. Certes, ils avaient remarqué que les silhouettes des danseuses, chanteuses et suivantes de la pharaonne n'étaient pas à l'image de leurs femmes. Où s'arrêtaient leurs critères de beauté ? Il y avait sans doute longtemps que Neb-Amon le médecin, avait diagnostiqué une hérédité maladive dans les gènes de la reine Ity, malgré quelques autres formes obèses qu'il avait cru voir à l'entrée des huttes pountistes.

Parehou régnait sur son territoire en homme intelligent, sensé, compréhensif, conscient que chaque pays avait ses traditions et ses cultures et que, parfois, il n'était pas mauvais de saisir certains avantages que lui offrait la culture de certains étrangers.

Soudain, l'un des fils de Parehou désigna du doigt une musicienne.

— Mon fils aîné, dit Parehou en se tournant vers Hatchepsout, veut jouer du tam-tam avec tes musiciennes.

On lui fit aussitôt place au centre du cercle, mais très vite arrivèrent d'autres Africains, tenant sur leur ventre un petit tambour qu'ils frappaient en cadence avec un rythme accéléré auquel se mêlèrent quelques instants les sistres et les crotales des Egyptiennes.

La musique devint ainsi l'étrange amalgame de deux cultures. Parehou et son épouse écoutaient avec un vague sourire énigmatique quand arrivèrent les danseurs.

Quand ils apparurent, un autre rythme vint prendre la relève. Tapant des pieds sur le sol pour marquer la cadence, ils agitèrent les grelots qu'ils avaient aux chevilles. Leur peau était recouverte de peinture blanche et de cendre grise. De grosses perles de bois coloré s'entrecroisaient sur leur poitrine. La peinture dessinée sur leurs visages leur donnait une forme triangulaire. Ils glissaient et se déplaçaient comme des volutes de fumée noire.

Soudain, Benhoutty se leva. D'un bond de tigre, deux grands noirs le précédèrent et disparurent en direction des gros arbres qui bordaient le village. Dans le tronc creusé d'un énorme baobab, le gros tambour attendait les soirs de fête. L'instrument arrivait à la taille d'un homme. Ils le saisirent par deux encoches taillées sur le côté et l'amenèrent près des danseurs.

Quelques instants plus tard, ils s'arrêtèrent comme suspendus au temps. Benhoutty revint, vêtu d'une peau de léopard dont les pattes croisées pendaient sur sa poitrine. La tête du fauve aux oreilles relevées recouvrait sa propre tête et le regard du félin se confondait avec le sien, plus rouge et plus féroce encore.

Il marcha lentement, s'arrêta devant Séchat qui l'observait en silence. Soudain, elle vit qu'homme et bête avaient les mêmes yeux. Il marmonna quelques mots dans le dialecte de son village et se dirigea vers le grand tambour. Son pas était souple, silencieux et cachait on ne sait quelle ruse. Son geste était prompt, vif, heurté. Sans doute appelait-il les esprits comme les Egyptiens sollicitaient leurs dieux.

Il se tint droit et majestueux derrière le grand tambour et le frappa d'un coup sec. La percussion roula comme un coup de tonnerre. Il joua tout d'abord sur un rythme lent, puis les accords devinrent plus vifs, atteignant bientôt une cadence dont le paroxysme excita et déchaîna les danseurs.

Le petit tam-tam sur lequel jouait le fils aîné du roi éclatait par intermittence, scandant les espaces laissés par la grosse caisse.

Les danseurs ne vivaient plus que leurs danses. Les plumes blanches qui recouvraient le sommet de leurs têtes s'envolaient dans l'espace au moindre mouvement. Les anneaux d'ivoire qui entouraient leurs bras cliquetaient lorsqu'ils tapaient le sol du pied et la cendre passée sur leur peau les rendait de plus en plus phosphorescents au fur et à mesure que le jour tombait.

A chaque roulement, ils bondissaient à des hauteurs prodigieuses et se contorsionnaient jusqu'à toucher le sol de leurs épaules. Puis, dans des oscillations phénoménales, ils se redressaient et reprenaient l'agitation de leurs grelots.

Méryet observait chacun de leurs mouvements, cherchant déjà à attraper quelques idées de pas ou de gestes qu'elle réinvestirait dans ses propres créations chorégraphiques.

Séchat ne pouvait détacher son regard des yeux rouges de Benhoutty. De sa jambe dénudée, Neb-Amon frôlait la sienne et sa présence la rassurait. Pas une seule fois, elle n'avait regardé Sakmet qui n'avait d'yeux que pour la grasse et voluptueuse fille du roi. Ce en quoi Sakmet se trompait encore sur ses visées amoureuses, car déjà la reine du Pount destinait son unique progéniture femelle au beau Néhésy qui, avec Senenmout, était le bras droit de la pharaonne.

Mais les souverains du Pount avaient déjà pressenti que le sombre Senenmout était trop proche d'Hatchepsout pour l'atteindre et le personnage leur apparaissait aussi inabordable qu'un panier d'osier où, immobile et silencieux, le reptile attend.

Néhésy, qu'ils considéraient comme le véritable ambassadeur de la pharaonne était si avenant, si agréable que c'est à lui qu'ils offriraient leur fille. D'ailleurs n'avait-il pas en lui de vieilles origines nubiennes qui le rapprochaient d'eux ? Son teint sombre et ses cheveux crépus ne pouvaient nier ses ancêtres noirs.

Ignorant encore que la princesse africaine était destinée à un autre que lui, Sakmet regardait avec des yeux gourmands cette pulpeuse fille noire qui se déhanchait en cadence parmi les danseurs africains. Ses gros seins nus étaient pourtant agiles et se balançaient avec grâce. Ses hanches dénudées, elles aussi, se mouvaient comme les vagues déchaînées des flots qu'ils avaient affrontés sur la mer Rouge.

Mais qui regardait-elle, la plantureuse princesse pountiste en se déhanchant de la sorte ? Ses yeux vagues se perdaient dans le roulis du tambour et l'agitation des grelots.

Benhoutty frappa un grand coup sur son tambour, forçant tous les regards. Il observait toujours Séchat. Et soudain Neb-Amon comprit. Benhoutty était le véritable chef de ce village paradisiaque. Il en était l'esprit, l'ambassadeur, le sorcier, le musicien.

Les danses et les chants des Noirs se poursuivirent de longues heures. Quand l'élan se mit à fléchir, Hatchepsout frappa dans ses mains et le silence se fit aussitôt.

Deux porteurs amenèrent le plus grand des coffres. Il était en bois d'acacia. On l'ouvrit et ce fut un émerveillement général. Les regards se dirigeaient tous vers ce meuble à la forme si curieuse.

Une multitude d'Africains se ruèrent sur les fines étoffes, les colliers et bracelets en perles de verre ou d'argile coloré.

Une nuée de fillettes que les Egyptiens n'avaient pas encore vues tendaient leurs jeunes bras et voulaient déjà se parer des bijoux.

L'une d'elles restait en retrait, distante et réservée. Elle avait un visage à la fois nubien et saharien. Le front était haut et le nez aquilin, les lèvres minces, le teint mat et cuivré. Ses cheveux étaient crépus, mais longs et tressés alors que les autres fillettes les portaient en volume épais et dru autour de leurs visages.

Méryet se dirigea vers elle et lui tendit la main. L'adolescente la saisit et elles restèrent silencieuses, attentives à regarder l'agitation des autres qui poussaient des petits cris semblables à ceux des singes qui, eux aussi, tendaient leurs mains velues en faisant des grimaces.

Quand on apporta le coffre des armes, les hommes s'avancèrent à leur tour. Une dague à lame de bronze dans son fourreau de cuir subjugua Benhoutty. D'un geste magnanime, la pharaonne la lui tendit. Il en caressa la lame affûtée et remercia la reine d'une simple inclination de tête et, sans que personne ne s'y attendît, à l'exception peut-être des Africains, il la planta au cœur du grand basalmier qui lui faisait face.

Son regard se tourna vers Séchat et, tranquillement, hochant la tête de satisfaction, il retira l'arme sans rien dire.

Les couteaux, les haches, les armes effilées furent distribués par Parehou à ses hommes. Le roi garda pour lui une longue dague au manche d'électrum, au tranchant si coupant que lorsqu'il passa le doigt sur la fine bordure brillante, il eut un sourire satisfait.

La fillette que Méryet avait prise par la main regardait l'agitation d'un air distrait, comme si elle n'était pas vraiment concernée.

Ses multiples tresses restaient immobiles sous son air sérieux et sage. Chacune, enroulée par une petite boucle d'ivoire, ressemblait à une perruque fort prisée des Egyptiennes. Méryet l'entraîna dans la tente qu'elle partageait depuis peu avec Séchat et lui tendit des perles de verre en couleur.

— Pour tes cheveux, dit-elle. Regarde, il y en a de toutes les teintes et de toutes les formes.

Elle les posa dans le creux de sa paume rose, les observa, les retourna et les fit rouler doucement les unes contre les autres. Puis Méryet prit l'une de ses tresses, ôta la boucle d'ivoire et y mit une perle mauve de la couleur d'une améthyste. Elle recommença l'opération avec une autre natte en y ajoutant une perle, verte comme la malachite. Puis en orna une troisième d'une perle jaune d'or. Enfin, une quatrième d'une rouge semblable à de la cornaline.

L'adolescente souriait à sa nouvelle amie. Elle avait des dents si impeccablement blanches et brillantes qu'elles ressemblaient à de menus coquillages de nacre oubliés sur l'immense plage ocrée par le soleil d'Afrique.

Quand toute sa chevelure fut emperlée de couleur, Méryet lui prit la main et elles allèrent retrouver la tribu qui s'agitait devant la statue de grès rose représentant Hatchepsout et le dieu Amon. Infatigables, ils reprirent leurs danses frénétiques.

Neb-Amon était assis en retrait, non loin de sa tente. Quand la folie des hommes fut un peu rassasiée et que l'on parla de commencer le festin, Séchat s'approcha du roi Parehou.

— Sais-tu, roi du Pount, que nous avons aussi parmi nous le plus brillant des médecins ?

— Médecin !

— C'est ainsi que nous appelons l'homme qui nous soigne quand nous sommes malades ou blessés.

— Mourir ! répéta encore Parehou.

— Pas forcément mourir, fit-elle, guérir aussi. Viens.

Elle entraîna Parehou que suivit aussitôt le petit âne qui transportait la reine Ity.

— Il serait bon, Neb-Amon, que tu leur montres tes remèdes afin de les rassurer sur ce point. Qu'ils puissent se rendre compte que nous sommes un grand pays en matière de médecine. Peut-être te feront-ils voir aussi la manière dont ils soignent.

Neb-Amon se plia de bonne grâce et leur ouvrit sa sacoche de remèdes, étala sur une toile ses outils de médecine, ses scalpels, ses aiguilles, ses ciseaux, montra ses pommades, ses pansements, ses pots d'herbes séchées, ses fioles où macéraient ses plantes et ses extraits de roches médicamenteuses.

Plus loin, Benhoutty regardait sans mot dire.

Quand les cadeaux furent tous distribués, on commença le festin. Il ne manquait rien au repas. Jungle et forêt fournissaient aux Pountistes les viandes de gibiers les plus divers qu'ils faisaient macérer dans de grandes feuilles arrachées aux arbres.

De la mer, ils tiraient du poisson en abondance. On goûta de fines chairs blanches que l'on retirait des coquilles. Jamais encore les Egyptiens n'avaient mangé de crustacés, ces curieuses substances qu'il fallait extirper, une fois cuites, de ces grosses carapaces rougies aux pinces énormes.

Les Egyptiens semblaient fort contents. Des boissons fraîches accompagnaient les mets. Une liqueur savoureuse les grisa un instant. Mais, peu importe, dans quelques moments tous rentreraient sous leurs tentes et dormiraient d'un profond sommeil jusqu'au lendemain.

Soudain, une grande fille noire s'approcha de Séchat. Elle tenait une coupelle de bois dans chaque main. Elle en tendit une à la Grande Scribe Royale qui la regardait avec des yeux arrondis. Puis, sans rien dire, elle se dirigea vers Néhésy et lui tendit l'autre.

— Ne bois pas, chuchota Neb-Amon à Séchat. C'est un aphrodisiaque. Ces gens veulent t'accoupler avec un des leurs.

— Avec un des leurs ! murmura la jeune femme.

Puis, elle vit que Néhésy buvait le breuvage sans inquiétude. Alors, elle remarqua les yeux rouges de Benhoutty fixés sur elle.

— Comment vais-je faire ? murmura-t-elle. C'est un affront si je ne bois pas. Regarde, Néhésy accepte leur coutume.

— Tu n'es pas Néhésy, souffla prudemment Neb-Amon à son oreille. Je t'en prie, ne bois pas.

Séchat hésita. Elle sut à cet instant que Benhoutty la désirait. Elle regarda Hatchepsout. Ses yeux étaient sévères, impératifs. Elle avait son attitude de souveraine qui exigeait, ordonnait l'équilibre et le bon déroulement de cette expédition.

A nouveau, elle regarda Neb-Amon. Il l'enjoignait de ne pas boire. Sakmet qui l'observait dirigea ensuite ses yeux ironiques et impertinents vers le médecin. Trop heureux d'apercevoir une ombre menaçante sur le bonheur si neuf de son ancienne compagne.

Séchat se détourna des yeux moqueurs. Certes, Sakmet pouvait fort bien se plier à l'exigence d'une aussi curieuse coutume sans que cela ne l'indispose.

Mais Neb-Amon était d'une autre trempe. Comment pouvait-il accepter la servitude de telles mœurs ? Il croisa le regard froid d'Hatchepsout, un regard soudain insensible. Avait-elle compris le lien qui enchaînait désormais son médecin à Séchat ? Ne risquait-il pas de se voir évincer de la cour avant même qu'il ne fasse ses preuves de praticien confirmé ?

Comment pouvait-il oser, lui médecin de petite envergure, médecin des pauvres de Thèbes, promu soudainement à toutes les gloires que lui offrait la pharaonne d'Egypte, affronter une telle situation ? A peine l'expédition serait-elle de retour à Thèbes qu'Hatchepsout l'expulserait s'il touchait à sa scribe.

Séchat eut un tremblement. Pourquoi Hatchepsout se mettait-elle toujours en travers de ses sentiments ? Pourquoi ne supportait-elle pas que sa compagne jouisse d'un bonheur qu'elle ne connaissait pas ? Déjà, elle lui avait barré la route en envoyant son jeune époux se faire tuer dans le Mitanni. Puis, elle n'avait pu supporter l'amour qu'elle avait eu pour Djéhouty.

Seul, car là encore la pharaonne avait été au courant, le bref lien passionnel qui l'avait unie à Sakmet l'avait laissée indifférente.

Tout à coup, Séchat eut la révélation qu'Hatchepsout ne supporterait pas sa liaison avec Neb-Amon. Lui devait-elle obéissance en tous points ? Si elle buvait ce breuvage, elle signait son acceptation de partager la couche de Benhoutty.

Bouhen, sa région native aux limites de la Nubie, était trop proche des pays africains pour qu'elle en ignorât certains rites identiques. Mais Séchat n'avait aucun époux pour la protéger de ces coutumes.

— Majesté, fit soudain Neb-Amon en s'inclinant bas devant la reine, vous savez fort bien à quoi sert ce breuvage.

Elle toisa son regard.

— En temps que médecin, poursuivit-il, j'en connais chaque ingrédient. Si Séchat, votre Intendante des Scribes, en absorbe une seule goutte, elle restera dolente, inconsciente, incapable de réagir et de travailler. Son esprit sera fermé plusieurs jours durant, peut-être plusieurs semaines et son esprit incapable de s'agiter et réaliser la besogne que vous lui avez ordonnée.

Surprise par un propos aussi vrai, Hatchepsout réfléchit.

— Vos bas-reliefs, Majesté, poursuivit encore Neb-Amon, attendent les inscriptions les plus authentiques et les plus osées de ce voyage. Or, c'est ici que commence le vrai travail de Séchat. Une besogne que personne d'autre qu'elle ne pourra faire à sa place. Voulez-vous en être privée ? Tout est à raconter, à révéler à votre peuple et cela pour le plaisir des dieux.

Neb-Amon vit qu'il avait touché juste. Séchat soupira. Dieu de Thot ! Plutôt mourir que de partager la couche de cet Africain aux yeux rouges. Elle s'égara un instant en pensant aux caresses inépuisables du médecin. Son regard plongea dans le sien, mais n'y resta pas. A cet instant, il sut qu'il ne pourrait approcher Séchat de trop près, encore moins aller la rejoindre sous sa tente sans avoir le chemin barré par Benhoutty.

Hatchepsout glissa un œil vers Néhésy. Neb-Amon se retourna vers lui.

— Ton breuvage n'est pas le même que celui de Séchat. Il ne va pas t'enlever les facultés de réflexion. Il stimulera simplement tes fonctions sexuelles.

Le roi Parehou et son opulente femme, la reine Ity, souriaient un peu béatement et approuvaient de la tête. Leur unique fille épouserait bien Néhésy, l'ambassadeur d'Hatchepsout. L'essentiel de leurs coutumes étant préservé, les danses et les chants reprirent de plus belle.

CHAPITRE XI

Sous une voûte de feuillage, un jeune gorille apparut. Sans doute moins méfiant que ses congénères cachés dans les branchages du baobab, il épiait chacun des gestes du chasseur, sachant que sa lance levée ne lui était pas destinée.

Craintifs, ces gorilles au pelage épais et dru n'attaquaient que lorsqu'ils se trouvaient en danger. Et, à moins d'exciter leur colère, ces grands singes qui avaient fait l'étonnement des Egyptiens ne bougeaient ni ne se montraient dès qu'un souffle ou un pas inhabituel venait déranger leur repaire.

Bien qu'habitués à la jungle, les chasseurs africains avançaient avec une certaine réserve. D'épaisses tiges ligneuses poussaient du sol, formant un tapis de végétation intense qu'il fallait fouler, par instants, avec difficulté, cisaillant, hachant, piétinant sans ménagement les plus gros branchages qui leur faisaient obstacle.

L'atmosphère chaude, presque insupportable, devenait humide, chargée d'une odeur imprégnée de mousse et de brindilles écorcées de frais qui, aussitôt, s'asséchaient dès qu'un brin ardent du soleil venait les encercler.

Prudemment, car il ne fallait pas trop alerter les habitants quadrupèdes de cette brousse agitée, l'équipe suivit pendant quelques heures une rivière emportant des eaux tumultueuses et bruyantes.

Un rocher encastré dans la verdure permettait d'en

voir la source. L'eau venait du sommet et en coulait abondamment comme une fine colonne dont la transparence n'était troublée que par la rapidité de son débit, entraînant avec elle des volutes aussi blanches que l'écume du grand océan.

Au bas du torrent, juste à la jointure du rocher et de la rivière, surgit une colonie de pélicans qui s'agitaient et s'ébrouaient dans l'eau comme des cuirassés emplumés. Quelques flamants roses, étagés sur leurs longues pattes étirées en un fil presque invisible, leur tenaient compagnie. Une brume épaisse se leva et les auréola d'une teinte grise, un peu bleuâtre qui rappelait les aubes naissantes sur les bords d'un Nil bien lointain.

Parehou, ses deux fils et Néhésy étaient en tête. Certes, les facultés de réflexion n'avaient guère été atteintes chez Néhésy et Neb-Amon le soupçonnait presque d'avoir sciemment repris de ce breuvage mystérieux tant il était euphorique, à la limite de l'inconscience. Il avançait, parfois, au-devant de Parehou, sans crainte ni réserve, comme s'il n'avait jamais quitté la brousse.

Grand chasseur au temps de sa jeunesse, il est vrai qu'il retrouvait d'instinct tous les réflexes des tribus ancestrales qui l'avaient mis au monde. Sa lance levée, l'œil et le pied en alerte, il avançait au rythme du convoi.

De curieux reptiles, raccourcis de corps mais à l'écaille rugueuse et aux cornes en forme d'éperons, glissaient silencieusement devant eux. Ils avaient d'étranges formes préhistoriques et, d'après les Pountistes, ils ne présentaient aucun danger, pourtant mieux valait s'en écarter, car les traditions, disaient-ils, répercutaient que ces curieux petits sauriens étaient de mauvais augure.

Hatchepsout suivait dans une chaise à porteurs. Quatre Africains avaient été désignés pour la convoyer. Etonnée par chaque bruit, chaque couleur, chaque forme, elle restait aux aguets de tout. Ce gigantisme qui, pour une fois, n'était ni la pierre de ses pyramides, ni la structure de ses colonnes ou la taille de ses statues, ni la prestance et la majesté de ses temples la surprenait à chaque pas davantage.

Ici, les fleurs avaient une taille qui dépassait celle de l'homme, les plantes sortaient de terre comme une colonne vivante, ondoyant au moindre souffle du vent, les arbres avaient des sommets qui se perdaient, se confondaient dans un ciel que l'on ne pouvait plus voir tant la densité de leurs feuillages l'obstruait.

Mais, aussi paradoxal que cela pût paraître, l'ardeur du soleil arrivait à percer ce mur sombre de verdure et à l'éclairer comme l'aurait fait une torche géante allumée.

Parehou et ses fils semblaient satisfaits. L'équipe avait bien avancé et, demain au plus tard, après avoir atteint la nouvelle zone de végétation, dressé les tentes en pleine jungle, passé la nuit et s'être reposé des premières fatigues de la marche, les Egyptiens verraient enfin les éléphants, les buffles, les girafes, les rhinocéros et, avec un peu de chance et beaucoup d'habileté, peut-être pourraient-ils en capturer un.

Sakmet et Senenmout qui, ni l'un ni l'autre, n'étaient des chasseurs accomplis, avaient pour mission de veiller sur Hatchepsout. C'est donc avec infiniment de précautions qu'ils encadraient la reine, avançant lentement au pas de la chaise à porteurs. Ce qui, d'ailleurs, les arrangeait fort bien, préférant regarder là où ils posaient le pied.

Aucune autre femme à l'exception de Séchat ne faisait partie de l'équipe. Ses scribes qui n'avaient ni sa détermination ni son enthousiasme à découvrir un pays inconnu, étaient de toute façon trop effrayés par le danger d'une chasse aussi périlleuse pour l'accompagner. A l'exception de Mettouth qui semblait partager l'entrain de Séchat, ils étaient tous restés au camp.

Wadjmose, lui aussi, avait refusé de quitter sa maîtresse. Ce n'était pas que la chasse proposée par le roi du Pount l'enchantât particulièrement, mais il tenait à veiller sur celle qui assurait ses jours, sa vie et plus tard sa retraite.

Encadrée par les deux hommes, Séchat suivait à quelques mètres derrière.

Sur l'ordre d'Hatchepsout et bien que cela le contrariât, Neb-Amon était passé au-devant du convoi. Epaules et torse dénudés, un court pagne blanc enroulé autour de ses reins, la sacoche en cuir qui ne le quittait pas, accrochée sur son dos pour garder les mains libres, il devait prévenir la conséquence de chaque embûche mettant en péril l'un des membres de l'équipe égyptienne.

Hélas, éloigné de sa compagne, il ne pouvait en assurer la protection et son instinct lui disait qu'elle frôlait un danger.

A l'aube, quand le petit convoi s'était mis en route, il s'était pourtant rassuré en voyant que Mettouth et Wadjmose l'accompagnaient. Un instant, il avait craint que celle-ci ne fût encadrée de quelques Pountistes ne veillant sur elle que très approximativement, encore qu'il ne fût pas sûr que ceux-ci n'aient été soudoyés par leur ambassadeur.

Car Benhoutty fermait la marche non loin de Séchat et le départ n'avait pas été sans menaces. La jeune femme s'était levée, les yeux battus et troubles, la bouche pâteuse, les jambes molles et le pas traînant. Ce qui n'était guère dans ses habitudes. Neb-Amon l'avait même vue saisir d'un geste imprécis le couteau que lui tendait Benhoutty afin de trancher les lianes gênantes sur son passage.

Lorsque inquiet, il lui avait demandé si tout allait bien, elle avait à peine répondu et, contrairement à ses façons d'agir, elle n'avait dirigé vers lui aucun regard, formulé aucun mot, esquissé aucun sourire, se contentant d'attendre passivement que le convoi démarre.

Neb-Amon se tourmentait et ses doutes grandissaient. L'ombre de Benhoutty qui refusait de quitter le sillage de la scribe avait achevé de le convaincre. Depuis la veille, il avait obstinément décrété qu'il assurerait l'arrière du convoi. Il était évident que la jeune femme avait absorbé une potion d'envoûtement et qu'elle frôlait un danger à l'égal de tous ces fauves reniflant l'approche de l'homme qui portait sur eux la menace de mort.

Séchat était momentanément sous l'influence de Benhoutty et, pour l'instant, Neb-Amon ne pouvait rien y faire. Mettouth et Wadjmose qui avaient reçu l'ordre de l'avertir dès qu'une anomalie se présenterait tentaient d'apaiser sa frayeur.

C'était néanmoins une piètre consolation quand le médecin voyait que leur courage n'était qu'apparent et qu'au fond de leurs entrailles grandissait une panique insoutenable. Ni l'un ni l'autre, même dans les grands déserts d'Egypte, n'avaient dû affronter le seul grand fauve qui s'y trouvât, le puissant lion dévastateur. Mais leur permanente présence empêcherait, au moins, que Benhoutty ne s'approche trop près d'elle et surtout qu'il ne la couchât sur un lit de verdure pour se l'approprier.

Quand le premier soir tomba sur la savane, on dressa les tentes et on alluma des feux pour écarter les bêtes dangereuses.

Un champ hérissé de feuilles d'agaves arrêtait leur premier parcours. Ces feuilles géantes aux racines bulbeuses fournissaient aux Africains un produit avec lequel les femmes confectionnaient des paniers, des sacs, des récipients plats et creux aussi solides que du bois, mais qui présentaient l'aération nécessaire pour certaines de leurs conservations. Des artisans que Séchat avait déjà vu travailler les décoraient avec talent et imagination. Les couleurs s'y mêlaient avec harmonie. Les ocre, les noirs, les blancs s'y fondaient, s'alignaient et se superposaient. La flexibilité de ce sisal leur permettait aussi de confectionner des cordages qui résistaient aux poids les plus lourds. Ils accrochaient les extrémités à un arbre et y suspendaient les charges de leurs récoltes ou les produits de leurs commerces.

Le silence du camp, dressé au centre de la petite

clairière qui leur était apparue fort reposante, faisait ressortir la multiplicité des cris, des pépiements d'oiseaux, des clameurs, des appels, des bruissements du petit gibier de la savane et, plus au loin, des barrissements qui annonçaient l'approche de l'éléphant.

Dans les tentes, derrière lesquelles se profilaient les ombres dessinées par les torches allumées, chacun s'endormit au rythme étrange et désordonné de la brousse pour être dispos à l'aube suivante.

Mais, cette nuit-là, Séchat ne put fermer l'œil. Ce n'était pas qu'elle fût inquiète, car elle paraissait inconsciente, mais attirée étrangement par le mystère obscur de cette atmosphère, elle attendit que chacun soit endormi pour sortir de sa tente. Sa tête bourdonnait, il lui semblait tout voir flou, comme dans une bulle géante et opaque. Rien n'avait plus d'odeur, de contours, de couleur. Rien ne l'effrayait et elle avança dans la jungle.

Silencieuse, elle se glissa dans les herbes hautes qui la cachaient presque entière.

Dans la nuit bleutée qui se levait, elle aperçut au loin des girafes qui surveillaient leur territoire du haut de leurs cinq mètres en balançant leur grand cou avec une imperturbable dignité.

Même les zèbres qu'elle rencontra dans sa promenade insensée et solitaire ne la perturbèrent pas. Profitant de la nuit pour traverser la savane, ils soulevèrent des nuages de poussière en galopant vers l'horizon strié d'étoiles et de constellations.

L'un d'eux la frôla, elle fut déséquilibrée, tomba et voulut se relever, mais ses jambes lui paraissaient de plus en plus pesantes, comme si l'on y avait attaché un poids qu'elle ne pouvait ôter.

En se remettant sur pied, elle leva les yeux et aperçut la lionne. Elle était majestueuse. Etendue nonchalamment sur les branches d'un arbre, elle surveillait tout ce petit monde qui ne semblait pas vouloir l'attaquer. Passive, elle ne bronchait pas.

Seuls, ses yeux de feu observaient les gestes alanguis de Séchat.

— Tu es bien seule, murmura-t-elle, inconsciente du danger monstrueux qu'elle courait. Aurais-tu, toi aussi, des peines de cœur ?

Le fauve ouvrit la gueule, mais ne bougea pas. Ses deux pattes avant tombaient avec une apparente mollesse le long de la branche nue.

— Dis-moi, belle lionne, poursuivit-elle en pointant son index vers le fauve, dis-moi qui tu aimes.

Séchat s'approcha de l'arbre. Il n'était pas très haut et l'animal se trouvait juste au-dessus de sa tête. Elle plissa les yeux, releva le front et plongea toute son inconscience dans le regard du fauve.

— Parle-moi, belle lionne ! Parle-moi, je t'en conjure. Et dis-moi si la reine, qui est aussi ma souveraine, cassera sans cesse mes instants de bonheur ? Ne puis-je donc travailler pour elle et aimer pour moi ?

Plissant toujours ses paupières, elle recula pour mieux observer le gros félin. Sa gueule s'était refermée. La fixité de ses yeux jaunes ne quittait pas Séchat. Négligemment, il ramena l'une de ses pattes avant sous son menton et en lapa l'extrémité d'un grand coup de langue.

— Tu es gentille, toi, fit Séchat en observant les longues moustaches frémissantes de l'animal. Si tu m'appartenais je t'appellerais "Princesse". N'es-tu pas la reine de la brousse ?

La lionne reposa sa patte sur la branche. Puis, elle ouvrit à nouveau sa gueule et rugit doucement. C'était comme un léger roulement de tambour, une musique rauque et diffuse qui prenait Séchat à la gorge, au ventre, à l'esprit.

— Viens avec moi en Egypte, murmura-t-elle en tendant sa main vers le fauve, je prendrai soin de toi et je t'aimerai.

Les narines de la lionne frémissaient. Entre ses quatre énormes canines, elle pointa une langue rose et onctueuse.

— Allons, viens "Princesse" ! Descends de ton perchoir et fais-moi visiter ton domaine.

*
* *

A l'aube, quand le premier barrissement d'éléphant se fit entendre, tous les chasseurs furent à l'affût. Sauf Neb-Amon qui, prudemment, rôdait dans le sillage de Séchat.

S'approchant de sa tente, il vit qu'elle était vide. Inquiet, il partit à sa recherche. Où étaient passés Wadjmose et Mettouth ? Leur absence lui parut aussi redoutable que celle de la jeune femme.

Si Séchat n'était ni dans les parages du camp qui, dès l'aube, avait plié les tentes, ni dans le convoi qui commençait à suivre la piste de l'éléphant, c'est qu'on l'en avait écartée et tout laissait supposer que Wadjmose et Mettouth étaient partis à sa recherche.

Le médecin sentit ses esprits dériver vers l'hypothèse la plus brutale. Avec une réserve qui n'avait d'égale que sa prudence instinctive, il s'avança dans la jungle qui fourmillait de bruits divers. Voilés par une brume bleuâtre, la cime des arbres disparaissait par instants de son regard, laissant de grands espaces de verdure qui n'attendaient que la persistance du soleil. Les herbes encore fraîches fléchissaient sous ses pieds. Posant ses yeux là où il posait chaque pas, il remarqua que certaines avaient été tranchées, marquant un passage assez récent. C'était un bien maigre accès que ce terrain à moitié battu, mais il le suivit sans attendre.

Hélas, la mince issue ne le renseigna guère et, rapidement, il dut se rendre compte qu'elle ne menait qu'à un enchevêtrement de branches et d'herbes humides qui, bientôt, seraient séchées par les premiers rayons solaires.

Entre deux arbres, il vit un zèbre se faufiler. Sans doute avait-il perdu ses congénères car, levant la tête et humant l'air, il essaya de s'orienter. Dans le demi-jour, ses rayures blanches et noires semblaient défier la nature environnante qui bouillonnait de couleurs vives.

Des oiseaux multicolores s'ébrouaient dans les feuillages qu'un vert intense avivait. Perroquets, ménates, passereaux au plumage rouge bariolé de jaune, petits gibiers des savanes au bec orangé, reptiles aux écailles brunes et dorées, tout s'agitait intensément mais, pour Neb-Amon, rien ne menait vers une piste concrète.

Un instant, il faillit faire demi-tour, puis un rugissement lui fit lever les yeux. Une lionne le fixait de ses yeux jaunes et cruels. Effrayé, il recula. Sa main se porta sur la ceinture de son pagne, là où pendait son couteau de défense.

Comme le fauve ne bougeait pas, Neb-Amon put s'accorder l'instant d'une seconde de déconcentration. Parmi les herbes foulées qui, tout à l'heure, avaient attiré son regard, une forme humaine gisait étendue.

Son cœur se mit à battre violemment. Sans plus penser au mouvement précipité qu'il effectuait pour s'approcher du cadavre — geste qui pouvait mettre la lionne en colère — il s'avança et reconnut le corps de Wadjmose avant même qu'il ne le retournât pour identifier son visage.

Le félin lui avait planté ses crocs puissants dans la gorge, la traversant de part en part. Un jet de sang qui devenait déjà noirâtre séchait le long de son cou presque tranché en deux. Neb-Amon frémit d'horreur mais, bien que son ventre tremblât d'angoisse, ses esprits se clarifièrent en même temps que les secondes passaient. Il s'en remit aux dieux et décida d'abandonner sa peur.

Levant les yeux, il s'assura que le fauve ne bougeait pas. Puis, il se pencha à nouveau sur le corps de Wadjmose, ramassa le poignard qu'apparemment il n'avait pas eu le temps d'utiliser pour se défendre et, puisque la lionne restait immobile, décida de poursuivre ses recherches. Ce félin ne devait attaquer que s'il s'y trouvait obligé et Wadjmose avait dû le provoquer de sa lame affûtée. Certes, le médecin ne commettrait pas la même erreur.

Il ne fit que quelques pas. Et sentant la présence de l'animal dans son dos, son front s'embua de sueur et ses jambes tremblèrent. D'un bond souple et silencieux, le fauve avait sauté de l'arbre d'où il était juché et s'avançait tranquillement vers Neb-Amon, balançant ses reins souples au rythme de sa marche lente et l'observant de ses yeux jaunes et perçants.

Alors, le médecin fit ce que les dieux lui suggérèrent. Il s'arrêta, se retourna puis, fixant sans crainte apparente la lionne, il s'assit le plus sereinement possible dans l'herbe haute pour être au ras de l'animal. La bête se coucha devant lui et attendit.

Ils restèrent de longues minutes à s'observer. Le félin était intelligent, habile, observateur. Peut-être était-ce un de ces jeunes fauves qui, dans sa horde, avait été vaincu par un plus fort et rejeté hors d'elle pour aller fonder ailleurs sa famille. L'animal semblait solitaire. Ses yeux perçaient avec une avidité sans cesse croissante ceux du médecin. Que faire d'autre que de rester là sans bouger ? Le moindre geste pouvait déranger le fauve. Qu'avait fait Wadjmose pour provoquer sa colère ? Un faux pas ? Une parole blessante ? Un geste de chasseur ? Il se mit à espérer et le battement de ses tempes s'estompa. Si le fauve ne l'agressait pas, il n'avait pas pu tuer Séchat.

Au travers des grands yeux jaunes qui s'ouvraient démesurément sur lui, il chercha à comprendre. Puis, le fauve se mit à rugir doucement et Neb-Amon lui tendit la main.

— Sais-tu où est Séchat ? murmura-t-il. Dis-moi où elle est allée.

Balançant sa gueule grande ouverte dans un mouvement circulaire, le fauve agita sa queue, se leva et marcha docilement dans la direction opposée d'où venait le médecin. Ce fut le chemin du camp qu'ils suivirent.

Pourtant, à l'aube, toutes les tentes avaient été pliées. La seule qui restait, celle de Benhoutty, n'avait pas attiré son attention.

Lorsque Neb-Amon vit Mettouth étendu non loin dans les herbes humides, somnolant profondément, il comprit que l'Africain qui remplissait avec tant de compétence le rôle d'ambassadeur du roi Parehou tenait, avec autant de brio, celui de sorcier du village.

*
* *

Nu devant la jeune femme envoûtée, Benhoutty tenait les bras levés au ciel et récitait des incantations qui sortaient de sa gorge comme les roulements des petits tambours que frappaient ses congénères lorsque la fête battait son plein au village des Pountistes.

Le corps enduit d'huile et de cendre grise, il avait un aspect fantomatique. Des petits os longs et pointus, enfilés les uns à côté des autres, entouraient son cou aussi large et puissant que celui d'un taureau. Et, sur sa tête aux cheveux noirs et crépus, il avait posé une coiffure en peau de rhinocéros surmontée de la corne épaisse qui lui apportait pouvoir et virilité.

Séchat était à terre, allongée sur un lit de feuilles fraîches que Benhoutty avait disposé pour elle. Son attitude restait molle, relâchée, plongée dans une inconscience complète. Son corps avait été dépouillé de sa tunique et enduit de la même huile odorante que l'Africain avait passée sur le sien.

Qui aurait reconnu Séchat, la Grande Scribe Royale de la pharaonne Hatchepsout dans cette pose qui laissait suggérer l'abandon le plus total ?

Pourtant, ses jambes longues et fuselées restaient obstinément serrées l'une contre l'autre, offrant juste au regard le velours de sa toison pubienne.

Ses bras amorphes, inconsistants, détendus par le breuvage qu'elle avait dû absorber la veille, étaient alignés contre son buste et laissaient voir ses mains aux doigts écartés et aux paumes retournées vers le ciel.

Posées à même le sol, deux torches allumées l'encadraient. Elles éclairaient faiblement l'intérieur de la tente mais, orientées vers la jeune femme, leurs lueurs vacillantes permettaient d'en distinguer l'ensemble.

Benhoutty termina son oraison en s'inclinant bas, le front touchant la terre, les mains plaquées au sol, implorant les sorciers ancestraux qui devaient guider son acte.

Puis, il se releva, saisit un récipient en terre cuite et y plongea vigoureusement la main. Quand il la ressortit, elle était emplie de cette braise éteinte, grise argentée, brillante dans la demi-obscurité du lieu où, depuis l'aube, il appelait la magie de son pays.

Il s'approcha de la jeune femme et commença à dessiner un grand cercle entourant son nombril. La cendre colla aussitôt sur l'huile qu'il avait déposée quelques instants auparavant. Puis, il entoura de la même façon chaque sein et descendit la cendre sur le ventre, recouvrant entièrement le pubis sombre et frisé de la jeune femme.

S'écartant, il admira son œuvre et reprit ses incantations, plus gutturales encore et, brusquement, comme si un dieu ancestral lui dictait de se taire, il se tut. L'instant planait, lourd, épais, aussi pesant qu'un tronc desséché de baobab, aussi insidieux que le lent et implacable déroulement des anneaux d'un cobra.

Benhoutty avait les narines ouvertes, les cuisses frémissantes, le sexe en érection, les yeux rouges et enfiévrés. Il tendit son corps en avant et s'abattit sur Séchat, la fendant de son phallus érigé.

Le cri qu'il poussa fut un hurlement de mort. La lionne avait planté ses crocs dans sa nuque. Le bruit d'un déchirement de toile se fit entendre. De son poignard, Neb-Amon avait tranché la tente aussi violemment que le fauve avait tranché les cervicales de l'Africain.

Neb-Amon s'approcha de Séchat et observa son visage que Benhoutty avait passé à l'huile et à la cendre. Ainsi transfigurée, il ne pouvait détecter aucun symptôme. Il prit son pouls qui battait faiblement, ouvrit sa sacoche médicale et effectua les premiers soins qui permettraient au moins qu'elle retrouvât ses esprits.

Séchat resta inanimée de longues heures encore. Neb-Amon décida de rester sur place et d'attendre le retour des chasseurs qui, automatiquement, devaient repasser par cet endroit. Il soigna Mettouth qui n'était atteint que par un profond sommeil et se préoccupa de creuser un trou pour y déposer les corps de Wadjmose et de l'ambassadeur africain.

Quand Séchat ouvrit l'œil, elle ne se rappela d'aucun détail. Elle ne put dire à Neb-Amon ce qui lui était arrivé.

Ce fut Mettouth qui raconta l'origine des faits. Séchat avait bu la potion dévastatrice en croyant simplement se désaltérer. Tendue par Méryet qui, elle-même, l'avait reçue d'une petite Africaine, elle ne s'était pas méfiée.

Peu habitué à mener une enquête, Neb-Amon se promit d'en savoir davantage. Il était probable que la petite Pountiste avec laquelle Méryet s'était liée d'amitié soit en cause.

Il questionnerait, apprendrait et saurait. Mais il ne dévoilerait aucun secret qui risquait de mettre en cause la paix et l'amitié qui unissaient la pharaonne au roi du Pount. Cela déstabiliserait le succès de l'expédition égyptienne et, fatalement, les mauvais effets retomberaient sur lui et Séchat.

Neb-Amon se rassura pleinement en se disant que le sorcier n'était plus là pour saccager l'esprit de la jeune femme. N'ayant rien d'autre à faire que de se consacrer à elle, il travailla énergiquement à son rétablissement bien compromis. Inconsciemment perturbé par un acte qui ne pouvait que s'appeler un viol, geste hautement puni en Egypte, il déploya les infinis remèdes d'une immense patience.

Immobile et attentive, la lionne veillait sur eux.

CHAPITRE XII

Dix semaines plus tard, les hommes d'équipage des navires d'Hatchepsout attendaient les Egyptiens au port du Pount qui les avait accueillis quelques mois plus tôt.

En l'absence de la reine et de ses conseillers, ils s'étaient tant familiarisés avec les pêcheurs que ces derniers montaient et descendaient sur le pont des vaisseaux avec une telle aisance qu'on aurait pu les croire de véritables marins.

Penchés à la poupe des vaisseaux, les hommes tendaient leurs filets qui, la nuit tombante, ramenaient de curieux poissons aux couleurs étranges. Ecarquillés, les yeux des Egyptiens ne se lassaient pas de voir autant de variétés inconnues fourmiller dans cet océan qu'ils commençaient à connaître.

Ainsi, la vie à bord et la vie à terre s'étaient organisées de façon fort amicale entre Pountistes et Egyptiens, chacun appréciant l'autre pour un jugement divergent, une idée contraire ou un conseil qui se jaugeait, se discutait, s'expliquait.

Pendant ce temps, à l'intérieur du pays, privés de leur ambassadeur Benhoutty, le roi Parehou et son épouse qui avaient tristement hoché la tête à l'annonce de sa mort, venaient de fêter, avec leurs invités égyptiens, la nomination de leur fils aîné à ce poste distinctif.

A vrai dire, ils n'avaient pas cherché à en savoir davantage. Chez eux, les grandes chasses dans la jungle entraînaient toujours la mort du plus valeureux des leurs, du plus ambitieux ou du plus imprudent. C'était leur vie, leur loi, leurs usages. Benhoutty mort, ils en nommaient un autre.

Le fils aîné de Parehou ressemblait fort à son père par la hauteur et la prestance de sa stature. Il avait revêtu pour l'occasion un pagne à franges qui retombait sur le sol et enjolivé sa coiffure de plumes d'autruches noires et brillantes.

Son cou était entouré du collier sacré en dents de léopard et la peau de son torse se striait de bandes peintes en rouge rehaussées de cendre grise. Apparemment à le voir si fier ce n'était certes pas lui qui regrettait la disparition de Benhoutty.

Depuis l'aube, le petit port du Pays du Pount s'agitait de cris et de rires, de palabres, de va-et-vient permanents, de tourbillons qui volaient en éclats et de gestes grandiloquents qui s'échappaient dans cette atmosphère chaude et brumeuse comme celle d'une aile d'un échassier en course.

Séchat était assise sur une racine de palmier qui bordait la plage. Le sable y était blanc et fin, parsemé de multiples coquillages que ramassaient les Egyptiennes, étonnées de voir que de tels joyaux se trouvassent à même le sol, étincelant dans leur nacre colorée.

Hatchepsout, Néfret, Yaskat et ses amies en avaient tant ramassé que leurs coffres en bois d'acacia étaient pleins à ras bord et ne pouvaient plus se fermer. Certains prenaient la forme de larges coquilles roses délicatement dentelées sur le bord. D'autres s'enroulaient en cônes ocrés et lorsqu'on portait l'orifice à l'oreille, on entendait les flots mugir comme un félin à la recherche de sa proie.

Les plus petits coquillages, à peine enfouis dans le sable, étaient de minuscules joyaux blancs et transparents qui, posés dans le creux de la main, ressemblaient à des pétales de lotus.

Séchat posa un regard vague sur l'océan bleu et tranquille. Les Africains y avaient emmené leurs amis égyptiens pêcher de curieux poissons enfermés dans des carapaces grises qui rougissaient quand on les posait sur la braise. Ils en avaient tous apprécié la chair blanche et s'en étaient largement gavés.

Si les Egyptiennes restaient fascinées devant la magie des coquillages qu'elles ramassaient à pleines mains, leurs compagnons mâles étaient médusés de voir des poissons aussi curieusement carapacés et marcher en s'aidant de pattes articulées dont les extrémités étaient d'énormes pinces sur lesquelles ils tenaient en équilibre.

Plus loin, mais toujours sur la côte, de l'autre côté du village, les gens du Pount avaient emmené leurs invités pour y admirer de curieux rochers en calcaire rouge, aux lueurs si flamboyantes qu'ils avaient aussitôt désiré en ramener des parcelles entières sur leurs vaisseaux.

Bien que les Egyptiens n'ignorassent pas l'existence de ces coraux pour en avoir vu et reçu des fragments en provenance des mers du Sud — qu'ils utilisaient en joaillerie, d'ailleurs fort appréciée d'eux — ils n'en connaissaient pas vraiment l'origine.

Là où ils étaient allés, les coraux groupés en colonie formaient de véritables récifs. L'œil s'y accrochait éperdument comme un insecte à l'écorce de son arbre. Et, il n'était pas dit que les Egyptiens reviendraient du Pount sans une cargaison entière du plus beau corail jamais vu.

Séchat qui regardait fixement l'horizon restait écartée de ces multiples splendeurs, étrangère à la curiosité que chacun déployait, indifférente à tout ce va-et-vient qui grouillait sur la plage.

Etonnant environnement, magie de la nature, exotisme qui aurait dû, inévitablement, attirer son attention, mais depuis l'étrange envoûtement que Benhoutty lui avait fait subir et sur lequel elle n'avait fait aucun commentaire, elle ne réagissait plus. Avait-elle tout oublié ou voulait-elle taire un acte qui n'était que pur et simple viol ?

Neb-Amon la soignait afin qu'elle retrouvât son

énergie d'antan, mais la jeune femme restait apathique, molle, silencieuse, refusant tout contact et ne parlant plus à personne. Les seuls mots qu'elle marmonnait de temps à autre, les prononçant d'ailleurs comme pour elle-même, n'étaient que regrets et reproches qu'elle se faisait au sujet des deux êtres disparus dans cette expédition, Reshot et Wadjmose.

Mettouth avait pris en main le travail de transcription du récit concernant la fin du voyage et se tirait fort bien d'affaire sans que Séchat n'eût à lui exprimer ses ordres.

Quant à Hatchepsout, qui pressentait que Séchat et le médecin n'étaient pas étrangers aux morts accidentelles de Wadjmose et de l'ambassadeur africain, elle préférait rester en dehors d'un débat qui pouvait ouvrir une querelle entre gens du Pount et gens d'Egypte. Elle devait impérativement terminer ce voyage avec la bonne entente qui en avait caractérisé le début.

Dès qu'à Thèbes tout serait rentré dans l'ordre, elle préviendrait Séchat qu'une nouvelle mission l'attendait, ce qui, fatalement, mettrait fin à son idylle avec Neb-Amon.

Ensuite, la pharaonne exigerait les bons et loyaux services du médecin et lui offrirait, en échange, un budget médical qu'il ne pouvait refuser. Peut-être même l'ouverture d'un hôpital dont il prendrait la direction.

Une telle proposition ne pouvait être repoussée. Quel médecin aussi intègre et scrupuleux fût-il aurait l'audace d'y opposer une clientèle de miséreux ?

Enfin, pour en revenir à Séchat, Hatchepsout exigerait qu'elle parte pour les pays du Sud. Après ce coûteux voyage au Pount, sans doute faudrait-il renouveler les caisses du palais en or et en turquoises ? Peut-être même qu'une expédition dans les pays du Nord serait à prévoir afin d'y traiter le marché des améthystes, des émeraudes et des onyx.

En cela, Séchat était la plus experte des hauts

dignitaires dont elle disposait. Même Pouyemrê, son Grand Trésorier resté à Thèbes en son absence, si compétent en matière d'organisation du budget de l'Egypte, si prévoyant et si mesuré dans ses dépenses, n'avait pas ce sens inné des grandes transactions qui caractérisait tant Séchat.

Ses réflexions s'acheminant plus loin encore, la pharaonne s'apprêtait à lui proposer le privilège qu'aucune mère de haute noblesse ne pouvait refuser. Elle ferait de Satiah le second personnage du harem en lui offrant le titre de Seconde Epouse.

Détenant le sang des Dieux, la première place revenait à la princesse Mérytrê, sa propre fille.

Hatchepsout se laissait bercer par ses idées, mais pourrait-elle ainsi acheter Séchat et pourrait-elle pareillement négocier la vie privée de Neb-Amon ?

A présent que le périple du Pount s'achevait et, si les conditions du retour s'avéraient fructueuses, la pharaonne devait songer aux jours prochains. Jouer, miser, gagner ou perdre sur l'élasticité du tempérament de ses sujets devenait sa seconde nature. Si ses desseins étaient faux, resterait toujours la possibilité de les tourner autrement. Pour Séchat, ce dont elle était sûre, c'est qu'elle ne repousserait pas la discussion, trop éprise de ces joutes oratoires qui, déjà, les opposaient depuis qu'elles étaient enfants.

Hatchepsout semblait ravie, détendue, joyeuse. Depuis le matin, alors qu'elle était montée à bord avec la princesse Icha, la pulpeuse fille de la reine Ity qui devait épouser Néhésy, elle ne cessait d'écouter le babillage futile et enfantin des jeunes Africaines qui l'entouraient.

Cachou, la petite servante aux cheveux crépus et à la peau semblable à celle des bédouins du désert, jetait en direction de Méryet des regards interrogateurs. Elle aurait tant voulu rester aux côtés de sa nouvelle amie plutôt que de servir sa maîtresse Icha.

Pourtant, des pourparlers avaient surgi entre la reine et la princesse africaine et, un instant, elle avait entrevu la possibilité de monter à bord du dernier vaisseau, celui qu'on appelait "L'Œil de Thot" pour y servir la jeune femme scribe qui avait bu ce breuvage que lui avait donné Benhoutty.

La jeune Cachou ne pouvait dissimuler son inquiétude. Elle n'aimait pas Icha qui la réprimandait sans arrêt, l'écrasant du poids de sa condition privilégiée de fille de roi.

Si Méryet n'avait pas insisté en lui affirmant que Séchat recherchait une petite servante pour remplacer celle qui avait tristement disparu dans les flots rageurs de l'océan, elle eût elle-même demandé à quitter le Pays du Pount plutôt que de continuer à suivre le sillage de la malveillante Icha.

Mais voilà que les choses se compliquaient. Benhoutty s'était odieusement servi d'elle pour que la jeune scribe absorbe le breuvage qui devait l'envoûter et, par l'intermédiaire de Méryet qui n'était pas au courant, Séchat avait bu.

Depuis, Méryet ne lui parlait plus et la jeune Africaine restait triste. Comment lui faire comprendre que Benhoutty l'avait lâchement trompée et qu'elle ignorait le contenu de la potion ?

A nouveau, ses grands yeux rêveurs se tournèrent vers la danseuse qui étirait ses bras en souplesse, les écartait, les ramenait, recommençait une fois, deux fois, vingt fois.

Ses jambes suivirent la même trajectoire et, d'un bond leste, elle sauta sur le sable mouillé de la plage et rejoignit Néfret qui regardait son époux Thouty charger de lourds tronceaux de bois d'ébène.

Aidé de trois marins au torse brun et huilé, il suait à grosses gouttes tant le tronc était pesant. Deux solides Africains s'approchèrent en proposant leur aide.

— Attention ! jeta l'un d'eux. L'ébène est un bois fragile. Il faut le manipuler avec douceur.

— Par tous les dieux ! jura Thouty en grimaçant sur la goutte de sueur qui obstruait soudain son œil, faut-il que nous ramenions un matériau aussi capricieux que le marbre de Nubie ? Pourquoi n'avez-vous pas de ce beau cuivre du Sinaï si dur et résistant qu'aucun choc ne peut le fendre en deux ?

— Mon chéri, protesta Néfret scandalisée, ce bois est si majestueux que nul ne peut s'énerver sur la manière dont on doit le manipuler.

Néfret restait en extase devant la splendeur de ces bûches épaisses, pleines, joliment veinées, à la couleur sombre et luisante qui rappelait la somptuosité d'un marbre poli.

Elle caressa voluptueusement le lustre noir des troncs coupés.

— Il faudra en acheter quelques-unes, mon chéri, ajouta-t-elle en s'écartant des hommes qu'elle gênait dans leurs gestes.

Thouty grommela un vague acquiescement et, sous le poids, roula des épaules pour mieux sentir le chargement qui le ployait en deux.

— Nous confectionnerons un coffre pour y mettre mes vêtements d'apparat, dit-elle encore et, sans attendre la réponse de son époux, elle regarda Méryet qui s'avançait vers elle.

— Me cherchais-tu, Méryet ?

— Oh ! Néfret, s'exclama la jeune fille, on ne cherche plus personne sur cette plage. Nous y sommes tous réunis. A vrai dire, je m'inquiète sur le sort de Séchat.

— Que lui est-il donc arrivé ? Depuis la chasse, je n'ai pu lui parler. Aurait-elle absorbé l'élixir aphrodisiaque que ce sorcier voulait lui faire boire ?

Elle porta ses mains à son front.

— Dieu merci ! Mon époux m'a sauvée d'une telle calamité.

— Tu savais donc ! jeta la voix étonnée de l'adolescente.

— Voyons, Méryet ! Tout le monde sait. Seulement chacun se tait.

— Pourquoi ?

Néfret soupesa des yeux l'effort qu'accomplissait son mari pour soulever l'énorme tronc d'ébène. Puis, son regard revint à Méryet.

— Il serait imprudent, pour ne pas dire incorrect, de critiquer les mœurs de ces gens. C'est dans leur tradition d'agir ainsi et nul ne peut intervenir. C'est le pouvoir des hommes sur les femmes.

— Mais, si les femmes ne sont pas consentantes ?

— Que tu es jeune et naïve ! C'est justement quand elles sont insoumises qu'ils utilisent de tels procédés. Tu es assez grande pour comprendre ces choses-là. N'est-ce pas, Méryet ?

La petite hocha la tête.

— Je sais. J'ai été agressée plusieurs fois par des hommes aux yeux cruels lorsque je dansais sur les places publiques. Mais je suis leste, agile, prompte à la défense et je me suis toujours tirée d'affaire.

— Eh bien, au temple tu ne craindras rien, fit Néfret en agitant sa main en direction de Thouty qui la regardait avant de disparaître dans les méandres des sombres cales de "L'Horus".

— Je sais, fit la petite et cela me comble de joie.

Elle jeta son regard bleu et velouté dans les yeux maquillés de Néfret. Elle était la seule parmi toutes les Egyptiennes de l'expédition à poursuivre ses habitudes. Et, rien ne lui faisait défaut : tenue vestimentaire, perruque en cheveux naturels, sandalettes en cuir souple, bracelets, gorgerins et, mieux encore, perfection de son maquillage.

Méryet soutint le regard allongé de Néfret.

— Puis-je te poser une question ? dit-elle avec réserve.

— Bien sûr, fit Néfret en souriant.

— C'est Cachou qui m'a donné le breuvage.

— C'est une confidence que tu me fais là. Ce n'est pas une question.

— Savait-elle ce qu'elle faisait ? reprit Néfret. Cachou me semble bien jeune encore pour comprendre la subtilité de ces pièges. A mon sens, elle ignorait tout.

— Vrai ? murmura la petite.

— Je pense plutôt que Benhoutty a su parfaitement utiliser sa naïveté.

Un large sourire éclaira le visage de la fillette.

— Alors, je peux lui pardonner ce qu'elle a fait à Séchat et la garder comme amie. Elle ne m'a pas trompée.

Néfret caressa la joue de l'adolescente.

— Bien sûr qu'elle peut rester ton amie. D'ailleurs, elle doit être bien seule sur le vaisseau de la reine. J'ai cru entendre la princesse Icha la sermonner vertement à plusieurs reprises.

— Je crois que la fille du roi est très envieuse de sa beauté.

— Ma pauvre enfant ! Voici encore une chose que tu devras apprendre. Les jalousies qu'alimentent les femmes sottes ne sont pas près de s'éteindre.

*
* *

Aidés par les Africains, tous de solides gaillards à la forte musculature, les marins égyptiens déposaient sur le pont les larges colonnes d'ébène. Déjà neuf troncs encombraient les voies d'accès que "L'Hathor" leur laissait. Il avait fallu dégager les cordages, les câbles, les voilures et tout ce qui gênait le passage.

Mais, inévitablement, il fallait à présent réquisitionner le pont de "L'Horus" pour caser les troncs que l'on devait encore embarquer.

Une partie des arbres à encens avait été chargée. Déposés avec une infinie précaution, ils s'infiltraient entre chaque tronceau d'ébène, faisant surgir dans le ciel démesurément bleu leurs branches odorantes et leurs feuillages non moins aromatisés.

Du bastingage de son vaisseau, Hatchepsout surveillait le chargement. Les ponts et les cales de "L'Horus" semblaient déjà pleines et celles de "L'Hathor" menaçaient très vite d'être comblées.

Les Africains grimpaient à présent le pont de "L'Anubis" et, dans un joyeux entrain de cris et de clameurs, ils y déposaient les sacs d'épices, de myrrhe, d'antimoine, les blocs de résines aux formes étranges, les sacs de gommes et d'écorces aromatiques.

Senenmout veillait au bon déroulement du chargement. A présent, on apportait les défenses d'éléphant. Elles étaient imposantes, lourdes, mesuraient presque deux mètres et se teintaient d'un blanc ocré aux délicates veinules opaques. Elles étaient aussi claires que l'ébène était sombre, mais aussi splendidement lustrées.

Senenmout recula brutalement devant deux hommes d'équipage qui portaient un chargement d'ivoire. Râblés, courts et robustes, le pagne s'arrêtant aux genoux et les pieds solidement accrochés au sol, ils soulevaient l'énorme barre, mais visiblement ne savaient comment la poser à terre.

Senenmout les observait avec suspicion. Voyant qu'ils allaient la déposer sans ménagement, il bondit en avant.

— Ces défenses d'éléphant ne sont pas des blocs de pierre, rugit-il. Que le dieu des crocodiles vous engloutisse si vous m'en rayez une seule.

— Tu veux rire, jeta un Africain qui, coincé plus loin entre deux chargements, s'esclaffait comme un enfant, découvrant des dents impeccables et blanches, aussi grandes que celle d'un cheval.

— T'ai-je causé, toi l'Africain ? fit Senenmout d'un ton sec. Si tu veux mettre ton grain de sel, aide-les plutôt au lieu de t'esclaffer à t'en briser les côtes.

Dans un éclat de rire, le Pountiste fit un signe à l'un de ses compatriotes qui, l'air effaré, la narine épatée et la lèvre lippue s'approcha aussitôt. Puis, prenant chacun par un bout la défense d'ivoire, ils la déposèrent à terre sans plus de précaution que l'auraient fait les Egyptiens.

La défense vint heurter le sol dans un bruit sourd et mat. Le plus hilare des Africains se redressa et regarda Senenmout avec un plissement d'œil moqueur.

— Cette chose-là est aussi dure que le mât de ton

bateau, fit-il en désignant du doigt l'énorme masse qui venait de s'abattre sur le pont.

— Tu n'es qu'un ignorant, grinça Senenmout, le mât de ce vaisseau est aussi fragile que du verre.

Soudain, il regretta ces mots que la colère lui avait fait jeter. Ne fallait-il pas plutôt montrer à ces gens ignares que tout, sur la Terre des Pharaons, était solidité, sûreté, puissance ?

— Enfin, corrigea-t-il d'un ton plus adouci, c'est votre fichue tempête qui a cassé nos mâts. Cet océan est un véritable démon quand il se déchaîne.

Mais, il en fallait plus à ces deux grands chasseurs d'Afrique pour les effrayer et ce n'était pas la subite colère d'un Egyptien qui allait les impressionner.

Ils se tapèrent les côtes en riant aux éclats.

— Si tes bateaux n'avaient pas de mâtures, dit le plus grand, il n'y aurait eu aucun dégât.

Senenmout haussa les épaules. A quoi bon discuter ? Ces gens étaient aussi bêtes que des cochons, plus retardés encore que ses propres ancêtres au temps des dynasties anciennes.

Néhésy était stupide à vouloir les considérer comme de proches amis. La grosse princesse pountiste qu'il allait épouser dans quelque temps le blaserait vite et, lorsqu'il serait saturé de ses caresses et de ses parfums agressifs, il la reléguerait au fin fond du harem royal.

Jetant un dernier coup d'œil pour s'assurer que la défense n'était pas fêlée, il ne discuta pas plus et laissa s'organiser les autres chargements d'ivoire comme le préconisaient les Africains.

Les singes avaient tous pris d'assaut les coins les plus reculés des navires. Ils s'amusaient dans les voilures, s'interpellaient, grimpaient aux mâts, se cachaient dans les cales et derrière les cordages.

Au village du Pount, les Egyptiens s'étaient fort amusés à les tenir en laisse et à les promener dans la brousse comme des chiens domestiqués. Ainsi tenus près d'eux, ils les avaient étudiés et compris.

Mais, embarqués sur les navires, il n'était plus question de les emprisonner ni de les attacher.

En terre égyptienne, le singe, animal sacré du dieu Thot, était toujours à l'honneur. Le dieu lui-même n'avait-il pas emprunté le faciès du primate pour mieux le glorifier ?

L'un d'eux traversa "L'Anubis" tel un zèbre. De la proue, il se trouva en un clin d'œil à la poupe et atterrit dans les jambes de Sakmet, s'immobilisant net et le regardant de ses petits yeux rusés. Amusé, le navigateur en plein travail l'observa quelque temps, caressa ses babines rebondies, retroussa le poil de sa tête hirsute puis se détourna de lui pour reprendre sa besogne.

Sakmet avait pour labeur de surveiller le chargement des derniers arbres à encens que devait embarquer "L'Anubis".

Apparemment fier de son invention qui consistait à retenir les plantes dans des sortes de couffins en osier que l'on avait emplis de leur terre d'origine, il contemplait le travail des hommes qui effectuaient le chargement.

Africains et Egyptiens se tenaient côte à côte. Il héla le jardinier pountiste qui surveillait avec attention chaque racine.

— Vont-ils supporter la traversée ? s'enquit-il auprès du préposé agricole.

— Ne sois pas inquiet, rétorqua l'homme habitué à soigner ses arbustes. Si j'ai été engagé par ta reine, c'est que je sais m'en occuper. Et ceux-là ! Je les connais comme si je les avais faits.

— Ne vont-ils pas sécher ? insista Sakmet. Les racines sont-elles suffisamment humides ?

— Je les arroserai chaque jour, fit le jardinier africain en secouant sa crinière crépue. La fraîcheur de la nuit et la rosée du matin feront aussi leur œuvre.

C'était en effet une belle réussite qui se concrétisait là, et Hatchepsout ne se lassait pas de la regarder. Mais, il faut dire qu'avant de voir les fameux arbustes sacrés, objets quasiment essentiels du voyage, paisiblement alignés sur les ponts du navire, il avait fallu entamer bien des argumentations et tenir bien des palabres.

Hatchepsout avait même proposé des idées que l'on avait écartées avec déférence pour ne pas la froisser. Une seule avait été retenue, celle de laisser un garde entre chaque rangée d'arbres afin de les surveiller nuit et jour.

Mais, avant qu'ils ne soient déracinés, maintes suggestions avaient été apportées, débattues, annulées, reprises. Car, le tout était de trouver un support qui puisse les tenir au frais durant tout le trajet du retour.

Alors qu'on s'apprêtait à enfermer les racines dans de grandes feuilles de bananiers humides qui, bien sûr, n'auraient pas tarder à sécher, Sakmet eut l'idée fort judicieuse de les replanter dans des paniers de sisal que confectionnaient les Africaines et d'y apporter suffisamment de leur terre d'origine pour qu'elles puissent se développer en toute quiétude.

C'est donc ainsi que tous les arbres à encens avaient été temporairement plantés dans ces paniers provisoires que les Africains portaient attachés à des bâtons que soutenaient leurs épaules. Ils avaient fait ainsi le chemin depuis le village jusqu'aux vaisseaux.

Les arbustes étaient trapus, résistants à la chaleur et au vent des régions semi-désertiques. Ils donnaient un bois et un feuillage gorgés d'arômes que le soleil brûlant du jour faisait ressortir goutte à goutte.

L'arbre à encens concentrait sa sève en un parfum assez agressif, mais suffisamment riche et inhabituel pour qu'il écartât tous les autres. Diffusé dans tout le végétal, l'effluve se répercutait loin aux alentours et chacun ouvrait ses narines pour s'en repaître.

Hatchepsout pouvait être satisfaite. Enfin, ses navires enfermaient l'encens prisé des dieux. Rapporter cet arbre merveilleux valait mille fois le risque de traverser des enfers inconnus et d'y perdre quelques bénéfices.

Enfin, les sacrifices de la pharaonne envers Amon seraient récompensés et son peuple serait puissant et riche. Les grands dieux se délecteraient bientôt de la fumée opaque et divine qui séduisait tant leurs nez délicats.

Sakmet pouvait être satisfait. Il venait enfin de retenir l'attention d'Hatchepsout par son idée de génie. Grâce à lui sans doute, les arbres arriveraient à Thèbes dans les meilleures conditions qui soient.

En fait, la demi-somnolence de Séchat avait été pour lui la chance de sa vie. Car, en toute bonne paysanne qu'elle était à ses heures, elle eût probablement jeté l'idée des paniers remplis de terre d'origine bien avant lui.

Sakmet, qui exécrait la campagne et les travaux des champs, avait dû plonger profondément dans les années lointaines de son enfance déshéritée pour se souvenir, brusquement, qu'on pouvait planter dans un minimum de terre suffisamment arrosée pour voir apparaître la verdure d'un feuillage.

Vers le soir, un désordre inévitable s'installa sur les navires. La priorité ayant été donnée aux arbustes, il en venait toujours en direction du village et les ponts devenaient de véritables petits bosquets flottants où les pousses surgissaient dru, dessinant des taches vertes de taille presque humaine au milieu des cinq embarcations.

Bourrés dans les couffins d'osier de leurs substances nutritives, arrosés copieusement, surveillés en permanence plus que l'ivoire et l'ébène, les arbustes arrivaient encore en masse et il fallait, à tout instant, réquisitionner chaque coin non encore encombré des navires.

*
* *

Le dernier vaisseau à charger, "L'Œil de Thot", était prévu pour les fauves. Néhésy et Neb-Amon inspectaient chaque animal qui montait à bord, s'assurant de sa bonne vitalité.

Les ânes et le bétail à cornes furent embarqués assez facilement. Fait curieux, les animaux ne semblaient pas inquiets. Pressentaient-ils qu'en compagnie des Egyptiens, ils ne seraient ni affamés ni maltraités ?

Depuis que leurs plus vieux ancêtres étaient ensevelis, les habitants de la terre des Pharaons assimilaient leurs dieux à des animaux et leur faire subir des sévices eût été une injure envers leurs croyances.

Encagées, les girafes regardaient l'océan du haut de leurs échasses et de leur interminable cou. Leurs petites cornes flexibles se détachaient dans le ciel et semblaient s'y incruster comme si elles ne devaient plus en disparaître.

Ne sentant plus la terre chaude de leur naissance, les léopards et les guépards tournaient en rond dans leurs cages. Hormis deux femelles assez passives, les Egyptiens avaient pris soin de n'emporter que de jeunes fauves afin qu'ils puissent s'intégrer plus facilement au sol d'Egypte.

Le désordre qui régnait sur les bateaux n'en finissait plus et les Africains faisaient un grand tapage. Petits et gros tambours résonnaient sur la plage et leurs rythmes s'accordaient aux cris des mouettes qui survolaient l'océan.

Ceux qui, dès le départ des vaisseaux, devaient retourner dans leur village fêtaient la fin du séjour de l'Egypte en Pays du Pount. Ils avaient revêtu leurs plus beaux pagnes et leurs coiffures en plumages d'autruche. Ils avaient peint leur peau de rouge et ceint leur cou de colliers en dents de fauve.

Ceux qui devaient rester sur le navire et qu'Hatchepsout avait priés de venir jusqu'en Egypte roulaient des yeux agrandis par l'inconnu qui les attendait. Ils s'étaient accroupis le long de la coque des navires et restaient écartés de la fête comme s'ils devaient déjà s'intégrer aux rites égyptiens.

Et la pharaonne en avait invité plus d'un à venir s'assurer de la grandeur et de la puissance de son pays ! Il y avait les jardiniers indispensables pour la survie des arbres à encens, la fille du roi Parehou et l'un de ses frères, le plus jeune, celui qui ne pouvait succéder à son père. Il y avait aussi des jeunes Africaines, servantes des enfants royaux, une dizaine de guerriers qui savaient manipuler le javelot, des marins pour affronter les tempêtes de la mer agitée, des chasseurs de fauves et quelques pêcheurs habiles pour attraper les poissons de l'océan.

Icha et son jeune frère semblaient satisfaits de leur destin. Vivre dans un si merveilleux pays les emplissait de contentement. Depuis longtemps, la cour des pharaons accueillait des filles et fils de rois étrangers avec l'intention de sceller une alliance et de la prolonger en détenant des otages de choix. Cette vieille coutume datait des empires précédents et Hatchepsout tenait à ne pas en dévier.

Quand la princesse Icha serait l'épouse de Néhésy, elle irait vivre au harem du palais pour y mener une vie oisive, manger, se baigner, rêver, se prélasser, dormir. Si elle le souhaitait, elle pourrait filer, tisser ou jouer de la musique. Le harem du palais d'Hatchepsout comportait même des ateliers de sculpture, de poterie, d'émaillerie et les plus douées pouvaient étudier la lecture et l'écriture.

Quant au jeune fils du roi Parehou, dès qu'il serait endoctriné aux idées égyptiennes, il serait sans doute enrôlé dans l'armée de Thoutmosis.

Certes, l'Egypte n'entendait pas annexer le Pount à son royaume, mais elle voulait lui démontrer sa puissance. D'ailleurs, depuis leur arrivée, le roi Parehou en était intimement convaincu. Les richesses des bateaux royaux le lui avaient bien prouvé. A son tour, il désirait honorer largement de tels alliés en donnant sa fille en mariage à Néhésy, le Nubien.

Le voyage prévoyait donc des vaisseaux dont le débordement de marchandises risquait fort de gêner l'avancement. Un retour qui, peut-être, s'avérerait difficile, une route qui présenterait d'autres pièges, peut-être même des incidents aux conséquences plus fâcheuses comme l'assèchement des arbustes ou la perte des troncs d'ébène et des défenses d'ivoire.

Mais, le moral des hommes d'équipage était bon et la joie des Africains sincère. Quant aux navires d'Hatchepsout qui, depuis le départ de Thèbes, avaient subi tout ce qu'il était possible d'endurer, ils paraissaient ne plus rien craindre.

Séchat observait d'un regard vague les animaux qui montaient à bord de son vaisseau. Ses larges prunelles observaient distraitement leur lente ascension le long de la rampe de bois et, lorsqu'un animal semblait réticent, un homme le tirait au bout de la montée avec une corde solide, hélant celui du bas pour l'empêcher de redescendre.

Séchat détourna son regard de la girafe que l'on faisait grimper le long de la rampe. Sa hauteur gigantesque lui donnait le vertige. Elle se passa la main sur le front et essuya les quelques perles de sueur qui menaçaient de tomber.

Les effets néfastes du breuvage absorbé se diluaient peu à peu dans son corps, mais elle se laissait encore aller à une sorte de léthargie qui, selon les soupçons de Neb-Amon, devait encore durer plusieurs jours.

Par tous les dieux mauvais ! Ce sorcier n'était qu'un criminel, car une telle dose aurait pu la tuer s'il n'était arrivé à temps pour contrebalancer le poison qu'il n'avait pu éliminer dans sa totalité.

Il vit Séchat attarder son regard en direction de la rangée de palmiers qui bordait le côté gauche de la plage. Elle humait l'air comme si elle détectait une anomalie.

Vêtue d'un pagne court de couleur bleue, d'un corsage assorti qui laissait ses épaules nues, les hanches prises dans une ceinture tressée de joncs dorés, elle n'avait ni perruque ni bijou et son visage était vierge de tout maquillage.

D'une détente rapide, elle se leva.

Néhésy comptait les bêtes à cornes aux côtés de Mettouth qui inscrivait les chiffres sur sa planchette.

Adossés aux cages et aux chargements divers, les scribes eux aussi recensaient, calculaient, inventoriaient, reportaient afin de remettre un rapport détaillé à leur chef qui, momentanément, remplaçait Séchat.

Pour l'instant, le médecin était bien décidé à ne pas la quitter des yeux. C'est pourquoi, il la vit enjamber la coque du bateau et nager jusqu'à la rive. Il s'apprêtait à la rejoindre quand il la vit faire demi-tour et réintégrer en courant "L'Œil de Thot".

Elle semblait inquiète, perturbée, préoccupée à regarder de part et d'autre comme si elle s'attendait à voir surgir un fantôme, un dieu, un mort.

Puis, des cris fusèrent. Des cris stridents. Une agitation indescriptible s'empara de tout l'équipage. Certains sautèrent du bateau, d'autres courbèrent l'échine jusqu'à disparaître derrière le premier monticule qu'ils heurtaient sur le pont.

Un fauve venait de bondir, la gueule ouverte, découvrant quatre crocs puissants et effilés. Ses moustaches frémissaient et sa queue se balançait en un mouvement oscillatoire qui annonçait une colère intérieure.

Les cris s'amplifiaient. Néhésy accourut, un poignard entre les mains. Il le pointa vers le félin et le tranchant de la lame brilla entre ses doigts.

La lionne était une superbe bête, musclée, souple et massive à la fois. Le jaune ocré de son pelage luisait comme un velours doux et neuf.

Néhésy ne tremblait pas. Mais soudain, un enfant africain tomba brusquement dans ses jambes, le déséquilibrant dangereusement. Le garçonnet n'avait pas plus de trois ans et ouvrait des yeux effrayés qui laissaient voir de grandes pupilles noires et dilatées.

Quand il agrippa de toutes ses forces la jambe gauche de Néhésy, l'empêchant de se mouvoir librement, sa mère qui ne pouvait l'approcher lui tendit désespérément les bras.

Néhésy cria d'une voix forte à l'enfant de s'échapper, mais pétrifié le bambin ne bougeait pas. Le fauve leur faisait face. Sans lâcher son regard aux prunelles mobiles, Néhésy put retourner la lame de son poignard.

Deux marins rampèrent jusqu'à lui et attrapèrent le garçonnet par les pieds. A présent, l'enfant sauvé pleurait à chaudes larmes et se collait au sein de sa mère.

Derrière Néhésy, les plus braves avançaient. Un guerrier africain s'approcha, pointant un javelot en direction du fauve. Sur le pont, il n'y avait plus âme qui vive, à l'exception de Néhésy, du vaillant guerrier, des deux marins et des quelques hommes qui, à l'arrière, cherchaient la solution à ce périlleux problème.

Seuls, les rugissements des autres fauves encagés répondaient à la lionne. Le guerrier africain leva son javelot, jaugea la distance qui le séparait du félin et visa.

— Non ! cria Séchat qui, soudain, bondit sur le fauve. Non !

Déconcentré, l'Africain baissa son arme. Il vit que Neb-Amon avançait à pas prudents vers un spectacle qui risquait de se changer en drame sanglant. Surpris, Néhésy ne comprenait plus.

Le fauve s'était subitement adouci, la gueule refermée. Et, bien que sa moustache pointée vers Séchat restât en alerte, il semblait s'être calmé. La pupille de son œil jaune s'étrécit et sa queue s'immobilisa.

Comprenant qu'elle venait d'échapper à la mort et que c'était la jeune femme qui l'avait tirée d'affaire, la lionne posa tranquillement son derrière sur le sol et observa Séchat.

— Ainsi, tu m'as retrouvée, ma belle ! Ainsi, tu veux quitter le sol de tes ancêtres et venir avec moi. Viens, ma "Princesse" ! Nous allons t'encager et, ensemble, nous rentrerons à Thèbes.

Séchat souriait au fauve. Lentement, elle approcha sa main du fin pelage soyeux. L'animal ne fit aucun écart et se laissa caresser le museau.

— N'aie pas peur, ma belle ! A Thèbes, je t'offrirai une immense cage et tu pourras t'y prélasser.

L'animal grogna et lorsque Neb-Amon croisa son regard jaune, il sut que l'animal venait de rendre à Séchat ses esprits. Les quelques mots de la jeune femme qui suivirent le lui confirmèrent.

— Allons, fit la scribe à Mettouth qui approchait craintivement, dès que "Princesse" sera encagée, nous regarderons ensemble ton dernier rapport.

Neb-Amon soupira. Un curieux délassement pénétrait tout son corps. Une aube nouvelle se levait et tous les espoirs lui étaient dorénavant permis.

Pour approuver son pressentiment, Séchat le regarda et lui sourit.

AVERTISSEMENT

Cette suite d'ouvrages qui s'intitule *Les Thébaines* comporte cinq parties :
*La Couronne insolente**
*De roche et d'argile***
*Vents et Parfums****
*L'Ombre du Prince*****
La Seconde Epouse *****
Le récit est basé sur des faits historiques et la plupart des personnages, à l'exception des Thébaines, ont existé et portent leurs noms authentiques (que l'on trouve orthographiés différemment dans les ouvrages, selon les historiens).

Si les Thébaines ressortent de la pure fiction, on peut comprendre qu'avec une féministe au pouvoir, telle que la pharaonne Hatchepsout, et en l'absence de certitudes, elles aient pu exister et marquer leur histoire telle que je l'ai racontée.

Dans ce cas, le réel peut se mêler harmonieusement à la fiction, laissant rêver les lecteurs.

DU MÊME AUTEUR

ROCKING-CHAIR — *Poèmes,* Editions Millas-Martin
LE PAYS D'ALICE EST À QUELQUES DÉRIVES D'ICI — *Poèmes, préface de Denise Miège,* Editions Millas-Martin
RETENDRE LA PEAU DES PAVÉS — *Poèmes, préface d'Andrée Appercelle, illustrations de l'auteur,* Editions La Bruyère
LEONOR FINI OU LES MÉTAMORPHOSES D'UNE ŒUVRE — *Biographie, étude de l'œuvre,* Editions Le Sémaphore
ELLES ONT SIGNÉ LE TEMPS — *Anthologie biographique des femmes écrivains des origines au 19e siècle,* Editions L'Harmattan
DHUODA OU LE DESTIN D'UNE FEMME ÉCRIVAIN EN L'AN 840 — *Roman historique,* Editions Le Sémaphore
LES THÉBAINES
La Couronne insolente
De roche et d'argile **
Editions Le Sémaphore

À paraître :
L'Ombre du Prince ****
La Seconde Epouse *****

En préparation :
AU-DELÀ DE LEUR ART — *Anthologie biographique des femmes peintres et sculpteurs des origines au 19e siècle.*

Composition réalisée par JOUVE

IMPRIMÉ EN ALLEMAGNE PAR ELSNERDRUCK
LIBRAIRIE GÉNÉRALE FRANÇAISE - 43, quai de Grenelle - 75015 Paris
Dépôt légal Édit. : 25042-09/2002
ISBN : 2 - 253 - 14956 - X   ❖ 31/4956/4